KARIN JOACHIM

Großstadtflüstern

Kriminalroman

GMEINER

Immer informiert

Spannung pur – mit unserem Newsletter informieren wir Sie regelmäßig über Wissenswertes aus unserer Bücherwelt.

Gefällt mir!

Facebook: @Gmeiner.Verlag
Instagram: @gmeinerverlag
Twitter: @GmeinerVerlag

MIX
Papier aus verantwortungsvollen Quellen
FSC® C014496

Besuchen Sie uns im Internet:
www.gmeiner-verlag.de

Im Ehnried 5, 88605 Meßkirch
Telefon 07575/2095-0
info@gmeiner-verlag.de

1. Auflage 2020

Lektorat: Sven Lang
Herstellung: Mirjam Hecht
Umschlaggestaltung: U.O.R.G. Lutz Eberle, Stuttgart
unter Verwendung eines Fotos von: © ullstein bild – Hedda Walther; https://commons.wikimedia.org/wiki/File:Bismarck_eml%C3%A9km%C5%B1,_balra_a_Gy%C5%91zelmi_oszlop_(Siegess%C3%A4ule)._Fortepan_12152.jpg
Druck: GGP Media GmbH, Pößneck
Printed in Germany
ISBN 978-3-8392-2718-3

FIKTIVE PERSONEN

Karolina Offermann alias Lia Caroll
Fabrikantentochter

Carl Anton Offermann
Karolinas Vater

Helene Offermann, geb. Leyendecker
Ihre verstorbene Mutter

Arnold Offermann
Ihr Bruder

Carl Anton Offermann senior
Ihr Großvater väterlicherseits

Hubertine Offermann, geb. Brassert
Ihre Großmutter väterlicherseits

Hedwig Schmitz
Hausangestellte

Alexander Wolf
Karolinas Halbbruder

Nadia Wolkowa
Alexanders Mutter, Tante Olgas Schwester

Felix Leyendecker
Karolinas Cousin

Johann Leyendecker
Ihr Onkel, Bruder der Mutter. Inhaber der Kölner Buchhandlung

Olga Leyendecker
Ihre Tante, Frau von Johann Leyendecker

Heinrich Leyendecker
Ihr Großvater mütterlicherseits

Ruth Leyendecker, geb. Voss
Ihre Großmutter mütterlicherseits

Ingrid Pflückbaum
Karolinas Freundin

Gertrud Mesenich
Eine weitere Freundin, Bankierstochter

Metha Bär
Frau des Kaufhausbesitzers

Jakob Bär
Kaufhausbesitzer aus Köln

Paula Poll
Schauspielerin und Schauspiellehrerin

Margot Künstle
Verstorbene Sekretärin

Rudolf Thelen
Sohn des Teppichfabrikanten Otto Thelen, Drehbuchautor

Ludwig Mönke
Freund von Onkel Johann

Käte Frings
Hotelinhaberin in Berlin

Vicki
Freundin von Karolinas Bruder Arnold

Edith Kamincke
Pensionswirtin im Grunewald

Rosanna de la Torre
Frauenrechtlerin

Dr. Christoph Adomeit
Berliner Arzt

Josef Feiler
Kölner Kriminalkommissar

Kuno Schmitz
Kriminalkommissar Anwärter

Cord Petersen
Volontär bei einer Filmfirma

Hermann Beyerlein
Berliner Kriminalkommissar

Hugo Raue
Berliner Polizist

Nancy Boyle
Karolinas Englischlehrerin

Adalbert von Bonsen
Filmproduzent, Aktionär bei der Ufa

Maria Schwericke
Hausangestellte bei Adalbert von Bonsen

Karl Gutschmit
Schauspieler

Sophie Seifert
Schauspielerin

HISTORISCHE PERSONEN

Henny Porten
Schauspielerin (1890–1960)

Arthur Bredow
Aufnahmeleiter (1876–?)

Rolf Randolf
Regisseur (1878–1941)

Henry Stuart
Schauspieler (1885–1942)

Hanni Weisse
Schauspielerin (1892–1967)

Otto Bauknecht
Kölner Polizeipräsident (1876–1961)

Billie Wilder (später: Billy)
Reporter, Drehbuchautor, Filmregisseur (1906–2002)

Elsbeth Gropp
Kölner Fotografin (1885–1974)

Rudolf Walther-Fein
Produktionsleiter der Aafa (1875–1933)

Max Reinhardt
Theaterregisseur und Intendant (1873–1943)

Betty Stern
Salondame (1890–1942)

Paul Morgan
Schauspieler (1886–1938)

Jenny Jugo
Schauspielerin (1904–2001)

Marlene Dietrich
Schauspielerin (1901–1992)

Lilian Harvey
Schauspielerin (1906–1968)

Harry Liedtke
Schauspieler (1882–1945)

PROLOG

Wahrhaft trefflich schrieb Charlie Chaplin über die Menschenkenntnis. Den Artikel entdeckte ich vor über zwei Jahren in der »Berliner Illustrirten«, während ich krank im Bett des Hotels Rheinland in der Fasanenstraße lag. Wären Dr. Adomeit und Käte Frings mit ihrer Fürsorge und ihrer Hühnersuppe nicht gewesen, wer weiß, ob ich überlebt hätte. Hühnersuppen waren in der Vergangenheit immer schon dazu auserkoren, mir neuen Lebensmut zu verleihen. Nichts erwärmt so sehr meine Seele und kräftigt so nachhaltig meinen Leib wie eine Hühnersuppe. Kein Wunder, dass mich der Gedanke an diese Stärkung nicht mehr loslässt, habe ich doch seit Ewigkeiten nichts mehr zu mir genommen. Nichts, außer einigen Tassen heißen Tees. Das Rattern des Schnellzugs auf dem Weg nach Bremen, den ich in Berlin bestieg – nach einer durchwachten Nacht am Lehrter Bahnhof –, lässt mich schläfrig werden. Tock, tock, tock, tock … Wie ein Sekundenzeiger, der sich immer weiterbewegt und mir den Lauf der Zeit verdeutlicht. Obwohl ich mich meinem Ziel unermüdlich nähere, so bleibt doch ungewiss, ob ich es rechtzeitig erreichen werde. Diesem Gemisch aus Aufregung und Schläfrigkeit ist es zu schulden, dass ich es versäumte, mir heute Morgen etwas zu essen zu bestellen. Nun sitze ich in diesem Vorortzug nach Bremerhaven, dem kein Restaurantabteil angekoppelt ist, jedenfalls habe ich beim Einsteigen keines ausmachen können. Minuten werden nun zu Stunden.

Der Gedanke, dass ich zu spät sein werde, kriecht in jede Pore meines Körpers. Ich kann mich vor Ungeduld kaum noch auf dem Sitz halten. Habe ich zu spät begriffen, dass mir meine Menschenkenntnis zwischenzeitlich abhandengekommen ist? Wie blind war ich doch während der letzten Jahre, wie ignorant gegenüber dem, was im Leben wirklich zählt. Ist es so? Muss ich beruflichen Erfolg und persönliches Glück in die Waagschale werfen, in den Boxring schicken? Im Augenblick würde ich für meine Liebe alles aufgeben, aber wäre ich dann noch dieselbe Person? Vermutlich nicht. Und dennoch möchte ich den Versuch unternehmen, den größten Fehler meines Lebens wiedergutzumachen. Zumindest mit ihm zu reden, mit jenem Mann, der offensichtlich dazu bestimmt ist, meine Zukunft zu sein.

Zu ihm bin ich unterwegs und hoffe, dass mich dieser ratternde Zug noch rechtzeitig ans Meer bringt.

Noch zehn Kilometer seien es bis zum Columbusbahnhof, flüsterte mir der Schaffner vor wenigen Minuten zu, als er an meinem Abteil vorbeikam. Davor hatte ich ihn bereits mehrere Male gefragt, wann wir denn endlich da sein würden. Ich greife nach meiner Tasche, in der nicht viel enthalten ist, außer einigen Utensilien, die ich für eine Übernachtung benötigen werde. Denn, was immer geschieht, eines ist sicher, heute Nacht werde ich nicht mehr nach Berlin zurückkehren. Werde ich es jemals tun? Dieser Gedanke kann nur einem Tagtraum entspringen. In den Abteilen nebenan herrscht Aufbruchsstimmung, der Korridor füllt sich nach und nach mit Leben. Ich möchte unter den Ersten sein, die den Zug verlassen. So werfe ich der Dame, die mir gegenübersitzt, einen stillen Gruß zu und verlasse eilig das Abteil, um mich zu den Türen vorzuarbeiten. Doch das ist gar nicht so einfach. Hier versperren kleinere und größere

Koffer den Weg, Kinder halten ihre geliebte Puppe fest in der einen Hand, während sie mit der anderen die ihrer Mutter umklammern. Ich möchte nicht drängeln, nichts liegt mir ferner, doch ich halte die Anspannung kaum noch aus. Was erwarte ich mir eigentlich von diesem Ausflug? Eine Beruhigung, dass ich alles versucht habe, mein Leben doch noch herumzureißen? Als Zeichen, dass ich mein Versagen erkannt und eingesehen habe? Zu den Türen ist einfach kein Durchkommen. Ob alle noch auf die »Bremen« wollen? Ich kann es mir beinahe nicht vorstellen, hieß es doch, das Schiff lege am frühen Nachmittag ab. Wenn sie es schaffen, dann schaffe ich es vielleicht ebenso. Was eigentlich? Niemand wird mich ohne Fahrschein aufs Schiff lassen. Ausgebucht sei die Passage ohnehin, versicherte man mir im Reisebüro in Berlin, als ich mich nach den Abfahrtzeiten erkundigte. Ich versuche, an den Köpfen der Menschen vorbei aus einem der Fenster zu blicken. Jetzt fährt der Zug eine Kurve und wir steuern geradewegs auf das neue Bahnhofsgebäude zu. Rechts von uns muss das Meer sein, also blicke ich dorthin und erkenne die Schornsteine des Ozeanriesen, die bereits unter Dampf stehen. Mein Herz beginnt schneller zu schlagen und setzt einige Male ganz aus, um dann mit einem kräftigen Schlag wieder weiter zu arbeiten.

Kaum kommen die Räder der Eisenbahn zum Stillstand, spült mich die Menge auf den Bahnsteig.

KÖLN, FREITAG, 26. AUGUST 1927

Einige Minuten vor elf Uhr setzte sich der Zug in Bewegung und verließ schnaufend den Kölner Hauptbahnhof. An den Gleisen ging es zwar betriebsam zu, doch Karolina hatte diesen Ort am Fuße des Kölner Doms, an dem Reisende eintrafen und von dem sie aufbrachen, schon wesentlich lauter und aufgeregter erlebt. Diesen Umstand führte sie auf die Wetterkapriolen der vergangenen Tage zurück, die viele Menschen vermutlich davon abgehalten hatten, jetzt noch zu verreisen, wenn sie nicht schon längst in südlicheren Gefilden weilten. Doch Karolinas Reise führte sie woandershin. Als die Eisenbahn anfuhr, sprang Karolina ganz automatisch auf und drückte ihre Nase gegen die Fensterscheibe. Nur wenige schwenkten zum Abschied ihre Taschentücher. Niemand, den sie kannte. Ihr wehmütiger Blick galt dem Kölner Dom. Sie wusste, dass die Gelegenheit gerade jetzt sehr günstig war, denn der Zug fuhr eine große Kurve. Wie auf ein geheimes Zeichen hin schob sich die Sonne durch den wolkenverhangenen Himmel. Sofort begann der Hochchor wie von einem Scheinwerfer angestrahlt zu leuchten. Doch wenige Sekunden später hatte sich die Sonne wieder hinter den Wolken versteckt, gerade als die Eisenbahn die Hohenzollernbrücke überquerte. Der Rhein hatte eine graue Farbe angenommen, die Ausflugsdampfer tuckerten gemächlich auf dem Wasser, jedoch mangelte es auf den Decks an ihrer wichtigsten Fracht, den Ausflüglern. Ein merkwürdiger Sommer, dachte Karolina bei sich. Ein merkwürdiges Leben, das ich lebe. Noch zu Beginn des Monats hatte es so ausgesehen, als ob sie bald schon an der Seite der berühmten Filmschauspielerin Henny Porten in einem Filmatelier stehen würde. Doch das Telegramm, das während ihrer Rekonvaleszenz eingetroffen war und dessen Inhalt sie derart beflügelt hatte, dass ihr Bein immer weniger schmerzte, hatte sie mittlerweile in den Papierkorb geworfen. Der Traum war so schnell geplatzt wie eine Seifenblase im Sommerwind. Es sei nur eine Formalie, hatte ihr Henny Porten ausrichten lassen, dennoch benötigte sie für die Vorbereitung des Vertrages eine Bescheinigung von Karolinas gesundheitlicher Eignung für die Dreharbeiten. Brachte sie für dieses Ansinnen durchaus Verständnis auf, wusste Karolina doch, wie anstrengend sich die Tage in den Filmateliers gestalteten, angefangen von den langen Sitzungen im Schminkraum, über die Wartezeiten, wenn die Szene, in der man mitwirkte, noch nicht dran war, bis hin zum eigentlichen Spiel vor der Kamera. Hinzu kamen mitunter schlecht gelaunte Regisseure und Aufnahmeleiter, der Krach und die Hitze in den Studios. Doch Karolina war felsenfest davon überzeugt gewesen, dass sie diese Herausforderung würde meistern können. Hatte sie nach der verunglückten Landung auf dem Flughafen Butzweilerhof im Mai nicht fantastische Fortschritte gemacht? Als sie sich nach der körperlichen Untersuchung vor den Schreibtisch des alten Hausarztes der Familie Offermann gesetzt hatte, sah sie ihm an seiner ernsten Miene an, dass es Komplikationen geben würde. »Alles heilt erwartungsgemäß«, hatte Dr. Krumbholz mit tiefer Stimme gesagt, und Karolina wollte schon innerlich jubilieren. Doch dann kam das Aber. »Ihre physische Verfassung bereitet mir wenig Grund zur Sorge, jedoch ihre seelische, Fräulein Offermann. Sehen Sie, es ist noch nicht lange her, dass Sie Ihre Mutter zu Grabe tragen mussten. Die Vorkommnisse in Ihrem Daheim«, er hatte sich auffallend lange geräuspert, bevor er fortfuhr. »Nun, und dann noch der Tod des Piloten, die schockierenden Erlebnisse auf dem Flughafen. Dies alles veranlasst mich dazu, Ihnen die benötigte Einwilligung nicht aushändigen zu können.«

»Das bedeutet, dass ich keinen Vertrag für den Film bekomme«, hatte Karolina geantwortet, während ihr Tränen in die Augen stiegen.

»Ja, das bedeutet es. Ich werde Ihren Vater darüber informieren, da Sie noch nicht großjährig sind, wertes Fräulein.« In mehr als einem Monat wäre sie es endlich. Doch das würde in dem Fall auch nichts ändern, denn Henny Porten, die berühmte Schauspielerin und Inhaberin einer Filmproduktionsgesellschaft, würde das Gutachten sehen wollen.

»Wann?«, fragte Karolina unter Tränen.

»Sie meinen, wann ich Ihnen ein positives Gutachten ausstellen kann? Sehen Sie, wir wissen noch gar nicht, wie Sie das Erlebte verkraften, welche Spätfolgen sich ergeben«, antwortete Dr. Gottlob Krumbholz mit sorgenvoller Miene.

Karolina hatte für einen Augenblick die ehrliche Sorge aus seinen Worten herausgehört, doch dann sagte er etwas, das sie richtiggehend wütend werden ließ, und nur ihre gute Erziehung hatte sie davon abgehalten, laut zu werden.

»Fräulein Offermann, überlegen Sie es sich gut, ob Sie sich mit derlei Subjekten umgeben möchten.« Dieser Satz an sich stellte bereits eine Ungeheuerlichkeit dar, aber diesen Begriff in einem Atemzug mit der Starschauspielerin und geschätzten Filmproduzentin Henny Porten zu benutzen, war in Karolinas Augen schlichtweg ein Affront.

Auf dem Nachhauseweg hatte Karolina ihren Tränen freien Lauf gelassen. Tränen der Wut und der Enttäuschung rannen über ihr Gesicht. Sie hatte vorgehabt, zu Fuß nach Hause zu laufen, doch plötzlich begann ihr Bein wieder zu schmerzen, was es immer tat, wenn sie sich aufregte. So blieb ihr nichts anderes übrig, als eine Kraftdroschke herbeizurufen, die sie zur Villa des Möbelfabrikanten Carl Anton Offermann in der Kirschallee im Kölner Süden brachte. Wortlos war sie an der besorgten Hedwig, der Hausangestellten ihres Vaters, vorbei ins Haus gelaufen, wo sie sich für Stunden in ihr Zimmer einschloss und niemanden hatte sehen oder sprechen wollen. An allem war nur diese Person schuld, diese Margot. Wegen der Sekretärin ihres Vaters, die zu diesem Zeitpunkt schon längst nicht mehr seine Angestellte, sondern die Frau an seiner Seite war, hatte Karolina im Mai Hals über Kopf aus Berlin abreisen müssen, um ihrem Vater beizustehen, der mit den ganzen Verwicklungen offensichtlich nicht fertigwurde. Zuerst starb seine Frau, Karolinas geliebte Mutter, unter mysteriösen Umständen, dann sprang Margot Künstle von der Brücke, weil sie angab, den Tod von Helene Offermann verschuldet zu haben. Aber was heißt hier verschuldet? So harmlos war alles nicht abgelaufen, schließlich handelte es sich um keinen Unfall. Vielmehr hatte sie schriftlich gestanden, Karolinas Mutter vergiftet zu haben. Warum nur hatte Karolina an jenem Tag, als ihr Bruder Arnold sie im Filmatelier in Tempelhof aufgesucht und gebeten hatte, nach Hause zu kommen, nicht einfach bis zum nächsten Morgen gewartet? Warum hatte sie nicht in Ruhe die Heimreise angetreten? Oder einen Linienflug genommen? Auch wenn Linienflüge ebenfalls ein Risiko darstellten. Die Zeitungen ließen keinen Zweifel daran. Immer wieder las sie darin über Flugzeugunglücke. Mal mit glimpflichem Ausgang, oft jedoch gab es Verletzte oder sogar Tote. Nichts war vollkommen sicher in dieser Welt.

Wie hatte sie sich doch gefreut, als Arnold ihr bei seinem Besuch berichtet hatte, dass ihr Vater sie wiedersehen wollte, nachdem er sie zuvor regelrecht verstoßen hatte.

Karolinas neues Leben, das so verheißungsvoll begonnen hatte, kam ihr wie ein Trugbild vor. Niemand drang zu ihr durch, noch nicht einmal ihr guter Freund Rudolf, der sie hin und wieder anrief. Den Sohn des Kölner Teppichfabrikanten Otto Thelen hatte Karolinas Vater als ihren Bräutigam ausgesucht, lange bevor sie selbst überhaupt etwas davon erfahren hatte. Carl Anton Offermann war darüber auch mit Karolinas Mutter Helene in Streit geraten, da sie die überkommenen Ansichten ihres Ehemannes nicht teilte. Zumindest in dieser Hinsicht. Auch dass es lange in ihren Kreisen üblich gewesen war, das Geschäftliche mit dem Privaten zu verbinden, ließ Helene Offermann nicht als Argument gelten. Nachdem Karolina eher durch Zufall von dem Vorhaben ihres Vaters erfahren hatte, war für sie, die von einem freien Leben als Schauspielerin geträumt hatte, eine Welt zusammengebrochen. Als sie Rudolf jedoch eines Tages im Kölner Stadtpark kennengelernt hatte, war ihr Widerstand gegen diesen Mann und die Pläne ihres Vaters rasch gebrochen. Damals war Rudolf mit ihrer Freundin Gertrud ausgegangen. Gertrud entsprach dem Bild der verwöhnten Tochter aus sehr gutem Hause. Der angesehene Bankier Mesenich lebte mit seiner Familie ebenfalls im Kölner Vorort Marienburg, in dem sich eine Villa an die nächste reihte. »Komm nach Berlin. Wir finden etwas für dich, das dich zufriedenstellt«, hatte Rudolf, mit dem sie sich angefreundet hatte und von dem sie wusste, dass er an Gertrud als Frau keineswegs interessiert war, gleich mehrfach vorgeschlagen. Doch sie fand immer wieder Gründe, dankend abzulehnen. Fadenscheinige Gründe, wie sie selbst am besten wusste, denn sie konnte seine Fürsorge nicht richtig einschätzen. Karolina blieb misstrauisch. Obwohl ihr Vater den Plan aufgegeben hatte, ihren Ehemann für sie zu bestimmen, konnte sie daran nicht so recht glauben. Möglicherweise existierte doch ein heimliches Abkommen zwischen Rudolf Thelen und Karolinas Vater. Dabei hatte sie noch nicht einmal Kenntnis davon, ob Rudolf überhaupt in das Vorhaben ihres Vaters eingeweiht war, es guthieß oder sie womöglich gar nicht hätte heiraten wollen, wenn er vor die Wahl gestellt worden wäre. Es war alles zu verwirrend. Erschwerend kam hinzu, dass Karolina mittlerweile immer wieder einmal ein leichtes Kribbeln in der Magengegend verspürte, wenn sie an Rudolf dachte. Oder ihm von Angesicht zu Angesicht gegenüberstand. Wenn sie ehrlich gegenüber sich selbst wäre, dann müsste sie zugeben, dass ihr Vater offensichtlich doch in der Lage war, in ihr Herz zu schauen. Sie musste an den innigen Moment auf dem Aussichtsplateau des Kölner Doms denken, als sie sich ihrem Vater so nah gefühlt hatte wie später nie mehr. Zwischenzeitlich hatte sie ihn wegen seiner Strenge und seinem Unwillen, ihr als Frau dieselben Rechte wie einem Mann, etwa ihrem Bruder Arnold, zuzugestehen, regelrecht gehasst. Heute musste sie zumindest sich selbst gegenüber zugeben, dass die Worte des Hausarztes der Familie doch ein Quäntchen Wahrheit enthielten: Ihre Seele befand sich in Aufruhr. Manchmal kannte sie sich selbst nicht mehr.

Sie hatte früher schon einen Hang dazu gehabt, recht zögerlich in ihren Entscheidungen zu sein, was in Anbetracht der Tatsache, dass sie genau wusste, was sie vom Leben erwartete, doch recht unverständlich war. Lag es an einem Fehler ihres Charakters oder an der Angst, von ihrem Vater gemaßregelt und gescholten zu werden? Dabei fiel ihr ein, dass ihr Vater selbst eine deutliche Launenhaftigkeit an den Tag legte. Also gar ein erblicher Charakterzug? Wie dem auch sei. Karolina hatte sich schwergetan und sich erst vorgestern dazu entschlossen, die Einladung von Metha Bär nach Berlin anzunehmen. Metha Bär, die Ehefrau des Kaufhausbesitzers und ihre Komplizin bei den heimlichen Schauspielstunden, die ihr Paula Poll im Hause Bär erteilt hatte, besaß Premierenkarten für die Berliner Aufführung des Films »Der Bettler vom Kölner Dom«, jenem Film, für dessen Außenaufnahmen Karolina im vergangenen Jahr den Aufnahmeleiter und einige der Schauspieler in Köln persönlich kennengelernt hatte. Wie üblich flog Metha Bär nach Berlin, doch ein Flugzeug konnte Karolina vorerst beim besten Willen nicht besteigen. Wenn sie nur ans Fliegen dachte, kamen sofort die Bilder des Absturzes zurück. Die Sekunden vor und nach dem Aufprall liefen vor ihrem geistigen Auge wie ein Film ab.

»Karo, setz dich doch endlich«, holte sie die Stimme ihrer Freundin Gertrud zurück in die Gegenwart. Gertrud klopfte mit ihrer flachen Hand auf den Platz neben sich direkt am Fenster. Karolina knöpfte ihren Sommermantel auf und hängte ihn an einen Haken neben der Tür. Sie waren alleine im Abteil der ersten Klasse.

»Wie lange dauert die Fahrt noch mal?«, fragte Gertrud. Ihr war anzumerken, dass sie diese Reise nur Karolina zuliebe antrat. Niemand hatte sie jedoch dazu gezwungen mitzukommen.

»Neun Stunden werden es laut Fahrplan wohl sein, bis wir in Berlin eintreffen«, antwortete Karolina ruhig. Doch innerlich rumorte es in ihr, hatte ihre Freundin es mittlerweile geschafft, ihr ein schlechtes Gewissen zu bereiten. Während sie Köln hinter sich ließen, versuchte sich Karolina an die Umstände zu erinnern, die dazu geführt hatten, dass sie beide jetzt hier saßen. Gertrud hatte Karolina am letzten Wochenende besucht, als Metha Bär angerufen und Karolina die Reise nach Berlin geschenkt hatte. Metha Bär hatte es Karolina freigestellt, den Zug oder das Flugzeug zu nehmen. Gertrud hatte Karolina eine Weile angeschaut und dann gefragt, ob sie es sich bereits zutraute, zu fliegen. Auf Karolinas Kopfschütteln hatte sie ihr vorgeschlagen, gemeinsam mit der Bahn zu fahren. »Du willst mitkommen?«, hatte Karolina überschwänglich ausgerufen. »Ja«, hatte Gertrud geantwortet, doch die in ihrer Antwort liegenden Zweifel waren Karolina nicht verborgen geblieben. Sie ahnte, dass ihre Freundin das Angebot übereilt ausgesprochen hatte und vermutlich ebenfalls spürte, dass sich ihre Beziehung verändert hatte. Sie waren nie sehr enge Freundinnen gewesen, aber es hatte durchaus Momente gegeben, in denen sie viel Spaß miteinander gehabt hatten. Später hatte Gertrud dann tatsächlich keinen Hehl daraus gemacht, dass sie für Karolina auf eine Sommerparty verzichtete und die Reise nach Berlin lieber mit dem Flugzeug antreten würde. Doch als Karolina ihr mehrfach nahelegte, in Köln zu bleiben, hatte Gertrud auf Karolinas verletztes Bein verwiesen und darauf beharrt, sie zu begleiten. Die Widersprüchlichkeit von Gertruds Verhalten ließ Karolina misstrauisch werden. Außerdem hatte sich ihre Freundin nie durch eine besondere Fürsorge anderen gegenüber ausgezeichnet. Warum gerade jetzt? So war Karolina gar nicht mehr wohl bei dem Gedanken, die nächsten Tage mit ihr zu verbringen.

»Es wird dir guttun, endlich hier rauszukommen, aus dieser Villa, aus Köln«, sagte plötzlich ihre Sitznachbarin. Karolina konnte gar nicht anders, als in einem sentimentalen Anflug nach Gertruds Hand mit den lackierten Nägeln zu greifen. Ihre Finger fühlten sich kühl an. Lange hielt Gertrud dieser Berührung nicht stand.

Nein, es war nicht mehr wie früher, stellte Karolina traurig fest, während ihre Freundin etwas in ihrer Tasche suchte. Die Tage der unbeschwerten Freundschaft waren lange vorbei. Sie konnten nicht ewig Kinder bleiben. Diese Gewissheit rief bei Karolina Zuversicht hervor. Sie sehnte sich nichts mehr herbei, als endlich großjährig zu sein. Sie sehnte diesen Tag so sehr herbei, als würde sich dann mit einem Schlag alles für sie ändern. Dabei würde sich nur dann ihr Traum erfüllen, wenn sie etwas dafür tat. Statt Trübsal über die vertane Chance zu blasen, musste sie eine Strategie entwickeln, wie sie an die aussichtsreiche Entwicklung vor ihrem Unfall anknüpfen konnte. Schließlich war Berlin voll von Filmproduktionsgesellschaften. Berlin war der Film.

Gertrud war nun damit beschäftigt, ihr Gesicht zu pudern. Wie oft wollte sie das noch tun? Wenn sie so weitermachte, kam sie in Berlin mit einer zentimeterdicken Schicht Schminke an. Karolina sagte nichts. Sie zog ein Buch aus ihrer Reisetasche, einen Band mit Gedichten von Rilke. Einen Band mit Rilke-Gedichten hatte sie zum letzten Weihnachtsfest ihrem Halbbruder Alexander geschenkt. Alexander schrieb selbst Gedichte und kam mit seiner künstlerischen Ader sehr nach seiner Mutter, der Schwester von Karolinas Tante Olga. Doch sie konnte sich nicht auf die Zeilen voller tiefgründiger Poesie konzentrieren. Und so betrachtete sie die vorbeiziehende Landschaft, während Gertrud sich weiter ihrer Schönheit widmete. Als sie im Bahnhof von Düsseldorf hielten und Karolina gedankenversunken die ein- und aussteigenden Passagiere beobachtete, durchbrach Gertrud das Schweigen.

»Willst du eigentlich noch Filmschauspielerin werden?« So, wie sie es sagte, klang es, als traue sie ihrer Freundin eine Filmkarriere nicht mehr zu. Natürlich hatte Karolina seit Tagen, nein, seit Wochen an nichts anderes gedacht. Würde die Funktionsfähigkeit ihres Beines bald wiederhergestellt sein? Würde sie die Belastungen in den Ateliers überstehen? Noch war sie nicht zu einem abschließenden Ergebnis gelangt.

»Ich weiß es selbst nicht«, antwortete Karolina zögerlich.

»Du hast doch so dafür gekämpft. Lass den Traum nicht enden, Karo.« Das hörte sich nicht zweifelnd an. Ganz im Gegenteil. Konnte es doch wieder wie früher zwischen ihnen werden?

»Aber der Arzt meinte auch, dass es lange dauern kann, bis ich wieder kräftig genug bin.«

»Nur den Mut nicht verlieren, hörst du?«

Karolina schaute Gertrud direkt an. »Du weißt doch. Es hat sich so viel ereignet, mit dem ich erst einmal abschließen muss.«

»Ja, das ist wahr, aber du wirst nicht damit abschließen können, indem du dich zu Hause vergräbst.« Da war er wieder, dieser vorwurfsvolle Unterton.

»Lass uns etwas essen, ich habe Hunger«, sagte Karolina. Sie war nicht in der Lage, etwas zu erwidern, was sich nicht nach gekränkten Gefühlen angehört hätte.

»Wir können uns auch etwas bringen lassen«, schlug Gertrud vor.

»Wieso?«

»Na, ich dachte wegen deines Beins und den schaukelnden Bewegungen des Zuges«, entgegnete Gertrud.

»Es geht schon, du sagtest doch, ich solle mich nicht gehen lassen«, sagte Karolina schnippischer, als sie es meinte.

»Das wollte ich nicht ausdrücken, als ich …«

»Ich weiß«, sagte Karolina. Sie hatte nicht vor, ein Grundsatzgespräch mit Gertrud zu führen. Nicht jetzt, da sie doch noch ein langes gemeinsames Wochenende vor sich hatten. »Lass uns den Speisewagen aufsuchen.«

Nach dem Essen fanden sich die beiden Frauen wieder in ihrem Erste-Klasse-Abteil ein. Das Rattern des Zuges wirkte beruhigend auf Karolina. Beide schlummerten ein.

»Sag mal, was ist mit dem jungen Burschen, eurem Gärtner?«, fragte Gertrud unvermittelt, während sie den Bahnhof von Bielefeld passierten, ohne dass der Zug dort hielt.

Karolina rekelte sich, länger als es notwendig gewesen wäre, um ihren verspannten Rücken zu lockern. Sie musste Zeit gewinnen, denn Gertrud kannte die wahren Hintergründe immer noch nicht. Karolinas Vater hatte beschlossen, die Familie zu schützen, und das bedeutete, dass nur wenig nach draußen drang. Nur mit der Hilfe des Kölner Polizeipräsidenten war es möglich gewesen, den Selbstmord von Margot Künstle, der Geliebten ihres Vaters, weitgehend vor der Presse geheim zu halten. Alexander, ihr Halbbruder, war der junge Gärtner, von dem sie gerade sprachen. Er studierte in Köln. Karolinas Vater hatte ihn eingestellt. So konnte er seinen Sohn sehen, ohne dass die Familie Verdacht schöpfte. Nur Karolinas Tante Olga war zu diesem Zeitpunkt eingeweiht und spielte so manches Mal die Botin, wenn es darum ging, Alexanders Mutter, die am Stadtrand von Köln lebte, mit finanziellen Mitteln, die Karolinas Vater bereitstellte, zu versorgen. Nachdem Karolina und Alexander sich angefreundet hatten, erfuhr sie die ganze Wahrheit, zu der auch gehörte, dass Karolinas Vater niemals Ehebruch begangen hatte, sondern Alexander der Beziehung mit Nadia Wolkowa entstammte, die vor der Ehe von Karolinas Eltern beendet worden war. Aus gesellschaftlichen Gründen.

»Er studiert bald wieder und hat dann wenig Zeit für uns«, antwortete Karolina ausweichend. Das war nicht gelogen, aber dennoch eben nur ein Teil der Wahrheit. Sie hoffte, dass das Thema damit beendet war, doch Gertrud bohrte weiter.

»Du magst ihn sehr, oder?«

Karolina ahnte, worauf Gertrud abzielte. Selbstverständlich mochte Karolina Alexander sehr, wie man einen Halbbruder eben mochte, der einem in Vielem näher stand als der Bruder, mit dem sie bislang unter einem Dach gelebt hatte.

»Ich sehe es doch, du denkst an ihn und du träumst von einem gemeinsamen …«

»Halt!«, rief Karolina und sprang auf. »Was willst du nur? Willst du mich verkuppeln?« Sie spielte die Betroffene vielleicht ein wenig zu übertrieben.

»Warum so gereizt? Liegt in meinen Worten etwas Wahres?«

Karolina drehte sich um und blickte aus dem Fenster. Genau vor dieser Situation hatte sie sich gefürchtet. Wäre Gertrud die Freundin, für die Karolina sie vor Zeiten gehalten hatte, dann würde sie ihr jetzt alles berichten. Dass Alexander ihr Halbbruder war. Dass sie dessen Mutter Nadia, die Schwester ihrer Tante Olga, sehr mochte, weil sie ihr jene Geborgenheit vermittelte, die Karolina seit dem Tod der Mutter so vermisste. Aber Karolina widerstand der Versuchung, weil sie Gertrud immer weniger einschätzen konnte. Sie versuchte sich zu erinnern, seit wann Gertrud diese unterschwellige Feindseligkeit ihr gegenüber an den Tag legte. Alles hatte an jenem Tag im Kölner Stadtwald begonnen, als sie Gertrud und Rudolf nach ihren Schauspielübungen begegnet war. Karolina hatte gleich gemerkt, dass Gertrud versucht hatte, Rudolf zu vereinnahmen. Vielleicht hatte sie an Karolinas Blick ablesen können, dass diese ihre Abneigung gegen Rudolf aufgegeben hatte. Dabei hatte sich Karolina zuvor doch mit Händen und Füßen gegen die Pläne ihres Vaters gewehrt, der Rudolf, den Sohn des Teppichfabrikanten, für sie als Ehemann auserkoren hatte. Nur wenige Tage nach diesem Zusammentreffen fing Gertrud an, Karolina mehr und mehr aus ihrem Leben auszuklammern. Sah man von den sporadisch eintreffenden Urlaubskarten einmal ab, die mehr der Selbstdarstellung dienten als Aufmerksamkeitsbekundungen an Karolina sein sollten. So empfand Karolina es zumindest. Und nun war sie plötzlich wieder an ihrer Seite, tat besorgt und sprach mit keinem Wort an, warum sie ihre Freundin bis vor wenigen Tagen kaum beachtet hatte. Hegte Gertrud etwa immer noch großes Interesse an Rudolf und war deshalb derart darauf erpicht, Karolina verliebt und glücklich zu sehen? Hauptsache der Mann, dem diese Gefühle galten, war nicht Rudolf?

Karolina musste sich zusammenreißen und überlegte fieberhaft, wie sie am klügsten antworten sollte. Sie entschied sich schließlich, ihre Freundin erst einmal in dem Glauben zu lassen, dass Alexander ihr Herz in Wallung brachte. Jedoch wollte sie sich keiner Lüge bedienen, sondern beschloss, ihren Verdacht nicht zu dementieren. So konnte sie später alles als Missverständnis darstellen. Denn erst musste sie wissen, ob Gertrud vorhatte, wieder mit Rudolf auszugehen.

»Hm«, sagte sie deshalb lächelnd, während sie sich vom Fenster wegdrehte und ins Innere des Abteils blickte. Ihre Freundin wirkte, als wäre sie mit dieser Antwort zufrieden, ließ Karolina doch genau die Interpretation zu, die Gertrud sich insgeheim wünschte.

Karolina holte ihren Rilke-Band hervor und Gertrud widmete sich wieder ihren Modezeitschriften. Am Nachmittag ließen sie sich Kaffee und Gebäck ins Abteil bringen.

Als der Zug endlich in Berlin einrollte, zeigte die Uhr halb acht abends an. Die Sonne war bereits untergegangen. Für ihr überschaubares Gepäck, zwei Reisetaschen aus Stoff, benötigten sie keine fremde Hilfe. Auch wenn Gertrud das vermutlich rein aus Prestigegründen anders sah. Immerhin war sie die Tochter eines Bankdirektors. Auf dem Bahnsteig vom Bahnhof Zoo wehte ihnen ein frischer Wind entgegen. Dieser Sommer war kein Sommer. Während der vergangenen Tage hatte es überall im Reich gestürmt und geregnet. Gertrud zog Karolina mit sich zu dem ersten Zeitungsstand, der auf dem Weg zum Ausgang lag.

»Meine Güte, hier gibt es ja Tausende von Zeitungen«, rief sie, so als wäre sie das erste Mal in Berlin. Karolina betrachtete die Titelblätter, während sich Gertrud mehrere Modemagazine aussuchte.

»Flugbetrieb in Tempelhof lahmgelegt«, titelte eine der Zeitungen.

»Tempelhof freigepumpt« eine andere.

»Was war denn passiert?«, murmelte Karolina und versuchte, den Text zu lesen.

»Benötigst du eine Brille?«, fragte plötzlich jemand neben ihr. Die Stimme erkannte sie sofort.

»Rudolf? Du hier?« Sie hätte ihn vor Freude am liebsten umarmt, aber da stand schon Gertrud neben ihnen und schwenkte die Magazine, die sie gerade erstanden hatte. Sofort durchzuckte Karolina ein ungeheuerlicher Verdacht. Hatte Gertrud deshalb so bereitwillig angeboten, Karolina nach Berlin zu begleiten, um ihn zu treffen? Woher sonst kannte er ihre Ankunftszeit? Sie musste ihn herbestellt haben.

»Ich nehme euch das Gepäck ab und begleite euch zu eurem Hotel«, sagte er und ließ sich erst Karolinas, dann Gertruds Tasche reichen.

Gemeinsam verließen sie den Bahnhof. Karolinas Bein war wegen des langen Sitzens steif geworden und so kam sie nur mit Mühe die Treppe hinab. Gertrud unterhielt sich angeregt mit Rudolf, der sich immer wieder zu Karolina umschaute. Schließlich gab er Gertrud ihre Tasche zurück und streckte Karolina seine Hand entgegen. Gertruds abweisender Blick traf Karolina mit voller Wucht.

»Gleich haben wir es geschafft«, sagte er fürsorglich. Als sie ebenen Boden erreicht hatten, ließ Karolina Rudolfs Arm wieder los. Sie wollte Gertrud nicht allzu zornig werden lassen. Mit Besorgnis dachte sie an ihren gemeinsamen Aufenthalt im Hotel Rheinland.

Rudolf winkte eine Kraftdroschke herbei. Die beiden Frauen stiegen hinten ein, er nahm neben dem Fahrer Platz. Offensichtlich kannte Rudolf nicht nur ihre Ankunftszeit, sondern wusste auch, in welchem Hotel sie übernachteten.

»Hast du ihn über unseren Aufenthalt in Kenntnis gesetzt?«; fragte Karolina leise.

Gertrud raunte etwas, was Karolina als ein Nein verstand. Wenn sie es nicht war, kam nur Metha Bär infrage. Sie hatte für die beiden Freundinnen zwei Zimmer im Hotel Rheinland von Käte Frings gebucht, in dem sich Karolina bei ihrem früheren Aufenthalt so wohl gefühlt hatte. Sie selbst war der Einladung eines reichen Geschäftspartners in das Hotel Adlon Unter den Linden gefolgt. Aber warum hatte sie Rudolf informiert? Steckte wohlmöglich Karolinas Vater dahinter?

»Rudolf, was haben die Schlagzeilen eigentlich zu bedeuten? Wieso musste der Flughafen Tempelhof freigepumpt werden?«, fragte Karolina, um zu erfahren, ob Metha Bär überhaupt noch rechtzeitig Berlin erreichen würde.

»Das Unwetter gestern hat den Flughafen überschwemmt. Aber seit heute Morgen starten und landen wieder die Flugzeuge«, erklärte er, während er sich zu ihr umdrehte. Karolina registrierte erheitert, dass Rudolf einen Seitenblick auf Gertrud warf, die gerade recht linkisch versuchte, ihre Lippen mit einem dunklen Rot nachzuziehen. Das Ruckeln der Kraftdroschke ließ dies zu einem schwierigen Unterfangen ausarten. Als sie in die Fasanenstraße einbogen, die vom Kurfürstendamm abzweigte, fiel Gertrud zu allem Überfluss auch noch der kleine Silberspiegel aus der Hand und verlor sich im Fußraum des Automobils. Während Gertrud noch mit der Suche beschäftigt war, half Rudolf Karolina aus dem Fahrzeug und drückte Karolina zum Abschied einen leichten Kuss auf die Wange.

»Ich hoffe, du bleibst ein paar Tage in Berlin. Ich würde mich freuen, mit dir Essen zu gehen, und wenn du es möchtest, könnten wir über deine Zukunft sprechen …«

Soeben eilte ein Angestellter des Hotels an ihnen vorbei, um das Gepäck in Empfang zu nehmen.

»Sehr gerne möchte ich das, lieber Rudolf. Nur bin ich mit Gertrud hier …«

»Ja, Gertrud. Sie wird bestimmt Möglichkeiten der Zerstreuung finden. Schiebe es auf dein Bein, wenn du eine Ausrede benötigst, dann kann sie alleine losziehen.«

Warum sprach Rudolf gegenüber Gertrud nicht aus, dass er mit Karolina allein sein wollte? Ob er sich eine Hintertür offen halten wollte? Er wusste schließlich zu gut, dass Gertrud für ihn schwärmte. Inzwischen hatte sie ihren Spiegel gefunden und verstaute ihn in ihrer Tasche.

»Wann und wo?«, flüsterte Karolina.

»Morgen Abend seid ihr ja auf der Filmpremiere. Am Sonntag vielleicht?«

Karolina nickte und freute sich schon auf die gemeinsamen Stunden mit ihm. Was sie jedoch traurig stimmte, war, dass er offensichtlich nicht vorhatte, der Uraufführung beizuwohnen.

»Du kommst nicht zur Filmpremiere?«, fragte sie leise, doch da mischte sich Gertrud ein.

»Na, ihr beiden? Was habt ihr denn zu besprechen?« Während sie Rudolf anblickte, drehte sie Karolina ihren Rücken zu.

»Nichts Wichtiges«, antwortete Karolina beiläufig.

Dabei wäre es bedeutsam für sie, Rudolf dort wiederzusehen. Ihm nahe zu sein. Karolina hatte sich so sehr angestrengt, vor Gertrud ihre Gefühle für Rudolf zu verbergen, dass sie nun auf ihn vermutlich ebenfalls recht gleichgültig wirkte.

»Ich lasse dir eine Nachricht zukommen«, flüsterte er, während er Gertrud hinterhersah, wie sie auf den Eingang des Hotels zustürmte. Karolina und er folgten ihr in einiger Entfernung.

BERLIN, SONNABEND, 27. AUGUST 1927

Gertrud war gestern Nacht alleine ins Berliner Amüsierviertel aufgebrochen. Kaum hatten sie im Hotel Rheinland zu Abend gegessen, hatte Karolina wieder einmal diese bleierne Müdigkeit überkommen. Seit dem Flugzeugunglück war sie ständig müde. Gertrud dagegen sprühte vor Energie und brauchte über eine Stunde, um sich fertig zu machen. Sie hatte Karolina zwar gefragt, ob sie sie begleiten wolle, doch schon wegen ihres Beines hatte sie abgelehnt. Als Gertrud beinahe pflichtbewusst noch einmal an Karolinas Zimmertür geklopft hatte, um ihr mitzuteilen, sie sei nun ausgehbereit, zeigte Gertrud sich keineswegs enttäuscht über Karolinas endgültige Absage. Derart euphorisiert hatte Karolina ihre Freundin noch nie erlebt. Doch bevor sie sich darüber allzu große Gedanken machen konnte, war sie bald darauf eingeschlafen. Die Filmmagazine, die Käte Frings ihr hatte heraufbringen lassen, hatte sie gar nicht mehr angerührt.

Irgendwann am frühen Morgen hatte sie nebenan Geräusche gehört, die aus Gertruds Zimmer kamen. Eindeutige Geräusche. Karolina konnte sich beim besten Willen nicht vorstellen, dass ihre Freundin es gewagt hatte, einen Mann mit aufs Zimmer zu bringen. Oder handelte es sich bei ihrem männlichen Begleiter gar nicht um einen Fremden? Bei dem Gedanken, es könnte sich um Rudolf handeln, begann sie unwillkürlich zu zittern. Beides wäre unmoralisch, aber Letzteres wäre für Karolina einer Katastrophe gleichgekommen. Hoffentlich bekam Käte Frings davon nichts mit, denn sie legte äußersten Wert darauf, dass ihr Hotel ein anständiges Haus war. Als die Geräusche nebenan schließlich verstummten, war auch Karolina wieder eingeschlafen. Zu diesem Zeitpunkt hatte sie allen Respekt vor ihrer Freundin verloren.

Am Morgen ging Karolina an Gertruds Zimmer vorbei in den Frühstücksraum, ohne anzuklopfen. Trotz ihres Grolls, der einer Mischung aus Enttäuschung, Abscheu und Eifersucht entsprang, schmeckte ihr das Frühstück dennoch. Vielleicht gehörte es zum Erwachsenwerden dazu, solche Gefühle auszuhalten und sich von ihnen nicht das eigene Befinden diktieren zu lassen. Deshalb beschloss sie, sich den heutigen Tag keinesfalls verderben zu lassen und sich um ihre eigenen Belange zu kümmern. Als Erstes stand für sie ein Friseurbesuch auf dem Plan, denn der Bubikopf, den sie sich vor Monaten hatte schneiden lassen, war nicht einmal mehr zu erahnen. Sie wollte neben den Premierengästen schließlich nicht wie eine graue Maus wirken, es reichte, dass sie sich wie eine solche fühlte. Ihr Selbstbewusstsein war nach den vielen Niederschlägen zusammengeschmolzen. Ob sie die Schauspieler Henry Stuart und Hanni Weisse, die sie beide in Köln kennengelernt hatte, bei der Uraufführung antreffen würde? Mehr noch fieberte sie einer Begegnung mit dem Aufnahmeleiter Arthur Bredow entgegen, der ihr damals in Köln so bereitwillig Auskunft gegeben und dem sie es zu verdanken gehabt hatte, dass sie den Filmaufnahmen für den Film »Der Bettler vom Kölner Dom« im Hotel Excelsior eine Weile beiwohnen durfte. Auch wenn eine Zusammenarbeit mit der Henny Porten-Froelich Produktion-Gesellschaft erst einmal auf Eis lag, so bedeutete es ja keineswegs das Aus für ihre Schauspielkarriere. Sie wollte zuversichtlich bleiben, dass es andere Filmschaffende gab, die ihr eine Rolle anbieten würden. Schließlich musste sie ja nicht jedem von ihrem Flugzeugunglück berichten. Außerdem würde sie ihr Bein bald wie früher belasten können. Und was Dr. Krumbholz von den psychischen Beeinträchtigungen ausgeführt hatte, empfand sie mittlerweile eher als Vorwand. Ob ihr Vater den Arzt dazu bewegt hatte, ihr das Attest unter keinen Umständen auszustellen, um sie von ihrem Traum vom Film endgültig abzubringen? Verfolgte er immer noch dieses Ziel? Karolina konnte sich das nur so erklären, dass ihr Vater einfach nicht mehr der Mensch war, für den sie ihn als Kind immer gehalten hatte.

»Jetzt Schluss damit«, murmelte sie vor sich hin und legte ihre Serviette beiseite. In der Halle traf sie Käte Frings, die Inhaberin des Hotels, und ließ sich einen guten Friseursalon in der Nähe des Hotels empfehlen. Um ihren Sommermantel zu holen, bestieg sie den Lift, der sie auf ihre Etage brachte. Vor Gertruds Zimmer blieb sie stehen und lauschte an der Tür. Doch von dort drangen keinerlei Geräusche nach draußen. Ob Gertrud nun allein war? Sie war versucht zu klopfen, unterließ es dann aber.

Mit ihrem Mantel und den bequemen Reiseschuhen verließ sie keine Minute später das Hotel und lief die wenigen Schritte zu Fuß zum Kurfürstendamm, wo sie bald schon den empfohlenen Friseursalon entdeckte.

»Ick hab Se schon erwartet, jnädijet Fräulein«, sagte der Inhaber, während er mit der Schere in der Hand klapperte. »Frau Frings hat Se mir bereits avisiert.«

Kaum hatte Karolina Platz genommen, plauderte der Friseur, den alle nur Hugo nannten, derart launig daher, dass sich Karolina in seiner Obhut ausgesprochen wohlfühlte und ihm gespannt dabei zusah, wie er ihren viel zu lang gewordenen Bubikopf gekonnt in einen modischen Haarschnitt verwandelte.

»Nun sehn Se aus wie die Brooks«, sagte er offensichtlich stolz auf sein eigenes Werk.

Karolina wusste mit dem Namen nicht gleich etwas anzufangen. Doch Hugo ließ sie keineswegs im Unklaren, sondern zeigte auf eine Fotografie, die neben dem Spiegel an der Wand hing.

»Die Fotojrafie hat mir en Kunde aus Amerika mitjebracht. Et is en Ausschnitt aus ener Illustrierten. Die Brooks is in die Staaten ene janz berühmte Schauspielerin. Et wundert mir, det die Filme mit ihr hier so selten jezeicht wern.«

Die junge Frau auf dem Foto sah mit ihren kurz geschnittenen Haaren wunderschön aus. Sie ähnelte von den Gesichtszügen her Karolina, oder vielmehr sie ihr. Karolina fühlte sich geschmeichelt, mit einer so erfolgreichen Frau verglichen zu werden. Sie wollte unbedingt mehr über sie erfahren. Nachdem sie bezahlt hatte, trat Karolina, von vielen Worten des Lobes begleitet, die dem plappernden Saloninhaber leicht über die Lippen kamen, auf die Straße.

Draußen war es zwar immer noch kühl, aber wenigstens regnete es nicht. Ab und zu lugte sogar ein Sonnenstrahl durch die Wolkendecke. Mehrfach fasste Karolina sich ins Haar, so als könne sie ihre Verwandlung noch gar nicht recht glauben. Sie fühlte sich gut. Ausgesprochen gut. Sie begann, den Kurfürstendamm in westlicher Richtung entlangzuschlendern. In einem Bekleidungsgeschäft erstand sie einen farbenfrohen Schal aus feinstem Crêpe de Chine, der hervorragend zu ihrem Kleid passte, das sie heute Abend anziehen wollte. Als sie an einer Konditorei mit dem so gar nicht nach Berlin passenden Namen Rumpelmayer vorbeikam, konnte sie der im Schaufenster dargebotenen verlockenden Tortenvielfalt nicht widerstehen. Im Innern roch es nach frisch gebrühtem Kaffee. Die angeregt miteinander konversierenden Menschen zauberten Karolina ein Lächeln ins Gesicht. Sie bestellte sich ein Stück Ananastorte – was auch sonst? – und dazu einen Kaffee. Ihre Sorgen waren wie weggeweht, hier in einer Umgebung, in der die Großstadt auf eine faszinierende Weise flüsterte. Wie unbeschwert die Menschen wirkten, wie unbeschwert sie miteinander umgingen. Als sie durch eines der Fenster nach draußen auf die Straße blickte, entwich ihr ein leiser Seufzer. Der Rhythmus der Stadt hatte sie wieder vollends in den Bann gezogen.

Sie holte sich eine Zeitung und bestellte einen weiteren Kaffee. Kaum hatte sie die ersten Seiten mit den politischen Nachrichten überblättert, da fiel ihr ein Aufruf auf, der sich von den anderen Anzeigen durch seine Größe deutlich abhob:

»Schauspielschule des Deutschen Theaters lädt zum Vorsprechen ein.«

Sie studierte den Text genau. Angehende Schauspielschüler sollten bis zum dreißigsten August im Deutschen Theater vorstellig werden.

»Anmeldungen täglich von 3-6 Uhr persönlich oder telefonisch vormittags bis 12 Uhr. Sonnabend nur vormittags.«

Ein hastiger Blick auf die Uhr verriet Karolina, dass ihr nur noch wenige Minuten blieben, um heute noch Kontakt aufzunehmen. Sie winkte einen Kellner herbei und fragte nach einem Telefon. Tatsächlich hielt man für Gespräche innerhalb Berlins einen Anschluss in der Konditorei bereit.

Karolina folgte dem Kellner in einen abseitigen Bereich und ließ sich mit der in der Anzeige genannten Nummer des Theaters verbinden. Doch erst eine Minute vor zwölf Uhr wurde sie durchgestellt. Offensichtlich war sie nicht die Einzige, die sich für ein Vorsprechen interessierte. Die Dame am anderen Ende der Leitung war freundlich, auch wenn sie ihre Erschöpfung kaum verbergen konnte. Sie wollte von Karolina wissen, ob sie bereits auf Bühnen aufgetreten sei, was sie wahrheitsgemäß verneinte, jedoch gleich anmerkte, dass sie in Köln privaten Unterricht genossen habe. Den Namen Paula Poll ließ sie außen vor, da sie nicht abschätzen konnte, ob dieser hier etwas galt. »Wenigsten keine blutige Anfängerin mit Schauspielambitionen«, tönte es Karolina durch die Hörmuschel entgegen. »Kommen Sie am Montag um drei Uhr fünfzehn zu uns. Seien Sie pünktlich. Bereiten Sie einen klassischen Text von drei bis fünf Minuten Länge vor. Shakespeare und Lessing sind gerade sehr gefragt. Und bringen Sie Wartezeit mit, aber melden Sie sich pünktlich am Empfang.« Wenn es etwas gab, das sie gerade zur Genüge hatte, dann war es Zeit. Und wenn es niemanden gab, der ihre Pläne mutwillig vereitelte, dann würde sie pünktlich in der Schumannstraße 13a am Deutschen Theater eintreffen. Fest stand damit auch, dass Karolina gute Gründe hatte, ihren Aufenthalt über das Wochenende hinaus zu verlängern.

Als sie wieder auf den Kurfürstendamm trat, wurde sie von dem Strom der Passanten mitgerissen. Begeistert von der neuen Perspektive, die sich ihr bot, hielt Karolina Ausschau nach einer Buchhandlung, um sich die entsprechende Lektüre zu besorgen. Der Gedanke an ein Engagement an einem Theater begann sie immer mehr zu reizen. Vielleicht würde sie sogar beides miteinander verbinden können? Und wenn es mit dem Film nichts wurde, dann wollte sie sich gänzlich den Sprechrollen zuwenden. Sie konnte Paula Poll nur dafür dankbar sein, dass sie ihrem Wunsch nach ausschließlich mimischen Übungen nicht nachgekommen war und ihr immer wieder aufgegeben hatte, klassische Rollen einzustudieren und den Text zu lernen. Anfangs war ihr das Auswendiglernen schwergefallen, jedoch lernte sie mit zunehmender Erfahrung immer leichter.

Endlich entdeckte sie eine Buchhandlung. Sie löste sich aus der Menge der Passanten, die immer eiliger auf ein unbekanntes Ziel hinstrebte. Hier im Laden konnte sie durchatmen. Diese Stille! Alle Geräusche waren gedämpft, selbst das Klingeln der Kasse. Erinnerungen an die unbeschwerten Tage in der Buchhandlung ihres Onkels in der Schildergasse stellten sich ein. Sie sog den Geruch ein, den nur Bücher ausströmten. In einem Regal fand sie die Klassiker. Sie wollte gerade nach »Romeo und Julia« greifen, zog jedoch ihre Hand wieder zurück. Vermutlich trug beinahe jede angehende Schauspielerin den Part der Julia vor. Und wenn sie auffallen wollte, dann gelang ihr das bestimmt nicht durch eine wenig originelle Rollenauswahl. Sie entschied sich schließlich für den »Sommernachtstraum« von Shakespeare und »Emilia Galotti« von Lessing. Auf dem Weg zurück zum Hotel Rheinland begann sie, schneller als üblich zu gehen, ja, sie musste sich regelrecht zusammenreißen, nicht wie ein Kind über das Trottoir zu hüpfen. Leichtigkeit in einer hektischen, getriebenen Welt, passte das zusammen? Sie wunderte sich über das Gefühl der Unbeschwertheit, bis sie den eigentlichen Grund dafür erkannte: Ihr Bein schmerzte nicht mehr. Vielleicht würde, früher als erhofft, alles wieder gut werden. Mittlerweile war sie sich sicher, dass Seele und Körper aufeinander Einfluss hatten.

Als das Hotel in Sichtweite war, fiel ihr ein, wen sie bezüglich ihres Gesundheitszustandes um Rat fragen konnte: Dr. Christoph Adomeit, der sie während ihres Aufenthalts in Berlin vor einem Jahr behandelt hatte. Er kannte sich mit Erkrankungen der Psyche aus. Und er hatte erst neulich eine Karte zu ihrer Genesung geschickt.

Ja, es würde alles gut werden. Wie oft hatte sie bereits daran geglaubt, und kurz darauf war etwas Unvorhergesehenes geschehen. Diesmal wollte sie zuversichtlich bleiben. Doch ihre gute Laune bekam einen Dämpfer, als Käte Frings sie im Foyer des Hotels abpasste und zu sich ins Büro bat.

»Wat häs du mir do för ene Minsch mitjebraht?«

»Wen, wie …?« Natürlich wusste Karolina, von wem die Rede war.

»Ding Fründin es e janz schön jöckig Radiesche«, schnaubte Käte Frings.

Karolina wartete lieber ab, bevor sie sich noch einmal zu Wort meldete.

»Die Naachsüül – Doochter vun enem Bankier, nit wohr? – brängk mich un mi Hotel en Verrof. Brängk et doch Käälsbesök met und deit dä Ömstand och noch esu offe kund, dat sich ehr Nevvelück bei mir beschwere«, sprach sie aufgeregt.

Wäre Käte Frings nicht gerade derart in Rage geraten, so hätte Karolina am liebsten laut gelacht. Das Kölsche enthielt so viele amüsante Begriffe. Nun ahnte Karolina aber auch, warum sich die Hotelbesitzerin in ihrem gewohnten Dialekt ausdrückte. Niemand, der ihr Gespräch zufällig belauschte, würde verstehen, dass ein »jöckig Radiesche« ein Flittchen, eine »Naachsüül« eine Nachteule und ein »Käälsbesök« ein männlicher Besucher war.

Karolina hatte gehofft, dass Gertruds Liederlichkeit Käte Frings verborgen geblieben war. »Winnichstens kunn ich de Jäss verklöre, dat ehr Nohbere jrad fresch verhierot sin. Karolina, dat jehürt sich nit.«

»Hast du den Mann gesehen, Käte?«, fragte Karolina besorgt.

»Dodrüvver denks do noh? Dat ich mer domet Ärjer enhandele, wann hee ene Frauminsch, dat nit verhierot es un dobei noch us der bessere Jesellschaff kütt, ehr Fisternöllche met en mi Hotel bränk. Häs do dat jewoss?«

»Nein, ich, ich habe nur Geräusche gehört. Natürlich weiß ich um die Tragweite …« Aber um Moral und Sittlichkeit ging es Karolina gerade nicht. War der Mann nun Rudolf, oder nicht? Karolina hielt die Anspannung kaum noch aus.

»Ich kannt in nit«, flüsterte Käte Frings, »ävver dä hät et sich us irjendeinem Etablissemang metjebraht.«

Dann konnte es Rudolf nicht gewesen sein, denn er war für die Hotelbesitzerin kein Unbekannter. Karolina atmete auf. Natürlich hätte es Gertrud nicht zum Äußersten kommen lassen dürfen, und schon gar nicht in einem Hotel, dessen Inhaberin aus Köln stammte und in deren Haus nicht nur aufgrund des Namens viele Rheinländer logierten. Karolina fand keine rechte Erklärung für das Verhalten ihrer Freundin und versprach, mit Gertrud zu reden. Insgeheim jedoch überlegte sie, ob sie die Angelegenheit überhaupt zur Sprache bringen sollte. Gertrud war ihr nicht erst seit diesem Vorfall fremd geworden. Karolinas Naturell entsprach es ganz und gar nicht, sich als Gouvernante aufzuspielen. Außerdem hatte sie gerade Wichtigeres zu tun. Bis zum Beginn der Uraufführung von »Der Bettler vom Kölner Dom« im Emelka-Palast wollte sie wenigstens damit anfangen, eine Rolle für das Vorsprechen einzuüben.

In ihrem Zimmer machte sie sich sogleich daran, in den Reclam-Heften zwei passende Szenen zu finden, in denen sie möglichst viel von ihren schauspielerischen Fähigkeiten zeigen konnte, die andererseits aber nicht zu schwer zu lernen waren. Denn viel Zeit blieb ihr bis Montag nicht. Sie fand recht schnell etwas Geeignetes und entschied sich für den Prolog von Tom Snout aus »Ein Sommernachtstraum«. Dieser Tom Snout stellt die Wand dar und erklärte vorab das Stück »Pyramus und Thisbe«, das wiederum andere anlässlich der Hochzeit von Theseus und Hippolyta aufführten. Verwirrend zwar, dieses Stück-im-Stück-Szenario, aber auch sehr reizvoll. Erst als Karolinas Magen mehrmals hintereinander laut knurrte, bemerkte sie, dass der Nachmittag bereits weit fortgeschritten war. Sie musste sich sputen. Bevor die Kraftdroschke eintraf, die sie bei ihrer gestrigen Ankunft bereits bestellt hatten und die sie zum Emelka-Palast am Kurfürstendamm kutschieren sollte, musste sie sich schließlich noch zurechtmachen. Kurz dachte sie an Gertrud und fragte sich, ob sie überhaupt mitkommen würde? Den ganzen Tag hatte sie sich noch nicht bei Karolina gemeldet.

Karolina ließ sich einen kleinen Imbiss aufs Zimmer bringen, denn mit leerem Magen war keine Filmpremiere durchzustehen. Ihre Haare saßen noch perfekt und das Make-up war im Nu aufgelegt. Sie fühlte sich hübsch mit ihrem Kleid und dem passenden Crêpe-de-Chine-Tuch. Auch die Schuhe waren ganz auf ihr dunkelblaues Kleid abgestimmt. Dazu noch das Täschchen mit den dezent schimmernden Pailletten. Sie warf erneut einen Blick in den kleinen Spiegel neben der Zimmertür, als es zaghaft klopfte. Gertrud stand vor der Tür. Sie sah wie immer atemberaubend aus, trotz des üblichen Übermaßes an Schminke. Auch wenn Karolina keine dunklen Augenringe erkennen konnte, so erahnte sie deren Existenz unter der dicken Puderschicht. Gertrud wirkte auf sie übermüdet und aufgekratzt zugleich. Es kostete Karolina einige Überwindung, ihr gegenüber die Ahnungslose zu spielen. Ein Fremder hätte sofort bemerkt, dass die Nettigkeiten, die sie über das Aussehen der jeweils anderen austauschten, allzu bemüht waren.

Der Fahrstuhl brachte sie in die Hotelhalle, wo ein Droschkenchauffeur mit einem zurückhaltenden Heben der Hand auf sich aufmerksam machte. Käte Frings bestätigte Karolina, dass der Mann auf sie wartete, wünschte Karolina einen schönen Abend und warf Gertrud einen missbilligenden Blick zu.

»Die mag mich nicht«, sagte Gertrud schnippisch und schob Karolina vor sich durch die Tür.

»Weißt du, wen ich vor dem Monbijou gesehen habe?«, fragte sie beinahe hastig, mit einem abwertenden Unterton in der Stimme, während sich die Kraftdroschke in Bewegung setzte. Kein Wort zu den nächtlichen Ereignissen im Hotelzimmer, kein Nachfragen, wie es Karolina heute ergangen war. Schließlich hatte Gertrud sie doch begleitet, um sie zu unterstützen.

»Was ist das Monbijou?«

»Ein Lokal, eine Diele. Ist doch einerlei. Und, wen glaubst du?« Gertrud wartete gar nicht erst auf eine Antwort. »Paula Poll, deine Paula Poll.«

Auch wenn Karolina nicht erwartet hatte, dass sich ihre frühere Schauspiellehrerin in der Hauptstadt aufhielt, so war es doch keine ungewöhnliche Nachricht, schon gar keine solche Sensationsmeldung, wie es den Anschein machte.

»Du weißt wohl nicht, was das für ein Lokal ist, oder?«

Karolina zuckte mit den Schultern. Woher sollte sie das wissen?

»Da hinein kommt man nur mit besonderer Einladung. Zwei Frauen, die Mali und Igel heißen, leiten es. Die Fenster sind verhängt … immer noch keine Idee?«

Was sollte das?

»Lesbische Frauen«, flüsterte Gertrud Karolina ins Ohr und machte dabei ein wichtiges Gesicht. »Ich fand diese Paula Poll immer schon etwas merkwürdig.«

»Du kennst sie doch kaum«, schnaubte Karolina. »Woher willst du so genau wissen, dass sie es war? Und überhaupt, selbst wenn sie sich zu Frauen hingezogen fühlt, was ist schon dabei?«

Gertrud zog eine Schnute.

»Wir sind gleich da«, rief der Droschkenfahrer und verlangsamte seine Fahrt. Er ließ das Automobil am Straßenrand auslaufen und stieg aus. Vor ihnen hatten bereits weitere Fahrzeuge angehalten, aus denen adrett gekleidete Damen und ebenso adrett gekleidete Herren stiegen.

»Gertrud«, sagte Karolina. »Ich muss dich das fragen: Mit wem warst du heute Nacht in deinem Hotelzimmer?«

»Was geht es dich an?«; zischte Gertrud. Karolina erschrak. »War ja abzusehen, dass diese Pute von Hotelbesitzerin mich bei dir verpetzt. Weißt du was, mir ist es egal, was du von mir denkst! Und im Übrigen: Kehrt mal lieber vor eurer eigenen Haustür«, polterte sie weiter. Jetzt, da sie allein waren, wurde ihr Ton noch rauer. »Dein Vater hat seine Sekretärin auf dem Gewissen. Ihr schöne Augen machen und sie dann in den Selbstmord treiben. Feine Gesellschaft, dass ich nicht lache! Wenn wir schon von Moral sprechen. Ganz Köln zerreißt sich über ihn den

Mund«, keifte sie, während sie die Autotür aufstieß und heraussprang. Den Droschkenfahrer, der ihr gerade aus dem Automobil helfen wollte, beachtete sie nicht. Sie rannte wortlos an ihm vorbei. Karolina blickte ihr verblüfft hinterher, ergriff nach einer Weile der Besinnung die helfende Hand, die der Droschkenfahrer ihr anbot. Sie drückte ihm ein Extratrinkgeld zusätzlich zum Fahrpreis in die Hand. Als sie sich umsah, hatte sie Gertrud aus den Augen verloren. Dafür entdeckte sie Metha Bär gleich neben dem Eingang zum Lichtspieltheater. Mit ihren Vorwürfen hatte Gertrud Karolinas Vorfreude getrübt. Sie wusste, wie sehr sich Karolina diesen Tag herbeigesehnt hatte. Ihre Knie zitterten. Karolina wäre am liebsten im Erdboden versunken. »Ganz Köln zerreißt sich über ihn den Mund«, hatte sie gesagt. Hier vor dem Lichtspieltheater wimmelte es von Kölnern. Sie durfte sich nichts anmerken lassen, wollte sich keine Blöße geben. Konnte sie überhaupt Gertruds Worten Glauben schenken oder hatte sie alles nur erfunden, um … Ja, warum? Der Frage nach dem Grund für Gertruds Wutausbruch konnte sie jetzt nicht nachgehen.

Metha Bär, die gute Freundin ihrer verstorbenen Mutter, winkte aufgeregt in ihre Richtung. »Ach, Karolina, da bist du ja. Sei froh, dass du nicht geflogen bist. Es war doch recht holprig dieses Mal. Zunächst dachten wir, wir könnten gar nicht fliegen, weil es ja gestern dieses schlimme Unwetter gab. Aber nun sind wir ja hier.« Sie zog ihren Mann, den Kaufhausbesitzer Jakob Bär, zu sich heran, der beinahe ein wenig schüchtern neben ihr gestanden hatte. Er wirkte eigenartig verloren. Dabei war er es doch gewohnt, sich auf gesellschaftlichem Parkett zu bewegen. Als er jedoch einen anderen, gut gekleideten Mann erspähte, hellte sich sein Gesichtsausdruck deutlich auf.

»Werte Metha, da ist ja endlich mein Kollege aus Berlin, entschuldigt mich bitte.« Er lupfte seinen Hut und verschwand durch einen der drei Bögen des Gebäudes hindurch ins Foyer.

»Lass dich anschauen, Kind«, sagte Metha und betrachtete Karolina von allen Seiten. Karolina wiederum starrte auf die Fellstola, die Metha umgelegt hatte. Sie mochte keinen Pelz. Nicht im Winter und erst recht nicht im Sommer, obwohl die Temperaturen alles andere als sommerlich waren.

»Was hast du mit deinen Haaren gemacht? Sie sind ja hinten ganz kurz«, entfuhr es der Kaufhausbesitzerin. In Metha Bärs Gesicht zeigte sich keineswegs nur Überraschung. Sie konnte eine gewisse Abneigung nicht verhehlen. Doch Karolina hatte nicht vor, sich zu rechtfertigen. Sie fühlte sich mit ihrer neuen Frisur erwachsener.

»Gefällt es dir?«, fragte sie selbstbewusst, auch wenn sie gerade nicht ihrer selbst bewusst war. Das Zittern ihrer Beine führte ihr vor Augen, dass Gertrud den wunden Punkt in ihrem Leben getroffen hatte. Ihre Worte hatten sich in ihren Gedanken festgesetzt und erreichten offensichtlich gerade ihren beabsichtigten Zweck: Sie verletzten Karolina zutiefst. Aber warum verhielt sich Gertrud so illoyal ihr gegenüber? Auch wenn Karolina ihren Vater nicht wirklich verstand und die Distanz zwischen Vater und Tochter sich nicht verringert hatte, so war sie der Ansicht, dass er es nicht verdient hatte, dass man schlecht von ihm redete.

»Karolina, wo bist du mit deinen Gedanken?«, fragte Metha Bär, während sie Karolina sanft am Ärmel zupfte. »Habe ich dich gekränkt?«

»Nein, Metha, das ist es nicht, mich beschäftigt etwas anderes. Weißt du, Gertrud …«

»Kind, diese Gertrud ist eine unmögliche Person, ich habe es von Käte gehört. Mach dir keine Gedanken über sie, nicht heute.« Metha hatte recht, wie so oft. Also wischte Karolina die bedrückenden Gedanken beiseite.

»Metha, ich würde noch gerne einige Tage länger in Berlin bleiben, weil ich am Montag ein Vorsprechen habe und morgen mit Rudolf verabredet bin.« Das mit Rudolf war ihr rausgerutscht.

»Oh, mit Rudolf Thelen?«, murmelte Metha, während sie mit einem Auge die Vorgänge auf der Straße beobachtete.

»Ich bezahle das Hotelzimmer selbstverständlich selbst. Vater hat mir ein Taschengeld mitgegeben.«

»Ja gut«, sagte Metha Bär beiläufig.

Insgeheim hatte Karolina gehofft, die mütterliche Freundin würde vielleicht doch für den weiteren Aufenthalt aufkommen. Da fiel ihr ein, dass sie sich noch gar nicht danach erkundigt hatte, ob eine Verlängerung überhaupt möglich war.

Gerade war ein Wagen vorgefahren, dem Hanni Weisse in einer atemberaubenden cremefarbenen Robe entstieg. Die Schauspielerin, die Karolina im vergangenen Oktober bei den Dreharbeiten im Kölner Hotel Excelsior hatte beobachten können, hatte kaum ihre Füße auf das Trottoir gesetzt, da liefen bereits einige junge Frauen auf sie zu, um ihr ein Autogramm zu entlocken. Bereitwillig unterschrieb Hanni Weisse auf den Karten, die man ihr entgegenhielt. Plötzlich flammte ein Blitz auf, dann noch einer. Und schon rief einer der Fotografen: »Fräulein Weisse, bitte lächeln. Hier!« Wieder blitzte es.

»Ist denn schon ein anderer Schauspieler im Lichtspielhaus?«, wollte Karolina wissen.

»Seitdem wir hier stehen, ist keiner angekommen«, antwortete Metha Bär. »Wo ist denn nur … ach dort. Du entschuldigst mich. Hier, nimm bitte die Karten. Die für deine Freundin, benötigst du diese noch?«

Karolina schaute sich um. Weit und breit war von Gertrud nichts zu sehen. »Wir können sie ja an der Kasse hinterlegen«, schlug sie vor.

Metha Bär zog die wohlgeformten Augenbrauen in die Höhe. »Wenn du es möchtest …«

»Weißt du was, Metha, verschenke sie doch einfach. Da vorne, dieses Mädchen, es sieht so traurig aus …«

»Eine vortreffliche Idee, Karolina. Du hast ein wahrlich gutes Herz.«

Karolina hoffte, Gertrud würde doch noch auftauchen. Sie wollte ihr Gesicht sehen, wenn sie erfuhr, dass Karolina ihre Karte verschenkt hatte. Das wäre etwas Balsam für Karolina. So viel zu dem guten Herz, dachte sie. Sie wischte den Gedanken an Gertrud weg und nahm sich vor, den Abend genießen zu wollen. Ob Hanni Weisse die einzige Prominente bleiben würde, die der Filmpremiere beiwohnte? Sicherlich hielten sich die anderen bereits im Lichtspieltheater auf. Nach und nach leerte sich der Vorplatz, auch Hanni Weisse hatte sich ins Innere begeben. Worauf wartete Karolina also noch? Sie durfte nichts verpassen. Schon gar nicht den Beginn des Films.

Im Foyer sprach sie ein junger Mann an. Er hatte ein ausnehmend gewinnendes Lächeln und wirkte mit seiner lässig gebundenen Fliege äußerst sympathisch. Er konnte kaum älter als sie selbst sein.

»Wie ich sehe, gehen Sie auch zu der Premiere des ›Bettlers vom Kölner Dom‹.« Er erklärte, dass er ein Reporter der ›B.Z. am Mittag‹ sei, Filmkritiker, um genauer zu sein.

»Spielen Sie in dem Film eine Rolle?«, fragte er.

Karolina hätte zu gerne etwas anderes geantwortet, aber sie musste verneinen.

»Ich könnte es mir jedoch vorstellen«, sagte er. Aus seinem Mund hörte es sich nicht wie ein übliches Kompliment, sondern wie eine Feststellung an.

Karolina musste lächeln.

»Kennen Sie Köln?«, fragte er.

»Ja, ich bin Kölnerin.« Sie wollte gerade ausholen, als sie bemerkte, dass außer ihnen weit und breit niemand mehr zu sehen war.

»Gleich werden die Türen geschlossen«, sagte der Bursche. »Wir sollten uns beeilen.«

Das Raunen, das die ganze Zeit aus dem Innern des Kinosaales zu vernehmen gewesen war, verstummte genau in diesem Augenblick.

»Wie ist denn Ihr Name, wertes Fräulein?«, fragte er, während er ihr an der Tür den Vortritt ließ.

Karolina antwortete, ohne zu zögern. Vielleicht würde er sie ja sogar in seiner Reportage erwähnen?

Eine Platzanweiserin hielt die beiden auf. Karolina zeigte ihre Premierenkarte vor. Während sie Karolina zu ihrem Sitz geleitete, hörte sie hinter sich den jungen Mann sagen: »Mein Name ist Billie Wilder, ich berichte für die ›B.Z. am Mittag‹.«

Bevor das letzte Licht erlosch, hatte Karolina ihren Platz neben Metha Bär und ihrem Mann eingenommen. Auf der anderen Seite saß das Mädchen, dem Metha die Karte geschenkt hatte, und strahlte über ihr ganzes Gesicht. Gertrud tauchte bis zum Ende der Vorstellung nicht auf.

BERLIN, SONNTAG, 28. AUGUST 1927

Der Film »Der Bettler vom Kölner Dom« war amüsant und spannend gewesen, und sie hatte Freude daran gehabt, die ihr so bekannten Örtlichkeiten auf Zelluloid gebannt wiederzusehen. Ein regelrechtes Kribbeln hatte sie verspürt, als jene Szenen an der Reihe waren, deren Entstehung sie in Köln unmittelbar miterlebt hatte. Jedoch nicht alle, die vor und hinter der Kamera mitgewirkt hatten, waren zur Premierenfeier erschienen. Der Regisseur Rolf Randolf war für eine kurze Begrüßungsansprache auf die Bühne getreten, und auch Hanni Weisse, die im Film eine Verbrecherin namens Madame Tréville spielte, und Elza Temáry, die die Figur der Mabel Strong verkörperte, hatten sich dem Publikum präsentiert. Arthur Bredow dagegen, dessen Anwesenheit Karolina herbeigesehnt hatte, fehlte. Sie hatte darauf gehofft, mit ihm ins Gespräch zu kommen, hatte er ihr doch damals in Köln seine Hilfe angeboten. Seine Visitenkarte trug sie immer bei sich. Karolina haderte mit sich, ob sie den Regisseur ansprechen sollte, doch sie hielt es für unpassend, ihn zu fragen, ob er eine Rolle für sie habe. Nein, das gehörte sich nicht, nicht an einem solchen Abend. Sie würde den offiziellen Weg gehen müssen. Auch der smarte Hauptdarsteller, Henry Stuart, glänzte durch Abwesenheit, ließ aber immerhin freundliche Grüße ans Publikum ausrichten. Wenigstens hatte sie einige Worte mit Hanni Weisse wechseln können, die ihr Mut zusprach und Karolina ihre Adresse mitgeteilt hatte: »Gar nicht weit von hier, in der

Clausewitzstraße, wohne ich«, hatte sie ihr noch zugerufen, bevor sie wieder in das bereitgestellte Automobil stieg.

Auf dem Rückweg teilten sich Metha Bär, ihr Mann und Karolina eine Kraftdroschke. Bis zur Ankunft im nahe gelegenen Hotel Rheinland plauderten sie über das gerade Gesehene. Während Metha Bär die Szenen im Hotel am besten gefallen hatten, begeisterte sich Karolina vor allem für die dramatische Autofahrt entlang des Rheins, bei der Mabel Strong beinahe tödlich verunglückt wäre.

»Ich hätte auch gerne ein Automobil, so eines wie das von Elza Temáry«, sagte Karolina zum Abschied. Die Bärs fuhren weiter zum Hotel Adlon. Bis man sich in Köln wiedersah, würden möglicherweise Tage, wohl eher Wochen vergehen.

Als sie das Hotel Rheinland betrat, traf sie nur noch den alten Portier an. Der überreichte ihr einen Zettel, auf dem Käte Frings Grüße von Rudolf notiert hatte. Er wolle sie am Sonntag gegen zwölf Uhr mittags im Hotel abholen. Eine Nachricht, die Karolina vollends mit dem ausklingenden Tag versöhnte. Überdies war eine Verlängerung ihres Aufenthaltes um mindestens zwei Tage möglich, wie ihr der übermüdete Portier mitteilte.

Abgesehen von Gertruds merkwürdigem Auftritt war eigentlich alles bestens. Bevor sie sich in ihr Zimmer zurückzog, hatte sie im Berliner Adressbuch nach den ihr bekannten Schauspielern gesucht und war tatsächlich fündig geworden. Hanni Weisses Adresse war darin verzeichnet, so wie die von Rolf Randolf. Arthur Bredows hingegen nicht. Allmählich kam es ihr vor, als wäre er vom Erdboden verschluckt worden. Wenn er im Film nicht ausdrücklich als Aufnahmeleiter genannt worden wäre, sie hätte glauben können, sie habe in Köln mit einem Phantom gesprochen.

Nach einer ausgedehnten Nachtruhe war sie voller Tatendrang und befand sich auf dem Weg zum Frühstücksraum. Ihr Notizbuch hielt sie in der Hand, um sich nachher einige Adressen aufzuschreiben, die sie gestern Abend im Berliner Verzeichnis entdeckt hatte. Rund um die Friedrichstraße waren zahlreiche Produktionsfirmen aufgeführt. Käte Frings schien an der Rezeption auf sie gewartet zu haben.

»Ming Nohreech häs do jefunge?«

Karolina nickte.

»Ding Jertrud es avjereis.«

»Hat sie keine Nachricht für mich hinterlassen?«, fragte Karolina.

Käte Frings schüttelte den Kopf.

Wohin war sie gefahren? Zum Bahnhof, um zurück nach Köln zu reisen? Zu ihrem neuen Bekannten oder gar zu Rudolf? Würde er sich überhaupt mit ihr treffen?

Die Zeit nach dem Frühstück nutzte Karolina zum Rollenstudium. Die Figur des Tom Snout aus »Ein Sommernachtstraum« beherrschte sie schon recht gut, auch wenn sie ihre Interpretation noch nicht ausgereift genug fand. Sie hätte sich jemanden gewünscht, der ihr Spiel und ihre Sprechweise beurteilen konnte. Sie dachte an Paula Poll, aber wie sollte sie diese in Berlin finden? Sie hatte völlig vergessen, Metha Bär nach ihr zu fragen. Im Adressbuch war sie jedenfalls nicht aufgeführt. So lange konnte sie also noch nicht in Berlin wohnen, wenn sie überhaupt hier lebte.

Karolina war gerade dabei, die Szene auswendig zu lernen, in der Emilia Galotti in das Zimmer stürzte, um ihrer Mutter von der Begegnung mit dem Prinzen in der Kirche zu berichten, als es klopfte. Das Zimmermädchen ließ Karolina ausrichten, dass ihr Besuch unten auf sie warte. Karolina hatte völlig die Zeit vergessen, kämmte sich rasch noch einmal und korrigierte ihr Make-up. Da das Wetter sich immer noch nicht gebessert hatte, zog sie den Sommermantel vom Haken und streifte ihn über, während sie voller banger Vorfreude aus dem Zimmer lief.

Unten wurde sie von Rudolf freundschaftlich begrüßt. »Sonntags flaniert man Unter den Linden«, sagte er. »Natürlich nur, wenn das dein Bein zulässt.«

Tatsächlich hatte Karolina seit vielen Stunden gar nicht mehr an ihre Verletzung gedacht. »Mir geht es gut, danke. Gerne würde ich mit dir ein wenig *flanieren.*« Sie fand das Wort so altmodisch, dennoch so schön.

Rudolf hielt ihr galant seinen Arm entgegen, sodass ihr gar nichts anderes übrig blieb, als sich unterzuhaken. Mit der Kraftdroschke fuhren sie gemächlich durch das sonntägliche Berlin und plauderten über die neuesten Nachrichten und das Wetter.

»In Heringsdorf wurde die Seebrücke schwer beschädigt und in Pommern steht wegen der heftigen Regenfälle die Getreideernte vor dem Aus«, referierte Rudolf. »Nachrichten von der Ostsee kommen wegen der zerstörten Telegrafenanlage nur spärlich nach Berlin und der Dampferverkehr ist eingestellt.«

»Grauslich ist es in diesem Jahr«, pflichtete ihm Karolina bei. Doch so ganz war sie nicht bei der Sache. Sie wollte nicht mit ihm plaudern, dafür hatte sie sich nicht mit ihm verabredet. Rudolf betrachtete sie lange von der Seite, was Karolina aus dem Augenwinkel bemerkte.

»Hat euch der Film gefallen, auf dessen Aufführung du ja so lange gewartet hattest?«, fragte er nach einer ganzen Weile. Mit »euch« meinte er Gertrud und sie. Also hatte sie sich nicht mit ihm getroffen. Gertrud hätte sicher erwähnt, dass sie nicht bei der Uraufführung dabei war.

»Karolina, was ist mit dir? Du gefällst mir heute gar nicht.«

Sie sah ihn an. Vor den Fensterscheiben zogen gerade die Anlagen des Tiergartens vorbei.

»Habe ich dich verärgert?«, fragte er leise.

»Nein, entschuldige, Rudolf. Mir geht gerade so vieles durch den Kopf. Hast du etwas gehört, dass mein Vater in Köln nicht mehr gut angesehen ist?«

Rudolf wandte seinen Blick ab und schaute aus dem Fenster. Das Zucken um seinen Mund verriet alles: Er suchte nach einer passenden Antwort.

»Also ja«, sagte sie traurig.

»Weißt du, Karolina, du kennst die Kölner. Aber der Tod deiner Mutter und kurze Zeit später der seiner Sekretärin … Auch wenn die Presse wenig berichtet hat, die Leute haben es doch erfahren. Irgendjemand redet, der Nächste streut ein Gerücht … Du weißt doch, wie es sich verhält.«

»Aber für die beiden Todesfälle kann mein Vater doch nichts …« Karolina versuchte, das Verhalten ihres Vaters zu rechtfertigen. Dabei beurteilte sie es ja gar nicht so viel anders als die Leute. Das Brandenburger Tor kam in Sichtweite.

»Sei nicht wütend«, sagte Rudolf leise. »Das, was dein Vater getan hat, also dass er diese Frau in aller Öffentlichkeit … Wie soll ich es sagen. Es war einfach nicht klug.«

»Was willst du andeuten? Mein Vater hätte sich nach Mutters Tod nicht zu Margot bekennen sollen? Das wäre schändlich gewesen. Er konnte ja nicht ahnen, welches Spiel sie spielt.« Karolinas Augen füllten sich mit Tränenflüssigkeit.

»Nein, das meine ich nicht, oder doch? Wir wissen doch alle, dass Männer mit einer gewissen Position anziehend auf Frauen wirken.«

»Dein Vater hat auch eine Geliebte?«, fragte Karolina schnippisch.

»Wenn es so sein sollte, dann geht er diskret dabei vor.«

Karolina zuckte zusammen. Sie versuchte sich den ältlichen Teppichfabrikanten als Ehebrecher vorzustellen. Es gelang ihr nicht. »Ich muss etwas dagegen tun!«

»Aber was denn, Karolina?«

Der Droschkenfahrer brachte das Automobil zum Stehen. Rudolf bezahlte für die Fahrt und half Karolina aus dem Wagen. Ihr Bein machte sich bemerkbar. Schweigend liefen sie durch das Brandenburger Tor. Karolinas Bein schmerzte mittlerweile bei jedem Schritt. »Also doch psychisch?«, murmelte sie vor sich hin.

Rudolf blieb stehen. »Dir geht es nicht gut, das sehe ich doch. Soll ich dich zum Hotel zurückbringen?« Seine ehrliche Sorge rührte Karolina. Wenn sie nachdachte, so war Rudolf der einzige Mensch, den sie gerade ihren Freund nennen konnte. Zu mehr stand ihr ohnehin nicht der Sinn.

»Es ist einfach so viel geschehen während der letzten Monate. Ich komme da gar nicht mehr mit.« Karolina spukte zu viel im Kopf herum. Ihr Vater, sein Ruf, ihre Großjährigkeit, ihr Vorsprechen am Montag, ihre Verletzung, die immer wieder schmerzte, ihre Freundschaft – war es das noch? – zu Gertrud … Sie hätte gern etwas weniger Ballast mit sich herumgetragen.

»Aber freue dich doch, bald wirst du großjährig, Karolina. Am neunzehnten September, nicht wahr?« Er kannte ihren Geburtstag, den wohl wichtigsten Tag in diesem Jahr. Den Tag, auf den sie bereits lange hingefiebert hatte. Jetzt war dieses Ereignis beinahe vollständig in den Hintergrund gerückt. Dabei waren es bis dahin keine vier Wochen mehr.

»Weißt du schon, ob es ein Fest geben wird?« Seine Frage klang so unbedarft. Niemand hatte bislang mit ihr darüber geredet. Vermutlich, weil es sich nach all den familiären Katastrophen nicht schickte, eine derartige Feierlichkeit zu arrangieren. Wer würde überhaupt kommen wollen? Die Kölner Gesellschaft? Zu gerne würde sie ihre Freundin Ingrid Pflückbaum einladen, aber sie und ihre Mutter waren einfach aus Köln weggezogen, ohne eine Adresse zu hinterlassen. Sie hatte Ingrid zuletzt in der Neuen Apotheke in der Hohe Straße gesehen, wo sie als Aushilfe arbeitete. Ingrid war die Tochter eines ehemaligen Mitarbeiters der Möbelfabrik von Karolinas Vater. Ihre Freundin besaß etwas, das Karolina bei vielen ihrer Mitmenschen vermisste: ein mitfühlendes Herz.

»Nicht?«, bohrte Rudolf weiter. »Dann könnten wir beide vielleicht etwas Schönes unternehmen, einen Ausflug machen? Ich komme gerne nach Köln für ein paar Tage.«

»Ach, Rudolf«, seufzte Karolina. »Das würdest du tun?«

»Überlege es dir.«

Sie schlenderten langsam weiter und allmählich spürte Karolina keine Schmerzen mehr in ihrem Bein. Rudolfs Gesellschaft und das Flanieren halfen ihr, wieder klarer zu denken. Sie erreichten die Friedrichstraße.

»Möchtest du ins Kranzler?«, fragte Rudolf und deutete auf die gegenüberliegende Straßenseite.

Sie setzten sich an einen Tisch im Freien. Da Karolina heute Morgen lediglich Toast mit Marmelade gegessen hatte, bestellte Rudolf für sie ein erweitertes Frühstück und ließ sich vom Kellner zwei Tageszeitungen geben.

Als er Karolinas Blick bemerkte, erklärte er: »Alte Gewohnheit. Ich habe selten so nette Gesellschaft. Ich sitze oft alleine hier.«

»Du musst dich nicht erklären«, sagte Karolina. »Was wäre unser Leben ohne die Berichte in den Zeitungen? Es ist wichtig, sich zu informieren.«

Rudolf nickte und legte die Zeitungen so auf den Tisch, dass sie beide hineinschauen konnten. »Schau mal hier«, sagte Rudolf und zeigte auf eine Nachricht im Berliner Tageblatt.

»›Trotz einiger Revolver bleibt man ohne sonderliche Aufregung‹«, las Karolina aus einer Besprechung des Films vor, den sie gestern gesehen hatte.

»Also ich fand es schon spannend. Ah, hier: ›gefällt durch eine Menge fein beobachteter Situatiönchen …‹ Schade, von Hanni Weisse ist hier gar nicht die Rede.« Während Karolina weiterlas, blätterte Rudolf in der Börsen Zeitung. Mit einem Mal verfinsterte sich sein Blick.

»Das möchtest du nicht lesen, das ist ein richtiger Verriss.«

Jetzt wurde Karolina erst recht neugierig. »Sag schon, was steht da?«

»Nun gut, eine ›Feld-, Wald- und Wiesen-Detektivgeschichte‹. Und bei der zweiten Aufführung am Abend kamen wohl nur noch ganz wenige Zuschauer in den Emelka-Palast«, sagte Rudolf, während er die Zeitung zuklappte.

»Schade, aber wie du siehst, manchen gefällt es, manchen nicht … Du kennst das doch selbst.«

»Wie weise, wie weise, meine kleine Karolina.«

Wie redete er von ihr? Diese Verniedlichung entsprach sonst gar nicht seinem Stil. Doch bevor die Situation peinlich werden konnte, wurde Rudolf wieder ernst.

»Ich wollte mit dir über deine berufliche Zukunft reden. Das liegt mir schon die ganze Zeit auf der Seele. Was hast du vor?«

Ja, wie sollte es mit ihr weitergehen? Dass Heirat für sie keine Option war, wusste er. Was konnte ihr Besseres passieren, als mit dem aufrichtigen Rudolf über ihre Zukunft zu sprechen? So berichtete sie, es nun doch beim Theater zu versuchen, was er ausdrücklich goutierte. Er riet ihr auch, sich zu Hause in Köln ebenfalls beim Theater zu bewerben. Schließlich kam er auf das Filmgeschäft zu sprechen.

»Karolina, ich halte dich für eine wirklich vielversprechende Filmschauspielerin. Und ich sage es dir im Vertrauen, du solltest dich wirklich mit Sprechrollen befassen. Vielleicht sogar Englisch lernen. Der Film wird sich in den nächsten Jahren deutlich verändern. Ich habe meine Quellen und auch Beziehungen nach Amerika. Du hast wirklich eine sehr schöne Stimme, du spielst sehr natürlich. Man wird bald froh sein, eine so bezaubernde Frau wie dich zu beschäftigen.«

Sie wusste nicht, was sie sagen sollte. Offenbar hatte der unbedeutende Drehbuchautor, für den Karolina ihn immer noch hielt, mehr Ahnung vom Filmgeschäft, als sie gedacht hatte.

»Ich weiß, dass du ungeduldig bist, und traurig, dass Henny Porten dich nicht unter Vertrag genommen hat.«

Hatte sie ihm von der Angelegenheit mit dem Gutachten berichtet, oder wusste er es von Henny Porten selbst? Rudolf ließ sich in seinem Redefluss nicht aufhalten, und so hörte Karolina ihm aufmerksam zu. Mit leisen Worten, jedoch nicht weniger eindringlich, gab er ihr mit auf den Weg, sich von der Ufa möglichst fernzuhalten und sich lieber bei kleineren, unabhängigen Produktionsgesellschaften vorzustellen. Seitdem Alfred Hugenberg dort das Sagen habe, wehe ein anderer, nationalerer Wind. Rudolf habe erfahren, dass sogar fertig gedrehte Filme mittlerweile nach Gutdünken nachträglich geändert würden, oftmals ohne das Wissen des Regisseurs. Produzenten und Regisseure würden unter Druck gesetzt, schlechtere Verträge zu unterschreiben, sonst dürften sie nicht mehr für die Ufa arbeiten.

»Das ist Zensur«, sagte Karolina leise, die die Brisanz von Rudolfs Ausführungen begriffen hatte.

»Aber gibt es denn überhaupt noch kleinere, unabhängige Produktionsgesellschaften? Die erfolgreich sind?«, wollte Karolina wissen.

»Einige wenige, die von Henny Porten zum Beispiel.«

Da war er wieder, dieser Stachel der Enttäuschung. Sie hatte nicht nur einen Fuß in der Tür ihrer Träume gehabt. Aber alles Lamentieren half nun nichts. Sie musste nach vorne schauen. Wie oft hatte sie sich diesen Gedanken während der letzten Monate immer wieder gebetsartig aufgesagt?

»Also«, sagte Rudolf.

»Also?«, fragte Karolina.

»Was willst du tun?

»Zum Theater. Vielleicht ist das meine Berufung. Ich habe mich wirklich ausführlich mit den Klassikern beschäftigt.«

»Behalte aber auch die neuen Dramatiker im Blick. Neulich wurde mir auf einer Veranstaltung ein Mann namens Bertolt Brecht vorgestellt. Vor einer Weile wurden in München schon einige von ihm geschriebene Stücke aufgeführt. Er arbeitet auch als Regisseur. Aus ihm könnte etwas werden. Er denkt sehr sozialkritisch.«

»Politische Stücke rufen bei mir ein gewisses Unbehagen hervor«, gab Karolina zu bedenken.

»Ich würde mich jetzt zu gern mit dir über die Funktion und den Nutzen von Literatur und Film unterhalten, Karolina. Das wäre durchaus spannend. Jedoch«, er blickte auf die Uhr. »Ich fürchte, ich muss dich zurückbringen, denn ich habe noch eine Verabredung.« Er winkte den Kellner herbei.

Karolina konnte ihre Enttäuschung über das plötzliche Ende ihrer Unterhaltung kaum verbergen. Rudolf hatte so viel Interessantes zu sagen. Sie fühlte sich von ihm ernst genommen, auch wenn sie vorhin für einen Augenblick genau das Gegenteil empfunden hatte, als er sie »meine kleine Karolina« genannt hatte.

»Ich habe eben den Kellner gebeten, uns eine Kraftdroschke zu rufen«, sagte Rudolf, während er Karolina aus dem Stuhl half. Ihre Blicke trafen sich. Mit einem Mal wurde ihr bewusst, dass Rudolf sehr viel für sie empfand. Eine Frage musste sie ihm nun endlich stellen, um Ruhe zu haben, auch wenn es bessere Orte für eine solche Unterredung gab als ein gut gefülltes Café an einer viel befahrenen Straßenecke. »Rudolf, wie stehst du zu Gertrud?« Jetzt war es raus.

»Wie meinst du das?«

»Du weißt doch, dass sie dir schöne Augen macht. So wie sie immerzu an deinen Lippen hängt.«

»Immer noch? Meinst du?«

Konnte es sein, dass er nie etwas von ihrer Schwärmerei für ihn mitbekommen hatte?

»Sie ist mir zu fordernd, Karolina«, sagte er ein wenig kleinlaut.

Was bedeutete das? Würde er mit ihr ausgehen, wenn sie diese Eigenschaft ablegen würde? Sollte sie ihm von dem nächtlichen Treiben im Nebenzimmer berichten oder es lieber für sich behalten? Karolina zog es vor, Stillschweigen über Gertruds Verfehlung zu wahren. Nicht dass er den Eindruck bekam, sie wolle die Freundin schlechtmachen. Für weitere Fragen war es zu spät. Ihre Kraftdroschke stand bereit. Nachdem sie eingestiegen waren, ging die Fahrt zurück Richtung Westen. Der Verkehr auf den Straßen hatte gegenüber heute Vormittag beträchtlich zugenommen. Immer wieder schaute Rudolf auf die Uhr. Sie hätte ihn fragen können, welche wichtige Verabredung vor ihm lag, aber sie wollte nicht indiskret sein. Und da der Fahrer mithören konnte, wollte Karolina persönliche Dinge nicht ansprechen.

»Wann reist du ab?«, fragte Rudolf, als sie den Großen Stern passierten.

»Voraussichtlich am Dienstag, morgen habe ich ja mein Vorsprechen. Vielleicht schaue ich noch bei Henny Portens Produktionsgesellschaft vorbei.«

»Dann werden wir keine Gelegenheit finden, uns vor deiner Rückfahrt noch einmal zu verabreden.«

»Ja, schade, ich hätte auch gerne mehr über deine Arbeit und die Filmbranche erfahren«, sagte sie.

»Beim nächsten Mal«, sagte Rudolf. Wieder suchte er ihren Blick. Doch sie konnte diesem nicht lange standhalten. Ihre eigenen Gefühle verwirrten sie zu sehr.

Für Karolinas Empfinden erreichte das Automobil viel zu früh die Fasanenstraße. Zwischen ihnen stand noch so viel Unausgesprochenes. Obwohl er es offensichtlich sehr eilig hatte, ließ Rudolf es sich nicht nehmen, Karolina aus dem Wagen zu helfen. Nicht nur das. Er blieb nachdenklich vor ihr stehen, sagte nichts, sondern berührte sie sanft am Arm. Ein wenig verlegen zwar, aber doch verbindlich. Welch ein Augenblick! Karolina begann vor Aufregung zu frösteln. Vom Kurfürstendamm drangen die Geräusche des betriebsamen Berlins an ihr Ohr, doch hier schien die Welt für einen Moment stillzustehen. Sie hauchte ihm einen Kuss auf die Wange, der länger andauerte, als sie beabsichtigt hatte. Ein Anflug von Unbekümmertheit und Mut. Rudolf lächelte. Plötzlich kam sich Karolina so töricht vor. Auch wenn er ihren Kuss nicht erwiderte, so meinte Karolina doch, einen Anflug von Verlegenheit in seinem Gesicht zu erkennen.

»Bitte pass auf dich auf.« Er umgriff ihren Arm etwas fester. Dann ließ er sie los. »Ich wünsche dir alles Glück dieser Erde«, sagte er schließlich. Es klang wie ein Abschied für längere Zeit.

»Ich dir auch«, flüsterte Karolina. Rudolf machte auf dem Absatz kehrt und wandte sich dem Automobil zu. Sie versuchte noch zu erfahren, wohin er den Fahrer schickte, doch sie konnte seine Anweisung nicht verstehen. So blieb ihr nur, dem davonfahrenden Wagen hinterherzuwinken, ohne zu wissen, ob Rudolf sie sah. In Gedanken versunken wechselte sie die Straßenseite, als ein Automobil neben ihr hielt. Der Fahrer betätigte das Signalhorn, was Karolina dazu veranlasste, stehen zu bleiben. Es war Rudolfs Kraftdroschke. Er riss die Tür auf und sprang aufs Trottoir.

»Karolina, ich habe ganz versäumt, dich zu fragen, ob du bereits Fotografien von dir hast anfertigen lassen.«

Welche Fotografien? Sie war für einen Augenblick verwirrt. »Ach, du meinst für meine Bewerbungen.«

»Ja, wie soll man sich sonst an dich erinnern, bei so vielen Anwärtern für die wenigen Rollen.«

»Jetzt machst du mir aber keinen Mut.«

»Sag einfach, dass du umgehend einen Brief mit den Aufnahmen schickst, wenn du zurück in Köln bist«, riet er ihr.

»Danke, lieber Rudolf.«

»Auf Wiedersehen, Karolina«, rief er.

Erneut setzte sich der Wagen in Bewegung. Karolina wartete nicht mehr, bis der Fahrer gewendet hatte, sondern rannte die wenigen Schritte zum Hoteleingang. Bis morgen wollte sie noch einmal die Stellen für das Vorsprechen durchgehen. Die Leichtigkeit, die sie eben noch gespürt hatte, war verflogen, als sie ihr Zimmer betrat. Plötzlich fühlte sie sich erschöpft und ausgelaugt. Und ihr war ein wenig übel. Ob sich da bereits das Lampenfieber bemerkbar machte?

BERLIN, MONTAG, 29. AUGUST 1927

Karolina stand am Fenster ihres Hotels und blickte in den Himmel. Es schien ein freundlicher Morgen zu werden. Sie konnte sich gar nicht recht darüber freuen, denn sie stand immer noch unter dem Einfluss der vergangenen Nacht. Sie hatte sich, geplagt von zahlreichen Albträumen, stundenlang im Bett hin und her gewälzt. Einmal befand sie sich auf einer überdimensionalen Bühne, der Scheinwerfer war gleißend hell auf sie gerichtet. Sie wurde derart geblendet, dass sie Angst hatte, von der Bühne in das unendliche Schwarz des Zuschauerraumes zu fallen. Eine ungeduldige, schrille Stimme ermahnte sie, doch endlich mit dem Vorsprechen zu beginnen. Doch sie konnte kein Wort hervorbringen, in ihrem Kopf war gähnende Leere, sie hatte den Text vergessen. Plötzlich veränderte der Scheinwerfer seine Position und wanderte in den Zuschauerraum. Dort saßen Gertrud und Rudolf und lachten sie aus. Gertrud war weiß geschminkt, ihr Mund leuchtete blutrot. Ihre Augen schienen von innen zu brennen.

»Wie gut, dass es nur ein Traum war«, murmelte Karolina. Ihr war schlecht. Dennoch frühstückte sie eilig, um sich danach noch einmal dem Rollenstudium zu widmen. Da sie den Tag möglichst effektiv nutzen wollte, verließ sie bereits am späten Vormittag das Hotel in der Fasanenstraße. Vor lauter Aufregung konnte sie ohnehin keinen klaren Gedanken mehr fassen, und was sie bis jetzt nicht wusste, würde sie in letzter Minute nicht mehr lernen. Im Gegenteil, sie wusste, dass sie vieles durcheinanderwarf, wenn sie bis kurz vor einer Prüfung noch über ihren Büchern und Texten brütete. Von Käte Frings hatte sie sich die Fahrtroute bis zur Friedrichstraße 37a beschreiben lassen, dem Ort, an dem sich der Sitz von Henny Portens Produktionsgesellschaft befand. Wenn sie schon einmal hier war, würde sie sich die Gelegenheit nicht nehmen lassen, dort vorzusprechen. In der Uhlandstraße stieg Karolina die Stufen zur Untergrundbahn hinunter. Zum ersten Mal würde sie mit der U-Bahn fahren. Zwanzig Pfennige kostete die Fahrt und war somit weitaus günstiger als eine Fahrt mit der Kraftdroschke. Die Linie B stand schon bereit, als sie am Gleis ankam. Für die Berliner stellte die Nutzung der Bahn eine Selbstverständlichkeit dar, für Karolina war es ein Abenteuer. Über Wittenberg- und Nollendorfplatz sowie Gleisdreieck erreichte Karolina die Haltestelle Hallesches Tor. Als sie wieder ans Tageslicht kam, fand sie sich mitten auf dem Belle-Alliance-Platz mit der Friedenssäule wieder. Von dort hatte sie es nicht weit bis zu Henny Portens Geschäftsadresse. Der Verkehr hatte gegenüber gestern deutlich zugenommen. An einem Montag wurde anscheinend sehr viel ausgeliefert und zugestellt. Karolina war froh, als sie die Tür des Geschäftshauses hinter sich schließen konnte und die Geräusche leiser wurden. Die Tür mit der Aufschrift »Henny Porten-Froelich Produktion-Gesellschaft m.b.H.« fand sie erst nach einer kurzen Suche. Auf den ersten Blick erkannte sie, dass es sich um ein recht kleines Büro handelte. Eine ältere Dame kam ihr entgegen und fragte sie, ob sie ihr helfen könne. Sie wolle mit Henny Porten wegen ihres Vertrages sprechen, erklärte Karolina. Sowohl Henny Porten als auch Carl Froelich seien heute leider nicht zugegen. »Können Sie mir trotzdem helfen?«, fragte Karolina.

»Sehr gerne«, antwortete sie kühl.

»Ich wüsste gerne, wann der Film, den wir vor einigen Wochen in Tempelhof gedreht haben und in dem ich eine kleine Nebenrolle spielen durfte, in die Lichtspieltheater kommt.«

Die Dame runzelte die Stirn. Offenbar hatte sie erwartet, dass Karolina nur eine unerfahrene Schauspielerin auf der Suche nach einem Engagement war.

»Ihr Name bitte?«, fragte sie etwas freundlicher als eben.

»Karolina Offermann, alias Lia Caroll.«

»Mal sehen.« Die Dame ging zu einem Regal mit Ordnern und zog einen davon heraus. Nach einigem Blättern fand sie, wonach sie gesucht hatte. »Ah, hier. Der Film ist noch nicht ganz fertig und dementsprechend auch noch nicht der Zensur vorgelegt worden. Ah, in der Liste der Schauspieler sehe ich Ihren Namen. Das Honorar wurde Ihnen noch nicht ausgezahlt. Woran liegt das? Ah, ich sehe, uns fehlt Ihre Bankverbindung. Bar können wir es leider nicht auszahlen.«

Karolina verfügte jedoch über kein eigenes Konto. Sie würde warten, bis der Tag ihrer Großjährigkeit gekommen war. Lange dauerte es nicht mehr. Dann könnte sie ein Konto eröffnen und sich auch um die Erlangung einer Fahrerlaubnis für ein Automobil kümmern. Je unabhängiger sie wurde, desto besser. Endlich gab es etwas Positives, das sie mit ihrem Geburtstag verbinden konnte.

»Fräulein Offermann, bitte reichen Sie uns Ihre Kontoverbindung nach. Es soll ja alles seine Ordnung haben.«

Karolina versprach, sich bald zu melden und die fehlenden Angaben zu liefern.

Draußen auf der Friedrichstraße empfing sie wieder der Lärm der Großstadt. Mit ihrem Notizzettel in der Hand lief sie weiter Richtung Norden. Doch so einfach war es nicht, die Adressen der weiteren Filmfirmen zu finden. Karolina erkannte kein nachvollziehbares System der Häusernummerierung. Und das in einer Stadt wie Berlin, in der eben nicht jeder jeden kannte. Ihr blieb nichts anderes übrig, als die Augen nach den entsprechenden Werbeschildern offen zu halten. Die Friedrichstraße war eine der längsten Straßen, auf der sie jemals gelaufen war. Sie verlor schrecklich viel Zeit, und was noch schwerer wog: Ihr Bein schmerzte wieder. Nachdem sie tatsächlich einige Produktionsfirmen gefunden und in den Büros vorstellig geworden war, war sie ernüchtert. Wenn man ihr überhaupt öffnete, dann wimmelte man sie sofort wieder ab.

»Sie haben keinen Termin?«, sagte die eine Sekretärin.

»Ohne Termin? Es ist undenkbar, mit einem Verantwortlichen zu sprechen«, sagte eine andere Empfangsdame.

Wenigsten konnte sie in zwei Fällen ihre Visitenkarte hinterlassen. An der Französischen Straße stieg sie schließlich in die Nord-Süd-Bahn, in der sie keinen Sitzplatz fand. Am Bahnhof Oranienburger Tor verließ sie die Bahn wieder. Von dort sollte es nicht mehr weit zum Deutschen Theater sein. In einer Konditorei an der Friedrichstraße machte sie eine Pause. Sie war versucht, die Reclam-Hefte hervorzuholen, um noch einmal die für das Vorsprechen ausgewählten Textstellen zu lesen. Aber sie ließ es sein, um nicht durcheinanderzukommen. Mit einem Schlag übermannte sie ein nie gekanntes Gefühl, das sie als Lampenfieber deutete. Für einen Augenblick zog sie sogar in Erwägung, das Vorsprechen sausen zu lassen.

»Jetzt reiß dich zusammen. Du hast dich so darauf vorbereitet«, ermahnte sie sich. Einige der Gäste sahen sie über ihre Kaffeetassen hinweg an. Abgesehen von zwei

Frauen, die mit einem Kopfschütteln in ihre Richtung blickten, rief ihr Selbstgespräch bei den anderen eher Erheiterung hervor. Ein junger Mann fiel ihr besonders auf, weil er sie unverhohlen anlächelte. Karolina lächelte zurück. Sie hatte die Uhr die ganze Zeit über im Blick behalten und rief jetzt nach dem Kellner, um zu bezahlen. Doch dieser winkte ab. »Der junge Mann hat bereits für sie bezahlt.«

Als sich Karolina bei ihm bedanken wollte, war er bereits nach draußen verschwunden. Sie würde ihn unmöglich im Gewühl der Großstadt wiedertreffen, um ihm zu danken. Für einen kurzen Augenblick war ihr, als habe sie ihn zuvor bereits einmal irgendwo gesehen. Aber bestimmt irrte sie sich. Karolina eilte aus dem Café, blickte sich um und überquerte die Friedrichstraße. Auf der gegenüberliegenden Seite musste sie zurück zur Einmündung in die Karlstraße laufen. Sie wagte es kaum zu glauben. Sie kam geradewegs an einem Haus mit dem Schild »Aafa – Film-Aktiengesellschaft« vorbei. Sie meinte, sich daran zu erinnern, dass Rudolf ihr einmal genau von dieser Filmgesellschaft berichtet hatte, weshalb sie diesen Namen auf ihrer Liste unterstrichen hatte. Daneben hatte sie als Erklärung »Althoff-Ambros-Film AG« gekritzelt. Bis zu ihrem Vorsprechen war noch genügend Zeit, um diesen Abstecher zu unternehmen. Außerdem tat ihr die Ablenkung gut. Je weniger Gelegenheit sich ergab, ihr Lampenfieber zu bemerken, desto besser ging es ihr.

Anders als bei den anderen Adressen, stand die Tür zu den Räumlichkeiten der Filmfirma weit offen. Dort ging es emsig zu. Ein Telefon klingelte, mehrere Stimmen waren zu hören, Papier raschelte, eine Schreibmaschine klapperte. Mutig trat Karolina ein. Als niemand von ihr Notiz nahm, räusperte sie sich. Hinter dem hohen Tresen schien sich jemand aufzuhalten.

»Au!«, erklang eine Frauenstimme. Gleich darauf tauchte die dazugehörige Person auf. »Hier ist die Rechnung«, rief die Frau und schwenkte ein Papier. Mit der anderen Hand rieb sie sich den Kopf. Sofort eilte ein junger Bursche herbei, griff nach dem Blatt und rannte davon. Die Frau hinter dem Tresen richtete ihr Haar. »Was kann ich für Sie tun?«

Karolina stellte sich vor und erklärte, dass sie sich um eine kleinere Rolle bewerben wolle und bereits in einem anderen Film, der jedoch noch nicht aufgeführt worden war, mitgespielt habe. Von ihren Schauspielstunden berichtete sie ebenfalls.

»Welche Produktionsgesellschaft?«, fragte die Frau, nicht unfreundlich zwar, aber dennoch bemerkte Karolina eine gewisse Müdigkeit in ihrer Stimme.

Karolina zögerte, denn sie konnte sich nicht daran erinnern, ob es in ihrem Vertrag eine Klausel gab, die es ihr verbot, über den noch nicht veröffentlichten Film zu reden. Aber sicherlich war es nicht verboten, über ihr Engagement zu sprechen.

Als die Frau den Namen der Produktionsgesellschaft hörte, nickte sie anerkennend. »Ich weiß, dass Herr Walther-Fein für den nächsten Film dringend noch einige neue Gesichter sucht. Es ist eilig, immerhin sollen die Dreharbeiten Mitte des kommenden Monats beginnen. Sind Sie aus Berlin?«

»Nein, aus Köln.«

»Wie lange sind Sie denn noch in der Hauptstadt?«

Karolina erklärte, dass sie eigentlich morgen die Rückreise antreten wollte.

»Dann warten Sie bitte.« Die Dame vom Empfang verschwand in einem angrenzenden Zimmer.

Karolina äugte ungeduldig auf die Uhr an ihrem Handgelenk. Wenn es jetzt zu lange dauerte, würde es nichts mehr mit dem Vorsprechen im Theater werden. Andererseits war das Theater ihre zweite Wahl.

»Gut, gut, gut«, hörte sie eine sonore Männerstimme. Sie gehörte zu einem älteren Mann um die sechzig. Die Dame vom Empfang ließ ihm den Vortritt und folgte ihm auf dem Fuße. Er stellte sich Karolina als Produktionsleiter Rudolf Walther-Fein vor. Er sprach mit einem deutlichen österreichischen Dialekt.

»Sie fragen wegen einer Rolle an?«, kam er ohne Umschweife zur Sache. »Sie haben ein adrettes Äußeres. Und Schauspielunterricht haben Sie ebenfalls genossen? Das ist gut.« Er kratzte sich am Kinn. »Für die Witwe und die Wäscherin sind Sie jedoch eindeutig zu jung, die Tochter habe ich bereits besetzt. Ich fürchte, in diesem Film kann ich Sie leider nicht unterbringen.«

»Darf ich Ihnen meine Visitenkarte hierlassen?«, fragte Karolina.

»Ja, tun Sie das …« Mit diesen Worten drehte sich der Produktionsleiter um und verschwand wieder.

Die Dame vom Empfang lächelte. »Er hat viel zu tun. Die Finanzierung und all das. Aber lassen Sie gerne Ihre Visitenkarte hier. Ich füge noch eine Notiz hinzu, dass Sie sich bereits vorgestellt haben. Eine Fotografie haben Sie nicht zufällig dabei?«

Karolina verneinte, übergab eine ihrer Visitenkarten, die ihr Cousin Felix vor geraumer Zeit in der großväterlichen Druckerei gefertigt hatte, und blickte möglichst unauffällig auf ihre Uhr. Drei Uhr. Sie musste sich sputen.

»Sie könnten uns aber eine Aufnahme von sich schicken, nicht wahr? Ein Porträt und eine Gesamtansicht.« Sie überreichte Karolina ihrerseits eine Visitenkarte. »Hier finden Sie alle notwendigen Angaben.«

Karolina bedankte sich und verließ in gemäßigtem Tempo das Büro. Als sie sich jedoch außer Sichtweite befand, lief sie los auf die Straße, eilte zur Karlstraße, die sie bis zum Abzweig in die Schumannstraße entlangrannte. Erst dort mäßigte sie ihr Tempo wieder und erreichte schließlich zehn Minuten nach drei Uhr den Platz vor dem Deutschen Theater. Ihr Puls und ihr Atem hatten sich zum Glück wieder beruhigt.

Nachdem Karolina über eine Stunde hatte warten müssen, kam sie endlich an die Reihe. Mittlerweile war ihr richtiggehend übel. Wenn sie es sich recht überlegte, dann hatte sie noch nie vor Fremden gespielt. Keine gute Voraussetzung also für ein gelungenes Vorsprechen. Man bat sie auf die Bühne, die nur an einer Stelle von einem Scheinwerfer erleuchtet war. Genau dort sollte Karolina sich hinstellen. Der Traum von der letzten Nacht schoss ihr durch den Kopf. Ihre Handflächen fühlten sich plötzlich feucht an. Solche Reaktionen ihres Körpers kannte sie nicht. Während sie in das Dunkel des Zuschauerraums blickte, in dem sie nur schemenhaft einige Personen in der ersten Reihe erkennen konnte, fühlte sie sich entsetzlich alleine.

»Name?«, fragte eine Stimme aus dem Dunkel.

»Karolina Offermann aus Köln.«

»Aus Köln«, murmelte eine weitere Stimme. »Sie sprechen aber Hochdeutsch, nicht wahr?«

»Ja.«

»Alter?«

»Zwanzig, im kommenden Monat einundzwanzig Jahre.«

»Schauspielerfahrung?«

»Ja, Privatunterricht.« Sie merkte, wie ihre Stimme wegzubrechen drohte.

»Dann lassen Sie einmal hören. Was haben Sie vorbereitet?«

»›Emilia Galotti‹ und ›Sommernachtstraum‹.«

»›Emilia Galotti‹ langweilt mich«, sagte die erste Stimme. »Was aus dem ›Sommernachtstraum‹ möchten Sie vortragen?«

»Tom Snout, den Darsteller der Wand. Den Prolog …«

»Interessant. Dann bitte …«

Karolina holte tief Luft, versuchte, sich so gut es ging zu entspannen, so wie sie es bei Paula Poll gelernt hatte, konzentrierte sich auf die ersten Worte des auswendig gelernten Textes und begann vorzutragen. Einmal versagte ihr beinahe die Stimme, doch dann wurde sie ihrer Selbst immer sicherer, bis sie schließlich zeigen konnte, was in ihr steckte. Gerade als sie sich auf der Bühne immer sicherer fühlte, hieß es: »Danke, gut. Das reicht.«

Sollte das alles gewesen sein? Paula Poll hatte ihr von mehreren eigenen Vorsprechen berichtet und erwähnt, dass man meist gar keine Rückmeldung bekam. Da sie außer einem leisen Tuscheln nichts weiter aus dem Zuschauerraum vernahm, machte sie kehrt und wollte von der Bühne gehen.

»Nicht so eilig!«, sagte eine der Stimmen. »Sie haben Potenzial. Durchaus. Aber wir denken, dass Sie noch nicht so weit sind. Ihnen fehlt einfach Übung, aber Ihre Stimme trägt und das ist eine Gabe. Sie haben eine gewisse Ausstrahlung, was auch von Vorteil ist. Üben Sie und kommen Sie zur nächsten Theatersaison wieder.«

Mit dieser Reaktion hätte Karolina nie und nimmer gerechnet. Es war in der Tat mehr, als sie erwartet hatte. Sie bedankte sich und verließ leichtfüßig die Bühne. Sie konnte ihre Erleichterung vor der nächsten Kandidatin, an der sie im Wartebereich vorbeikam, kaum verbergen. Aber es wäre ihr überheblich vorgekommen, ihre Gefühle so offen zur Schau zu tragen, denn ein Blick auf die junge Frau genügte, um zu erkennen, dass diese vor Lampenfieber regelrecht bebte. Der Tag hatte sich wirklich positiv entwickelt. Was sie sich allerdings fragte, war, ob sie eben dem berühmten Max Reinhardt vorgespielt hatte oder doch nur einem seiner Assistenten.

KÖLN, DONNERSTAG, 1. SEPTEMBER 1927

Anders als zunächst beabsichtigt, hatte Karolina ihren Aufenthalt in Berlin nochmals um weitere zwei Tage verlängert. Die positive Rückmeldung aus dem Vorsprechen im Deutschen Theater sowie das Interesse des Produktionsleiters der Aafa hatten sie beflügelt. Sie hatte die beiden Tage genutzt, um sich bei weiteren Produktionsfirmen vorzustellen. Obwohl sie mehrfach an dem Geschäftshaus vorbeigelaufen war, in dem Henny Porten ihren Firmensitz hatte, war es ihr nicht mehr in den Sinn gekommen, noch einmal nach ihr zu fragen. Denn Karolina war sich sicher, dass sie ohne ärztliches Gutachten keinen Vertrag erhalten würde, selbst wenn sie persönlich vorstellig wurde. Sie zog ernsthaft in Erwägung, Dr. Adomeit zu kontaktieren, der sich mit der Psyche des Menschen auskannte, wie er ihr bei seinem Krankenbesuch im vergangenen Jahr berichtet hatte, als sie mit einer schweren Grippe in Käte Frings' Hotel darniedergelegen hatte. Doch letztendlich war sie nicht überzeugt davon, dass er anders entscheiden würde als ihr Arzt in Köln, weshalb sie dieses Vorhaben nicht weiterverfolgte.

Abends ging Karolina alleine aus, ihr blieb nichts anderes übrig, wenn sie sich nicht in ihrem Hotelzimmer langweilen wollte. Das nächtliche Berlin übte vor allem wegen der vielen Filmpaläste eine große Anziehungskraft auf sie aus. Da sie sich vorwiegend auf den Hauptstraßen bewegte, schüchterten sie die vielen Berichte über Schlägereien, Betrügereien und Drogenverkäufe in Hinterhöfen und abgelegenen

Vierteln nur wenig ein. Durch das Geschenk eines Ehepaars, das im Hotel Rheinland logierte und überstürzt abreisen musste, war sie in den Genuss der Premierenaufführung des amerikanischen Films »Rivalen des Ozeans« im Phoebus-Palast gekommen. Dass die beiden Hauptdarsteller Elinor Fair und William Boyd verheiratet waren, konnte Karolina dem Spiel der beiden anmerken. Die Geschichte selbst allerdings hatte sie nicht so sehr in den Bann gezogen. Am nächsten Abend hatte sich Karolina im Capitol den Film »Die Hose« mit Jenny Jugo angesehen, ein Lustspiel von Carl von Sternheim. Karolina musste anerkennend feststellen, dass die Schauspielerin mit den niedlichen Grübchen ihre Sache sehr ordentlich machte. Wenn sie doch nur selbst an ihrer Stelle wäre. Karolina empfand keinen Neid, sondern war schlichtweg ungeduldig. Aber gut Ding muss Weile haben, sagte sie zu sich.

Mittlerweile hatte sich Karolina an den Rhythmus der Stadt angepasst. Am liebsten würde sie Berlin niemals wieder verlassen, schon allein wegen des schier unendlichen Angebots, das ihr die Schauspielhäuser und Lichtspieltheater boten. Ständig gab es etwas Neues zu sehen. Dagegen reizten Karolina die verschiedenen Revuen, die überall auf großflächigen Reklametafeln angepriesen wurden, kaum. Die Auftritte der sich im Gleichschritt bewegenden Mädchen der Haller-Revue kamen ihr zudem recht befremdlich vor. Wo blieb da jegliche Individualität?

Auch wenn sie stets allein unterwegs war, fühlte sie sich kaum einsam, vielmehr genoss sie es, unabhängig zu sein, auf keinen Rücksicht nehmen zu müssen. Rudolf hingegen vermisste sie mehr als nur ein wenig.

Da diese Reise nach Berlin nie als längerer Aufenthalt geplant gewesen war und es keine Aussicht auf ein

Engagement gab, beschloss Karolina, zurück nach Köln zu fahren.

Sie hatte bereits eine Fahrkarte für die Rückfahrt nach Köln gekauft, als ihr eine interessante Vorankündigung in die Hände fiel:

»Der Sommernachtstraum ab dem ersten September in der Volksbühne am Bülowplatz sowie ›Troilus und Cressida‹ am neunten September im Deutschen Theater.«

Doch sie wollte ihr Vorhaben nicht mehr rückgängig machen. Ihren Entschluss untermauerte zudem das ungute Gefühl, das sie beschlichen hatte, da sie tagelang nichts mehr von ihrem Vater und ihrer Familie gehört hatte.

Die Abenddämmerung hatte sich über die Stadt gelegt, als Karolinas Zug auf den Kölner Hauptbahnhof zurollte.

»Hallo, Dom«, sagte sie laut, als sie das erleuchtete Denkmal der Stadt erblickte. Diesmal erntete sie keine verwunderten Blicke, niemand saß mehr mit ihr im Abteil der ersten Klasse. Die meisten Fahrgäste hatten den Zug in Düsseldorf verlassen. Vom Hotel in Berlin aus hatte Karolina ihren Bruder in der Möbelfabrik angerufen, um ihm ihre Ankunftszeit mitzuteilen. Er hatte versprochen, am Bahnsteig auf sie zu warten. Doch als sie wieder Kölner Boden unter den Füßen verspürte, war von ihrem Bruder weit und breit nichts zu sehen. Müde ließ sich Karolina auf eine Bank fallen. Als er nach weiteren zwanzig Minuten immer noch nicht aufgetaucht war, entschied sie sich, mit der Straßenbahn nach Hause zu fahren. Sie hatte zum Glück außer ihrer Reisetasche kein weiteres Gepäck dabei, sodass der Fußmarsch von der Haltestelle am Rhein bis zur Villa in der Kirschallee sie nicht zu sehr anstrengte. Im Gegenteil. Nach dem langen Sitzen im Zug spürte sie die positive Wirkung des Gehens auf ihren Körper. Auch ihrem Bein ging es nach wie vor gut. Sie wunderte sich selbst ein wenig darüber, denn in Berlin war sie mehr gelaufen, als ein Arzt ihr womöglich geraten hätte. In der Einfahrt stand nicht nur das Fahrzeug ihres Vaters, sondern auch ein fremder Wagen. Offensichtlich waren alle zu Hause.

Sie holte den Schlüssel aus ihrer Tasche, den sie in den Lichtkegel der Leuchte über der Haustür hielt, und sperrte auf. Aus dem Raucherzimmer drangen mehrere Stimmen nach draußen. Die ihres Bruders und ihres Vaters konnte sie sofort erkennen, aber mindestens eine weitere Person befand sich außerdem mit ihnen im Raum.

Karolina lauschte auf die anderen Geräusche, sog den Geruch des Hauses ein und auf einmal beschlich sie ein beklemmendes Gefühl. Sobald sie über die Schwelle des Hauses trat, würde sie immer nur Tochter sein. Was an sich nichts Schlechtes war. Doch als eine eigenständige Frau würde man sie hier nicht ansehen. Der Besuch in Berlin hatte ihr mehr als deutlich gezeigt, dass sie ihr Leben selbst in die Hand nehmen musste und selbst darüber bestimmen wollte. Aber es war schwierig, dies aus- und vorleben zu wollen, wenn man sich im Elternhaus plötzlich wieder wie das kleine Mädchen aus Kindertagen fühlte.

Plötzlich stand Hedwig vor ihr.

»Willkommen, Karolina«, sagte sie und umarmte die Tochter des Möbelfabrikanten beinahe ein wenig zu inbrünstig. »Entschuldige«, sagte sie und ließ Karolina wieder los. »Ich freue mich so sehr, dich wieder gesund und munter zu Hause zu wissen.«

»Danke, liebe Hedwig. Danke für diesen liebevollen Empfang.« Während Karolina das sagte, wurde ihr bewusst, dass irgendetwas nicht stimmte. Sie stellte ihre Reisetasche ab und zog sich aus. »Wollte mich Arnold nicht vom Bahnhof abholen?«, fragte sie, während sie den Mantel aufhängte. Sie übersah geflissentlich, dass Hedwig versuchte, ihr diesen abzunehmen.

Hedwig druckste herum. »Es ist sehr wichtiger Besuch zugegen.«

»Ich habe das Automobil in der Einfahrt gesehen«, sagte Karolina, während sie mit einem Ohr den Stimmen im Raucherzimmer lauschte. »Wer ist es denn?«

»Der Polizeipräsident«, sagte Hedwig leise und unterlegte alles mit einem gewichtigen Gesichtsausdruck.

»Wer?«

»Polizeipräsident Bauknecht«, wiederholte Hedwig.

»Was macht er hier? Sicherlich etwas Geschäftliches …«

Hedwig hob nichts ahnend die Schultern. Plötzlich stand Arnold in der Tür zur Halle. Das Weiß seiner Augen war von vielen kleinen roten Äderchen durchzogen.

»Wir sitzen schon lange zusammen, deshalb konnte ich dich nicht am Bahnhof in Empfang nehmen. Ich hoffe, du bist mir deswegen nicht gram«, sagte er und rieb sich die Schläfen.

»Kopfschmerzen?«, fragte Karolina.

Arnold nickte. Er sah wirklich nicht gut aus. Und so blass. Als sich Karolina zu Hedwig umblickte, um sie um etwas zu trinken zu bitten, war diese verschwunden. »Was ist denn nur los?«

»Es gibt ungeheuerliche Anschuldigungen gegen Vater.«

»Oh«, entfuhr es Karolina. »Doch nicht etwa wegen des Selbstmords von Margot?«

»Woher weißt du davon?«

»Wovon?«

»Wir erklären es dir gleich. Mach dich ein wenig frisch und komm dann zu uns.«

Bevor Karolina etwas erwidern konnte, hatte Arnold die Tür zum Raucherzimmer hinter sich geschlossen. Nun drang kein Wort mehr nach draußen. Sie hatten offensichtlich auf ihr Kommen gewartet.

Wenige Minuten später saß Karolina neben ihrem Vater. Otto Bauknecht hatte sich formvollendet und höflich bei Karolina vorgestellt. Karolina wusste, dass ihr Vater und der Polizeipräsident einander in gegenseitigem Respekt verbunden waren, obwohl der Sozialdemokrat erst im Oktober des vergangenen Jahres die Nachfolge von Karl Zörgiebel angetreten hatte, der nach Berlin gewechselt war. Carl Anton Offermann hielt seit der Nastättener Aktion, die die Auflösung verschiedener NSDAP-Ortsgruppen zur Folge hatte, sehr viel von Bauknecht. Dieser stand seitdem unter ständigem Beschuss vonseiten der Nationalsozialisten. »Vater wird doch nicht noch SPD-Mitglied werden?«, hatte Arnold im Frühjahr zu Karolina gesagt. »Er fühlt sich Herrn Adenauer sehr verbunden«, hatte Karolina daraufhin geantwortet. Sie konnte sich beim besten Willen nicht vorstellen, dass sich ihr Vater anderen als konservativen Gedanken zuwenden konnte. Doch sie hatte, wenn sie es sich recht überlegte, kaum eine genaue Vorstellung von der Gedankenwelt und den politischen Ansichten ihres Vaters. Wie er Alexanders Mutter bislang unterstützt hatte und damit auch den gemeinsamen Sohn, das fand Karolina nach wie vor großartig. Fortschrittlich, verantwortungsvoll. Auch war er in seinen Partnerschaften immer ehrlich. Ihre Mutter hatte er während ihrer Ehe nicht betrogen, Margot hatte er sich wohl erst nach dem Tod ihrer Mutter Helene angenähert. Karolina wünschte es sich vermutlich mehr, als dass diese Annahme den Tatsachen entsprach. Auch wenn sie mit ihrem Vater bezüglich ihrer eigenen Zukunft nie hatte offen reden können und er ihr immer wieder Steine in den Weg gelegt hatte – sie erinnerte sich an seine lange Weigerung, ihr als Zeichen ihrer Selbstständigkeit einen eigenen Haustürschlüssel zu überlassen? –, so versuchte sie, ihren Vater so gut es ging zu verstehen. Dennoch war er ihr gegenüber immer etwas distanziert und dadurch fremd geblieben. Nur in wenigen Momenten hatte sie sich ihm in der jüngsten Vergangenheit nahe gefühlt.

»Wir müssen die Ereignisse der vergangenen Monate noch einmal genau durchgehen. Es kommt auf jedes einzelne Detail an«, sagte der Polizeipräsident. »Und da kommen Sie ins Spiel, Fräulein Offermann. Wie mir zu Ohren gekommen ist«, er blickte zu Arnold, »haben Sie und Ihr Halbbruder Alexander Detektiv gespielt.«

Karolina war verwundert. Er war über die Familienverhältnisse im Bilde und jemand hatte ihm von ihren Nachforschungen erzählt. Sie versuchte fieberhaft, sich daran zu erinnern, ob sie Arnold davon berichtet hatte oder ob die Informationen gar von Alexander selbst kamen.

»Na ja«, sagte sie nur.

»Sie haben ja nichts Verbotenes getan«, sagte der Polizeipräsident beschwichtigend. Es kam Karolina so vor, als beziehe er sich mit dieser Äußerung auf eine vorausgegangene Meinungsverschiedenheit mit Karolinas Vater. Carl Anton Offermann winkte ab.

»Wir hatten diesen Verdacht, von dem ich dir erzählt hatte, Vater«, sagte Karolina zu ihrer Rechtfertigung. Sie blickte Arnold an, der es wieder einmal vorzog, seiner Schwester nicht beizuspringen.

Keiner sagte etwas. Otto Bauknecht und ihr Vater wechselten jedoch vielsagende Blicke.

»Karolina, es ist so. Vater wird von der Öffentlichkeit massiv angefeindet«, ergriff schließlich Arnold das Wort.

Gertruds Bemerkung hatte Karolina genau das befürchten lassen. Doch dass es so schlimm bestellt sein musste, dass sich der Polizeipräsident der Sache annahm, wunderte sie doch.

»Du bist nicht überrascht. Es ist dir also auch schon zu Ohren gekommen«, stellte ihr Vater nüchtern fest.

»Nur von Gertrud, sie erwähnte etwas Derartiges.«

»Leider ist es noch viel gravierender«, übernahm der Polizeipräsident wieder die Gesprächsführung. »Uns liegt die Anzeige einer Frauenvereinigung vor, die Ihren Vater des Mordes an Margot Künstle bezichtigt.«

»Wie bitte? Das ist eine Unverschämtheit!« Karolina hielt es nicht mehr auf ihrem Stuhl. Das Thema Margot war während der letzten Wochen vor ihrer Abreise nach Berlin tabu gewesen, aber nun holte sie alles wieder ein. Diese unmögliche Person, warum nur hatte sie sich in ihr Leben eingemischt? So schwierig Karolinas Beziehung zu ihrem Vater war, so wenig konnte sie sich vorstellen, dass diese Beschuldigung zutraf. Ihr Vater ein Mörder? Ausgeschlossen!

»Kind, Karolina. Es gibt dafür keine Beweise, weil ich nichts getan habe.« Ihr Vater wirkte auf einmal traurig und beinahe resigniert.

»Wir finden die Wahrheit heraus, Carl Anton. Aber wir müssen eben auch eine offizielle Ermittlung einleiten. Um Ihrem Vater zu helfen«, er sprach nun Arnold direkt an, »wäre es am besten, wenn Sie sich für eine Weile alleine um die Geschäfte kümmern würden. Um den Verdacht einer Strafvereitelung nicht aufkommen zu lassen, kann ich Ihrem Vater«, er blickte zu Karolina, »nicht empfehlen, Köln zu verlassen. Obwohl dies für ihn das Beste wäre. Aber vielleicht gibt es einen Ort, an dem Sie sich innerhalb Kölns für eine Weile aufhalten können? Je weniger er sich im Moment in der Öffentlichkeit blicken lässt, desto besser. Und Reporter wimmeln Sie einfach ab.«

Die drei Mitglieder der Familie Offermann blickten einander ratlos an. Keiner von ihnen hatte diese Wendung erwartet. Ihr Leben wurde immer unbeständiger. Frühere Gewissheiten gab es nicht mehr. Der Tod der Mutter hatte das familiäre Gefüge ins Wanken gebracht.

»Und nun eine Mordanklage.« Karolina war die Bemerkung einfach rausgerutscht. Ihr Vater wandte sich ab. Früher hätte er mit der Faust auf den Tisch geschlagen. Was nicht sein durfte, wurde lautstark vertrieben.

»Bislang ist es zu keiner Anklage gekommen. Es gibt nur diese Anschuldigung«, stellte Otto Bauknecht richtig.

»Ich frage Alexanders Mutter, ob ich bei ihr wohnen darf«, beschloss Karolinas Vater.

Für die Geschwister kam dieser Entschluss unerwartet.

»Niemand kennt sie, niemand, außer euch, kennt unsere Verbindung.« Carl Anton Offermann stand auf und trat hinter seinen Sessel. Mit den Armen stützte er sich auf dem Kopfteil ab. »Kein Wort zu niemandem. Auch nicht zu Hedwig. Es ist besser, wenn sie nichts davon weiß, dann kann ihr niemand diese Information entlocken.«

»Und was sagen wir den Reportern?«, fragte Arnold.

»Sie sagen gar nichts. Alles andere lassen Sie unsere Sorge sein. So schlimm wird es nicht werden. Die Kölner Presse ist leicht zu beruhigen.«

Karolina vergrub den Kopf in ihren Händen. Bis vor wenigen Stunden hatte sie sich glücklich gewähnt und verspürt, dass ihr Leben endlich in die richtigen Bahnen gelenkt würde. Und jetzt wurde plötzlich alles zur Nebensache.

»Ich lasse Sie jetzt erst einmal allein. Wir werden morgen noch einmal über alles reden. Vielleicht versuchen Sie, Fräulein Offermann, alles zusammenzutragen, was Sie in dem Fall für wichtig erachten. Ich schicke morgen einen meiner fähigsten Beamten zu Ihnen. Und gleichzeitig bereiten wir alles für deine Abreise vor.« Er ging zu Karolinas Vater und klopfte ihm auf die Schulter. »Wir schaffen das. Aber ich werde mich in der nächsten Zeit von euch fernhalten. Nicht dass man die falschen Schlüsse zieht. Schließlich dürfen wir uns mit Verdächtigen nicht gemeinmachen.«

Ihr Vater wurde also doch als Verdächtiger geführt. Karolina wurde ganz schummrig zumute. Sie wollte aufstehen, aber ihr Kreislauf machte ihr einen Strich durch die Rechnung.

»Karolina, was ist mit dir?« Arnold war in heller Aufregung.

»Ich habe zu wenig gegessen und getrunken«, sagte Karolina müde.

»Ruhen Sie sich aus«, sagte der Polizeipräsident, der sich bereits zum Gehen gewandt hatte. »Morgen ist ein neuer Tag. Ihr dürft jetzt nur nicht überstürzt handeln.«

Während ihr Vater Otto Bauknecht zur Tür geleitete, rief Arnold nach Hedwig und bestellte etwas zu essen und zu trinken für seine Schwester.

Karolina versuchte, sich wieder aufzurichten, aber ihre Knie zitterten. Vermutlich hatte sie sich einfach übernommen, und die sich überschlagenden Ereignisse hatten ihr Übriges dazu beigetragen. Sie wollte schnell etwas zu sich nehmen und sich dann hinlegen. Einen klaren Gedanken konnte sie ohnehin nicht mehr fassen.

KÖLN, FREITAG, 2. SEPTEMBER 1927

»Was um alles in der Welt machst du mitten in der Nacht im Keller?«, fragte Arnold und rieb sich die Augen. Er stand im Nachthemd vor ihr. Karolina selbst hockte in ihrer Schlafkleidung, über die sie einen langärmeligen Jumper gezogen hatte, auf dem Boden und durchsuchte dort abgestellte Kisten aus Margots Besitz.

»Wo ist ihr Zeug?«, fragte sie missmutig. »Wir brauchen Beweise.« Sie schaute Hilfe suchend zu ihrem Bruder.

»Beweise wofür?«, fragte er schlaftrunken.

»Für ihren Selbstmord …«, sagte Karolina und merkte, dass sie keine Ahnung hatte, wonach sie eigentlich suchte. Würde sie etwas finden, das Margot belastete, so würde sie damit ihrem Vater vermutlich eher schaden. Denn dann würde jeder annehmen, dass es Gründe dafür gegeben hatte, Margot loszuwerden.

»Soweit ich weiß, hat Vater alles vernichtet.« Arnold lehnte sich gegen den Türsturz.

»Das darf doch nicht sein«, fluchte Karolina. »Ich hatte dir doch von den Schriftstücken berichtet. Diese Zeitungsausschnitte, aus denen hervorging, dass sie eine ganz andere Person war als die, für die sie sich ausgegeben hat. Erinnerst du dich nicht daran, dass ich dir davon erzählt habe? Wie nannte sie sich noch gleich? – Ich hab's: Margot von Striesow. Also, Arnold, wo ist die geblieben?« Vielleicht fanden sich ja darin Anhaltspunkte, die sie bisher übersehen hatte.

»Das hat Margot doch bestimmt schon längst aus der Villa gebracht, bevor …«

»Bevor sie von der Brücke gesprungen ist? Wenn Vater etwas damit zu tun hatte, dann muss man doch irgendwelche Spuren gefunden haben.«

»Du meinst an der Leiche?«

Karolina nickte. Das fahle Licht der Kellerlampe verlieh der ganzen Szenerie etwas Unheimliches.

»Hat man ja.«

»Wie bitte?« Karolina erhob sich. Ihr Kreuz schmerzte, ebenso ihr Bein. Sie hatte es eindeutig zu sehr belastet.

»Du kannst dir vorstellen, dass Margots Leiche nicht besonders appetitlich aussah, als man sie barg. Der Abschiedsbrief, den Vater gefunden hat, wurde anfangs als ausreichender Beweis für den Selbstmord angesehen.«

»Wo ist der Brief jetzt?«, wollte Karolina wissen, die diesen nie zu Gesicht bekommen hatte. Offensichtlich hatte man sie nach dem Flugzeugunglück schonen wollen und ihr deshalb die Details verschwiegen.

»Den hat die Polizei, vermute ich«, antwortete Arnold.

»Was stand denn genau drin? Bei deinem überraschenden Besuch in Berlin hast du ja nur Andeutungen gemacht.«

Arnold überlegte eine Weile. »Margot gab zu, unsere Mutter vergiftet zu haben. Und dass sie mit der Schmach nicht leben konnte. Das stand drin.«

»Und wieso reicht das jetzt plötzlich nicht mehr aus? Wieso ermittelt die Polizei nun doch?« Karolina hatte bislang keine Erfahrungen mit der Polizei gemacht. Während sie auf Arnolds weitere Ausführungen wartete, fiel ihr ein, dass man nach dem Tod ihrer Mutter seltsam nachlässig gewesen war und sich nicht für die genauen Todesumstände interessiert hatte.

»Ein besonders gewissenhafter Kommissar hatte sich erst neulich den Bericht des Gerichtsmediziners genauer angesehen.«

»Welchen?«

»Den der Untersuchung von Margots Leichnam. Was dachtest denn du?«

»Mama wurde nicht genauer untersucht? Oder?«

»Soweit ich weiß, nein. Du meinst, das würde jetzt weiterhelfen? Margot hat doch gestanden …«

Karolina zweifelte gerade alles an. Mittlerweile hatte sie den Eindruck, dass einiges nicht ganz schlüssig war. Doch sie wollte nun erst einmal hören, was ihr Bruder weiter zu berichten hatte. »Also? Der Bericht …?«

»Der Kommissar fand darin einen Vermerk, wonach es an Margots Oberarmen dunkle Flecken gegeben hatte. Die Schlüsse, die er daraus zog, teilte er seinem Vorgesetzten mit, der Vater befragte. Der versicherte, dass er Margot an jenem Abend nicht gesehen hatte. Man ließ es dabei bewenden. Wenn du mich fragst, hätte man genau das nicht tun dürfen, sondern man hätte Ermittlungen aufnehmen müssen. Erst als nun die Anzeige dieser Frauen aufgegeben wurde, erfuhr Bauknecht davon und tobte.«

»Wieso das? Ach so.« Karolina rieb sich die Augen. »Weil nun alles nach Vertuschung aussieht.«

»Genau das. Außerdem ist wertvolle Zeit verstrichen.«

»Du meinst, wenn jemand Margot gestoßen hat, ist der längst über alle Berge?«

»Genau, und ein Rest an Misstrauen gegenüber Vater bleibt.«

»Wenn nicht noch mehr …« Karolina war wütend. Sie trat mit einem Fuß gegen drei sorgsam aufeinandergestapelte Kartons. Der oberste begann zu wackeln und drohte herunterzufallen. Karolina schob ihn zurecht. Plötzlich war er da, dieser unverwechselbare Geruch. Karolina öffnete den Karton, dessen Klappen nur zusammengesteckt waren. Obenauf lag ein Seidentuch, vermutlich als Staubschutz. Karolina zog es heraus und drückte es an sich. Es verströmte den Geruch, den sie seit ihrer Kindheit kannte: Tosca. Sie schob ihre Nase in den kühlen Stoff und atmete tief ein. Doch der Duft ihrer Mutter, den sie sonst immer als Basisnote hatte ausmachen können, war kaum noch wahrnehmbar.

»Karo«, sagte ihr Bruder vorwurfsvoll. Sie hatte ihn in diesem innigen Augenblick schlichtweg vergessen.

»Ja?«

Sie legte das Tuch zurück in den Karton. Dabei entdeckte sie ein sorgsam zusammengebundenes Bündel mit Briefen.

»Sag mal, wird dir nicht langsam kalt?«, fragte Arnold. Durch ihren Tränenschleier bemerkte Karolina, dass es er war, der zu frösteln begann.

»Du hast recht. Lass uns ins Bett gehen.« Sie verschloss den Karton. Um die Briefe würde sie sich das nächste Mal kümmern, aber nicht mehr heute Nacht.

»Was ist mit Margots Mann? Der hatte doch allen Grund zur Eifersucht …«, schlussfolgerte Karolina, während sie hinter Arnold die Treppe hinaufging.

Mit vielen quälenden Gedanken war es nicht leicht, in den Schlaf zu finden. Es war ein anstrengender Tag gewesen, und schließlich siegte die Müdigkeit. Aber im Morgengrauen hielt sie nichts mehr im Bett. Karolina stand auf, wusch sich und zog sich an. Mit Zettel und Stift ausgestattet nahm sie unter dem ausladenden Walnussbaum Platz. Die Sonne war aufgegangen und sandte ein warmes Licht auf die Erde. Über ihr saß auf einem dicken Ast eine Amsel und tirilierte. Karolina musste an ihre Unterhaltungen mit Alexander denken, den sie jetzt zu gerne zu Rate gezogen hätte. Sie wickelte sich eine Decke um ihren Körper, denn noch war es empfindlich kühl, auch wenn endlich ein Hauch von Sommer in der Luft lag. Sie versuchte, sich zu erinnern, hatte jedoch große Mühe, sich zu konzentrieren. Margots Machenschaften und die Vorgänge in der Villa seit ihrem Einzug hatten sich offensichtlich tief in ihrem Gedächtnis vergraben. Margot hatte stetig versucht, einen Keil zwischen sie und ihren Vater zu treiben. Wegen ihr hatte sie ihren ersten Flug nach Berlin verpasst. Nach und nach bahnten sich weitere Versatzstücke den Weg wieder in ihr Bewusstsein. Da waren die Schreibübungen in Margots Koffer, den Karolina während ihres Urlaubs aufgebrochen hatte. Hatte ihr Vater Kenntnis darüber, dass Margot seine Unterschrift perfekt beherrschte? Sie notierte sich dies, um ihn später darauf anzusprechen. Solange er in der Villa wohnte. Was machte er wohl gerade? Schlief er noch? Sie hatte auf ihrem Weg in den Garten eben im Raucherzimmer nachschauen wollen, doch dann war in ihr eine gewisse Scham aufgestiegen. Sollte er wirklich dort sitzen – vielleicht sogar in einem äußerst desolaten Zustand, weil er die ganze Nacht nicht geruht, sondern gegrübelt hatte –, wollte sie ihn so nicht sehen. Ihren Vater in diesen Molesten zu wissen, verschlug ihr beinahe die Sprache. Sie wusste nicht, wie sie fortan mit ihm umgehen sollte. Der Mann, der in ihrer Kindheit für sie der Fels in der Brandung gewesen war, dessen Unbeherrschtheit und Gefühlskälte sie allerdings während der letzten Jahre immer mehr verletzt und abgestoßen hatte, der Mann, der offensichtlich viele Geheimnisse mit sich herumgetragen hatte und noch trug, wer war er wirklich? Und wie sollte sie sich ihm gegenüber verhalten? Wie seine kleine Tochter, still und kritiklos, wie er es von ihr bis vor nicht allzu langer Zeit verlangt hätte? Sollte sie ihre Mutter ersetzen, die immer gütig und nachgiebig seine Launen ertragen hatte, bis zu jenem Tag, an dem sie ihm zum ersten Mal in Karolinas Beisein Widerworte entgegengeworfen hatte? Wenn sie recht überlegte, konnte es doch gut sein, dass damals nur offenbar geworden war, was schon lange unter der Oberfläche geschwelt hatte: Die Ehe der Eltern war auch nur eine von Tausenden dieser Ehen, die aufgrund gesellschaftlicher Konventionen geschlossen worden waren. Allerdings kam ihre Mutter Helene nicht aus einem großbürgerlichen Elternhaus. Warum hatte Karolinas Vater sie dann geheiratet, wenn nicht aus Liebe?

Karolina verlor den Faden. Jetzt ging es schließlich darum, ihren Vater zu entlasten. Sie musste versuchen, mehr über die Zeit vor dem Tod ihrer Mutter herauszubekommen. Karolina hielt sich damals im Kurbad Neuenahr auf. Die entscheidende Frage war doch: Wo hatte sich ihre Mutter während der Tage vor ihrem unerwarteten Tod aufgehalten? Und mit wem? Nur mit Paula Poll? Diese Frau, ihre ehemalige Schauspiellehrerin, gab ihr Rätsel auf. Konnte es angehen, dass Gertrud sie wirklich vor diesem Etablissement in Berlin gesehen hatte? Wenn dem überhaupt so war, hieß das, dass Paula Poll einen Hang zu Frauen hegte? Dass Gertrud ihre Probleme mit der gleichgeschlechtlichen Liebe hatte, war Karolina immer wieder aufgefallen. Sie erinnerte sich an ihre Bemerkung, als sie beide im Café in der Nähe des Doms zusammengesessen hatten: »Bist du eines dieser

Lesbosmädchen?« So oder so ähnlich hatte sie gefragt, weil Karolina Männerbekanntschaften nicht zum Hauptinteresse ihres Lebens erklärt hatte. Sie hatte eben einen Traum, und dieser Traum war wichtiger als alles andere, als Amüsement oder zeitaufwendige Plänkeleien. Sie hatte ein Ziel vor Augen. Heiraten würde sie noch früh genug. Es würde sich schon jemand finden.

Da sich Karolinas Gedanken immer wieder um ihre ehemalige Schauspiellehrerin drehten, benötigte sie dringend Aufklärung. Bei nächster Gelegenheit musste sie mit Metha Bär über die Zeit kurz vor Helene Offermanns Tod sprechen. Schließlich kannte sie Paula Poll recht gut und hatte – soweit sie wusste – die Kölnerin überhaupt als Karolinas Schauspiellehrerin vorgeschlagen. Hatte sie nicht sogar kurz nach dem Tod von Karolinas Mutter einige versteckte Andeutungen gemacht, nämlich dass während der Reise mit Paula Poll etwas vorgefallen war und dass sie der Schauspiellehrerin versprochen hatte, nicht darüber zu reden? Da musste Karolina ansetzen.

In ihrem Kopf herrschte ein schreckliches Durcheinander. Obwohl sie so lange hier unter dem Walnussbaum gesessen und gegrübelt hatte, wusste sie bisher nur, dass Margot die Unterschrift ihres Vaters fälschen konnte. Mehr Belastendes wusste sie nicht.

Aus der Küche hörte sie Hedwig mit Tellern und Besteck klappern. Karolina freute sich auf das Frühstück. Ihre letzte größere Mahlzeit lag etwas zurück. Gestern, nachdem der Polizeipräsident gegangen war, hatte sie nur ein paar Kekse herunterbekommen, und später noch einige Löffel von Hedwigs Hühnersuppe. Während Karolina die Decke zusammenfaltete, wanderte ihr Blick hinüber zur Grundstücksgrenze. Durch die Büsche hindurch konnte sie eine

Person auf der anderen Straßenseite ausmachen, die ganz offensichtlich die Villa der Familie Offermann beobachtete. Karolina tat so, als würde sie ins Haus gehen, schlich dann jedoch an der Außenmauer entlang und lugte von dort auf die Straße. Tatsächlich. Eine dunkel gekleidete Frau mittleren Alters hatte nichts anderes zu tun, als angestrengt in die Hauseinfahrt zu blicken. Karolina konnte sich beim besten Willen nicht erklären, wer diese Frau war. Sie überlegte, sie einfach anzusprechen, und wollte gerade das Grundstück verlassen, als die Frau sie bemerkte und mit großen Schritten davoneilte.

»So warten Sie doch«, rief Karolina ihr hinterher, doch die Angesprochene lief weiter und drehte sich noch nicht einmal um. Sicherlich eine der Frauen, die Vater angezeigt hatte, dachte sie, als sie die Seitentür zur Küche aufdrückte.

Die Küche war leer. Karolina goss sich einen Kaffee ein und nahm sich ein Stück trockenes Brot von der Anrichte. Lustlos knabberte sie daran, als Hedwig mit einem Tablett zurückkam.

»Guten Morgen, Karolina. Dein Vater will nichts essen und nichts trinken.«

Karolina nickte nur. Hätte man sie angeklagt, ihr wäre ebenfalls jeglicher Appetit vergangen.

»Wo ist Arnold?«

»Bei deinem Vater. Er hilft ihm packen.« Arnold und Kleider zusammensuchen? Das waren ganz neue Seiten an ihm.

Es klingelte an der Tür. Hedwig eilte zum Eingang.

»Guten Morgen, mein Name ist Kommissar Feiler«, hörte Karolina einen Mann sagen. Hedwig bat ihn herein. Karolina blieb in der Halle neben der Küchentür stehen und nippte an ihrem Kaffee.

»Guten Morgen, Fräulein Offermann.« Karolina erwiderte den Gruß nur mit einem Lächeln. Arnold stürmte die Treppe hinunter und reichte dem Kommissar die Hand.

»Wie soll das denn nun vonstattengehen?«

»Wo ist Ihr werter Herr Vater?«

»Er packt.«

»Das ist gut so. Wir haben nicht mehr viel Zeit.«

»Was geschieht denn nun?«, wollte Karolina wissen. In die genauen Planungen hatte man sie bislang nicht eingeweiht.

Kommissar Feiler blickte sie kurz an, dann senkte er den Blick. »Wir haben nach reiflicher Überlegung folgendes Vorgehen beschlossen: In wenigen Minuten wird ein Wagen vorfahren. Einer unserer Kollegen wird aussteigen und so tun, als würde er ein Paket zustellen. An seiner Statt wird Ihr Vater wenige Minuten später einsteigen. Das Automobil fährt zur Nebenpoststelle am Hafen. Eine ganze Weile später bringt ihn dann ein weiteres Automobil zu Frau Wolkowa.«

»Aber warum kann Vater nicht hier in der Villa bleiben?«, fragte Arnold.

»Wir müssen Ruhe in die Angelegenheit bringen. Je aufgeheizter die Stimmung ist, desto mehr werden unsere Ermittlungen erschwert. Diese Frauengruppe agiert nicht lokal, sondern im gesamten Rheinland, man könnte meinen, die Suffragetten wären auferstanden.« Der Kriminalkommissar sah Karolina wohlmeinend an. »Ich bin absolut für die Rechte der Frauen, bitte verstehen Sie mich nicht falsch. Aber diese Frauen denunzieren unbescholtene Bürger, bringen sie in Misskredit, ohne dass es Beweise für das gibt, was sie den betroffenen Männern vorwerfen. Selbst wenn die Männer eines mutmaßlichen Verbrechens schuldig wären, so obliegt es lediglich den Behörden, für die Strafverfolgung zu sorgen.«

Karolina wusste nicht so recht, was sie von den Ansichten des Kommissars halten sollte. Musste man gleich davon ausgehen, dass die Frauen in ihren Maßnahmen über das Ziel hinausschossen, ihr Haus stürmten und ihren Vater lynchten? Sie träumte von einer Zeit, in der Frauen Unternehmerinnen sein würden, es mehr als eine Handvoll Politikerinnen gab, die man dann auch nicht mehr belächelte. Eine Zeit, in der Frauen frei entscheiden konnten, wen sie heirateten, welchen Beruf sie ergriffen, ob sie Kinder haben wollten oder nicht. Doch bis dahin war es noch ein langer, steiniger Weg. Was Karolina dagegen nicht akzeptieren konnte, waren Ungerechtigkeiten, falsche Verdächtigungen und einseitiges Denken.

Carl Anton Offermann kam langsam die Treppe herunter. Um seine Augen herum zeichneten sich dunkle Ränder ab.

»Ihr glaubt mir doch, dass ich mit alledem nichts zu tun habe? Ich habe Helene geliebt, und Margot hat mir über die schweren Stunden der Trauer hinweggeholfen. Niemals habe ich geahnt, dass sich alles derart desaströs entwickeln würde.«

Der Anblick ihres Vaters und seine Worte bewegten Karolina sehr, und auch Arnold wirkte angefasst.

»Ich habe keiner von beiden ein Haar gekrümmt. Ihr glaubt mir doch?«, flehte er.

»Vater, selbstverständlich tun wir das«, versicherte Arnold. Karolina brachte diese Zuversicht gerade nicht auf. Es klingelte an der Haustür.

»Guten Morgen, die Herrschaften«, sagte einer der beiden als Postbeamte verkleideten Männer.

Karolina erkannte die Stimme sofort. Kleidung und Aufmachung allerdings waren derart gut gelungen, dass niemand dahinter den Polizeipräsidenten vermutet hätte.

»Otto, du?«, fragte Karolinas Vater erstaunt und zugleich erleichtert.

»Draußen ist niemand zu sehen.« Er bat den zweiten Beamten, seine Uniformjacke auszuziehen. Diese übergab er Carl Anton Offermann. Zusammen mit der Mütze sah er wie verwandelt aus. Niemand würde nun in der Aufmachung den Möbelfabrikanten vermuten.

»Dieser Kollege bleibt bisweilen zu Ihrem Schutz hier«, sagte der Polizeipräsident.

»Ich bin Kuno Schmitz, ab heute Arnolds Freund.« Er lächelte schüchtern.

»Und Sie unternehmen bitte keinerlei Versuche, Ihren Vater oder die Familie Wolkow zu kontaktieren«, mahnte der Polizeipräsident.

Karolina kam es vor, als stünden sie nun unter Beobachtung. Sie verstand das Vorgehen der Polizei überhaupt nicht.

KÖLN, MONTAG, 12. SEPTEMBER 1927

Alle schienen auf Zeit zu spielen. Denn es passierte nichts. Vater war jetzt seit mehr als einer Woche fort. Kuno Schmitz wohnte im Gästezimmer, nahm mit ihnen die Mahlzeiten ein und machte sich im Haus ein wenig nützlich. Viel zu tun gab es für ihn nicht. Arnold ging wie gewohnt zur Arbeit, kam abends zu ganz unterschiedlichen Uhrzeiten nach Hause. Jedes Mal, wenn er den Wagen in der Einfahrt abstellte, fuhr an der Villa immer ein und dasselbe Automobil in Schrittgeschwindigkeit vorbei. Karolina hatte sich das Autokennzeichen gemerkt und war fest davon überzeugt, dass jemand ihrem Bruder folgte. Sie kam zu dem Schluss, dass die Polizei sie nicht beschützte, sondern vorrangig überwachte. Das galt auch für Karolina. Verließ sie das Haus, so folgte ihr Kuno auf dem Fuße. Da sie sich nichts hatte zuschulden kommen lassen und weit entfernt davon war, etwas Kriminelles zu unternehmen, war sie angesichts der merkwürdigen Stimmung, die herrschte, über diese Art der Begleitung sogar froh. Denn jeder, der ihr zu nahe kommen wollte, musste bemerkt haben, dass Karolina unter Polizeischutz stand. Aber was wollten die Polizisten von Arnold? Jeden seiner Schritte überwachen – warum? Oder ihn vor Schaden bewahren? Die schwarz gekleidete Frau tauchte noch einige Male auf, hielt sich jedoch von der Grundstücksgrenze fern, dafür begegnete Karolina ihr des Öfteren mitten in der Stadt. Sie hatte Kuno ihre Beobachtungen mitgeteilt, doch der wollte sich ihr gegenüber anscheinend nicht dazu äußern.

Seitdem Karolinas Vater ausgezogen war, befand sich Karolina in einem schockähnlichen Zustand, dem nach dem Tod ihrer Mutter nicht ganz unähnlich. Sie sprach mit niemandem mehr als ein paar Worte. Am liebsten wäre sie gänzlich verstummt. Sie musste an Nadia Wolkowa denken, Alexanders Mutter, die nicht mehr sprach. Seit wann eigentlich? Karolina hatte immer noch keine Vorstellung davon, was der Frau so zugesetzt hatte, dass sie ihre Sprache verloren hatte. Nur dass in Russland etwas Unvorstellbares geschehen war, das hatte ihr Alexander erzählt. Karolina verspürte nur selten den Drang, überhaupt die Villa in der Kirschallee zu verlassen. Und wenn sie einmal an die frische Luft ging, dann höchstens bis zum Rhein. Ihr Hund wäre ihr jetzt ein guter Gefährte, aber Tiffany lebte bei Alexanders Mutter. Sie zu besuchen hatten ihr die Kriminalpolizisten untersagt. Allmählich begann Karolina an der Version zu zweifeln, dass man ihren Vater vor den Reportern und den Frauen, die ihn beschuldigt hatten, schützen wolle. Um sich abzulenken, war Karolina das eine oder andere Mal mit der Straßenbahn zum Einkaufen in die Innenstadt gefahren. Bevor sie den Heimweg antrat, hatte sie sich für einige Minuten in den Dom gesetzt. Sobald sie sich im Innern des sakralen Gebäudes aufhielt, fühlte sie sich geborgen und beschützt. Den Blick nach oben zu den Türmen vermied sie. Seit ihrem Unfall mit dem Flugzeug machte ihr die Höhe Angst. Gar nach oben zu steigen und hinunterzuschauen – wovon sie als Kind geträumt hatte –, schier undenkbar.

Heute Morgen fiel ihr auf, dass sie ihr berufliches Weiterkommen völlig aus den Augen verloren hatte. Wieso hatte sie Köln nicht schon längst wieder verlassen? Niemand hatte es ihr verboten. Der Anlass für ihr Erwachen aus dieser Lethargie kam in Form eines Briefes daher. Eben hatte ihr Hedwig einen Brief von Rudolf überreicht, den sie im Salon sitzend öffnete. Plötzlich stand Kommissar Kuno Schmitz neben ihr. Sie hatte ihn gar nicht eintreten gehört. Neugierig betrachtete er den Absender.

»Das ist nun wirklich privat«, sagte Karolina. Sie fühlte sich zunehmend von der Anwesenheit des jungen Mannes belästigt. Ohne auf seine Reaktion zu warten, stand sie auf, lief in den Garten zur Bank unter dem Walnussbaum und betrachtete den Inhalt des Kuverts. Ein Zeitungsausschnitt fiel heraus. Auf der beiliegenden Karte hatte Rudolf nur wenige Zeilen geschrieben:

»Anbei die Filmkritik aus der B.Z. am Mittag. Auch wenn unter dem Artikel lediglich ein Kürzel steht, so kann es sich bei dem Urheber nur um Billie Wilder handeln. Er schreibt sehr wohlwollend, wenn auch wenig in die Tiefe gehend. Karolina, bitte verliere nicht Deine Träume aus den Augen. In tiefer Verbundenheit Rudolf.«

Karolina begann zu weinen. Leise, ohne zu schluchzen. Tränen voller Bitterkeit liefen über ihr Gesicht. Mit einem Mal war alles noch trostloser. Sie sehnte sich nach Rudolf, seiner Reife, seiner Weitsicht und seinen grau-blauen Augen. Sie überflog die Kinokritik über »Der Bettler vom Kölner Dom« und stellte beinahe amüsiert fest, dass sie tatsächlich gehofft hatte, Billie Wilder würde darin von ihrer Begegnung im Emelka-Palast berichten. Wie war sie nur auf diese Idee gekommen?

»Verliere nicht deine Träume aus den Augen«, murmelte

sie vor sich hin, als sie die Halle betrat und wie nicht anders zu erwarten wieder auf Kuno Schmitz traf. »Können Sie mir bitte endlich sagen, was das hier alles soll? Wenn Sie uns überwachen, warum reden Sie dann davon, dass Sie uns beschützen wollen? Wieso geschieht nichts? Wann kommt unser Vater zurück?«

Kuno Schmitz blieb erst einmal stumm. Also redete Karolina weiter.

»Ich darf meinen Bruder Alexander nicht sehen, ich soll mit niemandem aus der Familie Kontakt aufnehmen, was soll das bitte?«

»Halbbruder«, verbesserte Kuno Schmitz.

»Wie bitte? Ach!«

»Nun gut, Fräulein Offermann, reden wir offen.« Er zeigte ins Esszimmer. Außer ihnen war niemand im Haus. Hedwig machte Besorgungen und Arnold war in der Möbelfabrik. »Wir sind keinesfalls untätig, nur deutlich unterbesetzt. Und gerade gibt es viele politische Vergehen, die wir ahnden müssen«, sagte er, nachdem sie sich am Esstisch niedergelassen hatten. Ob er auf die Geschichte mit diesem Ley anspielte? Robert Ley, Gauleiter der NSDAP, war in verschiedene Tumulte verwickelt gewesen und hatte sich den Polizeipräsidenten als persönlichen Gegner auserkoren. So hatte es Arnold ihr neulich erst erzählt.

»Wir sind nun zu der Überzeugung gekommen, dass Ihr Vater unschuldig ist.«

»Sie hatten Zweifel?«

»Wir dürfen nicht voreingenommen sein. Mittlerweile haben wir genügend Beweise für die Unschuld Ihres Vaters. Trotzdem sind wir über das, was während der letzten Stunden im Leben von Margot Künstle geschehen ist, immer noch unschlüssig.«

»Was ist mit ihrem Ehemann?«, wollte Karolina wissen. »Sie hat sich doch in Köln mit ihm getroffen.«

»Zu der Zeit kann er nicht in Köln gewesen sein. Fest steht, dass die beiden Ehepartner schon länger nicht mehr in persönlichem Kontakt standen, weil er sich in Fernost aufhielt und noch aufhält. Wir haben dafür sogar die eidesstattliche Versicherung des zuständigen Gouverneurs.«

»Jetzt verstehe ich überhaupt nichts mehr«, sagte Karolina und vergrub ihren Kopf in ihren Händen.

»Es gab einen Zeugen. Einen, der einen Mann mit Margot Künstle auf der Brücke, von der sie wenig später stürzte, beobachtet hat. Ob der Mann sie festhielt, um sie von ihrem Vorhaben abzubringen, oder ob er sie gestoßen hat, konnte er nicht erkennen.«

»Daher die blauen Flecken an ihren Armen?«

»Anzunehmen.«

»Der Mann wird doch zu finden sein. Aber es gibt doch den Abschiedsbrief …«, seufzte Karolina.

»Ein Abschiedsbrief ist schnell geschrieben, zumal er ja mit der Maschine getippt worden ist.«

»Das höre ich zum ersten Mal …«

»Deshalb können wir Ihren Vater eben auch nicht völlig vom Tatverdacht freisprechen. Der Mann könnte von ihm beauftragt worden sein.«

»Sie haben aber doch eben gesagt, dass Vater unschuldig sei.«

»Wir haben keine Indizien für seine unmittelbare Tatbeteiligung gefunden, das ist richtig.«

»Warum fragen Sie diesen Mann nicht, den der Zeuge beobachtet hat?«, fragte Karolina ungeduldig. »Das hier alles muss doch ein Ende haben.«

Kuno Schmitz machte keine Anstalten zu antworten.

»Was ist denn nun mit diesem Abschiedsbrief? Kann man denn nicht herausfinden, mit welcher Schreibmaschine er geschrieben wurde? Das müsste doch möglich sein«, versuchte Karolina den Kommissar aus der Reserve zu locken.

»Wenn wir die Maschine hätten, dann schon.«

Allmählich wurde Karolina wütend. »Wo haben Sie denn überall gesucht? Wo hat denn Margot gewohnt, bevor sie hier mit ihren Koffern voller sündhaft teurer Kleider eingezogen ist?«

»In einer Pension.«

»Und da gab es keine Schreibmaschine? Sekretärinnen haben doch immer eine, mindestens zum Üben. Zum Beispiel eine Reiseschreibmaschine.«

»Nein«, sagte der Kommissar. Ihm behagte das Kreuzverhör ganz und gar nicht. Aber er war offensichtlich zu höflich, um es zu unterbinden.

»In unserer Firma. Da gibt es genügend Schreibmaschinen«, brummte Karolina.

»Was bei einer Übereinstimmung dann jedoch wiederum auch Ihren Herrn Vater belasten könnte.«

»Und? Welche Ergebnisse haben Sie? Sie haben doch sicher die Schreibmaschinen dort untersucht.«

»Keine Übereinstimmung.«

Karolina war bewusst, dass ihr Vater nur dann entlastet war, wenn zweifelsfrei nachgewiesen wurde, dass Margot den Abschiedsbrief eigenhändig geschrieben hatte. Aber auch dann hätte noch ein Restrisiko bestanden, nämlich wenn sie zum Verfassen des Textes gezwungen worden wäre.

»Ich würde gerne mit dem Polizeipräsidenten sprechen«, sagte Karolina. »So geht das jedenfalls nicht mehr weiter. Wir wollen alle unser Leben wieder zurück.«

»Ich, ich weiß nicht …«, stotterte Kuno Schmitz.

»Arrangieren Sie das.« Karolina war wirklich wütend. Allmählich beschlich sie eine ganz merkwürdige Ahnung. Die Polizisten spielten ihnen gegenüber nicht mit offenen Karten.

Erst am Nachmittag passierte wieder etwas. Karolina hatte in der Zwischenzeit ihre Notizen vervollständigt. Wenn die Kommissare keine Ahnung hatten, dann musste sie sich eben um Aufklärung kümmern. Als sie nicht mehr weiterwusste, holte sie Rudolfs Brief hervor. Nachher würde sie ihre Koffer packen und nach Berlin fahren.

Endlich klingelte es an der Tür. Karolina eilte nach unten und kam Hedwig zuvor. Vor dem Haus stand der Polizeipräsident Otto Bauknecht.

Karolina ließ ihn ohne ein Wort des Grußes eintreten. Sie schloss hinter ihm die Tür und bat ihn ins Esszimmer.

»Sie möchten sich mit mir unterhalten, Fräulein Offermann? Wo drückt der Schuh?«

Versuchte der Polizeipräsident gut Wetter zu machen? Das konnte er sich sparen. Sie wollte endlich die ganze Wahrheit erfahren. Die Polizeimaßnahmen kamen ihr nach reiflicher Überlegung und unter Berücksichtigung aller Einzelheiten nicht nur nicht schlüssig vor, sondern untragbar.

»Bitte erklären Sie mir, was wirklich vorgeht.« Sie blieb trotz ihrer Wut höflich. Natürlich verspürte sie gegenüber dem höchsten Polizeibeamten Kölns auch Respekt, nur deshalb und wegen seiner Freundschaft zu ihrem Vater gelang es ihr überhaupt noch, ruhig zu bleiben und besonnen zu agieren.

»Darf ich mich setzen?«, fragte er. Karolina bot ihm einen Platz am Esstisch an. »Also gut, Sie möchten die Wahrheit wissen. Ich kann Sie durchaus verstehen.«

Karolina blieb indes in einiger Entfernung zu ihm stehen. Hedwig kam herein, ohne anzuklopfen. Zum ersten Mal in all den Jahren hätte Karolina sie beinahe angeblafft. Ihre Ungeduld war zu groß. Aber sie konnte sich noch einmal beherrschen.

»Wünschen der Herr Polizeipräsident etwas?«

»Nein danke. Bitte sorgen Sie dafür, dass wir ungestört bleiben, das gilt auch für meinen Kollegen«, sagte er höflich.

»Fräulein Offermann, so setzen Sie sich doch zu mir. Wir sind keine Gegner …«

Nur widerwillig nahm Karolina am Tisch Platz.

»Ich muss Sie jedoch erst noch etwas fragen. Kennen Sie die Freundin Ihres Bruders?«

Was hatte die denn jetzt mit all dem zu tun? »Ja, Vicki. Ich habe sie aber nur einige Male gesehen, und unterhalten haben wir uns eigentlich kaum miteinander.«

»Wann haben Sie sie zum letzten Mal gesehen?«

»Ich weiß es nicht so genau. Mein langer Aufenthalt in Berlin, dann mein Unfall … Ich weiß es wirklich nicht mehr.«

»Sie wissen aber, dass diese Vicki politisch sehr aktiv ist?«

»Nur eine Andeutung meines Bruders …«

Worauf wollte Bauknecht hinaus? »Sie haben meinen Bruder in Verdacht, etwas mit Margots Tod zu tun zu haben?«, schlussfolgerte Karolina.

»Sie sind schnell im Denken, Fräulein Offermann. Überlegen Sie doch einmal, wer wirklich aus dem Tod der Freundin Ihres Vaters Vorteile ziehen konnte. Hätten die beiden geheiratet, stünde es möglicherweise gar nicht gut um das Firmenerbe.«

»Arnold legt aber keinen großen Wert darauf, meinen Vater zu beerben. Also auch jetzt will er nicht in die Firma einsteigen …«

»Das ist mir neu. Aber gut, das könnte die Sachlage in einem anderen Licht erscheinen lassen.«

»Herr Polizeipräsident, ich muss Sie einfach danach fragen. Wieso haben Sie uns diesen Bären mit den Reportern aufgebunden, die unser Haus belagern würden? Ich habe niemals einem Fremden hier gesehen. Außer diese schwarz gekleidete Frau …«

»Welche Frau?«

»Hat Ihnen Ihr Kollege nicht davon berichtet?«

»Möglichweise weiß Kommissar Feiler darüber Bescheid. Nun gut. Es ist so: Wir hatten tatsächlich Ihren Bruder in Verdacht und hatten erwartet, dass er einen Fehler machen würde, wenn Ihr werter Herr Vater erst einmal aus dem Haus ist.«

»Das haben Sie aber nicht mit meinem Vater besprochen?«

»Nein. Aber wir haben eingesehen, dass wir niemandem aus der Familie zweifelsfrei nachweisen können, etwas mit dem Tod von Fräulein Künstle zu tun zu haben.«

»Das bedeutet, Vater kann wieder zurück und wir können endlich wieder wie eine Familie zusammenleben?«

»Wenn Ihr Vater das möchte. Ja. Wir werden noch heute eine Pressemitteilung veröffentlichen, in der wir alle Anschuldigungen gegen die Mitglieder der Familie Offermann als haltlos zurückweisen. Allerdings, und das bitte jetzt ganz im Vertrauen: kein Wort zu niemandem, auch nicht zu Ihrem Bruder und Ihrem Vater. Wir ermitteln weiter, denn wir glauben nicht an die Theorie des Selbstmordes. Da wir eine gewisse Bandenkriminalität nicht ausschließen können, werden wir weiterhin verdeckt handeln. Passen Sie also auf sich auf.«

Den letzten Satz hatte Karolina geflissentlich überhört. Sie würde ihren Alltag mit dem Wissen um eine unbekannte

Bedrohung nicht leben können. Das Leben war gefährlich genug, das war ihr durchaus bewusst. Dennoch hatten sich mit den Erläuterungen des Polizeipräsidenten mehr Fragen als Antworten ergeben. Karolina erkannte viel zu viele Ungereimtheiten. Und es beschäftigte sie, warum der Polizeipräsident sie überhaupt ins Vertrauen zog.

Als sie ihn zur Tür gebracht und verabschiedet hatte, nahm sie sich vor, sich bald schon mit Alexander auszutauschen. Sie hoffte, ihn dazu bewegen zu können, mit ihr gemeinsam nach der Schreibmaschine zu suchen, auf der Margots Abschiedsbrief getippt worden war.

KÖLN, MITTWOCH, 14. SEPTEMBER 1927

Alexander stellte das Motorrad in der Nähe des Severintors ab. Von dort bis zur Pension am Sachsenring waren es nur wenige Meter.

»Du hältst dich dran. Ich bin Margots Cousine und du mein Bruder«, instruierte ihn Karolina.

»Ich muss ja im Gegensatz zu dir keine Rolle einstudieren«, sagte ihr Halbbruder und konnte sich ein Grinsen nicht verkneifen.

Es war ganz einfach gewesen, die Adresse von der Pension herauszufinden, in der Margot bis zu ihrem Einzug in die Villa gewohnt hatte. Karolina hatte einfach nur bei einem Besuch in der Möbelfabrik in einem günstigen Augenblick Margots Personalakte durchsucht. Die neue Sekretärin hatte keinen Verdacht geschöpft, als Karolina gestern dort erschienen war, um ihren Bruder zu besuchen. Der wusste von ihrem Vorhaben allerdings nichts. Sie hatte sich tatsächlich an das Versprechen gehalten, das sie dem Polizeipräsidenten gegeben hatte. Nicht nur aus dem Grund, weil sie sich an einmal gegebene Versprechen hielt, sondern auch, weil sie es zumindest in Erwägung zog, dass Arnold doch etwas mit dem Tod von Margot zu tun haben konnte. Sie erinnerte sich an sein widersprüchliches Verhalten, nachdem Margot zu ihnen in die Kirschallee gezogen war. Mal schien ihn ihre penetrante Einmischung in die Familienangelegenheiten der Offermanns gar nicht zu interessieren, mal spielte er Karolinas Bedenken herunter, mal tat er empört über das, was Karolina ihm berichtete. Und so ganz Unrecht hatte der Polizeipräsident mit seiner Unterstellung nicht, Arnold könnte durchaus ein Interesse daran gehabt haben, eine mögliche Hochzeit von Margot mit ihrem Vater zu verhindern. Und was hatte es mit dieser Vicki und ihrem politischen Wirken auf sich?

»Pass auf!«, rief Alexander, als Karolina allzu unbedarft die Straße überqueren wollte.

»Danke.«

»So, jetzt …«, forderte er sie auf, nachdem einige Automobile und Lieferwagen an ihnen vorbeigerauscht waren.

»Vater will tatsächlich bei euch wohnen bleiben?«, fragte Karolina, als sie schließlich die andere Straßenseite erreicht hatten.

»Hm, ist doch gut. Meiner Mutter jedenfalls gefällt das sehr. Sie blüht richtiggehend auf und hat sogar wieder einige Worte gesprochen.«

»Wie bitte? Das ist ja großartig. Ich mag deine Mutter.« Karolina blieb stehen und betrachtete das gepflegte mehrstöckige Haus mit der Aufschrift »Pension Sonnenschein«. Die Tür im Erdgeschoss war nur angelehnt. Karolina rannte voran, Alexander folgte ihr zögerlich. Sie klingelte an der Tür mit dem Messingschild, auf dem der Name der Pension vermerkt war. In der Tür erschien bald eine Frau mittleren Alters, gut gekleidet zwar, doch ungeschminkt, und die Haare waren eher nachlässig frisiert. Ohne irgendwelche Skrupel zu haben, stellte sich Karolina als Margots Cousine vor, die gerne die Habseligkeiten ihrer Verwandten abholen wollte. Sie pokerte hoch, es war immerhin möglich, dass die Polizei längst alles mitgenommen hatte.

»Endlich kütt ens einer. Ich han hee ene Karton …« Die Frau lief den Flur entlang, verschwand hinter einer Tür und kehrte bald darauf mit einem Bündel Kleider sowie einer großen Pappschachtel zurück. Wie sollten sie das alles auf dem Motorrad transportieren?

»Dürfen wir erst einen Blick hineinwerfen?«, fragte Alexander, der wohl denselben Gedanken wie Karolina hatte.

»Bitte.« Die Pensionswirtin ließ den Karton auf den Boden gleiten und legte die Kleider darauf. Ohne sich weiter um die beiden zu kümmern, verließ sie den Raum. Bald hörten die beiden sie in der Küche hantieren.

»Wir sollten uns beeilen«, raunte Alexander, während Karolina anfing, alles systematisch zu durchforsten. »Was suchst du eigentlich genau?«

»Schriften, Briefe, irgendwas halt.« Sie hatte den Karton mittlerweile geleert und den Inhalt auf dem Fußboden verteilt. »Keine Schreibmaschine, wie ärgerlich.«

»Hatte das der Kommissar nicht gesagt? Und wenn, dann hätten sie …«

»Die zu uns mitgenommen, ich weiß. Aber was ist das?« Karolina zog ein maschinenbeschriebenes Schriftstück hervor. »Das liest sich wie ein Brief. Moment, das ist ein Brief an einen Theaterintendanten in einem Ort in Hessen, von dem ich noch nie gehört habe. Das ist ein Entwurf. Den hat eindeutig Margot geschrieben. Also hatte sie Zugang zu einer Schreibmaschine. Aber, der Brief ist zwei Jahre alt …« Karolina ließ sich auf den Boden fallen. »Margot war Schauspielerin.«

Alexander kniete sich neben sie. »Hat sie das jemals erwähnt?«

Karolina schüttelte den Kopf. »Wir müssen das alles mitnehmen. Ich muss mir das in Ruhe anschauen.« Sie begann, den Karton wieder zu befüllen. »Die Kleider lassen wir hier und sagen, dass wir sie ein anderes Mal abholen. Schau bitte nach, ob sich etwas in den Taschen befindet.«

Nachdem sie alles verstaut und in den Kleidungsstücken nichts gefunden hatten, was sie hätte weiterbringen können, drückte Karolina ihrem Halbbruder den Karton in die Hände und schob ihn vor sich durch die Tür. »Geh du schon vor«, flüsterte sie ihm zu. Sie wartete einige Augenblicke, dann rief sie der Wirtin über den Flur hinweg zu: »Wir holen die Kleider später. Vielen Dank und auf Wiedersehen«, und folgte Alexander. Als sie ihn vor dem Haus schließlich einholte, sagte sie: »Ich wollte nicht, dass die Wirtin Fragen stellt oder auf die Idee kommen würde, unsere Identitäten zu überprüfen.«

»Du weißt, dass das Diebstahl ist?«, fragte Alexander außer Atem, während sie am Motorrad angekommen waren. Karolina zuckte nur unschuldig mit den Schultern.

Nachdem Alexander Karolina in der Kirschallee abgesetzt hatte, verschwand sie mit dem Karton in den Teil des Kellers, in dem sie neulich Nacht nach Margots Hinterlassenschaften gesucht hatte. Bislang hatte sie mit ihrem Vater kein einziges Mal darüber gesprochen, wie die materiellen Dinge geregelt werden sollten. Dass sich offensichtlich keiner von Margots Verwandten dafür interessierte, wurde ihr heute ja erst deutlich vor Augen geführt. Niemand hatte sich bislang um die Kleidungsstücke und ihre persönlichen Gegenstände in der Pension gekümmert. Karolina fiel wieder ein, wie sie sich über die Großzügigkeit ihres Vaters gewundert hatte, als er die Beerdigung dieser Frau organisiert und bezahlt hatte. Margots vermeintlicher Ehemann hatte damals keinen Kontakt zu ihnen aufgenommen. Aus diesem Grund war ihre Aktion eben auch nicht wirklich verwerflich und schon gar kein Diebstahl, fand Karolina. Außer diesem ominösen Schreiben enthielt der Karton neben reichlich Krimskrams nur einige Zeitungsausschnitte von Theateraufführungen, Lippenstifte in vielen Farben, Puder, Schreibutensilien sowie einige Ansichtskarten. Karolina war sich nun sicher: Irgendetwas stimmte mit Margots Vita nicht. Und mit einem Mal beschlich Karolina der Verdacht, dass sie aus der Zeitungsannonce, die sie damals in Margots Koffer entdeckt hatte, eine falsche Schlussfolgerung gezogen hatte. Sie hatte sogar den Wortlaut noch parat:

Hiermit geben wir die eheliche Verbindung von
Margot von Striesow und
Bernhard Graf von Zurwitz bekannt.
Frankfurt
am Main im Juni 1925.

War es denkbar, dass die Zeitungsannonce Teil einer Theaterinszenierung gewesen war? Doch dieser Gedanke kam ihr so absurd vor, immerhin hatte Alexander beobachtet, wie sie in Köln im Hotel Continental verschwunden war und sich dort unter dem Namen von Zurwitz angemeldet hatte. Nein, nein. Trotzdem, mit Margots Herkunft und ihren Familienverhältnissen stimmte etwas nicht. Frankfurt also, dort hatten sie geheiratet. Sie musste herausfinden, wo dieser Ehemann jetzt lebte. In Fernost, hatte der Kommissar gesagt. Aber wenn er sich in den letzten Monaten ebenfalls dort aufgehalten hatte, mit wem hatte sich Margot dann damals im Hotel getroffen? Sie war auf sein Zimmer gegangen, sie hatten sich nicht in der Hotellobby verabredet. Das bedeutete, dass sie entweder mit diesem Mann ein amouröses Abenteuer unterhielt oder irgendeine Heimlichkeit ausheckte. War das vielleicht sogar der Mann gewesen, den der Zeuge am Brückengeländer beobachtet hatte?

»Karolina«, rief Hedwig von oben, »wo bist du?«

Es klang dringend. Karolina drückte den Deckel auf den Karton und schob ihn in die hinterste Ecke, sodass er zufälligen Blicken verborgen blieb. Sie eilte die Treppe hinauf.

»Ach, wo warst du denn? Ich habe überall nach dir gesucht«, sagte Hedwig und zeigte auf die Tür zum Raucherzimmer ihres Vaters. »Da ist jemand für dich am Fernsprechapparat. Aus Berlin.«

Ob Rudolf sich meldete? Sie hätte ihm für den Brief danken müssen, was sie wegen der letzten Geschehnisse versäumt hatte. Karolina ging zum Apparat und nannte ihren Namen. Am anderen Ende sprach eine Frau, die ihr mitteilte, dass sie bei der Aafa in Berlin angestellt sei und sie daran erinnern wollte, dass man noch auf die Fotografien warte, um die Kartei zu vervollständigen. Sie sei doch noch an Filmrollen interessiert, fragte die Frau weiter, was Karolina nachdrücklich bestätigte. Sie versprach, sich umgehend um den Versand der Porträtfotografien zu kümmern. Dabei hatte sie noch nicht einmal welche anfertigen lassen.

Kaum hatte sie den Hörer auf die Gabel gelegt, stand Hedwig in der Tür.

»Dein Vater hat mir ausdrücklich aufgetragen, Telefonate zu beantworten«, sagte sie leise.

»Du musst dich nicht rechtfertigen, Hedwig.«

»Ich meine nur, weil ich das Arbeitszimmer früher nie betreten durfte. Ich habe hier Staub gewischt, als der Apparat diese Töne von sich gab.«

Die beiden hatten sich nichts mehr zu sagen. Hedwig hatte nach dem Tod von Helene Offermann die Rolle einer

Vertrauten eingenommen. Doch seit dem Flugzeugabsturz begann Karolina, sie ein wenig lästig zu finden. Zu neugierig, zu hilfsbereit, zu besorgt. Lag es daran, dass Karolina erwachsen geworden war?

»Dürfte ich heute früher gehen?«, fragte Hedwig, während sie unschlüssig im Raum stehen blieb.

»Ja?« Karolina inspizierte gerade den Schreibtisch ihres Vaters auf der Suche nach dem Kölner Adressbuch. Sie blickte auf.

»Selbstverständlich. Wann Arnold nach Hause kommt, weiß ich nicht. Ich kann mir problemlos etwas zu essen zubereiten.«

»Die Wäsche ist auch bereits fertig …«, ergänzte Hedwig. Es musste sich um einen gewichtigen Grund handeln, wenn sie schon jetzt alles erledigt hatte.

»Danke«, antwortete Karolina gedankenversunken. Während sie begann, in dem Regal neben dem Schreibtisch zu suchen, dachte sie, dass es gut war, dass Hedwig hier nicht wohnte. Nach Margots Tod hatte Hedwig wieder angefangen, bei ihnen zu arbeiten. Karolina, ihr Bruder und ihr Vater hatten überlegt, ob Hedwig nicht in die Villa einziehen sollte, sich jedoch dagegen entschieden. Karolinas Vater hätte ihr am liebsten gekündigt und eine Haushälterin eingestellt, die weniger über ihre Familie wusste als Hedwig. Doch Karolina und Arnold hatten ihn umgestimmt, schließlich waren sie mit Hedwig aufgewachsen und fühlten sich ihr immer noch verbunden. Hinzu kam, dass eine andere Angestellte mit dem Lohn, den sie auszahlten, sicherlich nicht einverstanden wäre. Eine Aufstockung kam jedoch nicht infrage. Arnold hatte seiner Schwester im Vertrauen offenbart, dass es um die Firma des Vaters nicht zum Besten stand. Zwar hatte sich alles ein wenig konsolidiert, doch man hatte nach wie vor einiges zu unternehmen, um weiterhin am Markt bestehen zu können. Wenn die Menschen sparten, dann verzichteten sie meist auf neue Möbel oder zogen günstige Angebote vor, bei denen die Möbelfabrik Offermann nur bedingt mithalten konnte. »Die Zeiten ändern sich, und wer kauft heute noch Herrenzimmer?«, hatte Arnold wieder einmal gemeint. Karolina setzte alle Hoffnungen in ihn. Doch leider fehlte ihm die nötige handwerkliche Begabung. Zwar hatten ihn Großvater und Vater in die Möbeltischlerei eingeführt, doch das Arbeiten mit Holz hatte ihm noch nie gelegen. Was nicht allzu hinderlich wäre, wenn er sich denn für neue Ideen und Entwürfe wirklich begeistern würde, die er dann von den Tischlern umsetzen lassen konnte. Er schimpfte zwar regelmäßig über das veraltete Angebot, aber sie hatte noch nicht mitbekommen, dass er sich für neue Designs begeisterte. Karolina hatte ihm erst neulich einen Bauhaus-Katalog in der Buchhandlung besorgt und auf seinen Platz am Esstisch gelegt. Doch als sie abends ins Zimmer kam, lag der Band immer noch unangetastet da. Was trieb Arnold eigentlich tagaus, tagein in der Möbelfabrik? Dass Karolina dem Polizeipräsidenten von einem Generationenwechsel erzählt hatte, war ihrem Wunsch nach Veränderung entsprungen. Weder ihr Vater noch ihr Bruder wussten etwas davon. Aber ihr Vater musste davon überzeugt werden, die Firma neu aufzustellen, sonst würde es diese bald nicht mehr geben. Sie hoffte so sehr, dass er sich bald ins Private zurückzog, selbst wenn er noch nicht in dem Alter war, in dem man ein Lebenswerk in die Hände der nächsten Generation legte. Vielleicht sollte sie mit Nadia Wolkowa darüber reden. Karolina wünschte ihrem Vater, dass er mit ihr sein Glück finden würde. Was sie verwunderte, war, dass er nun bei ihr wohnte, ohne mit ihr verheiratet zu sein. Wenn er nicht aufpasste, hätte Köln das nächste Gesprächsthema.

Karolina zögerte kurz, die Schreibtischschubladen zu öffnen. Schließlich fand sie das Adressbuch und schrieb die Namen mehrerer Fotografen heraus. Am sympathischsten erschien ihr dabei ein Fotoatelier in der Hohe Straße, nicht zuletzt, weil eine Frau das Atelier innehatte. Damit sie nicht vergeblich hinfuhr, rief sie im Atelier vorsichtshalber an, um einen Termin für den nächsten Morgen zu vereinbaren.

Wenn sie schon einmal dabei war, durchforstete sie das Buch nach weiteren nützlichen Adressen. So hatte sie bald eine schöne Sammlung von Englisch- und Schauspiellehrern zusammen. Wo sich das Kölner Schauspielhaus befand, wusste sie auch so.

KÖLN, DONNERSTAG, 15. SEPTEMBER 1927

Bereits seit über einer Stunde saß Karolina vor dem Schminktisch im Schlafzimmer ihrer Eltern, vielmehr im ehemaligen Elternschlafzimmer. Carl Anton Offermann hatte es offensichtlich nicht übers Herz gebracht, dieses für ihre Mutter so bedeutungsvolle Möbelstück zu entfernen. Sei es aus Sentimentalität oder weil Margot den Schminktisch für brauchbar empfunden hatte. Wie unbeholfen sie sich dabei anstellte, ihr Gesicht möglichst natürlich erscheinen zu lassen, ärgerte Karolina. Es war das dritte Mal, dass sie die Schminke mithilfe einer großen Portion Hautcreme wieder herunterwischte. Jetzt musste es etwas werden, sie hatte nur noch diesen Versuch. Sonst würde sie zu spät ins Fotoatelier kommen. Aus weiser Voraussicht hatte sie sich eine Kraftdroschke bestellt, die ebenfalls in wenigen Minuten vorfahren würde. Endlich gelang es ihr, sich zufriedenstellend zu schminken. Mehrere Male betrachtete sie sich von allen Seiten. Auch ihre Frisur saß passabel. Vor ihrem Geburtstag wollte sie allerdings unbedingt noch einmal einen Friseursalon aufsuchen. Sie hatte ein einfarbiges Kleid ausgewählt, damit kein Muster von ihrem Gesicht ablenkte. Beschwingt lief sie die Treppe hinunter und zog ihren Sommermantel über, als sich jemand von außen mit einem Schlüssel an der Haustür zu schaffen machte. Hedwig war in der Küche beschäftigt und Arnold hielt sich schon lange in der Möbelfabrik auf.

»Vater«, sagte Karolina erstaunt, als sich die Tür schließlich öffnete.

»Guten Morgen, Karolina.« Er blieb im Türrahmen stehen. Er wirkte unbeholfen, beinahe so, als fühle er sich wie ein Gast in seinen eigenen vier Wänden.

»Guten Morgen, Vater, ich …« Was sollte sie nur sagen? Konnte sich jetzt nicht Hedwig einmischen, um die Situation zu entspannen?

»Du siehst aus wie deine Mutter.« Er ließ seinen Koffer aus der Hand gleiten. Karolina konnte nicht ahnen, dass er sie ausgerechnet jetzt so sehen würde. Ja, beim Schminken war ihr das auch aufgefallen. Sie musste ihm erklären, warum sie sich derart zurechtgemacht hatte.

»Dann lass dich nicht aufhalten«, antwortete ihr Vater.

»Ich habe noch ein wenig Zeit, bis die Kraftdroschke mich abholt. Vater, wie geht es dir?«

»Alles verändert sich. Ich wusste nicht, wem ich überhaupt noch trauen konnte. Ob …« Karolina verstand nicht, worauf er abzielte. Ja, seine Erfahrungen mit Margot hatten ihn an den Menschen zweifeln lassen. Aber er sprach offenbar von etwas Gegenwärtigem.

»Ist Arnold in der Fabrik?«

Karolina nickte.

Ihr Vater begann, bedächtig seinen Mantel aufzuknöpfen. »Es war kein richtiger Sommer«, murmelte er, während er Karolina den Rücken zuwandte, um den Mantel über den Bügel zu legen und ihn an die Garderobe zu hängen. Ruckartig drehte er sich um. »Wir hatten unsere Differenzen, Karolina. Ich wollte wirklich nur dein Bestes. Vielleicht hatte ich auch Sorge, was die Kölner Gesellschaft zu deinen Plänen sagen würde, Schauspielerin zu werden. Es ist ja nicht so, dass ich nicht auf das Wohlwollen dieser

Leute, ihre Unterstützung angewiesen wäre. Du hast mich aber eigentlich nie enttäuscht. Ich weiß doch, wie erfüllend Kunst sein kann, Musik, auch das Theater, meinetwegen auch der Kinofilm. Auch wenn ich nicht viel damit anfangen kann.«

Karolina erkannte ihren Vater kaum wieder. Sie genoss seine ehrlichen Worte, doch zugleich machte sich Panik in ihr breit. Panik, weil sie ihren Fototermin nicht verpassen wollte, Panik, weil sie nicht wusste, wie sie auf diese so ungewohnte Offenheit ihres Vaters reagieren sollte. War es nicht einfacher gewesen, zu ihm auf Distanz zu gehen, als ihn jetzt so reden zu hören? Wie sollte sie als seine Tochter angemessen darauf reagieren?

»Ich will dich nicht aufhalten, es ist nur … Wir müssen uns bald einmal sprechen. Nur bin ich erleichtert, dass dein Bruder wohl doch nichts mit Margots Tod zu tun hat.«

Was redete er da? Karolina suchte nach den richtigen Worten. Doch je angestrengter sie danach suchte, desto stärker wirbelten ihre Gedanken umeinander. Wie eine Erlösung kam es ihr vor, als es an der Tür läutete.

»Geh du nur«, sagte ihr Vater und lächelte sie an. »Ich wünsche dir einen schönen Tag.«

»Bist du heute Abend noch hier, wenn ich wiederkomme? Ich wollte nämlich noch beim Theater anfragen, ob …«

»Ich bin hier«, antwortete ihr Vater mit müder Stimme.

Als der Droschkenfahrer sie in der Hohe Straße absetzte, hatte sie gerade erst begonnen, das Gespräch mit ihrem Vater zu verarbeiten. Der Himmel war wolkenverhangen und es war nur eine Frage der Zeit, wann es wieder regnen würde. Hauptsache, sie kam trockenen Hauptes im

Atelier von Elsbeth Gropp an. Das Atelier befand sich in dem Gebäude, in dem sich auch Damms Teestube befand. Hier hatte sie sich mal mit Gertrud getroffen. Aber das war schon eine Weile her. Der Empfang im Fotoatelier war herzlich, Elsbeth Gropp war eine patente Frau im Alter von ihrer Mutter und Tante Olga. Die Aufnahmen waren recht schnell im Kasten. Elsbeth Gropp versprach, die Abzüge spätestens bis Montag fertigzustellen. Sie würde sie anrufen und gerne auch einen Boten zur Villa in der Kirschallee schicken, als Karolina ihr verriet, wofür sie die Aufnahmen benötigte. Da sie schon einmal hier war und nach den aufregenden Ereignissen des Vormittags dringend eine Stärkung benötigte, kehrte Karolina in der Teestube ein und bestellte sich zu einem großen Glas Tee ein Ananastörtchen. Karolina liebte es, allein in einem Café oder wie heute in einer Teestube zu sitzen und die Menschen zu beobachten. Sie hörte einige fremdländische Worte, zumeist jedoch sprach man Deutsch oder Kölsch. In der Tagezeitung wurde groß über das am kommenden Wochenende ausgetragene Rheinische Flugturnier berichtet. Über achtzig Meldungen seien eingegangen, und mit ganz verschiedenen Flugzeugtypen wollte man sich in die Luft erheben. Darunter waren Udet-Flamingo-Doppeldecker, Fokker DVII, eine Neukonstruktion der Messerschmidt M 19 sowie mehrere Klemm-Daimler-Flugzeuge. Hatte sie nicht während ihres Rückfluges von Berlin nach Köln in einer Klemm gesessen? Plötzlich spürte sie ein merkwürdiges Zucken in ihrem Bein. Hoffentlich bedeutete das nichts Schlimmes. Sie lockerte ihren Muskel. Da es nicht wiederkam, schrieb sie es dem Umstand zu, dass sie falsch gesessen hatte. Auf dem Stuhl am Nebentisch hatte jemand eine ältere Ausgabe der Vossischen Zeitung liegen lassen. Karolina angelte danach und begann zu lesen. Anlässlich des Tages der Buchhändler hatte eine Delegation die Räumlichkeiten des Ullstein-Verlages besichtigt, ein Herr Rockefeller stiftete zehn Millionen Dollar für die Völkerbundbibliothek in Genf und in Karlsruhe tagte die Kriminalistische Vereinigung. Wehmütig betrachtete sie die Ankündigung der ersten Aufführung von »Troilus und Cressida« im Deutschen Theater von Berlin. Theater! Karolina hielt es für sinnvoll, sich nun auf den Weg zu machen.

Sie bezahlte und lief zum nahe gelegenen Schauspielhaus. Am Empfang versuchte man sie abzuwimmeln. »Wie stellen Sie sich das vor? Die Spielzeit hat längst begonnen. Es wird niemand mehr benötigt«, sagte der übellaunige Mann an der Pforte. Sie wollte sich gerade enttäuscht abwenden, als ihr jemand von hinten auf die Schulter tippte. Karolina drehte sich um und blickte in das Gesicht eines Mannes mit wachen Augen und gelockten Haaren.

»Sind Sie ausgebildete Schauspielerin?«, fragte er.

Karolina nickte und berichtete, dass sie bei Paula Poll Privatunterricht genossen habe. Sie wusste, dass Paula Poll zeitweise am Schauspielhaus unter Vertrag gestanden hatte.

»Ah, Paula Poll.« Der Mann schien zu überlegen. »Sie hat zwar keine Hauptrollen gespielt, aber sie ist bestimmt eine gute Lehrerin, doch, doch.«

Hatte Paula Poll nicht etwas ganz anderes erzählt?

»Geben Sie mir Ihre Karte. Vielleicht kann ich etwas für Sie tun. Möglich, dass wir für eine Weihnachtsinszenierung noch jemanden benötigen, aber das wird Ihnen weder Ruhm noch viel Geld einbringen.« Er nahm die Visitenkarte entgegen, die Karolina aus ihrer Geldbörse entnommen hatte, wünschte einen guten Tag und verschwand im Innern des Gebäudes. Karolina schaffte es gerade noch, ihm einen Dank zuzurufen, bevor sich die Tür hinter ihm schloss.

»Wer war der Herr?«, wollte Karolina vom Portier erfahren. Sie staunte nicht schlecht, als der dessen Namen nannte. Sie hatte gerade mit niemandem Geringeren als mit dem Intendanten Hans Rodenberg persönlich gesprochen.

Karolina wollte heute Metha Bär besuchen und mit ihr über die familiären Verwicklungen und die Todesumstände ihrer Mutter sprechen. Also bestieg sie die nächste Straßenbahn, die nach Süden führte. Von der Haltestelle am Rhein zur Villa der Kaufmannsfamilie rannte sie, ihr Bein bereitete ihr dabei keinerlei Maleschen. Dafür schlug ihr Puls bis zum Hals, als sie stehen blieb, um die Türglocke zu betätigen. Die nette Hausangestellte öffnete allerdings erst nach einer ganzen Weile, blieb oben auf der Treppe stehen und machte keine Anstalten, hinunter zum Tor zu laufen, um Karolina einzulassen. »Die Herrschaften sind nicht zugegen«, rief sie und wandte sich um.

So hatte man Karolina noch nie behandelt. Sie wusste nicht, wie ihr geschah. Denn da im Innern des Hauses, dort, wo sich der Salon befand, Licht brannte und sie Metha Bär schemenhaft hinter dem Vorhang erkennen konnte, musste Karolina davon ausgehen, dass das Hausmädchen auf Anweisung gehandelt hatte. Warum aber ließ man sie nicht eintreten? Diese offensichtliche Zurückweisung schmerzte sie. Dabei hatte Metha sich in Berlin noch so freundlich ihr gegenüber verhalten. Sie konnte ihrer einstigen Vertrauten also weder von der Begegnung mit dem Intendanten des Kölner Schauspielhauses berichten, noch sie zu Paula Polls Verhältnis zu ihrer verstorbenen Mutter befragen.

Ernüchtert trat sie den Heimweg an. Zu Hause schnappte sie sich die Tageszeitung und vergrub sich in ihrem Zimmer. Sie hoffte, dass sie heute niemand mehr ansprechen würde. Die Zeitungslektüre war allerdings keineswegs dazu geeignet, ihre augenblickliche Stimmung zu verbessern. Der Flaggenstreit sollte ausgerechnet in Köln eskalieren. »Die Rechtsparteien wollen den Geburtstag des Reichspräsidenten zu einer Flaggendemonstration nutzen«, stand über einem langen Artikel. Schwarz-rot-gold oder Schwarz-weiß-rot, verfassungsgemäß oder vaterländisch? Karolina fand dieses Beharren auf Symbolen einfach nur irritierend. Ihre Laune verschlimmerte sich noch, als sie vom tragischen Tod der berühmten Tänzerin und Choreografin Isadora Duncan in Nizza las. Ihr Schal hatte sich am Automobil verfangen und sie erdrosselt. Musste denn alles in einem Drama enden?

KÖLN, MONTAG, 19. SEPTEMBER 1927

Der wichtigste Tag ihres bisherigen Lebens brach an. Karolina jedoch hätte sich am liebsten die Decke über den Kopf gezogen, um diesen Tag einfach zu verschlafen. Sie hatte ihren einundzwanzigsten Geburtstag so sehr herbeigesehnt, doch nun verspürte sie alles andere als Freude. Nicht etwa, weil sie das Erwachsensein und die damit verbundene Verantwortung ängstigte. Vielmehr machte ihr dieser Tag bewusst, dass sie bislang noch nichts in ihrem Leben erreicht hatte. Dieses Gefühl wurde allerdings noch von der Trauer über den Verlust ihrer Mutter übertroffen, die dieses wichtige Ereignis nicht mit ihr feiern konnte. In der Villa in der Kirschallee herrschte eine seltsam gedämpfte Stimmung. Carl Anton Offermann war, ohne sich weiter zu erklären, wieder zu Hause eingezogen. Er verlor kein Wort über Nadia oder Alexander, sagte lediglich gegenüber Arnold, dass er vorhabe, sich im Laufe des kommenden Jahres aus der Firma zurückzuziehen, und erwarte, dass Arnold sich um die Möbelfabrik weiterhin mit großem Engagement kümmere.

Am Sonnabend hatte ein Bote die Porträtfotografien geliefert, die Karolina zusammen mit einem getippten Anschreiben noch am Nachmittag zur Hauptpost An den Dominikanern unweit des Doms gebracht hatte. Nun hieß es wieder einmal: warten.

Am Sonntag hatten sie zu dritt mit dem Automobil einen Ausflug ins Siebengebirge unternommen. Ihrem

Vater schien der Aufenthalt fern vom Kölner Klüngel gutzutun. Während sich die beiden Männer schließlich am Abend in das Raucherzimmer zurückgezogen hatten – man konnte meinen, alles sei wieder wie früher –, war Karolina in den Keller verschwunden. Denn was neben dem Selbstmord Margots – oder war es doch Mord gewesen, wie es die Kriminalpolizei wohl immer noch annahm? – Karolina nicht aus dem Kopf ging, waren die letzten Tage im Leben ihrer Mutter. Wo hatte sie sich bis zu ihrer Rückkehr in die Villa Offermann aufgehalten, während Karolina in der zweiten Buchhandlung ihres Onkels im Kurort Neuenahr beschäftigt gewesen war? Sie erinnerte sich gerne an ihren Aufenthalt zurück, der zunächst als Strafmaßnahme ihres Vaters begonnen hatte, weil sie heimlich Schauspielstunden genommen und sich nicht nur in diesem Fall seinen Anweisungen widersetzt hatte. Schon bald hatte Karolina begonnen, sich regelrecht freizuschwimmen, und hatte erfahren, wie es sich anfühlte, selbstbestimmt zu leben. Nun durchstöberte Karolina die Kartons mit den persönlichen Gegenständen ihrer Mutter, die offensichtlich bei Margots Einzug in den Keller gebracht worden waren. Zuletzt öffnete sie den Karton, der obenauf gestanden und den sie zunächst zur Seite gestellt hatte, um an die anderen zu gelangen.

Das Seidentuch lag noch genau so dort, wie sie es drapiert hatte. Sie nahm es heraus und legte es um ihren Hals. Der Stoff erwärmte sich rasch und das Gefühl auf ihrer Haut erinnerte sie an eine Liebkosung ihrer Mutter. Karolina inhalierte das wohlig-warme, sorglose Gefühl ihrer Kindheit. Und dann stand sie für einen winzigen Augenblick vor ihr: ihre Mutter. Bildschön, mit wachen Augen, der Inbegriff mütterlicher Fürsorge. Aber auch eine Frau, die ihr Leben ganz ihrer Familie gewidmet hatte. Bevor

Karolina die Sentimentalität vollständig übermannte, war es ihr gelungen, sich von diesem Bild loszureißen, um sich den Briefen zu widmen. Doch plötzlich hatte ihr Vater vor ihr gestanden.

»Was machst du hier für eine Unordnung?«, hatte er zornig gefragt. »Räum das auf. Lass die Vergangenheit ruhen.« Sein Blick hatte sich regelrecht am Seidentuch um Karolinas Hals festgesaugt.

So war es Karolina in jener Nacht nicht mehr gelungen, in Ruhe die Briefe durchzusehen. Vor einigen Tagen hatte sie diese jedoch zusammen mit dem Tuch in ihr Zimmer getragen und unter ihrem Bett versteckt. Wenn heute nicht der perfekte Zeitpunkt war, diese zu lesen, so würden sie und ihre Mutter doch noch – zumindest indirekt – den Tag ihrer Großjährigkeit gemeinsam begehen. Karolina holte die Briefe unter ihrem Bett hervor. Den Schal legte sie behutsam auf ihr Kopfkissen. Vorsichtig öffnete sie die Schleife, die die Briefe zusammenhielt. Sie hoffte, auf etwas zu stoßen, das Licht ins Dunkel des Lebens ihrer Mutter bringen würde, denn mit ein wenig Abstand – sie war nun kein Kind mehr, sondern eine erwachsene Frau – war sie zu der Überzeugung gelangt, dass sie als Tochter längst nicht alles über ihre Mutter wusste. Das plötzliche Verschwinden von ihr einige Tage vor ihrem Tod und die Heimlichkeiten, die darum gemacht wurden, ließen ihr keine Ruhe. Vielleicht war es nicht das erste Mal gewesen, dass Helene Offermann ausgebrochen war? Bei den Schriftstücken handelte es sich um Postsendungen, die ihre Mutter von verschiedenen Freundinnen erhalten hatte. Einige davon waren noch an Helene Leyendecker adressiert und folglich mehrere Jahrzehnte alt. Karolina wollte die Briefe später in Ruhe in ihrem Zimmer lesen. Zielführender wäre es sicherlich, die von ihrer Mutter verfassten Schreiben zu lesen. Doch wie sollte sie in deren Besitz kommen? Die meisten dieser Frauen waren aller Wahrscheinlichkeit längst verheiratet und führten heute einen anderen Nachnamen. Sie ausfindig zu machen, würde sich kompliziert gestalten. Außerdem war sie ja eigentlich auf der Suche nach Hinweisen, die ihr mehr über die letzten Lebenstage ihrer Mutter sagen konnten. Bevor sie den Keller wieder verließ, durchstöberte sie noch einmal Margots Nachlass, der sich in dem Karton befand, den sie aus der Pension mitgebracht hatte. Eine Postkarte, die Karolina bei der ersten Durchsicht nicht entdeckt hatte, klebte auf der Rückseite eines Zeitungsausschnitts. Karolina löste sie vorsichtig ab und begann, die Zeilen zu entziffern. Der Absender setzte Margot darüber in Kenntnis, dass man in der Möbelfabrik Offermann eine Sekretärin suchte. Hatte ihr Vater eine Stellenanzeige in die Zeitung setzen lassen oder hatte er sich bei Bekannten nach einer Sekretärin erkundigt? Wer auch immer diese Karte geschrieben hatte, er – oder sie – kannte Margot, und dieser Person war es offenbar zu verdanken, dass die bekannten Ereignisse schließlich ihren Lauf genommen hatten. Eine Unterschrift jedenfalls fehlte. Dafür wusste Karolina nun, dass einer von Margots früheren Aufenthaltsorten Gießen war.

Karolina hing ihren Gedanken nach und rekapitulierte die Inhalte, als sie Schritte auf dem Flur hörte, die sich auf ihr Zimmer zubewegten. Sogleich klopfte es an ihrer Tür.

Hastig versteckte sie die Briefe unter der Bettdecke, vergaß beinahe den Schal. Dann setzte sie ein unschuldiges Lächeln auf und fragte sich im selben Augenblick, warum sie so heimlich tat. Irgendwie fühlte es sich gerade so an, als würde sie ihre Mutter verraten.

Es klopfte erneut.

Nur widerwillig murmelte sie ein »Herein«. Es war Hedwig, die ein Tablett auf ihren Händen balancierte. Karolina richtete sich auf.

»Kaffee und Torte zum Geburtstag.«

»Eine schöne Überraschung«, antwortete Karolina. Sie freute sich wirklich. Aber dies vor sich selbst zuzugeben, fiel ihr nicht leicht.

»Nun bist du großjährig, liebe Karolina«, sagte Hedwig und strahlte über das Gesicht. Karolina bedankte sich und tauschte mit der Hausangestellten einige allgemeine Floskeln aus. Nachdem Hedwig gegangen war, versteckte sie die Briefe und das Tuch wieder, frühstückte und zog sich an. Würde unten überhaupt jemand auf sie warten? Auf dem Weg in das Erdgeschoss überlegte sie, was sie unternehmen konnte, um den Tag so angenehm wie möglich zu gestalten. Am liebsten würde sie irgendwohin flüchten. Nur wohin? Der Postbote brachte genau in diesem Moment einige kleinere Pakete sowie etliche Briefe und Karten, die Hedwig freudig an der Tür entgegennahm. Karolina zog sich in den Salon zurück. Unter den Glückwunschkarten, die zumeist von Firmen, Geschäftspartnern des Vaters und Banken stammten, befand sich zu Karolinas Freude auch eine von ihrer Freundin Ingrid. Die um einige Jahre jüngere Tochter eines ehemaligen Angestellten der Möbelfabrik war im vergangenen Jahr mit ihrer Mutter verzogen, ohne dass Karolina wusste, wohin. Die Karte war in Rheydt abgestempelt worden. So kannte Karolina endlich ihren Aufenthaltsort. Ihren Urlaub verbrachte Ingrid ganz sicherlich nicht an der Stadt am Niederrhein. Immer wieder fiel Karolinas Blick auf eines der Päckchen, das sie vorsichtig auf ein Sofakissen gelegt hatte. Dort thronte es nun und erweckte in Karolina die unterschiedlichsten Gefühle. Ihr Herz begann schneller zu schlagen, als sie alle Glückwunschschreiben gelesen und alle Sendungen geöffnet hatte. Alle, bis auf das eine Päckchen. Mit einem Finger fuhr sie über den Namen des Absenders. Vorsichtig, um noch ein wenig Zeit zu schinden, entfernte sie das Packpapier. Sie faltete es sorgfältig zusammen und legte es so auf den Tisch, dass Rudolfs Adresse zu lesen war. Von allen Seiten betrachtete sie die mit einer hübschen Schleife versehene Schachtel auf ihrem Schoß. Schließlich siegte die Neugier über alle anderen Gefühle und sie zog mit einem beherzten Griff die Schleife auseinander und öffnete den Deckel. Auf einer gepolsterten Unterlage fand sie einen Flacon mit einem französischen Duftwasser. Es musste sehr teuer gewesen sein. Sagte man nicht, dass der Duft viel über einen Menschen aussagte? Karolina war gespannt, wie Rudolf sie sah. Sie sprühte sich etwas davon auf die Innenseite ihres Armes und ließ den Duft auf sich wirken. Es roch angenehm frisch und nur ganz dezent nach Blumen. Ja, es handelte sich um einen ungewöhnlich klaren Duft, kein bisschen aufdringlich oder opulent. Aber auch kein bisschen sinnlich. Nahm Rudolf sie eher als Freundin denn als begehrenswerte Frau wahr? Noch vor einigen Monaten hätte sie diese Vorstellung als äußerst beruhigend empfunden, denn sie wollte ihn unter keinen Umständen heiraten. Doch alles hatte sich geändert. Mittlerweile verspürte Karolina dieses typische Kribbeln in der Magengegend, wenn sie an ihn dachte. Aber Karolina wusste nicht, ob und wie sie Rudolf ihre Gefühle gestehen sollte. Möglicherweise würde sie sich lächerlich machen, wenn er nicht dasselbe für sie empfand. Und da war auch noch Gertrud. Auch wenn Rudolf sich ihr gegenüber reserviert verhalten hatte, so war Karolina dennoch eifersüchtig auf sie gewesen, hatte sie doch eine unbekümmerte Art, mit Männern zu sprechen. Apropos Gertrud, sie hatte ihr noch gar nicht gratuliert. Vielleicht tat sie es ja noch, hoffte sie. Sie mochte es nicht, wenn Menschen einander gram waren. Dass Gertrud heute noch persönlich vorbeikommen würde, schloss sie jedoch aus. Vermutlich weilte sie ohnehin wieder in der Sommerfrische. Angesichts des kühlen Wetters konnte es auch sein, dass die Bankierstochter zu Hause blieb. Plötzlich spürte Karolina einen Stich in der Herzgegend. Sie suchte auf Rudolfs Päckchen nach dem Stempel und war erleichtert, als sie feststellte, dass es in Berlin abgeschickt worden war. Hatte sie ernsthaft angenommen, er befände sich mit Gertrud auf Reisen?

Noch während sie sich mit den Geburtstagsgrüßen beschäftigte, begann sie sich allmählich wie ein Geburtstagskind zu fühlen. Wo nur ihr Vater und ihr Bruder blieben? Schier unmöglich, dass sie ihr nicht gratulieren würden. Karolina ließ sich von Hedwig eine zweite Tasse Kaffee bringen, als draußen in der Einfahrt ein Automobil vorfuhr. Karolina stürmte zum Fenster und traute ihren Augen kaum. Dort stand ein Auto, das dem von Margot sehr ähnlich sah. Karolina erinnerte sich nur zu gerne an die heimlichen Fahrten, die sie mit Arnold damals unternommen hatte, als Margot und ihr Vater auf Winterurlaub waren. Karolina eilte zur Haustür, wo sie ihrem Vater und ihrem Bruder in die Arme lief.

Beide gratulierten ihr herzlich, selbst ihr Vater wirkte gelöst und glücklich. Zunächst realisierte Karolina gar nicht, was Arnold ihr wie eine Trophäe vor die Nase hielt.

»Nun nimm schon, es ist deins«, sagte Arnold mit Nachdruck und überreichte ihr den Autoschlüssel.

»Das ist aber nicht Margots Auto, nicht wahr?«, fragte Karolina, während sie den Schlüssel in ihrer Hand betrachtete.

»Nein, nein. Wir haben es gegen diesen hier eingetauscht. Aber es ist dasselbe Modell«, sagte ihr Vater.

»Aber ich bin doch noch nicht im Besitz einer Fahrerlaubnis«, entgegnete Karolina zögerlich.

»Schwesterchen, darum werden wir uns wohl kümmern müssen …«

Nachdem Karolina begriffen hatte, dass das da draußen in der Einfahrt wirklich ihr Automobil war, eilte sie ins Freie und besah sich den Wagen aufgeregt von allen Seiten, bis sie sich traute, einzusteigen. Plötzlich war Arnold verschwunden, tauchte jedoch im nächsten Augenblick wieder auf.

»Karolina, bitte lächeln«, rief er und richtete das Objektiv einer Kamera auf sie. »Nun steig wieder aus und stell dich neben die geöffnete Tür. Ja, genau so.«

Ihr Vater sah den beiden aus einiger Entfernung zu, lächelnd. Seine Miene verfinsterte sich jedoch rasch wieder und Karolina erkannte sogleich den Grund dafür. In der Einfahrt hatten ihre Großmutter Hubertine und ihr Großvater Carl Anton senior Aufstellung genommen. Seine Eltern.

»Wir hatten uns vorgenommen, dieses Anwesen nie wieder zu betreten«, sagte Karolinas Oma schroff.

Ihr Großvater nickte.

»Aber weil heute dein großer Tag ist, Karolina.« Sie bewegte sich keinen Millimeter weiter.

Arnold boxte Karolina in die Seite. Offensichtlich erwarteten die Großeltern, dass sich Karolina ihre Glückwünsche persönlich abholte. Mechanisch ging sie auf die beiden zu, obwohl sie die Situation unerträglich fand. Arnold und ihr Vater blieben zurück. Artig nahm Karolina den Handschlag ihrer Großeltern entgegen. Hubertine reichte ihr ein Kuvert und ein Päckchen.

»Wir empfehlen uns wieder«, sagte sie. Carl Anton Offermann senior tippte an seine Hutkrempe, bevor er den Arm seiner Frau ergriff und mit ihr gemeinsam das Grundstück verließ. Karolina blieb wie angewurzelt stehen. Sie war fassungslos. Und wütend. Diese kaltherzigen Menschen konnten unmöglich mit ihr verwandt sein.

Mit zitternden Händen öffnete sie den Umschlag. Er enthielt die Bestätigung für die Teilnahme an einem Haushaltskurs auf Karolinas Namen. Sie traute sich gar nicht, das Päckchen zu öffnen. Als sie sich umdrehte, waren ihr Vater und Arnold in der Villa verschwunden. Karolina folgte ihnen. Noch in der Halle öffnete sie das Geschenk. Zum Vorschein kam ein Buch: »Die junge Frau. Ein Buch der Lebensführung« von Julie Elias. Karolina konnte es einfach nicht fassen. Die Intention war eindeutig: Karolina musste an ihre Pflichten als Frau erinnert werden. Sie hätte am liebsten gleich den Umschlag samt Inhalt in kleine Stücke gerissen und das Buch weggeworfen. Doch dann legte sie alles auf eine Kommode und machte sich auf die Suche nach ihrem Vater und ihrem Bruder.

Während des Mittagessens, bei dem niemand ein Wort über den Besuch der Großeltern verlor, erfuhr Karolina, dass sich für den Nachmittag die Familie Leyendecker angekündigt hatte. Nicht nur Karolinas Opa und Oma mütterlicherseits, auch Tante Olga und Onkel Johann fanden sich schließlich zum Nachmittagskaffee ein. Sogar Felix ließ es sich nicht nehmen, seiner Lieblingscousine zu gratulieren.

»Wir haben die Buchhandlung heute einfach geschlossen«, verkündete Onkel Johann fröhlich.

Gemeinsam überreichten sie Karolina über den mit Kuchen und Keksen vollgestellten Esstisch hinweg ein in buntes Papier eingewickeltes Geschenk. Karolina legte die Kuchengabel aus der Hand und öffnete es. Zum Vorschein kam ein Fotoalbum.

»Ja, schau bitte hinein«, sagte ihre Großmutter leise. Die anderen nickten zustimmend.

Seite um Seite blätterte Karolina durch die Stationen der Familiengeschichte, erfuhr vieles über ihre Vorfahren mütterlicherseits, die ziemlich steif vor der Linse einer Kamera posierten, und lernte Verwandte kennen, von denen sie zuvor noch nie etwas gehört hatte. Es waren einige Fotografien darunter, die Karolinas Verwandte bei jüdischen Feierlichkeiten zeigten. Karolina war katholisch erzogen worden und hatte die erste heilige Kommunion empfangen.

»Dein ganz persönlicher Familienschatz«, sagte Onkel Johann.

»Behalte ihn in Ehren«, sagte Karolinas Großmutter leise.

Auf der letzten Seite erinnerte ein Familienfoto an bessere Tage. Es zeigte sie zusammen mit Arnold und ihren Eltern am Tag von Karolinas Schulentlassung. So lange war es noch gar nicht her.

Bis in die Abendstunden saßen sie zusammen, erzählten, tranken das eine oder andere Gläschen Alkohol und feierten das Leben.

Kaum hatten sich ihre Verwandten verabschiedet, da bat ihr Vater sie um ein Gespräch ins Raucherzimmer. Zunächst dankte er ihr für ihre Unterstützung während der letzten Monate.

»Dass du sogleich aus Berlin angereist bist, das werde ich dir nicht vergessen. Doch ich bereue es zutiefst, dass Arnold dich nach Hause geholt hat. Wenn du das Unglück nicht überlebt hättest, ich würde es mir nie verzeihen …« Er machte eine Pause.

War Karolinas Vater heute Morgen so fröhlich erschienen, so wirkte er jetzt sehr nachdenklich, beinahe verletzlich. Ob es dem Alkohol zuzuschreiben war, dass er seine Gefühle so offen zeigte?

»Du musst nichts um das geben, was deine Großeltern, also meine Eltern, zu dir gesagt haben«, sagte er, nachdem er sich offensichtlich wieder gefangen hatte. Schneller als es Karolina lieb war. Somit war die Gelegenheit vertan, dass sie auf seine zuvor geäußerten Worte eingehen konnte.

»Es ist weniger das, was sie gesagt haben. Es ist vielmehr ihre ganze Haltung. Es sind die Erwartungen, die sie an mich haben.«

»Ich weiß. Aber ihr Zorn, ihre Ablehnung gelten mir. Zumindest in der Hauptsache.«

»Hast du mitbekommen, was sie mir geschenkt haben?«

»Ich habe den Umschlag und das Buch auf der Kommode liegen gesehen.«

»Wir leben doch in anderen Zeiten …«, bekräftigte Karolina.

Ihr Vater nickte kaum merklich.

»Sie erwarten von mir, dass ich eine gute Ehefrau werde. Und Mutter.«

Ihr Vater reagierte immer noch nicht.

»Sind dies auch deine Erwartungen an mich, Vater?«

»Nein, Karolina. Ich musste nur daran denken, wie sehr meine Eltern in mein Leben eingegriffen haben. Und ich bin keine Frau. Und es waren andere Zeiten. Wir hatten noch einen Kaiser. Moralvorstellungen, Gehorsam, Angst vor dem Fremden … Du hast ja mitbekommen, zu welchen Verwicklungen so etwas führen kann.«

»Du trauerst deiner großen Liebe Nadia nach?« Karolina hätte sich vor Kurzem lieber auf die Zunge gebissen, als ihren Vater dies zu fragen. Doch ihre Angst vor ihm und seinen überstrengen Reaktionen war verflogen.

»Nein, Karolina. Deine Mutter war mein Ein und Alles. Wenn ich Nadia geheiratet hätte, dann hätte ich Helene nie kennengelernt.« Er setzte sich auf seinen angestammten Platz hinter dem Schreibtisch. Doch er schien sich dort nicht mehr wohlzufühlen. Er suchte nach einer Zigarre, ließ sie dann aber unangerührt liegen. »Wir sind nur Freunde, wenn du es genau wissen möchtest. Und Alexander ist ein feiner Bursche. Auch er ist musisch veranlagt, so wie du. Von mir habt ihr das nicht. Trotz unterschiedlicher Mütter seid ihr euch sehr ähnlich …«

»Du hast also nichts mehr dagegen einzuwenden, dass ich Schauspielerin werden möchte?«

Er schüttelte den Kopf. »Wenn es dein Herzenswunsch ist, dann … Rudolf hat sich dem Drehbuchschreiben zugewandt, wie ich von seinem Vater hörte?«

Karolina nickte. Hatte er seinen Plan, sie beide zu verheiraten, immer noch nicht aufgegeben? Oder warum sprach er gerade in diesem Zusammenhang von ihm? Auch wenn sie heute auf seine Auswahl ihres Bräutigams alles andere als mit Ablehnung reagieren würde, so fühlte sie sich immer noch viel zu jung für die Ehe.

»Otto ist nicht glücklich damit, dass sein Sohn die Teppichfabrik Thelen nicht übernehmen will. Wenigstens Arnold …« Er sprach nicht weiter.

Was war mit Arnold? Doch ihr Vater interessierte sich offenbar gerade mehr für die Zukunft seiner Tochter.

»Wie geht es weiter mit dir? Was soll aus dir werden? Jetzt, da du großjährig bist?«

Karolina berichtete ihm zum ersten Mal ohne Scheu, und ohne ihm etwas zu verschweigen, von ihren bisherigen Unternehmungen, den Aussichten auf Sprechrollen im Theater und einem möglichen Engagement bei der Aafa.

»Deinem Bein geht es also besser?«

Als ob das Bein wirklich das Hindernis dargestellt hätte, das ihren Vertrag mit der Produktionsgesellschaft ihres Idols Henny Porten zunichtegemacht hatte. Der Arzt hatte ihr einfach nicht zugetraut, die Belastungen auszuhalten, die Filmaufnahmen mit sich brachten. Karolina wollte nicht weiter darüber reden und wechselte das Thema. »Vater, weißt du, wo die Familie Pflückbaum jetzt wohnt? Heute erreichte mich eine Geburtstagskarte von Ingrid aus Rheydt.«

»Ach, das ist zuvorkommend«, antworte ihr Vater, während er sein Adressbuch an sich nahm und darin blätterte. »Ich schreibe dir die Adresse auf.«

»Woher … Der Apotheker sagte mir doch, sie seien unbekannt verzogen.«

Ihr Vater blickte auf. »Der Umgang mit dem Apotheker war nicht gut für Ingrid. Wir haben ihrer Mutter eine Anstellung bei einer Fabrikantenfamilie besorgt. Ingrid lässt sich dort zur Schneiderin ausbilden.«

Warum hatte ihr Vater ihr das nicht schon viel früher gesagt? Er wusste doch, wie gut sich die beiden Frauen trotz ihrer so unterschiedlichen Herkunft verstanden. Mürrisch nahm Karolina den Zettel mit der Anschrift der Freundin entgegen.

Es gab noch etwas, worauf Karolina ihren Vater unbedingt ansprechen wollte, aber sie merkte, wie müde er plötzlich geworden war. Auch sah er alt und beinahe zerbrechlich aus. Sie nahm sich vor, die Dinge vorerst ruhen zu lassen und ihn an einem anderen Tag auf die Vorgänge anzusprechen, die ihr immer noch so manche schlaflose Stunde bereiteten, den Tod ihrer Mutter und den vermeintlichen Selbstmord von Margot. Alles kam ihr plötzlich so absurd vor. Hatte Margot ihre Mutter wirklich mit Pralinen vergiftet und dann sich selbst das Leben genommen? Für heute war es genug. Sie wollte es dabei bewenden lassen und das beruhigende Gefühl, das dieses offene Gespräch mit ihrem Vater bei ihr hinterließ, noch eine Weile nachwirken lassen.

KÖLN, DIENSTAG, 20. SEPTEMBER 1927

Karolina strich sanft, beinahe ehrfürchtig über die Karosserie ihres Automobils, als Felix mit seinem Motorrad vor der Einfahrt zur Offermann'schen Villa auftauchte. Während er das Gefährt hineinschob, knirschten die Kieselsteine.

Karolina und Felix hatten sich gestern noch verabredet. Sie wollten sich in einer im Kölner Westen angesiedelten Fahrschule anmelden. Denn auch Felix besaß noch keine Fahrerlaubnis für Kraftwagen. Die Kosten dafür wollten die jeweiligen Eltern übernehmen. Onkel Johann hatte Karolina jedoch auch gefragt, ob sie ihn an den restlichen Septembertagen in der Buchhandlung in der Schildergasse unterstützen wollte. Sie hatte beinahe ein wenig vorschnell zugesagt. Denn sie ahnte, dass sie diese Tätigkeit als willkommene Entschuldigung heranziehen würde, nicht weiter ihr Ziel zu verfolgen, beim Film unterzukommen. Sie hatte es sich einfacher vorgestellt, eine Filmrolle zu ergattern, nachdem sie bei der berühmten Henny Porten unter Vertrag gestanden hatte. Sie fühlte sich entmutigt. Wäre sie ein wenig forscher, vielleicht so wie Gertrud, dann hätte sie eine erneute Reise nach Berlin unternommen, wäre erneut bei den Produktionsgesellschaften vorstellig geworden, doch sie zog es vor, das vertraute Terrain nicht zu verlassen. Sie mochte sich selbst kaum noch, nicht ihre Grübeleien – über das Leben, ihre Zukunft und über die merkwürdigen Todesfälle. Um diese kümmerte sich ja hoffentlich weiterhin die Kölner Kriminalpolizei. Und über Rudolf.

»Ein wirklich großzügiges Geschenk«, sagte ihr Cousin, während er die Lederkappe vom Kopf zog.

»Bitte?«, fragte Karolina gedankenversunken.

»Na, der Wagen«, antwortete Felix. »Wenn man bedenkt, dass ...« Er hielt die Hand vor den Mund.

»Was meinst du?«

»Nichts.«

»Felix, ich kenne dich gut genug. Raus mit der Sprache.«

Ihr Cousin ließ sich Zeit. »Na, die allgemeine wirtschaftliche Lage. Ein so großzügiges Geschenk. Wirst du das Automobil überhaupt nutzen können? Du ziehst doch bestimmt bald nach Berlin?«

Jedes einzelne Wort klang wie eine Ausrede. Aber Karolina hatte keine Lust nachzuhaken. Außerdem drängte die Zeit. Felix wendete indes das Motorrad.

»Na, ich weiß nicht, hoffentlich ...«

Felix reichte ihr eine zweite Lederkappe und gebot ihr aufzusteigen. Karolina hielt sich fest. Los ging die Fahrt. Sie fühlte sich an alte Zeiten erinnert, Zeiten, die noch gar nicht allzu lange her waren, als sie mit Felix auf dem Motorrad durch die Straßen Kölns gebraust war. In der Fahrschule hatten sie erfahren, dass sie noch einige Papiere beibringen mussten, unter anderem ein Gesundheitszeugnis. Karolina blieb es also nicht erspart, erneut Dr. Krumbholz aufzusuchen. Nach einigen Fahrstunden würden sie die Fahrprüfung ablegen können.

Alexander, der ihr gestern am Telefon gratuliert hatte, hatte ihr angeboten, in der Nähe seines Zuhauses auf Feldwegen das Fahren zu üben. Außerdem wollte er ihr die Grundlagen der Mechanik erläutern. »Je mehr du Bescheid weißt, desto besser.« Karolina rührte seine Hilfsbereitschaft. Noch mehr jedoch seine Freude über das Geschenk zu Karolinas einundzwanzigstem Geburtstag. Von ihm stammte ein lustiges Autofahrer-Gedicht, das er ihr im Wagen hatte hinterlegen lassen. Karolina wollte Felix lieber nichts von alledem erzählen. Sie wusste noch nicht einmal genau, warum. Vermutlich, weil sie sich mit einem schlechten Gewissen ihm gegenüber herumschlug. Schließlich unternahm sie nicht mehr viel mit ihm, dafür umso mehr mit Alexander.

Da sie sich ohnehin ganz in der Nähe aufhielten, beschlossen die beiden, auf Melaten dem Grab von Karolinas Mutter einen Besuch abzustatten. Karolina plagte das schlechte Gewissen, da sie sich so selten dort einfand. Beim Friedhofsgärtner erstand Karolina einen Strauß weiße Lilien. Den Weg an den vielen Ehrengräbern entlang legten sie weitgehend schweigend zurück. Das Grab machte einen gepflegten Eindruck. Karolina konnte sich allerdings nicht vorstellen, dass sich ihr Vater persönlich darum kümmerte. Während Felix Wasser für die Vase besorgte, hielt Karolina mit ihrer verstorbenen Mutter Zwiesprache.

»Wenn du doch nur sagen könntest, was genau geschehen ist. Wo warst du vor deinem Tod?«

»Es lässt dir keine Ruhe, nicht wahr?«, stellte Felix fest und umarmte seine Cousine. Sie hatte ihn gar nicht kommen gehört.

»Wie auch? Es ist alles so nebulös, und wenn wir ehrlich sind, es ist ein Desaster.«

Felix nahm Karolina den Strauß ab und stellte die Vase auf eine Marmorplatte des Grabs.

»Vater wurde des Mordes an Margot bezichtigt. Kannst du dir das vorstellen?«

Felix wirkte nicht überrascht. Natürlich wusste er von den Anschuldigungen.

»Weißt du, Felix? Ich habe den Verdacht, dass die wahren Umstände die Kriminalpolizei kaum interessieren.«

»Das glaube ich nicht«, sagte Felix und blickte Karolina von der Seite an.

»Wieso?«

»Ein Kommissar hat uns in der letzten Zeit öfter befragt, was wir wissen.«

»Worüber?«

»Über euch, die Familienverhältnisse …«

Karolina traf dieser Satz wie ein Blitz. »Wann war das?«

»Vor ein paar Tagen das letzte Mal.«

Bedeutete das, dass die Kriminalpolizei immer noch davon ausging, dass jemand aus der Familie Margot ermordet hatte? Oder ging es gar nicht um die ehemalige Freundin seines Vaters, sondern um den Tod ihrer Mutter?

»Was wollte er wissen?«

Offensichtlich zögerte Felix mit seiner Antwort, weil er nicht sicher war, was er Karolina mitteilen durfte. »Man rätselt wohl, was es mit dem Tod deiner Mutter auf sich hat.« Er senkte den Blick. »Ob diese Margot die Pralinen vergiftet hat oder jemand anderes.«

Karolina wurde ganz merkwürdig zumute. Ihre Beine begannen zu zittern. »Und das sagt man euch so geradeheraus?«

»Nein, natürlich nicht. Aber wenn man eins und eins zusammenzählt …«

Karolina hatte sich mittlerweile damit abgefunden, dass die These des Selbstmordes nicht mehr haltbar war. Und dass Margot noch mehr auf dem Kerbholz hatte, als sie bislang angenommen hatte, erschien ihr spätestens seit den Funden in ihrem Nachlass auch allzu folgerichtig. Aber wenn es noch mehrere Beteiligte gab? Lief der Mörder oder die Mörderin noch frei herum, hielt sich vielleicht sogar in ihrer Nähe auf?

»Du wirst ja ganz blass …«, stellte Felix fest und griff besorgt nach Karolinas Arm.

»Geht schon«, sagte sie mürrisch. Worüber war sie so wütend? Felix konnte schließlich nichts dafür.

»Könnecke verlässt heute Köln«, sagte Felix.

»Wer zum Teufel ist Könnecke?« Karolina fand es befremdlich, dass Felix von irgendeinem fremden Mann sprach.

»Karo, das stand doch in allen Zeitungen. Otto Könnecke, der ehemalige Jagdflieger. Seit Wochen wird sein Überseeflug vorbereitet. Nach Ostasien will er fliegen. Und heute ist große Verabschiedung auf dem Butzweilerhof. Adenauer wird auch da sein.«

Karolina zuckte innerlich zusammen. Hatte Felix ganz vergessen, dass sie dort beinahe ums Leben gekommen war? Nein, sie durfte ihm nicht böse sein. »Du würdest das gerne sehen, oder?«, fragte sie leise.

»Entschuldige. Ich hatte für einen Moment wirklich nicht mehr daran gedacht, dass dieser Ort für dich …«, er suchte nach den passenden Worten.

Wenn Felix so gerne dort hinwollte, dann würde sie ihm nicht im Wege stehen. Er konnte sie doch rasch nach Hause bringen. »Wann …?«

»Um zwei Uhr soll es losgehen.«

Das würde er nicht mehr schaffen. Sie schätzte, dass es mindestens eine halbe Stunde dauern würde, bis sie zurück in Marienburg waren. Und von dort wieder in den Norden Kölns bis zum Flughafen wäre Felix sicher fünfzig Minuten unterwegs. Wenn Karolina seinen Wunsch ermöglichen wollte, dann musste sie wohl oder übel mit ihm fahren. Oder sie fuhr mit der Straßenbahn zurück nach Hause. Aber kneifen galt nicht. Wie gern hatte sie früher den Flugzeugen beim Starten und Landen zugesehen.

»Dann komm«, sagte sie und griff nach Felix' Hand.

Sie hatten nicht erwartet, dass es so emsig auf den Straßen Richtung Norden zugehen würde. Doch sie erreichten den Butzweilerhof rechtzeitig vor dem Abflug. Allerdings mussten sie das Motorrad weit vor dem Flughafen abstellen und kamen nur zu Fuß in die Nähe des Flughafengebäudes. Während sich Felix von der Begeisterung der Massen mitreißen ließ, wurde Karolina immer stiller. Schließlich schlug sie vor, Felix solle allein weitergehen. Sie blieb im Flughafengebäude zurück. Da alles in den Außenbereich drängte, war es für sie ein Leichtes, in einer ruhigeren Ecke einen Sitzplatz zu finden. Die Worte des Oberbürgermeisters, die er in ein Mikrofon sprach, drangen bis hierher vor. Ebenso das Aufheulen des Motors der Maschine. Karolina hielt sich die Ohren zu und begann die Zeilen, die sie aus dem »Sommernachtstraum« auswendig gelernt hatte, aufzusagen. Als die Menge auf den Ausgang zuströmte, wusste sie, dass alles reibungslos verlaufen war. Erst als sie die Hand ihres Cousins auf ihrer Schulter spürte, begann sie sich zu entspannen.

»Darf ich dir etwas darüber erzählen oder möchtest du gar nichts hören?«, fragte er rücksichtsvoll.

»Bitte …« Karolina bat ihren Cousin mit einer Geste, neben ihr Platz zu nehmen.

»Es war ein Caspar-Flugzeug, in das der Pilot Könnecke, der Funker Hermann aus Dessau und der Graf Solms eingestiegen sind. Auf dem Rückensteuer prangt die Aufschrift ›Pressa 1928 Köln‹. Stell dir vor, sie machen weltweit Werbung für unsere Stadt.«

Karolina nickte nur als Zeichen, dass sie seinen Ausführungen folgte.

»Dann ertönte plötzlich das Kommando ›Frei!‹ und die Maschine setzte sich in Bewegung. Die Zuschauer jubelten und winkten. Das Flugzeug war ganz schön schwer, bestimmt wegen des Proviants an Bord, und es dauerte … Aber es kam gut in die Luft.«

Karolina nickte.

»Lass uns nach Hause fahren, Karo.«

Ja, es war besser so. Karolina hatte nicht ahnen können, welch schlechte Erinnerung allein der Flughafen in ihr hervorrufen würde. Aber vielleicht lag ihre schlechte Stimmung auch daran, was sie vorhin auf dem Friedhof geredet hatten.

KÖLN, DONNERSTAG, 29. SEPTEMBER 1927

»Karolina, wir haben eine kleine Rolle für dich.« Diese Worte klangen noch nach. Karolina wusste nicht, wie lange sie bereits regungslos dastand und auf den Telefonapparat starrte. Rudolf hatte in der Kirschallee angerufen.

»Du solltest versuchen, noch vor Sonnabend in Berlin einzutreffen«, hatte er ihr nahegelegt. Seine warme Stimme verzauberte ihn, obwohl sie durch den Hörer ziemlich unnatürlich klang.

»Warum?«, hatte Karolina wissen wollen.

»Am Sonntag wird hier wegen des Geburtstags von Hindenburg kein Durchkommen mehr sein, und die Flüge von Köln nach Berlin sind schon lange ausverkauft.«

Was für ein Glück, hatte Karolina gedacht, jedoch nicht gesagt. Es war schon schlimm genug, dass sie die Erinnerung an ihren eigenen Unfall noch immer nicht losgeworden war. Und dass beinahe einmal in der Woche über ein verunglücktes Flugzeug berichtet wurde, trug nicht gerade zur Milderung ihrer Ängste bei. Vor ein paar Tagen erst war ein Flugzeug der Luft-Hansa auf dem Flug von Berlin nach München in Thüringen abgestürzt. Ago von Maltzan, seines Zeichens Botschafter des Deutschen Reiches in Washington, war dabei ums Leben gekommen. Mit ihm noch weitere Menschen. Karolina bevorzugte eine Reise mit der Eisenbahn. Sie hatte Rudolf versprochen, sich unverzüglich um eine Fahrkarte zu kümmern. Sein Einwand, alles könne ausgebucht sein, veranlasste sie dazu, gleich beim städtischen Verkehrsamt anzurufen und sich eine Fahrkarte für morgen Mittag reservieren zu lassen. In der ersten Klasse waren noch einige wenige freie Plätze. Nun musste alles ganz schnell gehen. Leid tat es Karolina allerdings um die Fahrstunden und ihre Gespräche über die Mechanik eines Automobils mit Alexander. Sie hatte sich so angestrengt und fieberte der Erteilung der Fahrerlaubnis entgegen. Vor allem, weil sie sich vorgenommen hatte, ihre erste Überlandfahrt nach Rheydt zu unternehmen, um Ingrid zu besuchen. Und ihrem Onkel musste sie ebenfalls noch Bescheid geben. Sie hoffte auf sein Verständnis, dass sie die Aushilfstätigkeit in der Buchhandlung nicht fortführen konnte.

Da nicht absehbar war, wann sie wieder nach Köln würde zurückkehren, würde dieses Mal ihre leichte Reisetasche nicht ausreichen. Sie wusste von einem geräumigeren, dennoch handlichen Reisekoffer im Schlafzimmer ihrer Eltern, der ihrer Mutter gehörte. Ihr Vater hatte ihn noch nicht aussortiert. Als sie den Koffer gefunden hatte, legte sie ihn auf ihr Bett und begann, ihre Kleidung zusammenzusuchen. Während sie möglichst platzsparend packte, fiel ihr auf, dass ein entscheidendes Detail noch ungewiss war. Sie eilte nach unten und ließ sich mit Rudolf verbinden. Sie hatte Glück, dass er zu Hause war.

»Ich schreibe gerade ein neues Drehbuch«, sagte er. Sie konnte sich vorstellen, wo er saß, denn sie kannte sein Arbeitszimmer von ihrem ersten Besuch in Berlin. Dort hatte sie auch eine Fotografie von ihr in einem seiner Bücher entdeckt.

»Wo werde ich wohnen?«, fragte Karolina, nachdem sie Rudolf ihre Zugverbindung genannt hatte. »Ich habe eine Pension ganz in der Nähe meiner Wohnung ausfindig gemacht. Von dort ist es nicht weit bis zum Efa-Atelier in Halensee.« Er nannte ihr die Adresse.

Karolina wechselte den Telefonhörer in die andere Hand und schrieb mit. »Da wird der Film gedreht?«

»Ja, Karolina. Da wird der Film gedreht und das Drehbuch stammt aus meiner Feder. Ich erkläre dir alles, wenn du in Berlin bist.«

Voller Vorfreude beendete sie das Telefonat und eilte ins Raucherzimmer. Sie notierte ihrem Vater die Adresse und die Telefonnummer der Pension auf einen Zettel, den sie mitten auf den Schreibtisch unter einen Briefbeschwerer aus Messing legte, damit er ihn ja nicht übersah. Was war als Nächstes zu tun? Sie betrat die Halle, als das Telefon zu läuten begann. Karolina nahm das Gespräch entgegen. Es war bestimmt noch einmal Rudolf. Doch am anderen Ende wollte sie eine Mitarbeiterin der Aafa sprechen, die Karolina eine kleinere Rolle in Aussicht stellte. Allerdings sei dafür noch eine persönliche Vorstellung nötig. Am besten sei, sie komme in der nächsten Woche nach Berlin. Die Dame nannte ihr auch einen konkreten Termin. Nun hatte sie gleich zwei Rollenangebote. Würde sie beide annehmen können? War es überhaupt erlaubt, für verschiedene Produktionsgesellschaften gleichzeitig zu drehen? Sie würde alles in Berlin erfahren. Zum Glück konnte sie offen mit Rudolf sprechen. Er würde ihr schon das Richtige raten.

Gegen Mittag hörte sie den Wagen ihres Vaters in der Einfahrt. Sie rannte ihm voller Freude entgegen. Noch vor einigen Tagen hätte sie sich nicht getraut, ihm im Überschwang der Gefühle von dieser beruflichen Wendung zu erzählen. Nachdem sie ausgeredet hatte, begann Carl Anton Offermann zu lächeln.

»Ich freue mich für dich«, sagte er. »Und dass sich Rudolf Thelen deiner annimmt, das erleichtert mich ungemein.«

Hörte da Karolina eine gewisse unterschwellige Andeutung? Hatte er etwa Rudolf gebeten, seiner Tochter eine Rolle auf den Leib zu schreiben? Nein, das durfte, das konnte nicht sein. Hoffentlich war kein Geld geflossen. Mit diesem Stachel des Misstrauens im Hinterkopf verschwieg sie ihm den Anruf der Aafa. Nicht dass er dieses Angebot schlechtredete oder gar irgendwie zunichtemachte. Sie wollte sicherstellen, dass sie es auch alleine schaffte, ohne sein Einwirken. Oder seine Hintertreibung. Ab sofort entschied sie darüber, welche Angebote sie annahm. Sie ganz allein war für ihre Zukunft verantwortlich. Sie allein spann die Fäden, sonst niemand.

»Was machen wir mit eurem Geburtstagsgeschenk?«, fragte sie, um ihren Vater erst gar nicht auf die Idee zu bringen, detaillierter mit ihr über die anstehende Berlinreise zu reden. »Wollen wir Alexander das Automobil bis zu meiner Rückkehr aus Berlin zur Verfügung stellen?«, schlug sie vor. »Nach meiner Rückkehr erwerbe ich die Fahrerlaubnis.«

Karolina hatte bereits einige Fahrstunden genommen. Dass alles so schnell gegangen war und ihre Fahrprüfung demnächst anstand, hatte sie unter anderem auch Dr. Krumbholz zu verdanken, der ihr das für die Beantragung erforderliche Gesundheitsattest ohne Bedenken ausgehändigt hatte. Karolina hatte von ihrem Hausarzt wissen wollen, warum er ihr die Bescheinigung, die sie für ihren Filmvertrag so dringend benötigt hatte, verweigert hatte. Erst ließ er sich mit seiner Antwort Zeit, wiederholte dann noch einmal sein Argument, dass es um Karolinas Belastbarkeit nicht zum Besten gestanden habe, räumte jedoch bald ein, dass Karolinas Vater die treibende Kraft gewesen sei. Karolina sollte zu Hause bleiben. Das Wissen um dieses neuerliche Intervenieren ihres Vaters bestärkte Karolina nur noch mehr in ihrem Vorhaben, sich dem familiären Einfluss zu entziehen.

Ihr Vater signalisierte, dass er mit Karolinas Vorschlag bezüglich der weiteren Nutzung des Automobils einverstanden war. »Wie lange gedenkst du denn, in Berlin zu bleiben?«, fragte er, als sie die Villa betraten.

»Ich weiß nicht, wie umfangreich meine Rolle sein wird. So wie ich Rudolf verstanden habe, beginnen noch in der kommenden Woche die Aufnahmen. Möglicherweise bin ich in ein paar Tagen schon wieder zu Hause.« Das allerdings hoffte sie nicht. Köln hatte ihr bislang nicht viel Glück gebracht und der böse Geist von Margot schien sie hier überallhin zu verfolgen. Es war Zeit, ihrer Kindheit endgültig Auf Wiedersehen zu sagen.

»Ich habe ebenfalls Neuigkeiten, Kind.« Carl Anton Offermann bat seine Tochter ins Raucherzimmer. »Hier muss aber einmal ordentlich durchgelüftet werden«, sagte er und öffnete die Fenster zum Garten. Die Krone des Walnussbaums wiegte sich im Wind. Einzelne Nüsse lagen bereits auf dem Rasen. Sie würde die diesjährige Ernte nicht miterleben, fürchtete sie.

Ihr Vater blieb am Fenster stehen und schaute ebenfalls hinaus. »Die Kriminalpolizei hat den Mann gefunden, der Margot die blauen Flecken am Arm zugefügt hat.«

Das klang sehr vage. »Wer ist es?«

Ihr Vater drehte sich zu ihr um. »Ein Ganove, den man aufgrund der Beschreibung des Zeugen ausfindig gemacht hat.«

»Hat er Margot gestoßen?«

»Er schweigt dazu. Er macht keine Aussage.«

»Das ist doch alles sehr merkwürdig, nicht wahr, Vater? Es gab doch immerhin diesen Abschiedsbrief. Und die Polizei weiß immer noch nicht, ob Margot ihn selbst geschrieben hat?«

Ihr Vater seufzte. »Nein. Meinst du, mir ist es wohl bei dem Ganzen?« Wut kam in ihm auf. »Aber immerhin heißt es nun nicht mehr, dass ich sie gestoßen habe. Und dieser Schurke hat nur eines gesagt: dass ich nicht sein Auftraggeber war.«

»Er hatte einen Auftraggeber?«

»Ich weiß nicht, ob die Kriminalpolizei das annimmt. Er sagte nur, dass er von mir keinen Auftrag erhalten hat.«

»Und Arnold?«, fragte Karolina frei heraus. »Hat Arnold etwas damit zu tun?«

»Die Kriminalpolizei hat ihn auch nach ihm gefragt. Er sagte, dass er niemanden aus unserer Familie jemals gesehen oder gesprochen habe.«

»Immerhin etwas«, murmelte Karolina. Ihre Gedanken schweiften ab zur bevorstehenden Abreise. Sie durfte nicht vergessen, ihre Porträtfotos sowie die Visitenkarten einzupacken. Eigentlich hätte sie sich neue fertigen lassen sollen, mit ihrem Künstlernamen Lia Caroll. Aber vielleicht war es auch gut so, wie es war. Denn wusste sie, ob andere Produktionsfirmen sie unter diesem Namen weiter vermarkten wollten?

BERLIN, SONNTAG, 2. OKTOBER 1927

Berlin hatte Karolina mit einem betörenden Farbenspektakel empfangen. Selbstverständlich war es nicht zu ihren Ehren veranstaltet worden. Aber diese Buntheit, diese Lautstärke und dieser Trubel waren das, was Karolina als so passend für ihren neuen Lebensweg verstand. Sie war großjährig, ihr stand die Welt offen. Gestern Abend hatte sie also das größte Feuerwerk ihres Lebens bestaunt. Auf der Rennbahn in Grunewald hatte man bunte Feuerwerkskörper zu Ehren von Reichspräsident Paul von Hindenburg, der am heutigen Tag achtzig Jahre alt wurde, in den Himmel geschossen. Karolina und Rudolf waren bis in die Nähe des Veranstaltungsortes gelaufen, hatten sich aber ein wenig von den Menschenmassen ferngehalten. Sie genossen das Zusammensein. Karolina hatte geahnt, dass dieser Abend einmalig werden würde. Und so war es auch gekommen. Von den bunten Farbklecksen am Himmel verzaubert, hatten sie ihre Gefühle übermannt. Es war geschehen, was geschehen musste: Sie küssten sich zum ersten Mal. Sie küssten sich zunächst zaghaft, dann leidenschaftlich. Niemand achtete auf sie, alle blickten nach oben. Karolina hätte am liebsten die Drehung der Welt angehalten, damit die flatternden Schmetterlinge in ihrem Bauch für immer würden tanzen können. Sie spürte nicht die Nachtkälte, spürte keine Hemmungen. Schließlich war es Rudolf, der ihre kalten Hände wärmte und ihr besorgt eine Kraftdroschke herbeiwinkte, die sie in ihre Pension bringen sollte. Es war weit nach Mitternacht, als sie sich voneinander verabschiedeten.

In der Nacht lag Karolina vor Aufregung noch lange wach. Sie fror ein wenig und wünschte sich nichts mehr, als dass jetzt Rudolf neben ihr läge. Ob es ihm genauso ging wie ihr? Sie ließ die vergangenen Tage Revue passieren. Als sie am Freitag spät am Abend in Berlin eingetroffen war, hatte sie Rudolf gleich in die Pension im Grunewald gebracht und am Sonnabend zu einem Frühstück in die Innenstadt eingeladen. Doch sie konnten den Tag nicht weiter gemeinsam verbringen, weil er noch arbeiten musste. Er habe einiges mit den Leuten vom Film zu bereden, hatte er ihr erklärt. Karolina nutzte die Gelegenheit und machte einige Besorgungen. Sie war erstaunt darüber, wie viel hektischer als sonst es in der Hauptstadt zuging. Dass das überhaupt noch möglich war. Die meisten öffentlichen Gebäude und viele Hotels hatten schwarzrot-goldene Fahnen gehisst, nur selten sah sie schwarzweiß-rote Flaggen. Das Brandenburger Tor hatte man mit Girlanden und Blumenschmuck herausgeputzt. Vor dem Tor staute sich der Verkehr, wie sie es noch nie gesehen hatte: Automobile, Kutschen, Motorräder, Lastwagen, Fahrräder, Omnibusse und Straßenbahnen und Tausende von Menschen waren anlässlich der Feierlichkeiten über Berlin im wahrsten Sinne des Wortes hereingefallen. Die Hotels ausgebucht, die Cafés, Tanzdielen, Restaurants übervoll. Karolina hatte Mühe, überhaupt einen Sitzplatz in einer kleinen Konditorei in einer Seitenstraße zu finden. Auf dem Weg zur Haltestelle der Straßenbahn kam sie an einer Buchhandlung vorbei. Im Schaufenster klebte ein kleines Plakat:

Bestenliste der Literarischen Welt

Meistgekaufte Bücher im Monat September – hier vorrätig!

1. Hermann Hesse: Der Steppenwolf
2. Alfred Neumann: Der Teufel
3. Gunnar Gunnarson: Die Leute auf Borg
4. Galsworthy: Der Silberne Löffel
5. Galsworthy: Jenseits

Noch nie zuvor hatte Karolina von einer Bestenliste gehört. Ob ihr Onkel auch ein solches Plakat ins Schaufenster gehängt hatte? Ihr schlechtes Gewissen darüber, dass sie ihren Onkel gerade im Stich ließ, hielt nur kurze Zeit an. Sie befand sich mit großen Schritten auf dem Weg in ihr neues Leben.

Am Vorabend hatte Rudolf sie in der Pension abgeholt und dabei das Drehbuch für den Film mitgebracht, das sie sich heute gemeinsam anschauen wollten. Gerade blätterte Karolina darin, müde, aber glücklich. Es dauerte nicht lange und sie hatte sich mit ihrer Rolle eines neugierigen Fräuleins, das einem Dieb das Handwerk legen will, angefreundet. In der Pension gefiel es Karolina recht gut, auch wenn es kein wirkliches Zuhause war. Ihr Raum war nicht modern, aber auch nicht altmodisch eingerichtet, dafür zweckmäßig, ohne ungemütlich zu wirken. In der Küche durfte sie sich Tee oder Kaffee oder auch einmal eine Suppe zubereiten. Frühstück gab es ebenfalls. Die Bezahlung übernahm die Filmgesellschaft, wie Rudolf ihr zu ihrer Erleichterung berichtete. Den Vertrag würde sie am Montag unterschreiben können. »Keine Fußangeln oder Unsittliches darin, du brauchst dir keine Sorgen zu machen«, hatte er ihr versichert.

Es wurde elf Uhr, bis Rudolf sie endlich in der Pension abholte.

»Ich wollte eigentlich mit dir schon einmal nach Halensee ins Atelier fahren, damit du dir alles ansehen kannst, aber ich habe leider den Schlüssel nicht bekommen, da ich den Pförtner nirgends erreiche. Es macht dir doch nichts aus, wenn wir in meiner Wohnung proben?«

Warum war er plötzlich so genant, nachdem sie sich gestern doch so leidenschaftlich geküsst hatten? Bereute er es etwa?

Karolina folgte ihm durch das Treppenhaus nach draußen. Es war zwar trocken, doch die Luft war kühl. Der Herbst stand vor der Tür. Der Spaziergang durch die Straßen tat Karolina gut. Ihr Bein hatte bisher alles mitgemacht, ohne sich bemerkbar zu machen. Sie konnte laufen, so viel sie wollte.

In Rudolfs Wohnung fühlte sie sich gleich wieder wie zu Hause. Sie konnte sich sogar vorstellen, hier zu leben, aber das war noch Zukunftsmusik. Sie würden heiraten müssen – und das wollte Karolina zum jetzigen Zeitpunkt gewiss nicht. Rudolf blieb freundlich, aber distanziert. Sie hätte ihn so gerne auf seinen Stimmungsumschwung angesprochen, doch sie wollte ihre Proben nicht gefährden. Zwischendurch fragte sie sich sogar, ob sie die gestrigen Intimitäten nicht geträumt hatte.

Rudolf erklärte ihr den Inhalt des Films, wie morgen alles ablaufen würde und dass etwa vier Wochen Drehzeit eingeplant waren.

»Wieso kam das jetzt so rasch? Ich meine, deinen Anruf …«

»Ja, das wollte ich dir noch erklären«, antwortete Rudolf. »Ich hatte dich wirklich im Kopf, als ich mir die Rolle der Ella ausdachte. Aber der Regisseur bevorzugte eine berühmte Schauspielerin. Er war an Brigitte Helm interessiert, an Camilla Spira und Lilian Harvey.«

»Also bin ich nur zweite Wahl oder eher vierte?«

»So darfst du das nicht sehen, Karolina. Ja, sie stehen nicht zur Verfügung, das ist wahr. Immerhin konnte ich den Regisseur und den Produktionsleiter von deinen Fähigkeiten überzeugen. Und dass Henny Porten dich engagiert hat, das hat ihnen ebenfalls imponiert.«

»Aber ... ohne zu wissen, wie ich aussehe?«

»Ich hatte doch dieses Foto von dir.« Er sah sie plötzlich ganz liebevoll an. Die Erinnerung an den gestrigen Abend flammte offensichtlich gerade wieder in ihm auf.

Karolina nickte schüchtern. Ob er wusste, dass sie das Foto bei ihrem ersten Besuch in seiner Wohnung in dem Buch gefunden hatte? Sollte sie es ihm verraten oder so tun, als wisse sie von nichts?

»Ich weiß, dass du es gesehen hast, damals ...«

»Ach, Rudolf. Was ist das zwischen uns?«

»Karolina, ich liebe dich«, sagte er leise. Karolinas Körper überzog ein leiser Schauer, der sich vom Nacken über den Rücken ausbreitete. »Aber, ich kann nicht ...«

Sie befürchtete das Schlimmste. Ihr schoss durch den Kopf, dass er möglicherweise einer anderen Frau versprochen war, die reifer war als sie oder reicher oder beides. Doch nichts davon traf zu.

»Karolina, es ist so, solange wir zusammenarbeiten, dürfen wir kein Paar sein. Ich möchte, dass man dich engagiert, weil du eine gute Schauspielerin bist, und nicht, weil du meine Verlobte bist.«

»Und für deine Reputation ist es auch von Vorteil«, sagte Karolina. Sie merkte jedoch gleich, dass er ihr diese Unterstellung übel nahm. Sie wechselte schnell das Thema. »Ich habe Hunger, wollen wir etwas essen?«

»Du hast recht«, sagte er versöhnlich. »Aber danach proben wir. Ich möchte, dass du gut vorbereitet bist.«

Er führte sie in das Restaurant Hundekehle. Der Gebäudekomplex sah einer Burganlage nicht unähnlich. Sie nahmen draußen Platz, wo es vor Ausflüglern wimmelte. Doch offensichtlich hatte Rudolf einen guten Draht zum Personal, denn man fand sofort einen freien Tisch für ihn und seine Begleitung. Während des Essens erzählte sie ihm von dem neuen Wagen, den ihr Vater und ihr Bruder ihr zum Geburtstag geschenkt hatten, und von den Fahrstunden, die sie bereits genommen hatte. Rudolf hörte aufmerksam zu, berichtete jedoch kaum etwas aus seinem Leben. Mit einem Male wurde Karolina bewusst, dass sie sich noch zu wenig kannten und vermutlich deshalb so vorsichtig miteinander umgingen. Bevor sie den Rückweg antraten, zeigte Rudolf Karolina noch den Hundekehlesee, der dem Restaurant den Namen gegeben hatte. Da Karolina sich über den merkwürdigen Namen wunderte, berichtete Rudolf ihr, was er über den Namen wusste: »Ein älterer Herr, ein einstmaliger Oberschullehrer, hat es mir erklärt. Also, entweder der See hieß einmal Hundequele und man brachte dorthin die Hundemeute des nahe gelegenen Jagdschlosses Grunewald, oder … Jetzt habe ich es vergessen. Kehle war, so meine ich mich zu erinnern, eine Schlucht. Und es ging nicht um Hunde, sondern hunte mit t.«

Karolina musste lächeln. Hoffentlich missverstand er sie nicht. Sie wollte ihn keinesfalls auslachen. Sie griff nach seinem Arm und drückte ihm einen sanften Kuss auf die Wange.

»Lass uns zurückgehen. Ich möchte die Rolle einüben«, sagte er geschäftig.

Und das taten sie dann auch. Karolina fühlte sich wie in alten Zeiten, als sie mit Paula Poll geprobt hatte. Doch es war anders. Nicht nur, weil Rudolf kein Schauspiellehrer war.

Als sie sich am frühen Abend vor ihrer Pension voneinander verabschiedeten, gab Rudolf ihr noch auf, morgen ein einfarbiges Kleid sowie einen Sommermantel anzuziehen. Er beschrieb ihr genau, welche Kleidungsstücke er im Sinn hatte, ganz bestimmte Stücke, die er bereits an ihr gesehen hatte.

»Ich hoffe, du hast es eingepackt?«

Er war einer der wenigen Männer, die sich auch noch Tage später an das erinnerten, was eine Frau getragen hatte. Sie musste schmunzeln.

»Was ist so amüsant, Karolina?«, fragte er belustigt.

»Du bist ein sehr liebenswerter Mensch, Rudolf Thelen«, antwortete sie und wünschte ihm eine gute Nacht.

»Bis morgen, Karolina. Und sei fertig …«

»Ja, Rudolf, das bin ich. Gute Nacht.«

BERLIN, MONTAG, 3. OKTOBER 1927

Es war früh am Morgen. Die Kühle der Nacht lag noch über der Stadt. Es roch nach Herbst. Staunend stand Karolina vor dem monumentalen Fassadenbau in der Cicerostraße. Soeben hatte sie Rudolf mit der Kraftdroschke abgeholt. Er führte sie durch ein großes Mittelportal hindurch in das Innere des Atelierkomplexes. In einem Büroraum traf sie auf den Regisseur und den Produktionsleiter der Befi-Ag, der Berliner Film Gesellschaft, die hier im Efa-Studio den Film »Diebesgut« mit ihr drehen würde. Die beiden Männer waren Karolina nicht unsympathisch, aber sie wirkten eher wie zwei gelangweilte Beamte auf sie als wie zwei Männer, die Träume erschufen. Im Automobil hatte sie Rudolf noch darauf hingewiesen, dass der Umgangston bei der Befi nicht ganz so rau wie bei manch anderer Produktionsgesellschaft sei, aber der Regisseur habe durchaus einen Hang zum Cholerischen, wenn etwas nicht schnell genug ging. Vor allem, wenn die Schauspieler seine Anweisungen nicht unverzüglich verstanden und umzusetzen imstande seien.

Die Vertragsinhalte waren schnell und im Großen und Ganzen zu Karolinas Zufriedenheit geregelt. Man einigte sich darauf, ihren Künstlernamen weiterzuführen. Sie musste sich nun angewöhnen, sich nicht nur mit Lia Caroll vorzustellen, sondern sie benötigte dringend neue Visitenkarten. Ob Felix ihr noch einmal welche drucken würde? Nicht so erfreulich hingegen gestaltete sich die Kleiderfrage. Sie hatte angenommen, dass man ihr die Kleider für die Aufnahmen stellen würde, doch schon Rudolfs Bemerkungen vom Vortag hatten ihre Zweifel geschürt. Bald schon war es klar: Sie musste sich alles selbst kaufen. Das sei üblich, hatte ihr Rudolf zugeflüstert, als er ihren zweifelnden Gesichtsausdruck bemerkt hatte. Eine Ausschließlichkeitsklausel hingegen gab es schon deshalb nicht, weil der Vertrag auf lediglich zwei Monate ausgelegt war. Nach diesem Film wollte man sehen, ob man eine weiterführende Zusammenarbeit mit ihr anstrebte. Darüber würde jedoch erst nach Erscheinen des Films zu entscheiden sein.

Diese Regelung verschaffte Karolina genügend Spielraum für mögliche Verhandlungen mit der Aafa in der Friedrichstraße. Vielleicht erhielt sie einen Vertrag, der gleich an diesen anschloss? Dann würde sie länger in Berlin bleiben können als nur diese paar Wochen. Kaum war man sich also vertragseinig geworden, klopfte auch schon die Dame von der Schminkabteilung an die Tür. Karolina musste dringend für die Aufnahmen vorbereitet werden. Es würde eine kurze Stellprobe geben, und da sie die erste Szene bereits mit Rudolf geprobt hatte, würde es sicher reibungslos mit dem Dreh funktionieren, so war zumindest das Vorhaben des Regisseurs. Aufgrund ihrer Aufregung und der frühen Morgenstunde beschlichen Karolina allerdings leise Zweifel, ob sie diese Erwartungen würde erfüllen können.

Im kleinen Schminkraum lernte sie die anderen Schauspieler kennen, die mit ihr in der ersten Szene vor der Kamera standen. Eine ältere, untersetzte Frau, die mit ihr am Tisch im Café sitzen sollte, und einen jungen Mann, der den Dieb darstellte, den Karolina in ihrer Rolle als Ella beobachten und verfolgen sollte. Die Schminke, die man auftrug, war nicht so hell, wie sie es von ihrem ersten Film kannte, der von der Henny Porten-Froelich Produktion-

Gesellschaft in Tempelhof gedreht worden war. Hoffentlich machte man keinen Fehler, den man ihr später anlasten würde. Aber da bei den beiden anderen Schauspielern ebenfalls diese Schminktechnik angewandt wurde, vermutete Karolina, dass alles seine Richtigkeit hatte.

Als sie in das Atelier trat, merkte Karolina, wie neu und modern es eingerichtet war. Die Lampen waren oben an einer Art Brücke montiert. Zwischen diesem und dem angrenzenden zweiten Atelier befand sich ein Wasserbassin, das man – so erklärte ihr der Aufnahmeleiter – ebenfalls noch für diesen Film nutzen würde. Karolina sah Kameras, die auf Stativen standen, aber auch eine bewegliche. Man führte Karolina zu den Stühlen, die in einer Kaffeehausszenerie aufgebaut waren. Die Lampen flammten auf, das Licht kam Karolina wesentlich angenehmer vor. Auch so eine Neuerung. Hell war es trotzdem noch. Sie probten zweimal, dann hieß es »Achtung, Aufnahme!« und das Spiel begann.

Als sie spätabends bei einem Teller Suppe in ihrer Pension saß, fielen ihr beinahe die Augen zu. Trotzdem wollte sie nicht versäumen, die heutigen Ereignisse des Tages in der Zeitung nachzulesen. In der Berliner Börsenzeitung stieß sie auf einen interessanten Bericht über einen Atelierbesuch bei der Ufa in Neubabelsberg. Was sie dort über ein neues Filmmaterial las, öffnete ihr die Augen über die veränderte Schminktechnik. Sie bekam zum ersten Mal eine Ahnung davon, wie aufwendig die Herstellung eines Filmstreifens überhaupt war, wie alles zusammenhing und einander bedingte. Sie erfuhr, dass offensichtlich eine neue Schicht, eine sogenannte panchromatische, aufgebracht wurde, die besser auf jene Zwischenfarben reagierte, die bisher als solche fotografisch nicht in Erscheinung traten. Neben einer anderen Schminktechnik bedingte das eine Reduzierung des Lampenparks bei den Atelieraufnahmen. Offensichtlich drehte sie gerade in einem sehr fortschrittlichen und modernen Atelier. Hatte nicht neulich Rudolf erklärt, dass das Efa-Atelier in der Cicerostraße erst im vergangenen Jahr den Betrieb aufgenommen hatte? Welche Neuerungen es in der Zukunft noch geben würde? Sie freute sich darauf, ein Teil dieser Entwicklungen zu sein. Eigentlich wollte sie sich schon längst dem Rollenstudium für morgen widmen, aber die Meldungen in den Zeitungen interessierten sie einfach zu sehr.

Als sie eine Anzeige des Kaufhauses Tietz entdeckte, in der man zur Teilnahme an einem Modewettbewerb aufrief, musste sie sofort an Ingrid denken. Darin wurden Damen aufgerufen, sich an einem Schneiderwettbewerb zu beteiligen. Nachdem Karolina die Pensionswirtin Edith Kamincke um Erlaubnis gefragt hatte, schnitt sie die Anzeige aus der Zeitung aus und steckte diese in einen Briefumschlag, den sie von der Wirtin gereicht bekam. Mit diesem verzog sich Karolina in ihr Zimmer und schrieb den längst überfälligen Brief an Ingrid, in dem sie sich ein wenig reumütig für die Geburtstagskarte bedankte.

Sie legte den Brief, auf dem sie ihre aktuelle Adresse vermerkte, auf die Kommode neben der Eingangstür. Ihre Wirtin hatte versprochen, ihn morgen mit in die Innenstadt zu nehmen, wo sie einige Besorgungen zu erledigen hatte, und bei der Hauptpost abzugeben.

Mit dem Gefühl, alles werde sich endlich so entwickeln, wie sie es immer erträumt hatte, zog sich Karolina bald darauf in ihr Zimmer zurück, las noch eine Weile in dem Drehbuch und schlief schließlich zufrieden ein.

BERLIN, SONNABEND, 22. OKTOBER 1927

Die Tage vergingen. Sie rasten förmlich dahin. Und sie waren durchaus anstrengend. Karolina hielt sich beinahe rund um die Uhr, meist von frühmorgens bis spätabends, im Atelier in Halensee auf. Sie hatte sich schnell an die Abläufe gewöhnt, an das künstliche Licht, die Lautstärke. Nachts hallten die Rufe der Kameramänner, Beleuchter und des Regisseurs in ihrem Kopf nach. Mit ihren Kollegen kam sie gut zurecht. Sie hätte sich gewünscht, dass unter ihnen eine bekanntere Person wäre, von der sie lernen konnte. Doch wie sich herausstellte, besaßen alle ungefähr denselben Erfahrungsschatz wie sie. Manche von ihnen schienen sogar auf Nebenrollen abonniert zu sein. Deshalb sah sie den einen oder anderen nur ein- oder zweimal. Karolinas Rolle hingegen nannte sich zwar nicht Hauptrolle, doch sie kam beinahe in jeder Einstellung vor. »Als Neuling machst du dir möglicherweise damit keine Freunde«, hatte ihr Rudolf nach ihrem ersten Drehtag als Mahnung mit auf den Weg gegeben. »Du musst ja nicht haarklein ausführen, dass du die Rolle durch meine Vermittlung erhalten hast.«

Nach den Dreharbeiten und an den Wochenenden – sofern sonnabends nicht gedreht wurde – besuchte sie trotz ihrer Müdigkeit abwechselnd eine Schauspiellehrerin und eine reifere Theaterschauspielerin in Dahlem sowie eine Englischlehrerin einige Häuser von ihrer Pension entfernt, eine Amerikanerin namens Nancy Boyle, die mit einem deutschen Industriellen verheiratet war. Karolina hatte noch nicht einmal auf heimischem Boden Fuß gefasst, da träumte sie schon von einer Schauspielkarriere im Ausland. Ein internationaler Erfolg schien für sie allerdings noch so weit entfernt wie der Mond für die Erde. Rudolf gab sich zunächst enttäuscht darüber, dass Karolina kaum noch Zeit für ihn hatte. Nach der dritten oder vierten, oder war es gar die zehnte, Essenseinladung gab er es offensichtlich auf. Wenn sie ihn sah – auf dem Gelände des Ateliers zumeist –, so wirkte er nachdenklich und unzufrieden. Anfangs hatte sie diese Gemütsverstimmung auf sich bezogen, doch einmal ließ er eine Bemerkung fallen, die sie zum wahren Grund seiner Betrübnis führte: Er wollte mehr, wünschte sich eine eigene Produktionsfirma gründen zu können, doch fehlte ihm das Kapital. Auch von Hollywood sprach er. Es fiel der Name Carl Laemmle. Doch wie sollte Karolina ihn trösten, wie helfen? Geld konnte sie ihm nicht beschaffen, sie war froh, dass sie mit der Unterstützung ihres Vaters, ihren Ersparnissen und dem niedrigen Honorar, das man ihr zahlte, einigermaßen über die Runden kam. Ein belastender Posten waren die Kleider, die sie für die Aufnahmen benötigte und selbst zu kaufen hatte.

Vor ein paar Tagen hatte sie bei der Aafa vorgesprochen und man hatte ihr eine Rolle in einem Film angeboten, der noch in diesem Jahr in Staaken gedreht werden sollte. Sie wusste, dass dort einige von Henny Portens Erfolgsfilmen entstanden waren, und auch die Innenaufnahmen von »Der Bettler vom Kölner Dom« waren dort gefertigt worden.

Sie saß gerade beim Frühstück, als sie die Wirtin in den Flur bat. Ihr Vater war am Apparat. Ein Brief des Kölner Schauspielhauses sei zu Hause in der Villa für sie abgegeben worden. Sie bat ihren Vater, diesen zu öffnen. Sie hörte das Geräusch, wie er den Brieföffner ansetzte und das Papier öffnete. Es raschelte. Schließlich las ihr Vater vor, dass man sie zu einem Vorsprechen einlud. Wie sollte sie jetzt so schnell nach Köln kommen? Während der Filmaufnahmen war das schier unmöglich. Niemand würde auf sie Rücksicht nehmen und die Planungen so abändern, dass es für Karolina passte. Sie notierte die im Brief genannte Telefonnummer und nahm sich vor, beim Theater anzurufen.

Sie wollte das Gespräch mit ihrem Vater schon beenden, da fragte er: »Wie geht es dir, Kind?«

»Gut, nur habe ich wirklich viel zu tun. Im Anschluss an dieses Engagement werde ich einen Film bei der Aafa drehen. Nur eine kleine Rolle. Aber es ist wichtig, dass man mich auf der Leinwand sieht.«

»Verstehst du dich gut mit Rudolf Thelen?«, wollte er wissen, ohne auf das zuvor Gesagte einzugehen.

Sie berichtete ihm, dass sie sich nur selten über den Weg liefen. Aber dass er für sie da sei. Diese Antwort schien ihren Vater zufriedenzustellen. Sie wollte noch nach ihren Geschwistern fragen, aber da gab ihr Vater zu verstehen, dass er noch einen dringenden Anruf erwarte.

Heute hatte Karolina frei. Am Nachmittag wollte sie mit dem Hündchen von Frau Kamincke, einem weißen Spitz namens Eiko, mit dem sie sich angefreundet hatte und der sie an ihre Tiffany erinnerte, spazieren gehen. Wenn sie einmal nicht im Atelier arbeitete oder lernte, so zog es sie an die frische Luft. Filme hatte sie, seitdem sie in Berlin war, keine mehr angeschaut, auch an keiner Tanzveranstaltung oder einer anderen Form der Zerstreuung teilgenommen. Jetzt machte sie sich erst einmal zurecht, um in die Innenstadt zu fahren. Sie hatte in einer der Tageszeitungen gelesen, dass der Roman »Amerika« von Franz Kafka heute erscheinen sollte. Den wollte sie sich kaufen.

Kaum hatte Karolina das Buch mit dem roten Einband in der Buchhandlung mit der Bestenliste im Schaufenster erstanden, da zog es sie auch schon wieder zurück in den Grunewald. Der Anruf ihres Vaters beschäftigte sie mehr, als sie es für möglich gehalten hatte. Köln war so weit weg, und das war auch gut so. Sie hegte die Überzeugung, dass der räumliche Abstand nur von Vorteil für ihre persönliche Entwicklung sein konnte. Doch obwohl sie täglich mit so vielen Menschen zusammenkam, so sehnte sie sich nach jemandem, dem sie ganz und gar vertrauen konnte. Innerlich fühlte sie sich leer. Vielleicht sogar einsam. Auch wenn dieses Gefühl ihr ganz und gar nicht unbekannt war, so hatte sie Sorge, dass sie in dieser großen, lauten Stadt eines Tages den Halt verlieren würde. Und so beschloss sie, den heutigen Spaziergang mit Hündchen Eiko mit einem Besuch bei Rudolf zu verbinden.

Sie hoffte, dass er da sein würde, als sie die Klingel des schicken Hauses betätigte, in dessen erster Etage sich Rudolfs Wohnung befand. Es dauerte eine ganze Weile, bis jemand öffnete. Als Rudolf erkannte, wer da vor seiner Tür stand, zuckte er kaum merklich zusammen. Hatte er jemand anderen erwartet?

»Guten Tag, Karolina«, sagte er und rieb sich die Augen. »Du bist doch nicht gerade erst aufgestanden?«

»Doch, wir haben gestern gefeiert.«

»Was denn?«, fragte Karolina unwissend. Sie dachte an einen Vertragsabschluss.

»Meinen Geburtstag.«

Er hatte sie nicht eingeladen. Karolina musste schlucken. Sie versuchte sich zu erinnern, ob er ihr jemals sein Geburtsdatum genannt hatte. Sie hätte es sich mit Sicherheit gemerkt. Oder war sie eine egoistische Ziege geworden?

»Dann nachträglich alles Gute, Rudolf. Ich gehe dann wohl besser.« Karolina drehte sich um, Eiko folgte ihr freudig tippelnd.

»Karolina, warte doch!«

Sie hatte nicht vor, sich umzudrehen. Die Distanziertheit, die er ihr gegenüber an den Tag legte, schmerzte sie. Doch dann wandte sie sich doch wieder um. »Ja?«

»Wolltest du mich zu einem Gang durch die frische Herbstluft einladen?«, fragte er. Seine grau-blauen Augen blitzten auf. Er zeigte auf Eiko.

Karolina beantwortete seine Frage mit einem Nicken.

»Warte, ich hole mir nur rasch meinen Mantel und ziehe mir Schuhe an. Willst du so lange im Flur warten?«

Im Flur? Dann blieb sie doch gleich lieber hier draußen.

»Es dauert ja bestimmt nicht lange ...«, antwortete sie. Kaum war Rudolf in seiner Wohnung verschwunden, da blinzelte ein Sonnenstrahl durch den dünnen Wolkenschleier.

»Du bringst die Sonne mit«, hörte sie Rudolf hinter ihr sagen. Er legte ihr seine Hand auf die Schulter. Den kleinen Spitz schien das zu stören, denn er sprang an Rudolfs Hosenbein hoch. »Mag er das nicht?«, fragte er lachend, kraulte den Hund unter dem Kinn, der sich das gerne gefallen ließ.

Sie liefen eine Weile durch die Straßen, plauderten über das Wetter, Neuigkeiten aus den Ateliers, bis sie schließlich den Hundekehlesee erreichten. Hier ließ Karolina Eiko von der Leine und hakte sich bei Rudolf unter.

»Wie geht es dir?«, wollte er wissen.

»Recht ordentlich«, antwortete Karolina. »Ich bin ständig beschäftigt, die Aufnahmen, die Schauspielstunden, der Englischunterricht. Und nun soll ich noch am Theater in Köln vorsprechen.«

»Das freut mich. Aber wann soll das Vorsprechen denn sein? Bis Ende November bist du ja noch hier unter Vertrag.«

»Ich weiß es noch nicht. Ich werde am Montag mit dem Theater telefonieren.«

»Ach, es gibt noch gar keinen festen Termin?«

»Nein, Vater telefonierte mir den Inhalt des Briefes …«

»Hast du Heimweh?«

»Eigentlich gar nicht.« Sie verschwieg ihm, dass sie sich einsam fühlte und deshalb eben vor seiner Tür gestanden hatte. »Ich bin sogar froh, dass ich gar nicht mitbekomme, was alles in Köln geschieht.«

»Ja, mir hat der Abstand damals auch gutgetan. Ich sehe nun viel deutlicher, was mir wichtig ist. Mein Vater hat akzeptiert, dass ich seine Firma nicht übernehme. Ob dein Vater das auch bei Arnold so sieht?«

Karolina ließ ihn los. »Woher weißt du …?«

»Na, es liegt einerseits auf der Hand, andererseits hat sich dein Vater mit meinem Vater darüber unterhalten, dass es nicht leicht ist, einen Nachfolger zu finden. Er rechnet feste mit deinem Bruder.«

»Arnold macht seine Sache bestimmt recht gut.«

»Oh, da habe ich aber anderes gehört. Die Belegschaft soll mit seinen Änderungen nicht sehr einverstanden sein.«

»Aber er muss doch mit der Zeit gehen. Keiner kauft heute mehr Herrenzimmer für mehrere hundert Mark.«

Plötzlich hatte Karolina Eiko aus den Augen verloren.

»Er wird doch nicht ins Wasser gegangen sein. Wenn ich ihn schmutzig nach Hause bringe, werde ich sicher Ärger bekommen. Eiko!«

Die Oberfläche des Sees zeigte abgesehen von den sanften Wellen, die der Wind über das Wasser wehte, keinerlei Bewegungen, die darauf schließen ließen, dass irgendwo in der Nähe ein Hund schwamm.

»Dann ist er bestimmt im Unterholz verschwunden.« Karolina rannte in Richtung des Bewuchses am Rande des Sees. Nun begann auch Rudolf nach Eiko zu rufen. Karolina lauschte, Rudolf lauschte, doch kein Rascheln, kein Hecheln war zu hören.

»Wo ist der Kerl denn nur?« Karolina wurde angst und bange. Minutenlang kämpften sich die beiden durchs Dickicht.

»Da vorne«, flüsterte Rudolf. »Ist da nicht etwas Weißes?«

Jetzt sah sie es auch. Eiko stand mit dem Rücken zu ihnen und buddelte im Erdreich. Als sie näherkamen, erkannten sie, wie viel Freude Eiko bei seiner Tätigkeit hatte. Ab und an grunzte er, dann musste er niesen, weil ihm Erde in die Nase gekommen war. Karolina machte die Leine wieder an seinem Halsband fest und seufzte. Sie blickte auf den schmutzigen Eiko, Rudolf tat es ihr gleich. Als sich ihre Blicke schließlich trafen, konnten sie das Lachen nicht mehr unterdrücken.

»Wir sollten uns öfter zu einem Spaziergang in der Natur verabreden«, sagte Rudolf und umarmte Karolina liebevoll. Er ließ sie aber gleich wieder los, bevor Eiko mit seinen Dreckpfoten an ihm hochsprang.

»Wie bekomme ich ihn nun sauber? So kann ich ihn jedenfalls nicht abgeben.«

Sie versuchte es im See, aber ganz sauber wurde der Hund so nicht. Auf dem Rückweg schlug Rudolf vor, Eiko im Garten der Villa, in der er die erste Etage gemietet hatte, vom Schmutz zu befreien.

Eiko mit einem alten Lappen abzurubbeln, erwies sich als wenig erfolgreich, und so schleppte Rudolf einen Zinkeimer mit angewärmtem Wasser herbei, mit dem sie Eiko vorsichtig wuschen. Bis das Fell vollständig getrocknet war, würde es allerdings eine Weile dauern, weshalb Rudolf den Kerl in ein altes Handtuch einwickelte und ihn kurzerhand mit in die Wohnung nahm.

»Gott sei's gedankt, die Besitzer der Villa sind noch einige Tage im Urlaub«, sagte er, während er mit Eiko auf dem Arm die Treppe hinaufstieg. Karolina fand den Anblick herzallerliebst.

Während sie darauf warteten, dass Eiko wieder vorzeigbar war, bereitete Rudolf einen Tee zu und reichte Karolina Gebäck. Sie fühlte sich wieder so geborgen in seiner Wohnung wie bei ihrem ersten Besuch. Damals hatte sich Karolina jedoch wie ein Backfisch gefühlt. Heute wie eine junge Frau.

»Ich wollte dir doch noch erzählen, warum ich die Ufa grundlegend ablehne«, sagte Rudolf. Karolina konnte sich kaum daran erinnern, dass er mit ihr über die Machenschaften der Ufa geredet hatte.

»Du weißt ja, dass Alfred Hugenberg Anfang des Jahres die Ufa aufkaufte.«

»Ja. Ihm gehört doch auch der Scherl-Verlag, nicht wahr?«

Rudolf nickte. »Ich habe hier ein gutes Beispiel dafür, wie die Ufa-Leute das Geschäft des Manipulierens beherrschen«, sagte er und lehnte sich in seinem Sessel zurück.

Karolina wollte mit dem politischen Teil des Filmgeschäftes eigentlich gar nichts zu tun haben, aber sie war zu neugierig, um Rudolfs Ausführungen nicht doch aufmerksam zu lauschen. Eiko schlief tief und fest auf seinem Handtuch.

»Es ging vor einigen Tagen durch die Presse, aber du hast es bestimmt nicht gelesen, bei deinem Arbeitspensum …«, holte Rudolf aus. »Es geht um den Regisseur Grune.«

»Ach, das habe ich gelesen. Er protestiert gegen die Fassung seines Films, die jetzt in den Kinos zu sehen ist.«

»Wahrhaft. Sie haben ›Am Rande der Welt‹ einfach zusammengekürzt. Er sagt sinnentstellend …«

»Ohne sein Einverständnis also?«

»Ja. Also ich finde das ungeheuerlich«, schimpfte Rudolf. »Ich muss mir den Artikel, den ich mir im Übrigen ausgeschnitten habe – ich sammle viele Berichte über den Film –, noch einmal in Ruhe durchlesen. Aber woran ich mich erinnere, ist, dass Brigitte Helm die Kritiker nur wenig überzeugen konnte.«

»Ja, in ›Metropolis‹ war sie schon großartig. Wir werden sehen, wie sie sich weiterentwickelt«, antwortete Rudolf und blickte Karolina lange in die Augen.

BERLIN, MITTWOCH, 21. DEZEMBER 1927

Die Adventstage waren an Karolina vorbeigerauscht. Nun stand Weihnachten bereits kurz bevor. Karolina hatte bis an den Rand der Erschöpfung gearbeitet – und darüber hinaus. Der Film »Diebesgut« war Ende Oktober abgedreht. Regisseur und Produktionsleiter hatten sich sehr wohlwollend über Karolinas Schauspielkünste geäußert. Man stellte ihr für das kommende Jahr einen neuen, möglicherweise sogar an die Befi exklusiv gebundenen Vertrag in Aussicht. Als Karolina dies Rudolf erzählte, war dieser aus dem Strahlen nicht mehr herausgekommen. »Eine große Anerkennung haben sie dir damit erwiesen. Du kannst stolz auf dich sein«, hatte er gesagt. Und er sagte ihr, dass das Zimmer in der Pension weiter bezahlt werden würde. Die Klausel im Vertrag bezog sich allerdings nur auf die Drehzeiten. Wer also übernahm in der Zwischenzeit die Kosten? Sie traute sich nicht nachzufragen, denn sie wollte niemandem auf der Tasche liegen, am wenigsten Rudolf.

Also bewarb sich Karolina weiter, denn solange sie keinen Vertrag mit der Befi für kommende Filme in Händen hielt und es eben lediglich diese mündliche Zusage gab, musste sie sich selbst um ihre Zukunft kümmern.

Der Dreh für die Aafa hatte sich, was den Umfang ihrer Rolle anbelangte, als enttäuschend herausgestellt, denn mehr als eine kleinere Statistenrolle hatte man nicht zu besetzen. Dennoch musste sie beinahe täglich dort auf ihren Einsatz warten. Sie aß und trank zu wenig in dieser Zeit, und die Gage war verschwindend gering. Immerhin lernte sie das riesengroße Filmatelier in der ehemaligen Luftschiffhalle kennen, was sie als kleine Entschädigung erachtete. Außerdem hatte jeder einmal klein angefangen. Die Kameramänner Guido Seeber und Eduardo Lamberti, so hieß es, seien Meister ihres Faches. Außerdem, und das wertete sie auf der Liste der Positiva ganz oben: Sie hatte Harry Liedtke kennengelernt sowie Ida Wüst und Maria Paudler. Der Film würde als »Mein Freund Harry« in den Lichtspieltheatern aufgeführt werden, wenn die Zensurbehörde diesen freigab.

Auf Einladung von Henny Porten verbrachte sie einige Drehtage in Tempelhof und erhielt für eine Statistenrolle in dem Film »Die Hotelratte« sogar ein recht ordentliches Honorar. Es war keine Rede mehr von ihrer gesundheitlichen Problematik. Dennoch erhielt sie keinen weiteren Vertrag. Die Enttäuschung darüber wischte sie mit dem Gedanken weg an die Chance, die sie erhalten hatte. Immerhin konnte sie ihrem Idol Henny Porten nahe sein. Karolina ließ es also nicht zu, dass Enttäuschungen sie entmutigten, und hielt sich lieber an den positiven Momenten fest.

Recht positiv hatte sich auch ihre Bewerbung beim Kölner Theater entwickelt. Sie hatte ihr Glück kaum fassen können, als das Sekretariat ihr einen Gesprächstermin mit dem berühmten Kölner Theaterregisseur Hans Rodenberg in Berlin vermittelte. Hans Rodenberg, so erklärte man es ihr in einem per Eilzustellung ausgehändigtem Schreiben, wollte dem noch berühmteren Regisseur Max Reinhardt in Berlin Lebewohl sagen. Karolina wusste, dass dieser im Begriff war, mit seiner Theatergruppe nach Amerika aufzubrechen, wo man auf große Tournee gehen wollte. Um einige Ecken hatte Metha Bär von diesem Treffen erfahren – Karolina hätte zu gerne erfahren, von wem – und Karolina telefonisch gebeten, nach Paula Poll Ausschau zu halten, die mit Reinhardt nach Übersee reisen wollte. Karolina hatte erwidert, dass sie Max Reinhardt sicher nicht zu Gesicht bekommen würde, sondern lediglich Hans Rodenberg, mit dem sie eine mögliche Zusammenarbeit mit dem Kölner Theater besprechen wollte. Rodenberg und Karolina hatten sich in seiner Suite im Hotel Adlon getroffen, wo sie ihm einige Kostproben ihres schauspielerischen Könnens geben durfte. Er zeigte sich durchaus beeindruckt, und als im Zusammenhang mit ihrer Ausbildung von Paula Polls Engagement die Rede war, hatte Rodenberg gesagt: »Fragen Sie Max doch gleich persönlich. Wir sind in dieser Minute zum Essen verabredet.« Hieß das, dass sie den berühmten Regisseur kennenlernen durfte? So war es dann auch. Im Speisesaal des Adlon wartete Reinhardt auf Rodenberg. Nachdem sich die beiden Männer begrüßt hatten, wurde Karolina vorgestellt. »Ein aufstrebendes junges Talent.« Das hatte der Kölner Theaterregisseur wahrhaftig über sie gesagt. Karolina musste sich auch Tage später noch kneifen und zweifelte doch immer wieder an dem Geäußerten. Man lud sie zum Aperitif ein, gab Karolina jedoch zu verstehen, dass man danach gerne unter sich wäre. »Fragen Sie ihn ruhig«, ermunterte Rodenberg sie schließlich, also erkundigte sie sich bei Max Reinhardt über Paula Poll. Die Antwort allerdings entsprach nicht Karolinas Erwartungen. »Eine Paula Poll kenne ich nicht.« Karolina wäre zu gerne im Boden versunken. Sie kam sich äußerst dumm vor. Doch Reinhardt lächelte ihre Unsicherheit weg.

»Es gibt viele, vor allem Damen, die sich damit schmücken, in meinem Ensemble mitwirken zu dürfen …«

Aber doch nicht Paula Poll! Beim Abschied bat der Kölner Regisseur, Karolina möge in der Woche vor Weihnachten noch einmal im Kölner Schauspielhaus vorstellig werden. Dann könne er ihr mehr sagen, wie und ob er sie für das neue Schauspieljahr engagieren könne. Sein freundliches Zwinkern aber verriet ihr, dass ihre Aussichten wohl ganz gut waren.

Karolina hatte nur selten Zeit und Muße, sich in das Getümmel der Großstadt zu stürzen. Wenn Rudolf nicht an ihrer Seite war, tat sie es neuerdings nur ungern. Abends mied sie dunkle Gassen und die Amüsierviertel gänzlich. Manchmal schwoll das verheißungsvolle Flüstern der Großstadt zu einem abstoßenden Gebrüll an. Schloss sie gar für einen Sekundenbruchteil die Augen, so begann es in ihrem Kopf derart zu dröhnen, dass ihr schwindelte und sie sich an einer Straßenlaterne festhalten musste.

Vielleicht würde sie die heute anstehende Weihnachtsreise nach Köln beruhigen. Trotz aller Bedenken, die sie umtrieben. Was würde sie zu Hause erwarten? Ihre Gedanken begannen wie so oft wild durcheinanderzuwirbeln. Sie lenkte sich mit den zu erledigenden Dingen ab. Und davon gab es reichlich. Da sie keinen Anschlussvertrag in Berlin in Aussicht hatte, kündigte sie ihr Pensionszimmer. Was ihr sehr leidtat, auch wegen der Nähe zu Rudolf, mit dem sie sich während der letzten Wochen immer wieder getroffen hatte. Doch auch nach dem Ende ihrer Zusammenarbeit bei der Befi blieb er seltsam distanziert. Es gab allerdings auch Momente, da standen sie sich ganz nah, und so mancher stille Kuss hatte sich seinen Weg gebahnt. Rudolf war wie verwandelt, wenn sie in der Natur unterwegs waren, Eiko trug seinen Anteil zu dieser entspannten Stimmung bei. Und dank der Spaziergänge legte Frau Kamincke ihr immer wieder etwas Leckeres auf den Frühstückstisch – vor allem ihre geliebten Ananastörtchen. Da die Wirtin als alleinstehende Dame mit dem Betrieb ihrer Pension sehr beansprucht war, ging Karolina mit Eiko sogar in der Dunkelheit und bei schlechtem Wetter spazieren. Sie würde ihn sehr vermissen. Hatte sie doch gemerkt, wie wohl ihr die Anwesenheit eines tierischen Lebewesens tat. Vielleicht würde sie ihr Hündchen Tiffany, das ihr Vater weggegeben hatte, bei Nadia Wolkowa besuchen können. Ihren Englischunterricht und ihre Schauspielstunden musste sie vorerst einstellen. Sobald sie zurück in Berlin war, würde sie beides wiederaufnehmen, versprach sie den beiden Frauen.

Karolina hatte sich während der letzten Tage bereits recht schlapp und müde sowie antriebslos gefühlt. Sie führte diesen Umstand auf die Aufregungen während der vergangenen Wochen zurück. Außerdem reiste sie mit gemischten Gefühlen zurück nach Köln. Wenn sie in sich hineinhorchte, dann überwog die Furcht vor allem, was mit der jüngsten Vergangenheit der Familie zusammenhing. Würde sie alles wieder einholen? Angst hatte sie auch vor den Launen ihres Vaters. Es war ganz und gar nicht gewiss, dass er ihr so wohlwollend gegenübertreten würde wie bei ihrem Abschied vor wenigen Monaten. Wie ging es mit der Möbelfabrik weiter? Würde sie die Großeltern väterlicherseits besuchen müssen? Wie war der Stand der Kriminalpolizei? Nur auf Alexander und Felix freute sie sich. Vielleicht würde sie sogar Ingrid sehen? Bis Rheydt war es keine Weltreise. Ingrid hatte ihr Ende Oktober einen Brief geschickt, in dem sie sich überschwänglich für Karolinas Grüße und den Hinweis auf den Schneiderwettbewerb bedankte. Leider gab es für sie keine Möglichkeit, daran teilzunehmen, denn Berlin war zu weit, und postalische Einsendungen nahm man offenbar nicht an, da nur in Berlin wohnende Frauen teilnehmen durften.

Nun war es so weit. Karolina verabschiedete sich von ihrer Pensionswirtin und besonders herzlich von Eiko. Eine Träne rollte ihr über die Wange, weil sie ihn so lieb gewonnen hatte. Aber vor allem betrauerte sie das Ende dieses so aufregenden, viel zu kurzen Lebensabschnittes. Rudolf holte sie rechtzeitig mit einer Kraftdroschke ab, worüber sie ihm außerordentlich dankbar war. Erst auf der Fahrt nach Tempelhof enthüllte er, dass er mit ihr nach Köln fliegen würde, um die Feiertage mit seiner Familie zu verbringen. Diese Ankündigung ließ sie beinahe ihre Angst vor dem Flugzeugabsturz vor einem Jahr vergessen. Aber nur beinahe. Sie war froh, dass sie Handschuhe trug und Rudolf so gar nicht merkte, wie eiskalt sich ihre Finger anfühlten, als er ihr beruhigend die Hand auflegte.

»Du hast so viel erreicht«, sagte er nicht ohne Stolz, während sie an den festlich geschmückten Gebäuden in Schöneberg vorbeifuhren. »Man redet über dich und deinen Arbeitseifer. Du wirst sehen, im kommenden Jahr wirst du eine große Rolle bekommen.«

Seine Worte wärmten ihr Herz, doch je näher sie dem Flughafengebäude kamen, desto kälter wurde ihr. Als sie ausstieg und ihr Gepäck in Empfang nahm, verspürte sie zum ersten Mal seit Ewigkeiten wieder einen stechenden Schmerz in ihrem Bein. Es ging hektisch zu, alle wollten rechtzeitig zu den Feiertagen zu Hause bei ihren Lieben sein. Das war auch der Grund, warum Karolina nicht mit der Eisenbahn fuhr, denn alle Züge nach Köln waren ausgebucht. Als Rudolf ihr angeboten hatte, einen Platz in einem der letzten Flüge zu reservieren, hatte sie nur widerwillig zugesagt. Immerhin wusste sie nun, woher sein Angebot rührte. Vermutlich hoffte er, dass sie gemeinsam Karolinas Flugangst würden überwinden können. Sie sprach sich Mut zu. Im Flughafengebäude kam ihr eine aufgeregt winkende Käte Frings entgegen.

»Kindche, dat nimms för et Metha met.«

Sie überreichte Karolina ein kleines Paket, drückte sie an ihren Busen und wünschte ihr ein schönes Weihnachtsfest.

»Erhol dich, Mädche, do sühs blass öm de Naas eröm us.«

Rudolf mahnte zum Aufbruch. Karolina konnte durch die Fensterscheiben die Maschinen erkennen, die warteten, bis alle Passagiere zugestiegen waren. Plötzlich gaben ihre Beine nach. Sie merkte nur, wie sie wegrutschte und die Geräusche um sie herum zu einem wirren Knäuel von Tönen zusammenballten. Sie wartete auf das Aufschlagen ihres Kopfes auf dem Boden, doch jemand fing sie auf.

AM SCHARMÜTZELSEE BEI BAD SAAROW, SONNTAG, 11. MÄRZ 1928

»Morgen dürfen Sie nach Hause fahren.« Der Satz, den Dr. Adomeit ihr gerade eben im Park des Sanatoriums am Scharmützelsee im Vorbeigehen zugeworfen hatte, hallte noch nach. Karolina ließ sich auf eine Bank fallen und atmete tief durch. Natürlich war diese Ankündigung nicht unerwartet gekommen, doch jetzt war es eben endgültig: Sie durfte in ihr bisheriges Leben zurückkehren. Doch wie sah ihr Leben jenseits des behüteten Lebens im Osten des Landes weit von Berlin entfernt aus? Wo wollte sie leben? In Berlin oder in Köln? Wo befand sich ihre berufliche Zukunft? Nie hätte sie gedacht, dass diese ungewohnte Sorglosigkeit und dieses Leben in den Tag hinein so erfüllend sein würden.

Als sie das erste Mal bewusst wahrgenommen hatte, wo sie sich befand, hätte sie gleichzeitig schreien und weinen mögen. Dr. Christoph Adomeit hatte an ihrem Bett gestanden und mit sorgenvoller Miene auf sie geblickt. Als er jedoch gewahr wurde, dass sie ihre Augen öffnete, hatte sich sogleich ein mildes Lächeln in seinem Gesicht gezeigt. »Ich wünsche Ihnen frohe Weihnachten«, hatte er gesagt. Karolina hatte die Welt nicht verstanden. Eben noch hatte sie auf dem Flughafen in Tempelhof gestanden und sich von Käte Frings verabschiedet. Und jetzt sollte Weihnachten sein? Wo befand sie sich? Der junge Arzt, den sie bereits seit dem vergangenen Jahr kannte, hatte ihr alles erklärt. Wie man sie in Berlin in die Praxis seines Freundes gebracht und angesichts ihres Zustandes beschlossen hatte, sie in das Sanatorium am Scharmützelsee zu überweisen, wo Dr. Adomeit praktizierte. Rudolf Thelen habe einen Wagen gemietet und sie eigenhändig dorthin gefahren. Sie habe die ganze Fahrt über kein Wort gesprochen. Man habe ihr ein leichtes Beruhigungsmittel verabreicht, damit sie sich entspannte, und nach ihrer Ankunft vor Ort habe sie sich ohne Widerspruch in ihr Bett bringen lassen, wo sie vier Tage und Nächte mehr oder weniger durchgeschlafen habe.

»Was ist mit mir?«, hatte Karolina gefragt. »Bin ich ernsthaft krank?«

»Gemütskrank sind Sie, mein Kind«, hatte Dr. Adomeit erklärt, der ihre Vorgeschichte in Teilen bereits kannte. Als er von Rudolf erfahren hatte, was in der Zwischenzeit geschehen war und dass Karolina während der vergangenen Monate beinahe bis zur Erschöpfung gearbeitet hatte, da sei ihm das ganz typische Bild einer traumatischen Neurose als wahrscheinlich erschienen. Sie habe den Tod der Mutter nicht verarbeitet, die Anschuldigungen der Kriminalpolizei, die öffentliche Diffamierung der Familie, die Ungewissheit über die wahren Todesumstände der beiden Frauen und nicht zuletzt die verunglückte Landung in Köln haben sie in ihren Grundfesten erschüttert, ihre Seele in Mitleidenschaft gezogen. Welch großes Glück Karolina hatte, dass sie Dr. Adomeits Bekanntschaft gemacht hatte, berichtete ihr Rudolf, der sie während der letzten Wochen einige Male besucht hatte. Dr. Adomeit sei ein sehr moderner Arzt, der einer optimistischen Lehre des Menschen anhänge.

Später, als Karolina sich auf dem Weg der Besserung befunden hatte, im zeitigen Frühjahr, da hatte Dr. Adomeit Karolina seine Vorstellungen genauer erklärt. Traumatische Ereignisse wie eben die furchtbar schiefgegangene Notlandung habe ihre Psyche deutlich belastet. Manchmal, oder sogar sehr häufig, reagiere der Körper erst nach Monaten oder manchmal sogar Jahren auf solche Ereignisse. Dr. Adomeit führte aus, dass es den Soldaten des Großen Krieges häufig so ergangen sei. Man könne und solle Ereignisse, die die Seele des Menschen belasten, nicht vergleichen. Jedes Ereignis könne eine Schreckneurose auslösen. Das sei das eine, und man müsse Karolinas Trauma unbedingt aufarbeiten. Außerdem komme bei ihr noch etwas anderes hinzu. Die Nöte der Frauen in der heutigen Gesellschaft. Wie ein österreichischer Arzt, dessen Publikationen er verschlungen habe, sehe er große Risiken in der mangelnden Entfaltung der weiblichen Persönlichkeit, die durch das strikte Einhalten der gesellschaftlichen Ordnung daran gehindert werde, ein starkes Selbst zu entwickeln.

»Empfinden Sie sich häufig minderwertig?«, hatte er Karolina gefragt. Sie wollte dies schon vehement verneinen, als ihr einfiel, dass sie genau so in ihrem Elternhaus empfunden hatte. Arnold, der Erbe, der alle Erwartungen erfüllte, sie, das Mädchen, das verheiratet werden sollte und nicht ihren eigenen Weg gehen durfte. Während ihr Vater endlich begriffen hatte – so hoffte sie zumindest –, so hielten ihre Großeltern vehement an den alten Glaubenssätzen fest: Eine Frau gehörte ins Haus, an die Seite eines Mannes. Ihre Aufgabe bestand darin, dem Mann zu dienen und Kinder zu gebären.

Karolina hatte sich gewundert, dass man ihr keine Therapien verordnete, von denen sie gehört hatte, wenn es um die Behandlung psychischer Erkrankungen ging. Schauriges war ihr zu Ohren gekommen. Sie bekam zwar ein leichtes Beruhigungsmittel, vor allem gegen die schlimmen Träume und Erinnerungen, jedoch wurde viel geredet, sie durfte sich frei bewegen, ging viel spazieren, nahm sogar an einigen handwerklichen Kursen teil. Nur gestattete man ihr keinerlei Besuch, außer alle paar Wochen jenen von Rudolf. Zeitungen durfte sie lesen, allerdings hatte man offensichtlich vorher manche Seiten entfernt. So lebte sie ein sehr behütetes, aber keineswegs völlig abgeschirmtes Leben. Doch während hier das Leben stillstand, lief es überall in munterem Tempo weiter, mit allen Höhen und Tiefen. In Köln hatte es im Januar ein schweres Unwetter gegeben. Nachrichten aus der Heimat waren nur insofern an ihr Ohr gedrungen, dass man ihr mitteilte, dass es allen gut ging, das Haus unbeschädigt geblieben war. Sie hoffte, dass ihr geliebter Walnussbaum noch stand. Am Tag nach dem Kölner Unwetter hatte das Londoner Parlament unter Wasser gestanden. Die fröhliche Karnevalszeit hatte ihren Höhepunkt schon Anfang Januar mit dem »Ball des Kabaretts der Komiker« im Berliner Sportpalast erreicht, während man in Köln diesen erst mit dem zweiten Rosenmontagszug am zwanzigsten Februar gefeiert hatte. Veranstaltungen, denen Karolina nur allzu gerne fernblieb und nicht traurig war, diese versäumt zu haben. Die Ruhe und die Gleichförmigkeit des Lebens halfen ihr beim Überwinden ihrer inneren Mutlosigkeit und Verzweiflung, die sich an jenem Dezembertag Bahn gebrochen hatten. Sie hätte allerdings gerne der Premiere des Films »Zirkus« von Charlie Chaplin beigewohnt. Jetzt wurde er bestimmt in keinem der Lichtspielhäuser mehr gezeigt. Die Filmprogramme wechselten mittlerweile in einem atemberaubenden Tempo. Beim Film tat sich sowieso einiges, auch hinter den Kulissen: Ufa und Terrafilm sprachen über die Aufteilung der Phoebus-Film. Rudolf ahnte bereits den Ausgang der Verhandlungen voraus. Im Capitol-Theater hatte der Volksverband für Filmkunst über die Filmförderung getagt und war zu der Auffassung gelangt, dass man der Kommerzialisierung und Trivialisierung entgegenwirken müsse. Nicht nur Rudolf, sondern auch Karolina war der Meinung, dass man dagegen nicht mehr viel würde ausrichten können. Während Rudolf pessimistisch in die Zukunft blickte, sah Karolina alles etwas positiver: Die Zeit war eben reif für Unterhaltung. Und wer sagte denn, dass man unterhaltende Filme nicht mit einem Schuss Wahrheit und Tiefsinn unterfüttern konnte? Charlie Chaplin bewies das doch mit jedem Film aufs Neue. Wer wollte heute noch bedeutungsschwangere Filme schauen? Seine Anliegen hübsch zu verpacken, darin sah Karolina die Zukunft.

Vieles war im Fluss. Manche erkannten die Zeichen der Zeit, wie etwa Lya de Putti. Karolina hatte in der Vossischen Zeitung eine großformatige Anzeige entdeckt, mit der man die Versteigerung des gesamten Besitzes der beliebten Schauspielerin ankündigte. Nicht, wie Karolina zunächst mit klopfendem Herzen befürchtet hatte, weil Lya de Putti etwas zugestoßen war – obwohl diese Gerüchte durch die Presse geisterten –, sondern weil sie fortan in Hollywood arbeiten würde. Hollywood, wie verheißend dieses Wort in Karolinas Ohren klang.

Wie würde es mit ihr weitergehen, wenn sie das Sanatorium verlassen konnte? Vermutlich hatte niemand dem Kölner Theaterregisseur über ihre Erkrankung Bescheid gegeben, sodass sie dort nicht mehr um ein Vorsprechen zu ersuchen brauchte. Unzuverlässigkeit war im Theater unerwünscht. Man musste sich aufeinander verlassen können. Natürlich beschäftigte sie ihre Zukunft, sie konnte nicht so tun, als gäbe es kein Morgen für sie. Dass jemand vom Film in diese abgeschottete Welt eindringen würde, hatte sie allerdings nicht für möglich gehalten. Bis zu jenem Tag, an dem sie trotz der Winterkälte weitergelaufen war als beabsichtigt und sich plötzlich ganz in der Nähe von Saarow wiedergefunden hatte. Sie meinte zuerst sogar zu halluzinieren, als sie nur wenige Meter vom Gehweg entfernt auf einem Privatgrundstück Harry Liedtke zu entdecken glaubte. Sie lief auf ihn zu und konnte es kaum fassen, dass er sie zuerst ansprach: »Wir kennen uns doch«, grüßte er sie freundlich.

Karolina musste sich räuspern und konnte dann erst antworten. »Ja, wir sind uns in Staaken begegnet.«

»Lassen Sie mich überlegen … Ich drehe ja ständig zurzeit. Ah, das war bei ›Mein Freund Harry‹.«

»Wann wird der Film denn in die Lichtspieltheater kommen?«, fragte Karolina schüchtern.

»Oh, die Uraufführung fand bereits statt, Ende Januar war das. Im Primuspalast.«

Und jetzt war bereits Mitte März. Was für eine Enttäuschung. Wie beglückend wäre es gewesen, sich und den berühmten Schauspieler gemeinsam in einem Film zu sehen. Auch wenn sie nur eine Statistenrolle innehatte. Hatte sie niemand zur Premierenfeier eingeladen? Oder lag es daran, weil sie seit einigen Monaten von der Außenwelt nahezu abgeschottet gelebt hatte?

»Ich hatte den Eindruck, dass unser Regisseur Max Obal Ihnen durchaus mehr als eine Statistenrolle zutraute …«

Karolina hatte nicht in ihren kühnsten Träumen damit gerechnet, dass sich derart prominente Menschen vom Film über sie unterhalten würden. Sie wusste nicht, was sie sagen sollte. Ihr entwich nur ein »Oh«. An ihrer Reaktion merkte sie, dass sie noch nicht zu ihrem alten Selbstbewusstsein zurückgefunden hatte. War sie jemals stark gewesen oder hatte sie sich selbst lediglich etwas vorgemacht? Sich selbst etwas vorgespielt?

»Sie sind hier zu Besuch?«, hörte sie Harry Liedtke fragen.

»Nein, ich …« Sollte sie ihm sagen, dass etwas mit ihr nicht stimmte? Würde sich das nicht in der Branche herumsprechen, auf deren Wohlwollen sie doch angewiesen war?

Jemand rief aus dem Inneren des schmucken Gebäudes nach Harry Liedtke. Er verabschiedete sich eilig von Karolina und verband diesen Gruß mit der Hoffnung, sie eines baldigen Tages wiederzusehen.

An diese Begegnung erinnerte sie sich gerne zurück, während sie nun ihre Sachen packte. Wohin sollte sie reisen? Nach Köln oder zurück nach Berlin? Die Leere, mit der sie sich plötzlich konfrontiert sah, machte ihr Angst. Musste sie nun noch einmal ganz von vorn beginnen, wieder Klinken putzen gehen?

Gegen Abend schaute Dr. Adomeit noch einmal bei ihr vorbei. Er erklärte ihr erneut das Wesen der menschlichen Psyche, wünschte ihr Glück und gab der Hoffnung Ausdruck, dass sie demnächst sogar ein Flugzeug wieder würde besteigen können. »Vertrauen Sie darauf, dass alles gut werden wird. Und damit meine ich nicht nur eine unversehrte Flugzeuglandung. Vor allem, lassen Sie die negativen Schlagzeilen nicht Ihr Innererstes erschüttern. Über gut ausgegangene Landungen, und das sind die meisten, wird ja gar nicht erst berichtet. Katastrophen erfreuen die Reporter, Katastrophen steigern den Umsatz der Zeitungsverlage. Wenn Sie gezwungen sind, sich in die Hände anderer zu begeben, dann seien Sie umsichtig, aber vertrauen Sie in deren Fähigkeiten. Und nehmen Sie Ihr Leben selbst in die Hand. Sie lenken Ihr eigenes Schicksal, niemand sonst.«

Dr. Adomeits metaphernreiche Rede hatte Karolina nachdenklich gestimmt. Ja, mit seiner positiven Einstellung würde sie dem Leben da draußen die Stirn bieten können. Sie wusste allerdings auch, dass sie diese für sie neuen Gedanken zulassen musste.

BERLIN, MONTAG, 12. MÄRZ 1928

Am Morgen holte sie Rudolf in Saarow ab. Während sie durch den Park liefen, der das Sanatorium umgab, fragte er, ob sie damit einverstanden sei, erst einmal einige Tag im Hotel bei Käte Frings zu verbringen, bevor sie sich entschied, wie es weitergehen sollte. Es kam Karolina beinahe so vor, als habe Rudolf etwas auf dem Herzen. Es konnte aber auch sein, dass er ihr bislang aus Rücksicht auf ihren Zustand etwas verschwiegen hatte und dass er ihr dies nun mit der notwendigen Vorsicht mitzuteilen gedachte. Diese Unklarheit löste in ihr ein merkwürdiges Gefühl aus. Der kalte Wind, der über das Land zog, ließ sie frösteln und verstärkte ihre innere Anspannung. Wäre der Frühling im Anmarsch, würden die Vögel in den Zweigen tirilieren, sie würde sich besser fühlen.

»Ist es dein Automobil?«, fragte Karolina, als Rudolf darin ihr Gepäck verstaute.

»Eine Leihgabe der Befi. Man hat auch nach dir gefragt.«

Da Rudolf nichts weiter sagte, nahm sie im Innern des Wagens Platz. Als sie die Hauptstraße erreicht hatten, nahm sie sich ein Herz und fragte nach: »Und, gibt es eine neue Rolle für mich?« Sie versuchte unbekümmert zu klingen, doch sie merkte, dass sich ihre Anspannung nicht verleugnen ließ.

»Leider vorerst nicht, man will noch abwarten …«

»Was?«, fragte Karolina gekränkt. »Ob ich zum Filmen in der Lage bin?«

»Nun …«

»Hast du ihnen etwa verraten, wo ich mich aufhielt?«

»Nein, das nicht …«

»Was dann?«

»Dein Zusammenbruch auf dem Flughafen ist einer deiner Kolleginnen nicht verborgen geblieben und sie hat es weitererzählt.«

»Was denn? Dass mir unwohl war?«

»Nein, sie brachte das Gerücht in Umlauf, dass du von mir ein Kind erwartest, und das musste ich richtigstellen«, sagte Rudolf ohne jegliche Regung.

»Wie bitte?« Karolina erschrak über ihr eigenes Kreischen. Rudolf brachte den Wagen zum Stehen und legte seine Hand auf Karolinas Arm.

»Es wird mit harten Bandagen gekämpft, Karolina. Und da Regisseur, Kameraleute und Produktionsleiter sehr von dir begeistert waren, machte sich Unmut breit. Würdest du den anderen bald die Rollen streitig machen …«

»Aber ich bin doch nur eine kleine Statistin …«, murmelte Karolina.

»So haben viele Große angefangen. Und nicht viele können dir das Wasser reichen.«

»Lass uns weiterfahren«, sagte Karolina. Sie fühlte, wie sich um ihren Kopf etwas Watteartiges legte. Die Filmwelt war ihr noch sehr fremd und sie merkte, dass sie noch viel zu labil war, um dem Druck mit starkem Willen und einer gehörigen Portion Trotz entgegenzutreten.

Es begann leicht zu schneien. Rudolf versuchte Karolina aufzumuntern, während er angestrengt auf die Straße schaute. Doch ihm wollte es nicht gelingen.

Als sie vor dem Hotel Rheinland in der Fasanenstraße vorfuhren, empfahl Rudolf Karolina, sie solle sich heute ausruhen, um wieder zu Kräften zu kommen und sich langsam an den Rhythmus des Alltags zu gewöhnen. Doch während er ihr Gepäck in die Hotelhalle brachte, kehrte Karolinas Zuversicht zurück.

»Nein!«, sagte sie.

»Was nein?«, fragte Rudolf.

»Nein, ich möchte etwas Schönes unternehmen. Nichts körperlich Anstrengendes, aber etwas Schönes.«

In dem Moment kam ihr Käte Frings entgegen und umarmte sie stürmisch. Sie hatte für Karolina ein geräumiges Zimmer in der ersten Etage herrichten lassen. Das Hotel war ohnehin kaum gebucht. Weihnachten und die Ballsaison waren lange vorbei, der Frühling ließ noch auf sich warten. Berlin gehörte gerade vor allem den Berlinern.

»De Manet-Usstellung, Kindche, die wör jet för dich«, schlug Käte Frings vor, die offensichtlich einen Teil des Gespräches mitgehört hatte.

»Édouard Manet, der französische Maler?«, frage Karolina aufgeregt. »Dessen Werke hier, in Berlin?«

»Davon habe ich gelesen. Eine passende Idee«, pflichtete Rudolf Käte Frings bei. »Wo ist die Ausstellung noch mal zu sehen?«

Käte Frings suchte hinter dem Tresen und zog schließlich ein Prospekt unter einem Stapel Papiere hervor. »Hier, in der Galerie Matthiesen in der Bellevuestraße vierzehn.«

Während Karolina in ihr Zimmer ging, wartete Rudolf in der Halle auf sie. Nachdem sie sich umgezogen und zurechtgemacht hatte, fühlte sie sich gleich besser. Es würde dennoch eine Weile dauern, bis sie ihren Alltag, ohne Unsicherheit zu verspüren, würde wieder meistern können. Doch der Anfang war gemacht. Als sie im Automobil am

Tiergarten entlangfuhren, fragte Karolina, ob Rudolf heute gar nicht arbeiten müsse.

»Heute geht es nur um dich und dein Wohlbefinden.«

Sie hätte ihn auf der Stelle umarmen mögen.

KÖLN, FREITAG, 16. MÄRZ 1928

Endlich hatte der Erdboden sie wieder. Endlich fester Boden unter den Füßen. Alles war gut gegangen, wie Dr. Adomeit es prophezeit hatte. Trotzdem hatte Karolina während des Fluges mit der Luft-Hansa kaum ihre Hände von Rudolfs Arm lösen können. Sie verkrampfte nicht, sie zitterte nicht, aber wohl war ihr eben auch nicht. Sie zwang sich mehrmals, sich an dieses erhabene Gefühl zu erinnern, das sie als junges Mädchen beim ersten Besuch auf der Aussichtsplattform des Kölner Domes übermannt hatte. Diese Unbeschwertheit, dieses gemeinsame Erlebnis mit ihrem Vater hoch oben. Die Altstadt, der Rhein weit unten. Allem entrückt. Die Erinnerung half ihr, ihre Flugangst zu besiegen, dafür stiegen neue Ängste in ihr auf. Was würde sie zu Hause erwarten? Sie hatte während der vergangenen Monate nur einige wenige Male mit ihrem Vater oder mit Arnold telefoniert. Beide hatten sie besuchen wollen, doch Dr. Adomeit hatte ihnen davon abgeraten. Karolina konnte sich vorstellen, dass sich ihr Vater nur unwillig darauf eingelassen hatte. Warum war sie nicht in Berlin geblieben? Rudolf hatte ihr geraten, sich mit ihren Ängsten auseinanderzusetzen und das Kapitel Margot endlich abzuschließen. Karolina vermutete, dass Dr. Adomeit dahintersteckte.

Am Flughafen Butzweilerhof erwartete sie das Automobil ihres Vaters. Am Steuer saß Arnold. Neben ihm Alexander. Offenbar hatten die beiden Halbbrüder sich einander angenähert, denn die gute Stimmung, die die beiden verbreiteten, während sie Karolina und Rudolf begrüßten und das Gepäck verstauten, konnte niemandem entgehen. Karolina und Rudolf nahmen im Fond Platz und ließen sich in die Kirschallee chauffieren. Man plauderte, ohne mit einem Wort auf Karolinas Gesundheitszustand zu sprechen zu kommen. Es war bald ein halbes Jahr her, seit sie aus Köln abgereist war. Die Stadt empfing sie äußerlich unverändert, allerdings trugen die Bäume keine Blätter und es war winterkalt.

Als sie von der Kirschallee in die Einfahrt zur Villa bogen, fiel Karolinas Blick zunächst auf ihr Automobil.

»Bist du recht oft gefahren, Alexander?«, fragte sie beim Aussteigen.

»Nicht sehr oft, aber es hat mir gute Dienste geleistet. Vielen Dank, Karolina.« Er drückte ihre Hand. Da tauchten im Hauseingang alle auf, die Karolina etwas bedeuteten: ihr Vater, Hedwig, ihre Großeltern Heinrich und Ruth sowie Felix, Onkel Johann und Tante Olga, und hinter ihnen erschien plötzlich eine Person, die Karolina hier nicht erwartet hätte. Es war ihre Freundin Ingrid. Der Nachmittag bei Kaffee und Kuchen verflog so schnell, dass Karolina erschrak, als Rudolf Ingrid leise ansprach, um sie daran zu erinnern, dass ihr Zug bald abfahren würde. Arnold bot ihr an, sie zum Bahnhof zu bringen. Karolina wollte mitkommen, doch beim Aufstehen vom Sofa merkte sie, wie eine Schwäche in ihre Glieder fuhr. Alle blickten sie besorgt an.

»Es war heute etwas anstrengend«, sagte sie und hoffte, damit die anderen und vor allem sich selbst zu beruhigen.

»Leg dich hin«, sagten alle, doch da hatte sich Karolina bereits wieder ein wenig gefangen. Sie konnte es sich doch nicht nehmen lassen, Ingrid wenigstens bis zur Haustür zu begleiten. Beim Abschied, der sie innerlich mehr berührte, als sie es für möglich gehalten hatte, versprach sie Ingrid, sie so bald als möglich in Rheydt zu besuchen. Bevor sie überhaupt etwas anderes, Neues anfing, wollte sie nun endlich die Fahrprüfung ablegen. Dann würde ihre erste Fahrt in Richtung Norden gehen. Ingrid freute sich überschwänglich. Karolina fiel auf, dass Ingrid ihre kindliche Unbefangenheit weitgehend abgelegt hatte, sie wirkte reifer und ausgeglichener auf sie. Ihre Freundin verfiel auffallend selten noch in den kölnischen Dialekt, nur zum Abschied verriet ein fröhliches »Tschö«, wo sich ihre heimatlichen Wurzeln befanden.

Nach und nach verabschiedeten sich auch die anderen Gäste. Als die Haustür hinter dem letzten Gast ins Schloss gefallen war, ging Karolina dennoch nicht nach oben, sondern ließ sich erschöpft auf das Sofa im Wohnzimmer fallen und döste vor sich hin. Im Raucherzimmer hörte sie die Stimmen von Rudolf und ihrem Vater. Was die beiden wohl ausheckten? Karolina verlockte es, an der Zimmertür zu lauschen, so wie sie es früher getan hatte, doch ihre körperliche Verfassung hinderte sie daran.

Sie musste einige Minuten geschlafen haben, denn als sie ihre Augen wieder öffnete, saß Rudolf neben ihr. Glücklich blinzelte Karolina ihn an.

»Es war heute sehr viel für dich. Aber du hast dich tapfer geschlagen.«

Karolina lächelte.

»Ich werde jetzt zu meinen Eltern fahren.«

»Möchtest du mein Automobil haben?«, fragte Karolina. Sie merkte, dass es ihr schwerfiel zu reden.

»Nein, danke, das ist nicht nötig. Ich lasse mir eine Kraftdroschke kommen.« Er wurde plötzlich ernst. »Karolina, ich muss am Sonntag wieder nach Berlin reisen. Wir haben also nicht mehr viel Zeit.«

Viel Zeit wofür? Karolina traute sich nicht nachzufragen. Heute konnte sie keine aufregenden Nachrichten mehr verarbeiten und sie merkte, dass Rudolf etwas Gewichtiges vorhatte.

»Ich würde gerne morgen Nachmittag mit dir ein wenig spazieren gehen. Das tut dir doch immer so gut.« Das klang wenig aufregend. Offensichtlich lag Karolina mit ihrer Befürchtung daneben.

KÖLN, SONNABEND, 17. MÄRZ 1928

Karolina hatte lange geschlafen, lange und tief. Noch in Schlafkleidung war sie in die untere Etage gelaufen und zum Fenster gestürmt, das den Blick zum Garten freigab. Ihr Walnussbaum stand noch, hatte während des schlimmen Unwetters nur unwesentlich gelitten. Die anderen Mitglieder der Familie hatten offenbar bereits gefrühstückt und hielten sich außer Haus auf. Nur Hedwig war in der Küche zugange.

»Du kannst frühstücken, wenn du es jetzt möchtest«, rief sie von dort, ohne sich in der Tür zur Halle zu zeigen.

»Ich ziehe mir nur rasch etwas über …«, antwortete Karolina und war schon auf dem Weg zur Treppe. Plötzlich stand Alexander vor ihr.

»Dich hatte ich hier gar nicht erwartet.«

»Das sieht man«, sagte er lachend und zeigte auf ihren Aufzug.

»Ich wollte nur nach dem Walnussbaum schauen, nach dem schlimmen Sturm …«

»Ihm geht es gut. Garten und Haus haben wenig vom Sturm abbekommen.« Er wurde nachdenklich.

»Das ist schön. Kann es sein, dass du etwas auf dem Herzen hast, Alexander?«

»Wird dir nicht kalt?«, fragte er.

»Lenk nicht ab. Aber danke für deine Fürsorge. Also, raus mit der Sprache!«

»Es ist … Hättest du etwas dagegen, wenn wir hier einziehen würden?«

»Wer, ihr? Du und deine Mutter?«

Alexander nickte.

»Also sind Vater und sie doch ein Paar?«

»Nein, nicht so ein Paar. Kein Liebespaar.«

»Nicht?« Karolina setzte sich auf eine der Treppenstufen.

»Nein, es ist so … das Haus am Stadtrand. Wir könnten es jetzt noch zu einem guten Preis verkaufen.«

»Was meinst du mit *jetzt*?« Karolina zog ihr Nachthemd über ihre Knie.

»Dir ist doch kalt.«

Karolina schüttelte den Kopf.

»Es gibt ernst zu nehmende Hinweise, dass die Wirtschaft in den nächsten Jahren nicht weiterwächst, also eher das Gegenteil. Und in der Firma deines Vaters gibt es schon jetzt immer weniger Aufträge.«

Karolina musste diese Neuigkeiten erst einmal verarbeiten. Diese Überlegungen hatten durchaus etwas für sich. Ihr Vater hätte Gesellschaft, Nadia wäre nicht mehr so allein und Tiffany könnte auch wieder hier wohnen.

»Wie geht es Tiffany?«

»Gut«, antwortete Alexander erstaunt.

»Doch, macht das so. Ich würde mich freuen.« Sie stand auf. »Ich ziehe mich rasch um und dann können wir über die Umbaupläne reden, beim Frühstück.«

»Welche Umbaupläne?«

Karolina machte sich in Windeseile zurecht und saß schon kurze Zeit später zusammen mit Alexander im Esszimmer. Für ihn war es das zweite Frühstück an diesem Tag.

»Um noch mal darauf zu sprechen zu kommen«, nahm Alexander den Gesprächsfaden von vorhin wieder auf. »Umbaupläne gibt es noch nicht. Warum auch?«

»Na ja, ihr wollt doch bestimmt etwas ändern, oder? Damit es mehr zu eurem Zuhause wird.«

»Was ist denn mit dir? Bleibst du jetzt in Köln?«

»Wenn ich das wüsste, Alexander.« Karolina nippte an ihrem Kaffee. Sie würde vermutlich erneut von Produktionsgesellschaft zu Produktionsgesellschaft laufen müssen, um sich in Erinnerung zu bringen. Hatte sie dafür überhaupt genügend Ausdauer? Wie oft war sie in den letzten Monaten von Köln aus in die Reichshauptstadt gereist und wieder zurück? Eine Alternative wäre ein Vorsprechen im Theater, doch diese Möglichkeit hatte sie vermutlich durch ihren Klinikaufenthalt zunichtegemacht.

»Weißt du, ob mich jemand beim Kölner Theater entschuldigt hat? Ich hätte doch ein Vorsprechen gehabt … Man ist dort nun mit Sicherheit der Meinung, dass ich die unzuverlässigste Person auf der Welt bin.«

»Ich weiß leider nicht, ob jemand für dich abgesagt hat.«

»Wer denn? Es wusste ja niemand von euch von dem Termin. Rudolf vielleicht?« Warum hatte sie vergessen, ihn danach zu fragen?

»Hm, das ist natürlich ärgerlich. Aber du willst doch noch Schauspielerin werden, oder?«

»Ja, schon. Ehrlich, ich möchte lieber beim Film als beim Theater arbeiten. Der Film ist so aufregend, alles ist so … groß, glänzend. Und wen man da alles kennenlernt.« War ihr etwa entfallen, wie kräftezehrend sich die Tage in den Ateliers gestalteten?

»So kenne ich dich wieder.« Alexander strahlte.

»Ich verstehe nicht.«

»Seit deinem … na, der Sache mit dem Flugzeug warst du, wie sage ich es, ohne dass du mir böse wirst?«

Karolina knuffte ihm in die Seite. »Heraus mit der Sprache.«

»Na ja, so nachdenklich.«

»Mir ging es ja auch nicht gut. Ohne dass ich es selbst bemerkt hatte.«

Alexander wurde still und begann, die Serviette, die bislang auf dem Esstisch gelegen hatte, in seinen Händen zu walken. »Ich weiß nicht, ob es richtig ist, wenn ich es dir sage, aber ich würde es so gerne loswerden …«

»Was?« Gab es noch mehr zu berichten? »Nur zu …«

»Unsere Eltern wollen heiraten …«

»Aber sie sind doch kein Paar, sagtest du«, stellte Karolina fest.

Alexander blickte Karolina an. »Die Leute … dein Vater meinte wegen der Leute.« Seine honigbraunen Augen blitzten auf.

Karolina überlegte nur kurz. »Eigentlich ist das klug. Wenn auch nicht ehrlich. Aber doch klug.«

»Du findest das klug?«

»Nun, die Gesellschaft hat nichts mehr zu reden, ihr seid abgesichert. Nur Großvater Carl Anton und Großmutter Hubertine werden schäumen …«

»Das führt uns zu Problem Nummer zwei«, sagte eine wohlbekannte Stimme hinter ihnen. Arnold lehnte lässig im Türrahmen und musste ihnen schon eine Weile zugehört haben.

»Arnold!«, rief Karolina. »Musst du immer lauschen?«

»Das sagt die Richtige.« Er zwinkerte seiner Schwester zu.

»Du wusstest das mit Vater und Nadia?«

Er nickte und betrachtete seine Fingernägel.

»Und du hast nichts dagegen?«

»Wieso?«

»Wegen deines Erbes zum Beispiel …«

Arnold stieß sich vom Türrahmen ab. »Besitz ist nicht alles. Aber da du es ansprichst.« Er setzte sich neben Karolina, griff nach ihrer Kaffeetasse, trank aus und goss sich nach. Alexander betrachtete die beiden mit einigem Amüsement.

Was gab es denn noch? Karolina fühlte sich mit einem Mal, als gehöre sie gar nicht mehr zur Familie. In den letzten Monaten hatte sich offenbar so einiges verändert, von dem sie im fernen Berlin und am Scharmützelsee gar nichts mitbekommen hatte.

»Das weiß Vater aber noch nicht«, begann er bedeutungsschwer. »Alexander und ich haben uns gedacht, wie es wäre, wenn wir beide gemeinsam die Firma leiten. Jeder übernimmt den Part, den er am besten kann.«

Karolina lachte auf. »Das ist doch ein Scherz, oder? Die beiden Halbbrüder wollen sich zusammentun? Das kann nie und nimmer gut gehen.«

»Oh, Karolina, mir wäre beinahe das Herz stehen geblieben«, rief Alexander, während er aufsprang. Erst als Alexander seine Schwester brüderlich umarmte, begriff auch Arnold.

»Das war geschauspielert, oder?«

»Natürlich, Arnold. Das ist die beste Idee, die ihr bislang hattet. Wenn Vater einverstanden ist …«

Alexander ließ Karolina los. »Das ist das Problem …«, murmelte er.

»Ja, also eigentlich nicht Vater, sondern Großvater.«

Was hatte Großvater Carl Anton noch mit der Möbelfabrik zu tun? Sehr viel, wie ihr Arnold und Alexander im Folgenden erklärten. Ihr Großvater, der die Möbelfabrik zu dem gemacht hatte, was sie heute war, hatte in den Übergabevertrag an ihren Vater, Carl Anton Offermann junior, eine Klausel einfügen lassen, die die Regelung, die die beiden Halbbrüder im Sinn hatten, unmöglich machte. Wenn nicht unmöglich, so doch kompliziert zu umgehen. Ihr Vater durfte die Fabrik nur an einen männlichen, ehelichen Nachkommen übertragen, und nur, wenn er selbst sein sechzigstes Lebensjahr erreicht hatte. Dieses lag noch in weiter Ferne. Der erste Teil der Klausel war immerhin leicht zu erfüllen, indem Arnold der offizielle Firmeninhaber wurde, Alexander zum Beispiel der Geschäftsführer. Karolina merkte jedoch, dass der alte Übergabevertrag nicht schlüssig und überhaupt nicht durchdacht war. Eine weibliche Nachfolgerin durfte es prinzipiell also nicht geben. Was geschah im Falle einer Erkrankung ihres Vaters? Hieß das, dass er die Firma auch nicht an jemanden verkaufen durfte, der kein Familienmitglied war?

»Aber wie ist denn der Verkauf geregelt? Darf die Möbelfabrik niemals verkauft werden? Das wäre doch töricht. Und welche Folgen hätte eine Missachtung dieser Klausel?«, fragte Karolina trotzig.

Darauf wussten die beiden Brüder keine Antwort. Sie mussten zugeben, dass sie den Vertrag, der im Safe der Firma aufbewahrt wurde, gar nicht in Gänze gelesen hatten. Arnold wollte die Unterlagen schnellstmöglich einsehen.

Die drei waren so sehr ins Gespräch vertieft, dass sie das Eintreffen ihres Vaters nicht bemerkten. Er stand plötzlich im Esszimmer.

»Meine drei Kinder, einträchtig beieinander.«

Die Geschwister fühlten sich ertappt und nickten verlegen.

»Noch beim Frühstück, Karolina? Hast du einmal auf die Uhr geschaut?«

Karolina traf beinahe der Schlag. In nicht einmal einer halben Stunde wollte Rudolf sie abholen und sie war noch überhaupt nicht zurechtgemacht.

Sie tupfte gerade einige Tropfen des französischen Parfüms hinter ihre Ohrläppchen, das Rudolf ihr zum einundzwanzigsten Geburtstag geschenkt hatte, als es unten klingelte. Rudolf war auf die Minute pünktlich. Karolina eilte nach unten, nahm ihren Mantel vom Garderobenhaken und legte ihn über den Arm. Nach einer recht verhalten ausgefallenen Begrüßung in der offen stehenden Eingangstür half Rudolf ihr in den Mantel.

»Wohin fahren wir?«, wollte Karolina wissen.

»Ich sage nur schnell deinem Vater guten Tag, dann kann es losgehen.«

»Das war keine Antwort auf meine Frage«, brummte Karolina und beobachtete Rudolf, der zu ihrem Vater eilte, der in der Tür zum Raucherzimmer stand. Die beiden führten doch etwas im Schilde.

Karolina ging schon einmal voraus, Rudolf folgte ihr unmittelbar.

»Einen angenehmen Tag euch«, rief ihr Vater zum Abschied, während sie auf das Automobil in der Einfahrt zuliefen. Rudolf hatte den Wagen seines Vaters ausgeliehen, der ordentlich etwas hermachte. Galant wie immer half ihr Rudolf beim Einsteigen. Die Fahrt führte sie nach Norden.

»Was hältst du von der Flora oder dem Zoo?«, fragte Rudolf, als sie gerade den Rheinauhafen passierten.

»Zoo«, antwortete sie trocken. Sie hätte keinen der beiden Vorschläge erwartet. Aber warum nicht einmal sonnabends statt sonntags in den Zoo gehen? In der Flora gab es um diese Jahreszeit vermutlich nicht allzu viel zu sehen. Als sie vor sich den Dom auftauchen sah, der in den heiteren Himmel ragte, grüßte sie ihn leise.

Sie verbrachten einige unbeschwerte Stunden im Zoo, lachten viel und stärkten sich zum Abschluss im viel gelobten Zoo-Restaurant. Die alte Vertrautheit stellte sich wieder ein. Doch Karolina ahnte insgeheim, dass Rudolf noch etwas geplant hatte. Sie ahnte auch schon, was.

»Lass uns an den Rhein gehen«, schlug er vor. »Oder wird es dir zu viel?«

»Keineswegs«, antwortete Karolina fröhlich und hakte sich bei ihm unter. In der Tat ging es ihr erstaunlich gut. Wenn man sie nicht darauf ansprach, vergaß sie sogar, wo sie die letzten Monate verbracht hatte. Gestern allerdings hatte sie das erste Mal wieder an Margot denken müssen. Und an die Kartons im Keller. Mit dem Einzug von Alexander und seiner Mutter würde hoffentlich neuer Wind durch die Villa wehen und den bösen Geist Margots vertreiben. Ihre Mutter hätte an diesem Arrangement bestimmt nichts auszusetzen. Ob sie von oben alles mitbekam?

»Wo bist du mit deinen Gedanken?«, fragte Rudolf mit sanfter Stimme. Vor ihnen glitzerte der Rhein im Sonnenlicht. Einige Schiffe tuckerten auf dem Strom. In der Ferne konnte sie die Hohenzollernbrücke erkennen. Und natürlich den Dom, der alles überragte.

»Ach, Familienangelegenheiten …« Sie wischte die Gedanken mit einer Handbewegung beiseite.

»Karolina, ich …« Er stellte sich vor sie und vermied es, sie anzublicken.

Karolina spürte plötzlich einen Kloß im Hals.

»Willst du mich heiraten?«

Er sah sie an. In seinen grau-blauen Augen verfing sich ein Sonnenstrahl. Karolina wandte ihren Blick ab und beobachtete ein schwer beladenes Schiff, das sich Richtung Süden fortbewegte. Wie in Zeitlupe. Sie wusste, dass sie etwas sagen musste. Und dann sagte sie: »Nein.«

KÖLN, MONTAG, 19. MÄRZ 1928

Rudolf hatte ihr so leidgetan. Seine tiefe Enttäuschung hatte ihr beinahe das Herz gebrochen. Sie hatte ihm zu erklären versucht, warum sie nicht seine Frau werden konnte. Dass sie erst mit sich selbst ins Reine kommen und ihren Weg gehen müsse. Dass sie endlich herausfinden wolle, was mit ihrer Mutter geschehen war. Sie sagte ihm frei heraus, dass ihrer Auffassung nach die Dinge nicht so abgelaufen sein konnten, wie es Margots Abschiedsbrief sie alle glauben lassen sollte. Sie hatte sich während der vergangenen Tage viele Gedanken gemacht und sich dabei an etwas erinnert, was ihr beim Durchstöbern der Kartons im Keller begegnet war. Dem musste sie zuerst nachgehen. Rudolf hatte sie von diesem Vorhaben nichts erzählt, weil es vielleicht doch nur ein Hirngespinst war. Dagegen hatte sie ihm noch einmal erklärt, dass sie zunächst ihre Karriere vorantreiben wollte, nicht um der Karriere willen, sondern weil es ihr ein tiefes Bedürfnis war, im Filmgeschäft erfolgreich zu werden. Obwohl er ihr versicherte, dass er sie nicht einengen würde und ihr dafür jegliche Freiheiten einräumen wollte, bestand Karolina weiterhin auf ihrem Standpunkt. Sie glaubte ihm, aber sie wollte es allein schaffen. Und nicht als die Frau an seiner Seite. Stil und Haltung wahrend hatte Rudolf sie am Sonnabend nach Hause gefahren und ihr viel Glück für die kommende Zeit gewünscht. Er war gleich am Sonntag nach Berlin zurückgereist, ohne sich noch einmal bei ihr zu melden. Hatte sie ihn wirklich so sehr verletzt? Hatte sie ihm während der vergangenen Monate denn derartige Hoffnungen gemacht? Vielleicht hätte sie ihm sagen sollen, dass sie ihn ebenfalls liebte? Noch nicht einmal diese Worte hatte sie aussprechen können, weil es sich derart absurd anhörte: Sie liebte ihn, aber sie konnte ihn nicht heiraten. Der Zeitpunkt war einfach falsch, nicht der Mann.

Karolinas Vater zeigte sich äußerst irritiert, als sie nach dem Ausflug in den Zoo wortlos in ihrem Zimmer verschwunden war. Ihr gegenüber tat er, als sei nichts gewesen. Doch für sie stand fest, dass es Absprachen zwischen ihm und Rudolf gegeben hatte. Hinsichtlich einer Hochzeit seiner einzigen Tochter. Hatte Karolina etwa auch aus diesem Grund Nein gesagt? Zu gut erinnerte sie sich schließlich an das Arrangement ihres Vaters, seine und die Firma von Rudolfs Eltern durch eine Heirat enger aneinanderzubinden. Dieser Umstand hatte vor dem Tod ihrer Mutter das Vater-Tochter-Verhältnis zum Schlechten beeinträchtigt. Doch Karolina war sich sicher, dass ihre Ablehnung des Heiratsantrages allein in ihrem eigenen Wunsch nach Eigenständigkeit begründet lag. Sie hoffte nur, dass Rudolf ihre Beweggründe nachvollziehen konnte. Sie wollte ihn wiedersehen. Sie vermisste ihn schon jetzt.

Sie nahm sich vor, so schnell wie möglich wieder in die Hauptstadt zu reisen und einen letzten Versuch zu unternehmen, ihre Karriere wieder anzutreiben. Was hielt sie noch in Köln? Nur wollte sie dieses Mal erst fahren, wenn sich ein für alle Mal die Todesumstände ihrer Mutter aufgeklärt hätten. Sie wusste, dass es dauern konnte, und zweifelte an der Kompetenz der Kriminalpolizei. Lag eine Aufklärung überhaupt in ihrem Interesse? Die Dinge hatten sich insofern verändert, als dass Karolina im Besitz von Dokumenten war, die sie nun einer gründlicheren Inspektion unterziehen musste. In ihrem Zimmer kramte sie die Briefe hervor, die ihre Mutter gesammelt hatte. Nach einigem Suchen fand sie einen Brief, den Paula Poll an sie geschrieben hatte. Was sie darin las, warf ein ganz anderes Licht auf die Ereignisse des vergangenen Jahres. Der wenige Wochen vor Helene Offermanns Tod abgestempelte Brief hatte einen eindeutigen Inhalt: Paula machte ihrer Mutter unverhohlen eine Liebeserklärung. Wie ihre Mutter darauf reagiert hatte, wusste Karolina nicht, aber sie konnte sich nicht an Anzeichen erinnern, die nahelegten, dass sich ihre Mutter zu Frauen hingezogen gefühlt hatte. Wusste Metha Bär, die schließlich beide der Frauen gut gekannt hatte, von dieser unerwiderten Liebe? Denn es konnte sich in Karolinas Augen nur um eine solche gehandelt haben. Was Karolina nun auf den Plan rief, war trotzdem weniger der Inhalt des Briefes selbst, als vielmehr Paula Polls Handschrift. Sie suchte im Karton mit Margots Habseligkeiten, den sie und Alexander aus der Pension mitgenommen hatten, nach der Postkarte mit dem Bezug auf eine freie Stelle in der Möbelfabrik ihres Vaters. Hier war sie. Karolina drehte die Karte um. Ihr Herz begann wie wild zu klopfen. Sie legte beide Schriftstücke nebeneinander. Es bestand kein Zweifel: Die Karte an Margot hatte Paula Poll verfasst. Das bedeutete etwas Ungeheuerliches, nämlich dass die beiden Frauen sich bereits vor Margots Auftauchen in Köln gekannt hatten. Wenn Margot ebenfalls Schauspielerin war, dann waren sie und Paula sich bestimmt bei einem Vorsprechen oder einem ähnlichen Anlass begegnet. Oder kannten sie sich bereits viel länger? Paula hatte Margot nach Köln gelockt. Doch sicherlich nicht, weil sie eine Stelle gesucht hatte. Sekretärinnenstellen gab es wie Sand am Meer.

Karolina musste sich konzentrieren. Gerade herrschte ein heilloses Durcheinander in ihrem Kopf. Paula war in ihre Mutter verliebt. Diese war glücklich verheiratet. Das nahm Karolina doch an. Margot hatte sich in die Ehe der Eltern eingemischt und war, kaum dass ihre Mutter tot war, in die Villa gezogen. War es der Plan gewesen, ihre Mutter umzubringen, damit Margot ihren Vater heiraten konnte, um ein sorgenfreies Leben zu führen? Nein, das konnte nicht der ursprüngliche Plan gewesen sein, zumindest nicht von Paula, denn was hatte sie davon? Wollte Paula einen Keil zwischen ihre Eltern treiben und Margot war das Mittel dazu? So musste es gewesen sein. Aber warum dann der Tod ihrer Mutter? Doch nur ein tragischer Unfall? Eine banale Vergiftung? Aber womit? Wer nahm Rattengift zu sich? Karolina musste mit den Kriminalbeamten sprechen. Ihren Vater wollte sie vorerst außen vor lassen, ebenso Arnold.

Niemals hätte Karolina gedacht, dass sie sich nur wenige Tage nach ihrer Entlassung aus dem Sanatorium wieder so nach Erholung sehnte. Sie blickte auf ihren Koffer, den sie aus Berlin mitgebracht und den sie noch gar nicht gänzlich ausgepackt hatte. Mit diesem Koffer war ihre Mutter von der letzten Reise ihres Lebens heimgekehrt. Nachdem sie ihn leer geräumt und beschlossen hatte, dass alles gewaschen werden musste, unterzog sie den Koffer einer abschließenden Inspektion. Plötzlich merkte sie, dass etwas zwischen das Innenfutter und das Leder geraten war. Sie fischte mit ihren Fingerspitzen danach und hielt ein Billet für eine Eisenbahnfahrt in den Händen. Nicht ihres. Von Hamburg nach Köln war sie nie gefahren. Hatte Arnold ihr nicht bei seinem Besuch im Atelier in Tempelhof erzählt, dass ihre Mutter und Paula Poll gemeinsam unterwegs gewesen waren und ihre Mutter danach todkrank nach Hause gekommen sei? Eine Reise nach Hamburg, war es das gewesen? Hatte Paula Poll ihre Mutter vergiftet und nicht Margot? Aber warum hatte sie das getan? Und warum nahm Margot diesen Mord dann auf sich? Warum mordeten Menschen überhaupt? Sie überlegte: aus Habgier, um eine Straftat zu vertuschen, aus Eifersucht. Eifersucht und unerfüllte Liebe, Kränkung. Sie wurde bald verrückt. Karolina rannte in die Halle, riss ihren Mantel vom Haken, nahm den Haustürschlüssel von der Kommode und eilte die Straße entlang zur Villa der Kaufhausbesitzer Bär. Sie klingelte Sturm. Das Hausmädchen wollte sie abwimmeln, doch Karolina lief einfach an ihr vorbei, die Treppe hinauf in den Salon. Dort saß Metha Bär und trank Tee.

»Karolina.« Sie sprang auf, was angesichts ihrer Körperfülle nicht wirklich elegant aussah.

»Entschuldige bitte, Metha. Entschuldige meinen Auftritt.« Karolina rang nach Luft. »Aber wir müssen uns unterhalten. Über Paula Poll und meine Mutter.«

»Kind, setz dich doch.«

»Metha, warum gehst du mir aus dem Weg, seitdem wir uns in Berlin so nett voneinander verabschiedet haben?«

Die Angesprochene sagte kein Wort.

»Metha, rede mit mir. Ich ahne ohnehin, was damals wirklich geschehen ist.«

Metha Bär setzte sich wieder.

»Ich weiß ja kaum etwas«, murmelte sie. »Seitdem man so unschön über deinen Vater berichtet hat, weiß ich weder ein noch aus. Und ich hörte, dass die Kriminalpolizei ermittelte … Es ist alles so gräulich.«

»Metha, wovon sprichst du?« Karolina hätte die Frau, der

sie einst mit so großem Respekt und Achtung gegenübergestanden hatte, die sie wegen ihrer kultivierten Umgangsformen so bewundert hatte, am liebsten an den Schultern gepackt und geschüttelt. Oder angeschrien, oder beides.

»Paula Poll hat mir erzählt, dass sie unsterblich verliebt in deine Mutter sei. Sie ihr aber versichert habe, dass sie keine Frauen liebt und es auch niemals wird. Dass sie nicht verstehen kann, dass Frauen Frauen lieben. Dass deine Mutter enttäuscht von ihr sei, weil sie ihr die Freundschaft vorgespielt habe. Und Paula … Ich habe sie noch nie so erlebt, so wütend, aber auch so besessen. Sie sagte, dass sie es nicht ertragen konnte, dass deine Mutter ihr gegenüber mit einem Male derart überheblich reagiert habe. Und dass sie einfach etwas unternehmen musste. Kind, Karolina, sie benutzte die Vergangenheitsform.«

Karolina hatte zugehört, jedes Wort verstanden, doch sie konnte noch nicht erkennen, worauf Metha abzielte.

»Als sie von den Pralinen sprach, Karolina, da konnte ich doch nicht ahnen, dass sich darin das Gift befindet, das deine Mutter tötet.«

Die Pralinen. Sie stammten nicht von Margot, wie Karolina immer angenommen hatte?

»Sie sagte, sie habe deiner Mutter in Hamburg ihre Lieblingspralinen gekauft.«

Karolina konnte beim besten Willen keinen Beweis für Paula Polls Schuld entdecken. Die Pralinen hätten ja erst noch mit dem Rattengift versetzt werden müssen. Und wer führte auf einer Reise schon Rattengift mit sich?

»Als die Kriminalpolizei mich dann im vergangenen Herbst befragte, da kam die Sprache irgendwann auch auf diese Pralinen. Wer davon wusste, dass es die Lieblingspralinen deiner Mutter waren.«

»Und was hast du geantwortet?«

»Na ja, die Wahrheit. Dein Vater, ihr alle, ich und Paula Poll.«

»Du meinst, Paula war so böse auf meine Mutter …?«

»Du hättest ihre Augen sehen sollen. Ich sah darin nur blanken Hass.«

»Ich verstehe nicht, wie ein Mensch, der liebt, so hassen kann.«

Metha Bär blickte Karolina an, als wollte sie sagen: Sei froh, dass du es dir nicht vorstellen kannst.

»Nehmen wir mal an, du liegst mit deinem schauerlichen Verdacht richtig. Wieso hat Margot dann diesen Abschiedsbrief geschrieben, in dem sie sich selbst bezichtigt, Mama die Pralinen untergeschoben zu haben?«

Metha hatte darauf keine Antwort parat.

»Aber der Zeitpunkt … Wann hat Mama die Pralinen gegessen? Es könnte wirklich Paula gewesen sein.« Karolina erinnerte sich an die Ausführungen von Dr. Adomeit über die Wirkung von Zelio, das den Wirkstoff enthielt, der Ratten tötete. »Wir müssen mit unserem Wissen zur Polizei, Metha.«

»Aber ich … bekomme ich nicht Schwierigkeiten, wenn ich erst jetzt …?«

»Metha, du hast dich eben jetzt erst im Gespräch mit mir daran erinnert. Das sagst du! Wo hält sich Paula derzeit auf?«

»Ich weiß nicht, ob sie bereits aus Amerika zurück ist.«

»Wie kamst du eigentlich darauf, dass sie mit Reinhardt in Übersee eine Theatertournee macht?«

»Weil sie es mir sagte.«

»Du hast seitdem nichts mehr von ihr gehört? Keine Karte erhalten?«

Metha schüttelte den Kopf. »Es ist alles so fürchterlich.«

»Kann ich von hier aus Polizeipräsident Bauknecht anrufen?«, fragte Karolina.

»Jetzt?«

KÖLN, FREITAG, 30. MÄRZ 1928

Traurig blickte Karolina von der Zeitung auf. In Berlin pulsierte das Leben. In Berlin hielt man sich auf, wenn sein Herz für den Film und das Theater schlug. Nicht im Rheinland. Berlin, Berlin, flüsterte es ihr zu, während sie wieder auf die Vorankündigungen in der Zeitung starrte. Eine Uraufführung nach der anderen wurde avisiert: »Spione« von Fritz Lang hatte im Ufa-Palast am Zoo Premiere, »Qualen der Ehe« mit Pola Negri lief im Gloria-Palast an der Gedächtniskirche, und das Capitol ganz in der Nähe brachte »Charlott etwas verrückt« mit Lya de Putti, die wie die Negri doch jetzt in Hollywood lebte. Berlin, Berlin, flüsterte es in ihrem Kopf. Sie wünschte sich zurück in die Hauptstadt, ihr verheißungsvolles, unabhängiges Leben. Sie sehnte sich nach Rudolf. Sie vermisste die vielen Lichter, die Emsigkeit auf den Straßen und die schier unendlich anmutenden Möglichkeiten.

Nichts hielt sie mehr hier in Köln, doch als habe sich eine zähe Bonbonmasse aus der Stollwerkfabrik um ihren Körper gelegt, blieb sie seltsam starr und antriebslos.

Eines Tages hatte sie all ihren Mut zusammengenommen und sich zum Kölner Schauspielhaus begeben. Tatsächlich hatte man sie bis zu Hans Rodenberg, dem Theaterregisseur, vorgelassen. Er zeigte sich verständnisvoll. Ein junger Mann namens Thelen habe ihm telegrafiert, dass Karolina aus gesundheitlichen Gründen das vereinbarte Vorsprechen absagen musste. Rudolf! Dieser Mann hatte es nicht verdient, dass sie ihn derart vor den Kopf stieß. Dank seines Einsatzes musste Karolina gegenüber Rodenberg nichts erklären, sich nicht erklären. Sie versicherte ihm, dass alles überwunden sei, und wenn er sie besetzen wolle, sie stünde bereit, gerne vorerst nur als zweite Rolle. Hans Rodenberg musste ihr zu seinem Bedauern jedoch mitteilen, dass er vorerst nichts für sie hatte. Nicht einmal eine Statistenrolle. Und dann gab er ihr noch etwas mit auf den Weg, was sie ein wenig kränkte: »Fräulein Offermann, werden Sie sich bitte darüber klar, was Sie wirklich tief in Ihrem Innersten anstreben. Sie können nur eine Sache wirklich gut machen, wenn Sie sich mit Haut und Haar hingeben. Theater oder Film, das ist die Frage. Wobei ich Sie eher auf der Theaterbühne sehe. Bei Ihrer sprachlichen Begabung.«

Karolina wollte ihm gerade für diesen Ratschlag danken, da redete er weiter.

»Wankelmütige Schauspieler verbreiten in einem Ensemble zu viel Unruhe.«

Hatte er sie damit indirekt als unzuverlässig, sprunghaft, sogar flatterhaft bezeichnet? Sie dankte für seine Zeit und verließ das Theater mit gemischten Gefühlen. Doch mit jedem weiteren Schritt durch die Kölner Straßen musste sie sich eingestehen, dass er recht hatte. Ja, sie verhielt sich wankelmütig. Und nun stand ihr Entschluss fest: Der Film sollte es sein. Sie nahm sich vor, sich erneut und diesmal mit mehr Nachdruck bei den verschiedenen Filmgesellschaften zu bewerben. Immerhin hatte sie einiges vorzuweisen. Sie ersuchte die Produktionsgesellschaften, für die sie bisher gearbeitet hatte, telefonisch um Referenzen und hatte sogar das Glück, dass sie bei der Aafa mit jener Sekretärin sprach, mit der sie bereits mehrfach korrespondiert hatte. Diese versprach ihr nicht nur, das benötigte Schreiben zu schicken, sondern sich für sie bei den zuständigen Herren zu erkundigen, ob man nicht eine weitere Rolle für sie habe. Dieser Anruf beflügelte Karolina und stellte einen der wenigen raren Glücksmomente dar. Denn die Familienangelegenheiten betrübten sie wieder sogleich.

Karolina hatte an jenem Nachmittag tatsächlich den Polizeipräsidenten Bauknecht erreicht und ihm in Stichworten geschildert, was sie bezüglich Paula Poll herausgefunden hatte. Dieser hatte sich unverzüglich nach Marienburg begeben und war gemeinsam mit Kriminalkommissar Feiler im Hause Bär vorstellig geworden. Die Kommissare sprachen zunächst alleine mit Metha Bär, baten jedoch bald schon Karolina hinzu. Die Ernüchterung war groß, als Karolina erfuhr, dass Metha Bärs Ausführungen nicht als Beweis für Paula Polls Schuld herangezogen werden konnten. Allenfalls als Indizien. Bauknecht und Feiler versicherten allerdings, dieser neuen Spur diskret nachzugehen, und hofften, Paula Poll bald aufspüren zu können. Auch wenn Metha Bär merkwürdigerweise immer wieder eindringlich betonte, Paula Poll sei in Amerika, so schenkten die Beamten Karolinas Einwand Gehör, dass Regisseur Reinhardt die Kölner Schauspielerin nicht einmal kenne. Die Beamten nahmen sich vor, die Kölner Wohnung genauer zu untersuchen, um etwaige Hinweise auf ihren aktuellen Aufenthaltsort zu finden. Denn in einem waren sich alle einig: Paula Poll hielt sich derzeit nicht mehr in der Rheinmetropole auf.

Karolina war noch rechtzeitig Gertruds Bemerkung eingefallen, sie habe Paula Poll in Berlin gesehen. Doch auch trotz angestrengten Nachdenkens wollte ihr der Name des

Etablissements beim besten Willen nicht mehr einfallen. Zu viel war seit jenem Augusttag geschehen.

Am selben Abend hatte Karolina ihren Bruder Arnold und ihren Vater über die neuen Verdachtsmomente in Kenntnis gesetzt. Ihr Vater gab sich zunächst reichlich verstockt und ließ niemanden darüber im Unklaren, dass er Karolinas Alleingang nicht goutierte.

»Ich hätte mit Otto Bauknecht reden müssen, nicht meine vorwitzige Tochter.« Da war er wieder, ihr zorniger, an Traditionen festhaltender und gesellschaftlichen Zwängen verpflichteter Vater. Doch Karolina ließ sich nicht einschüchtern, sondern begründete, warum sie so übereilt hatte handeln müssen.

»Ich weiß nicht, ob Metha Bär sich später nicht geweigert hätte, ihre Aussage zu tätigen.«

»Du hast sie überrumpelt«, sagte Arnold anerkennend.

Trotz dieser doch schlüssigen Indizien hatte sich seither die Polizei ihnen gegenüber nicht weiter zu dem Fall geäußert. Vielleicht gab es Wichtigeres, als einen zwei Jahre zurückliegenden Mord aufzuklären sowie einen möglichen Selbstmord. Beide Taten hatten keinen großen Belang für die Allgemeinheit. Anderes, vor allem Politisches, hielt die Kriminalpolizei in Atem.

Gerade betrat Hedwig mit der Post das Esszimmer. Die Sendungen für den Vater hatte sie bereits im Raucherzimmer hinterlegt. Für Karolina war ein etwas größerer Umschlag dabei. Hedwig zwinkerte ihr zu, als sie ihr diesen aushändigte. Karolina schob die leere Kaffeetasse zur Seite. Endlich ein Lebenszeichen von Rudolf. Mit klopfendem Herzen öffnete sie den Umschlag. Ihre Enttäuschung war groß, als nur ein recht förmliches Schreiben beigefügt war:

Anbei, liebe Karolina, einige Zeitungsartikel über den Film.
Ich hoffe, es geht Dir gut.
In tiefer Verbundenheit
Rudolf

Eine erste zaghafte Annäherung also. Sie nahm sich vor, ihm am Wochenende einen Brief zu schreiben, wenn sie etwas mehr Zeit dafür haben würde.

Karolina zog die Zeitungsausschnitte aus dem Umschlag, die Rudolf mitgeschickt hatte. Er hatte alle mit seiner schönen Handschrift kommentiert, sodass Karolina genau wusste, woher der jeweilige Artikel stammte, wann und sogar von wem er verfasst worden war.

Der erste trug die Überschrift »Frost im Atelier. Ein Bad bei 7 Grad Kälte«. Darin berichtete Billie Wilder für die B.Z. am Mittag von einem Besuch im Atelier Staaken im vergangenen November. Ein französischer Regisseur hatte tatsächlich seine Schauspieler dazu gebracht, in ein eiskaltes Wasserbassin zu steigen. Das Wasserbassin kannte Karolina. Rudolf hatte den Satz – »Wie schwer haben es doch manchmal die Filmschauspieler!« – dick mit Bleistift unterstrichen. Ein anderer Ausschnitt, ebenfalls vom letzten November, stellte die neueste Errungenschaft der Tauentzien-Lichtspiele vor, eine Welte-Kinoorgel mit über tausend Pfeifen. Der neueste Artikel war der Vossischen Zeitung vom siebzehnten März entnommen. Mit »Der Zauberspiegel des Films« war er betitelt. Zum ersten Mal las Karolina von dem Schüfftan-Verfahren, das dazu geeignet war, mittels Spiegelung ein Bild, zum Beispiel des Inneren des Kölner Doms – genau dieses Beispiel wurde angeführt – auf den Film zu projizieren, dass es so aussah, als würden die

Schauspieler genau dort agieren. Kein großer Nachbau im Studio war mehr nötig. Musste man etwas aufbauen, etwa den Altar, an dem die Akteure spielten, so kratzte man an der Stelle die Spiegelung weg und ließ dort die Kamera hindurchfilmen. Karolina hatte die Beschreibung mehrmals lesen müssen, bis sie alles genau verstanden hatte. Sie war gerade dabei, die Artikel wieder in den Umschlag zu stecken, als ihr Bruder ins Zimmer eilte.

»Sie haben den Verbrecher noch einmal verhört und er hat gestanden«, keuchte er.

»Wer? Was hat wer gestanden?« Karolina konnte ihrem Bruder nicht folgen, der sie so unsanft aus ihren Träumereien gerissen hatte.

»Der, den sie schon mal verhört hatten. Diesen Ganoven. Den mussten sie doch wieder laufen lassen. Aber jetzt haben sie ihn. Er hat Margot wirklich von der Brücke gestoßen.« Arnold rang nach Luft.

»Wie bitte? Warum hat er das nun auf einmal zugegeben?«

Arnold setzte sich, zog den Stuhl nicht ganz an den Esstisch heran, sodass seine Beine genügend Platz hatten, damit er seine Unruhe durch stetiges Hin-und-her-Schwenken abbauen konnte. »Die Kommissare sprachen ihn auf Paula Poll an, und da hat er alles zugegeben.«

»Was?« Karolina sprang auf.

»Dass Paula ihn angeheuert hat, damit er Margot von der Brücke wirft. Sie hat alles arrangiert.«

»Also kein Selbstmord«, rief Karolina offenbar so laut, dass wenig später Hedwig ihren Kopf durch die Tür schob.

»Alles in Ordnung?«, fragte sie.

Karolina nickte nur, obwohl das nicht stimmte. Sie wollte die Hausangestellte gerade wegschicken, da schloss Hedwig bereits leise die Tür. Die Geschwister blickten einander eine Weile an.

»Margot ist also nicht freiwillig gesprungen«, bestätigte Arnold schließlich.

»Aber warum? Warum ist Paula Poll so bösartig?« Sie konnte es nicht fassen.

»Die Polizei vermutet, dass sie ihre Mitwisserin aus dem Weg räumen musste.«

»Mitwisserin, wobei …?« Natürlich ahnte Karolina schon längst, was geschehen war. »Bei Mutters Ermordung?«

Arnold nickte stumm. Er war völlig am Boden zerstört. Während Karolina sich insgeheim einiges zusammengereimt und den Tod ihrer Mutter immer schon hinterfragt hatte, so schien Arnold angesichts der schrecklichen Wahrheit aus allen Wolken zu fallen.

»Weiß es Vater?«

»Ja, der Polizeipräsident hat uns vorhin in der Möbelfabrik aufgesucht.«

»Wie geht es Vater jetzt?«

Arnold rieb sich das Gesicht. »Er hat zwei Gläser Schnaps hintereinander weggekippt und sich dann im Büro eingeschlossen, nachdem er uns hinausgeschickt hat.«

»Er wird doch nichts Unüberlegtes tun?«, fragte Karolina besorgt. »Sollen wir zu ihm fahren?«

»Ich denke, es ist besser, wir lassen ihn alleine. Bauknecht hat außerdem noch vor der Tür gewartet, als ich schon zum Automobil gerannt bin, um es dir mitzuteilen.«

Sie schwiegen eine Weile.

»Es ist alles so verrückt, so unendlich böse …«, murmelte Karolina. Sie hatte sich mittlerweile ans Fenster gestellt und blickte hinaus auf den kahlen Walnussbaum.

»Ach, noch etwas«, sagte Arnold. Karolina drehte sich zu ihm um. »Sie haben in Paula Polls Wohnung die Schreibmaschine gefunden, mit der der Abschiedsbrief geschrieben wurde. Die Schreibmaschine gehörte Margot. Sie hatte sie mit einem Aufkleber versehen.«

»Ach herrje …«, seufzte Karolina. Auch wenn sie noch nicht die genauen Zusammenhänge kannte, eines wurde ihr bewusst: Sie hatte Schauspielunterricht bei einer Mörderin erhalten. Wie konnte diese Frau nur so tun, als wäre sie ihre Vertraute, nachdem sie ihre Mutter heimtückisch umgebracht hatte? Sogar an der Beerdigung hatte sie teilgenommen. Hatte Margot von Anfang an gemeinsame Sache mit ihr gemacht? Am liebsten würde Karolina einfach laut schreien, schreien, schreien …. Wut stieg in ihr hoch, und plötzlich fühlte sie, dass sie jemand in den Arm nahm und ganz fest an seinen Körper drückte. Es war ihr Bruder Arnold. Er weinte.

KÖLN, SONNABEND, 14. APRIL 1928

Ein Backfisch war sie gewesen, jung und nichts ahnend, als sie vor beinahe zwei Jahren mit ihrem Cousin Felix genau an dieser Stelle gestanden hatte: vor dem Modernen Theater in der Breite Straße. Um sie herum knatterten Motorräder, ratterten Automobile, Lichter wanderten durch die Nacht. Nichts verriet, dass sich während der vergangenen beiden Jahre ihre Familie in Einzelteile zersplittert hatte und sich einige dieser Einzelteile gerade wieder einander annäherten. Karolina hatte einiges an Lehrgeld zahlen müssen, aber die Erfahrungen hatten sie auch gestärkt. Felix lehnte an der Straßenlaterne und rauchte seine Zigarette.

»Wie hat dir der Film gefallen?«, fragte er. Er wirkte ebenfalls reifer, vor allem männlicher jetzt.

»Lya de Putti spielt grandios«, antwortete Karolina. Hatte sie nicht ähnliche Worte gefunden, damals, als sie über Henny Porten gesprochen hatte? Lya de Putti entsprach der modernen Frau. Henny Porten, nun, sie war wohl eher die Grande Dame des Films zu nennen. Hatte sich Karolina nicht aufgeregt, als jemand vorausgesagt hatte, dass ihr Vorbild, ihr Idol, bald jüngeren Schauspielerinnen würde Platz machen müssen? Die Filme wurden leichter, die Inszenierungen spritziger. Der Titel »Charlott etwas verrückt« drückte dies vortrefflich aus.

»Was machen wir beide noch?«, fragte Felix. »Wir könnten ins Varieté gehen, was meinst du?«

Karolina schüttelte den Kopf. Ihr war nicht nach lauter Musik, trinkenden und rauchenden Menschen zumute. Aber nach Hause wollte sie auch noch nicht.

»Ich würde mich auch gerne mit dir unterhalten«, sagte Felix. Er hatte wieder einmal etwas auf dem Herzen. Karolina wollte ihm diesen Wunsch nicht abschlagen.

»Wollen wir uns dann in der Buchhandlung ein wenig unterhalten? Um die Zeit ist niemand mehr da, und einen Schlüssel für den Seiteneingang habe ich ja auch, wie du weißt. Und einen Ofen, an dem wir uns einen Tee bereiten können, gibt es in der Druckerei. Was meinst du?«

Karolina mochte diesen Vorschlag, zumal es wirklich kalt wurde. Felix hatte das Automobil ohnehin im Hof vor der Druckerei abgestellt. Im Gegensatz zu seiner Cousine war er mittlerweile im Besitz einer Fahrerlaubnis. Den Wagen seines Vaters durfte er hin und wieder fahren, vor allem wenn er sich mit Karolina traf. Bis zur Buchhandlung in der Schildergasse war es nicht weit. Nachdem sie sich einen Tee bereitet hatten, huschten Felix und Karolina durch den Seiteneingang in die Buchhandlung. Felix machte Licht und zeigte Karolina die aktuell eingetroffenen Neuerscheinungen. Ihr wurde bewusst, dass sie gar nicht mehr auf dem Laufenden war. Doch die Romane, die auf dem Tisch mit den aktuellen Veröffentlichungen lagen, reizten Karolina nicht zu einer Lektüre. Aber wieso kannte sich Felix so gut aus?

»Du wunderst dich sicherlich, dass ich mich neuerdings so sehr für Bücher interessiere.«

Karolina hätte es nicht besser ausdrücken können. Sie nippte an ihrem Tee. »Ich bin einige Male sozusagen für dich eingesprungen. Herr Mönke arbeitet in den Sommermonaten übrigens nach wie vor in Bad Neuenahr …«

»Ich habe in der letzten Zeit nur Klassiker gelesen, Shakespeare, Schiller. Ich möchte mal was anderes. Gibt es nicht etwas Spannendes, das ich noch nicht kenne? Das auch etwas Anspruch hat?«

Die Regale abschreitend murmelte Felix leise vor sich hin. Er blieb stehen und zog ein Buch heraus. »Hier, wie wäre es damit: Edgar Allan Poe. Er ist Amerikaner und schreibt Schauergeschichten. Hier ist die deutsche Übersetzung.«

Karolina betrachtete das Cover. »›Die Welt des Grauens‹. Klingt schaurig.«

»Das ist es auch.«

»Hm, schaurig ist mein Leben gerade genug …« Sie lächelte. Felix ging über ihre Bemerkung hinweg.

Er holte zwei weitere Bücher heraus. »Diese hier sind spannend, aber nicht schaurig.« Er reichte sie Karolina. »Von der Engländerin Agatha Christie.«

Karolina las die Titel laut vor: »›Mord auf dem Golfplatz‹, ›Die Memoiren des Ministers‹. Beide klingen gut.«

»Ich schenke sie dir.«

»Das kommt gar nicht infrage. Ich bezahle selbstverständlich.«

»Wie du möchtest.« Er nahm Karolina die Kriminalromane ab und ging damit zum Kassentresen. »Ich muss sagen, die Welt der Bücher … Was sich Autoren ausdenken, das ist schon faszinierend. Sachbücher sind auch wichtig, aber Romane, Gedichte …«, sagte Felix, während sie die Bezahlung abwickelten. Er kam regelrecht ins Schwärmen.

»Dann solltest du dich mit Alexander austauschen. Der schreibt sogar selbst Gedichte. Oh, ich weiß gar nicht, ob er möchte, dass ich darüber spreche.«

»Keine Sorge, Cousinchen. Wir haben im Winter, zu Weihnachten, bereits miteinander darüber gesprochen.«

»Ich habe wohl eine ganze Menge verpasst«, sagte sie nachdenklich.

»Schon, aber dafür hast du auch viel erlebt. Die Welt des Films, du musst mir unbedingt mehr erzählen. Wie läuft es in den Ateliers ab? Wie oft wird eine Szene wiederholt? Hast du berühmte Schauspieler getroffen?«

Karolina musste lachen. Sie freute sich, jemanden zu haben, dem sie ihre Erfahrungen mitteilen konnte. Bislang hatte sich niemand wirklich dafür interessiert. Ingrid höchstens. Aber während ihres Besuches in Köln war wenig Gelegenheit zum ausgiebigen Plaudern gewesen. Über Karolinas Schilderungen war bald eine Stunde vergangen. Felix hatte ihr gebannt zugehört. Beide saßen mittlerweile auf dem Fußboden und lehnten mit dem Rücken an den Bücherregalen.

»Und was ist mit dir, Felix? Das war doch nicht der Grund, warum du mit mir reden wolltest, oder?«

Felix wurde ernst. Das Lächeln, das er eben noch auf den Lippen hatte, war gewichen. Er stellte seine Tasse auf den Boden und streckte sich. »Ich glaube, ich hatte mich verrannt.«

Karolina blickte ihn überrascht an. Dann legte sie ihre Hand auf seinen Oberschenkel. »Inwiefern?«

»Ich habe mich in ein Mädchen verliebt.«

»Aber das ist doch schön.«

»Ich dachte, dass ich … du weißt schon, Männer …« Er blickte verschämt auf den Boden.

»Wir alle sind doch irgendwie auf der Suche. Nach unserer Identität. Vielleicht ist es gar nicht so wichtig, welches Geschlecht der Mensch hat, den wir lieben.«

»Schon … Aber du weißt auch, dass die Liebe zwischen Männern strafbar ist.«

»Ja. Und doch gibt es sie. Und zwar schon immer. Wenn die Gesetze etwas verbieten, das aber doch der Natur entspricht … Würde es diese Liebe dann geben, wenn sie widernatürlich wäre?«

»Du bist eine Philosophin, Karolina.«

»Nein, ich hatte nur viel Zeit zum Nachdenken.«

»Du liebst aber keine Frauen, oder?«

Karolina hatte bislang ihren Freundinnen nur rein freundschaftliche Gefühle entgegengebracht. Dennoch fiel es ihr nicht schwer, sich in andere hineinzuversetzen. Meistens. In die Köpfe von Margot oder Paula Poll konnte sie das beim besten Willen nicht.

»Nicht?«, fragte Felix, als sie ihm eine Antwort schuldig blieb.

»Nein, ich liebe Rudolf, aber ich fürchte, ich habe ihn zu sehr verletzt.«

Jemand klopfte an das Schutzgitter, das vor der Tür zur Schildergasse angebracht war. Felix und Karolina erschraken.

»Soll ich nachschauen?«, fragte ihr Cousin.

»Ist wohl besser, nicht dass draußen ein Schutzmann steht und uns für Einbrecher hält.«

Felix stand auf und schloss die Vordertür auf. Karolina folgte ihm in einiger Entfernung. Felix öffnete vorsichtig einen Spalt. »Ach, du bist es«, sagte er.

»Ihr beiden«, sagte sie. »Ich dachte schon, es sind Einbrecher. Ich komme zur Seitentür, dann kann das Gitter geschlossen bleiben.«

Karolina ging derweil zurück zu den Regalen und nahm ihre beiden Bücher unter den Arm, die während des Gesprächs mit Felix neben ihr auf dem Boden lagen. Gemütlich war es eben gewesen und so vertraut.

»Hallo, Tante Olga«, sagte Karolina fröhlich und hob eine Hand zum Gruß.

Sie nahm Karolina, wie es ihrer Art entsprach, gleich in den Arm. Die Luft füllte sich mit dem Duft von Chanel. Es war wieder wie früher. Die Buchhandlung, ihre Tante mit ihrer mondänen Art, Felix, ihr Vertrauter.

»Wie ich gesehen habe, bist du mit dem Wagen deines Vaters hier. Habt ihr zwei Hübschen noch etwas geplant?«

»Ich bin müde«, sagte Karolina.

Felix nickte. »Ich fahre Karo nach Hause und dann ist mein Abend auch zu Ende. Ausgehen wollte ich alleine nicht.«

»Ah, dann fahre ich mit und wir bringen Karolina gemeinsam nach Marienburg.«

Sie löschten das Licht, verschlossen alle Türen sorgfältig und stiegen in den Familienwagen. Felix fuhr, die beiden Frauen hatten es sich im Fond gemütlich gemacht.

»Weißt du, dass Felix eine Freundin hat?«, flüsterte Tante Olga, aber Felix hörte es.

»Mama!«

»Ihm ist es unangenehm, wenn ich über Pauline rede, aber sie ist so ein bezauberndes Mädchen.«

»Wo habt ihr euch denn kennengelernt?«

Felix wollte antworten, musste aber auf den Verkehr achten. Seine Mutter kam ihm zuvor. »Auf dem letzten Silvesterball im Gürzenich. Stell dir vor, Pauline ist die Tochter eines Kunstprofessors.«

Jetzt verstand Karolina, warum ihre Tante derart für das Mädchen schwärmte und wer Felix' Interesse für Kunst und Kultur beflügelte. Warum nicht, wenn die beiden sich gut verstanden. Und wenn sie Felix so anschaute, er hatte sich wirklich zum Positiven verändert.

AHRTAL, SONNTAG, 15. APRIL 1928

Immer häufiger zog es die Familie Offermann aus der Domstadt hinaus. Nachdem sie sich am vergangenen Wochenende anlässlich des Ostergottesdienstes seit Langem einmal wieder gemeinsam in der Öffentlichkeit gezeigt hatten – was ihrem Vater offensichtlich einiges an Willensstärke abverlangt hatte –, so fuhr man heute ins Ahrtal. »Der Sonntag gehört der Familie«, hatte er kurzerhand beim Frühstück verkündet. Karolina hatte zunächst gezögert mitzufahren. Zwar hatte sie die Monate in der Buchhandlung ihres Onkels im Kurviertel von Bad Neuenahr für erste Gehversuche in ein selbstbestimmteres Leben genutzt, doch das Ahrtal würde immer mit dem Tod ihrer Mutter verbunden bleiben. Eilig war sie damals abgereist. Ihr Onkel hatte sie nach Hause geholt, weil ihre Mutter schwer erkrankt war. Nie würde sie das Bild aus dem Kopf bekommen: wie sie den Sarg in der Einfahrt vor der Villa in Marienburg erblickt hatte.

Sie ließ sich jedoch schnell dazu bewegen mitzukommen, denn heute nahmen an dem Familienausflug auch Nadia Wolkowa und ihr Sohn Alexander teil sowie Tiffany, die nun Nadia gehörte. Auf dem Rücksitz des Autos war es deshalb enger als sonst.

»Habt ihr von der ›Bremen‹ gehört, die über dem Atlantik verschollen ist?«, fragte Arnold.

»Du meinst, die Maschine, die Köhl und Freiherr von Hünfeld von Irland nach New York fliegen wollen?«, fragte Alexander. Sie passierten gerade Bad Godesberg.

»Hm …«

»Ich habe gestern in der Zeitung gelesen, dass es widersprüchliche Meldungen über ihren Verbleib gibt«, entgegnete Karolina.

Von vorn schaltete sich ihr Vater ein. »Sie sind in Neufundland notgelandet, weil sie im Nebel die Orientierung verloren haben. Es gab einige Komplikationen, aber es geht allen gut, so wie gedrahtet wurde. Das Flugzeug muss aber vor dem Weiterflug repariert werden.«

Wie erleichternd, einmal keine Absturzmeldung zu hören, dachte Karolina. Es ging immer am Rhein entlang. Als sie das letzte Mal in diese Richtung gefahren war, mit Onkel Johann am Steuer, da herrschten große Unstimmigkeiten in der Familie – und ihre Mutter lebte noch.

»Wo kann man denn gut einkehren?«, fragte ihr Vater, als sie ins Ahrtal abbogen.

Karolina zog den Griebens Reiseführer für das Rheintal hervor, den sie eingepackt hatte, als ihr Vater ihnen heute Morgen am Frühstückstisch das heutige Ausflugsziel verraten hatte. Den Reiseführer hatte sie sich damals in der Zweigstelle der Buchhandlung ihres Onkels in Bad Neuenahr gekauft. Es war zwar nicht mehr die aktuellste Ausgabe, aber so viel durfte sich nicht verändert haben. Das Schaukeln des Automobils allerdings erschwerte ihre Suche nach einem geeigneten Lokal.

»Auf der Landskrone gibt es eins, aber da müssen wir ganz schön kraxeln. Oder hier in Walporzheim, das liegt hinter Ahrweiler, das Weinrestaurant St. Peter.« Sie blätterte weiter. »Altenahr. Aber das ist noch ein ganzes Stück.« Sie blätterte zurück. »Gleich hinter Walporzheim gibt es einen Felsvorsprung mit dem lustigen Namen ›Bunte Kuh‹, und gleich da das Restaurant samt Weinstube ›Felsidylle‹.«

»Klingt doch romantisch«, sagte Alexander und boxte Karolina in die Seite.

»Ich würde ja schon einmal gerne sehen, wo Karolina vor zwei Jahren gewohnt und gearbeitet hat«, sagte Arnold.

So kam es, dass sie zuerst einen Abstecher nach Bad Neuenahr machten. Allen taten bereits vom langen Sitzen im Automobil die Beine weh, und so entschied man sich zu einem Spaziergang durch den Kurort.

Arnold ging neben Karolina, die Tiffany führte. Der kleine Spaniel hatte großen Spaß daran, überall am Wegesrand zu schnuppern, sodass sie stets hinter den anderen zurückblieben.

»Es trifft sich gut, dass wir ungestört sind«, sagte Arnold.

Karolina hatte schon den ganzen Morgen den Verdacht gehegt, dass er ihr etwas mitteilen wollte.

»Wie fandest du unseren Kirchenbesuch zu Ostern?«

Karolina hatte nicht erwartet, dass er sie darauf ansprechen würde. »Nun, ehrlich? Gruselig. Wie sie alle gestarrt haben, die Honoratioren. Und Großmutter und Großvater haben uns keines Blickes gewürdigt. Ich hätte ihnen am liebsten gesagt, was ich über ihr Verhalten denke. Aber es gehört sich ja nicht.«

»Nun sind wir beim Thema, Karolina. Du weißt doch, dass Vater die Firma nicht mehr leiten möchte. Was ich zu gut verstehen kann. Aber wir haben da ja dieses Problem mit der Nachfolge.«

»Also wird er wohl verkaufen müssen«, schlussfolgerte Karolina.

»Ja.«

Die Firma, die sein Vater aufgebaut hatte, in fremden Händen zu wissen. Ob ihr Vater das verkraften würde, aber vielleicht brauchte er genau diese Befreiung. »Aber geht das denn überhaupt? Ich meine, der Vertrag …«

»Das ist ja das Interessante. Der Vertrag regelt das überhaupt nicht. Während so viel Sorgfalt in die Weitergabe der Firma an die Erben gelegt wurde, steht nicht, also wirklich nichts darin, dass ein Verkauf nicht erlaubt sei. Noch nicht einmal eine Klausel. Ich hätte erwartet, dass unser Großvater in dem Fall einen gewissen Prozentsatz vom Erlös beansprucht, nichts.«

»Das ist aber seltsam. Gibt es eventuell einen weiteren Vertrag, eine Ergänzung?«

»Vater meint, dass dies nicht der Fall ist. Er hat unseren Anwalt hinzugezogen, um sich zu vergewissern. Er sagt, es gibt nur diesen einen Vertrag.«

»Das bedeutet, die Möbelfabrik kommt in fremde Hände.«

An der Ahr quakten gerade zwei Enten. Tiffany hob aufmerksam den Kopf.

»Eben nicht, Karolina.«

»Ich verstehe nicht …«

Arnold packte sie an den Schultern. »Wir kaufen die Möbelfabrik.«

Karolina glaubte, sich verhört zu haben. »Wir?«

»Du, Alexander und ich.«

»Wovon?«

»Karolina, ich hätte dich für klüger gehalten. Der Kaufpreis spielt doch keine Rolle. Wir können jeder von uns eine Reichsmark bezahlen. Und dann führen Alexander und ich die Firma weiter und du bist stille Teilhaberin oder was immer du dir wünschst.«

»Ihr seid verrückt!« Mehr fiel Karolina gerade nicht dazu ein.

Wenig später ging die Fahrt weiter, denn der Spaziergang

hatte alle hungrig gemacht. Sie erreichten das Lokal, das Karolina im Reiseführer entdeckt hatte. Der Vater stellte das Automobil an der Straße ab. Eng war es dort, weil die Felsen bis an die Straße reichten. Daneben floss die Ahr dahin. Sie stiegen einige Treppenstufen hinauf, um zur Gaststätte zu gelangen. Von der Terrasse aus wurde ihnen ein atemberaubender Blick auf den Fluss und die Felsnase mit dem lustigen Namen »Bunte Kuh« gewährt. Nachdem sie unter den noch recht kahlen Bäumen Platz genommen hatten, winkten sie den Kellner herbei. Karolina wollte wissen, warum dieser Felsen einen derartigen Namen trug. Der Kellner erzählte ihnen daraufhin eine alte Sage von einem Hirten, einer abhandengekommenen Kuh und von allerlei räuberischem Gesindel. Ob das so stimmte?

Der Familienausflug gestaltete sich ausgesprochen angenehm. Ein Außenstehender wäre kaum auf die Idee gekommen, anzunehmen, dass er es hier keineswegs mit einer klassischen Familie zu tun hatte. Aber es ging ja auch niemanden etwas an. So ließen sie es sich gut gehen. Ab und an beteiligte sich sogar Nadia an den Gesprächen, wenn auch immer noch recht einsilbig.

»Fahren wir noch weiter zum Nürburgring?«, wollte Alexander wissen.

Carl Anton Offermann zögerte. »Ich denke, für deine Mutter war es heute anstrengend genug.«

Nadia nickte und sagte leise: »Ja.«

»Am fünfzehnten Juli wird der dritte Große Preis von Deutschland ausgetragen. Was meint ihr, Jungs, wollen wir uns die Veranstaltung gemeinsam anschauen?«, schlug Karolinas Vater vor.

Während die anderen Pläne machten, ließ Karolina noch einmal das Gespräch mit ihrem Bruder Revue passieren. So ganz wurde sie immer noch nicht schlau aus ihm. Hatte er nicht mehr als einmal über alle Fabrikbesitzer geschimpft, die auf Kosten anderer zu Wohlstand gekommen waren? Benutzte er nicht in letzter Zeit Schlagworte, die Karolina in ganz anderen Zusammenhängen gehört hatte, etwa im Rahmen von Berichten über kommunistische Gegenveranstaltungen? Was hatte Arnold vor? Eine nicht geringe Rolle an seinen gesellschaftlichen Ansichten hatte Vicki, seine Freundin. Immer wieder hatten er und sie Verständnis für kommunistische Positionen geäußert, während sie – was Karolina nur zu gut verstehen konnte – gegen alles angingen, was deutschnational war. Neulich erst hatte sich ihr Bruder lautstark über die Machenschaften bei der Phoebus-Film AG ausgelassen. Der Skandal hatte wochenlang die Schlagzeilen beherrscht und tat es noch. Kapitän zur See Walter Lohmann sollte geheime Marinekassen geführt haben, um die Aufrüstung des Reiches voranzubringen. Damit hätte er – wenn es stimmte – gegen den Versailler Vertrag verstoßen. Wie viel wusste die Regierung davon? Fest stand, dass Lohmann sich mit hohen Einlagen an der Phoebus AG beteiligt hatte. Ans Licht war alles gekommen, als im vergangenen Jahr ein Journalist des Berliner Tageblatts darüber resümiert hatte, wie die Film AG so lange ihren drohenden Bankrott hatte aufschieben können. Dann wurde es plötzlich still um die Affäre und man munkelte, dass der Journalist nicht mehr weiter berichten durfte. Arnold hatte Karolina, die mit den Vorgängen kaum vertraut war und nur ab und zu die entsprechenden Berichte in der Presse gelesen hatte, erklärt, dass ein KPD-Abgeordneter ganz gezielt nach der Existenz eines Aufrüstungsprogramms gefragt habe, man ihm aber eine Antwort im Reichstag schuldig geblieben sei. Karolina hatte verstanden, dass Arnold diesem Abgeordneten Sympathien entgegenbrachte. »Vicki findet das auch unerträglich«, hatte er gemeint. Schließlich gab der Reichstag hohe Summen frei, um die Angelegenheit zum Abschluss zu bringen. Als Karolina ihrem Bruder heute Morgen von ihrem Filmabend mit Felix berichtet hatte, hatte sich Arnold kaum beherrschen können, und nur der Anwesenheit des Vaters in der Villa war es zuzuschreiben, dass er nicht laut geworden war: »Karolina, dieser Film wurde von der Phoebus produziert. Komm bloß nicht auf die Idee, für die zu arbeiten. Und für die Ufa auch nicht.« Von der aktuellen Politik verstand Karolina genug, um zu wissen, dass man Menschen, die fanatisch ihre Ziele verfolgten, mit Vorsicht genießen musste. Aber die DNVP, deren Mitglied der Ufa-Chef Hugenberg war, war nicht die NSDAP, die tatsächlich, so hatte Karolina es gelesen, eine komplette Umwälzung des deutschen Staates anstrebte. »Glaubst du das?«, hatte Arnold gefragt, als sie ihm den Artikel gezeigt hatte, der im vergangenen Monat in einer Zeitung erschienen war.

Während sie auf dem Nachhauseweg von ihrem Sonntagsausflug waren, beschloss Karolina, sich wieder mehr um ihre Karriere kümmern zu wollen. Es wurde Zeit, dass sie ihre Bewerbungen vorantrieb. Sie fühlte sich wieder gesund und verfügte über mehr Kraft und Durchhaltevermögen als im vergangenen Jahr. Als der Dom zwischen den Häuserzeilen hervorblitzte, flüsterte sie: »Ich werde dich bald wieder verlassen müssen.«

»Was sagst du?«, fragte Alexander, der Tiffany auf seinem Schoß festhielt. »Du warst so schweigsam, seitdem wir vorhin losgefahren sind.«

»Es wird Zeit für mich, dass ich wieder auf eigenen Beinen stehe«, antwortete Karolina entschlossen.

KÖLN, DIENSTAG, 15. MAI 1928

Kaum waren die Temperaturen angestiegen und der Frühling hielt endlich Einzug, da wurde es betriebsam in der Villa in der Kirschallee. Ihr Vater hatte nun doch den Entschluss gefasst, einige Umbauten am Haus vornehmen zu lassen. Die alten Pläne aus der Zeit von Margots Anwesenheit fanden keinerlei Verwendung. Es sollte ein eigener Trakt im hinteren Teil der Villa angebaut werden, mit einem Badezimmer und einer kleinen Teeküche. Darin würde Nadia wohnen, und Alexander, wenn er denn vorhatte, in Köln zu bleiben. Eine Entscheidung bezüglich der Möbelfabrik war vertagt worden. Auf wessen Betreiben, erschloss sich Karolina nicht. Da es ihrem Vater stetig besser ging und er allmählich wieder zu wichtigen Ereignissen der Kölner Gesellschaft eingeladen wurde, vermutete sie, dass er die Firma erst einmal weiter leiten wollte. Arnold war demzufolge gezwungen, wieder in die zweite Reihe zu treten. Ihr Bruder äußerte sich fortan immer öfter herablassend über die Entscheidungen seines Vaters, ganz so wie früher, als ihre Mutter noch gelebt hatte. Seine Aussagen enthielten immer mehr politische Anspielungen. Nicht selten monologisierte er in Karolinas Beisein. Einmal, er war früher von der Arbeit heimgekehrt, enthüllte er Besorgniserregendes. Karolina saß unter dem Walnussbaum und las einen der beiden Kriminalromane von Agatha Christie.

»Uns wurde eine abscheuliche Zeitung zugespielt«, sagte

er und setzte sich zu seiner Schwester. Was er äußerst selten tat. Karolina wunderte sich, von wem er sprach.

»Goebbels gibt ganz klare Anweisungen, wie die Macht im Deutschen Reich zu übernehmen ist«, schnaubte er.

»Wer ist Goebbels?«, hatte Karolina wissen wollen. Den Namen hatte sie zwar schon einmal gelesen, aber sie wusste gerade nicht genau, für was der Mann stand.

»Der Gauleiter der NSDAP von Berlin-Brandenburg. Er meint, man solle eine bestimmte Anzahl von Agitatoren in die Parlamente hineinbringen, die unsachgemäße Zwischenfragen stellen, die einzelne Politiker in ein schlechtes Licht rücken. Er führt darin konkrete Beispiele an, was man über Stresemann in den Raum werfen könne. Stell dir vor, er schreibt über sich und seine Partei: ›Wir kommen als Feinde!‹«

Karolina wusste sofort, dass damit die Feinde der Demokratie gemeint waren. Was gab es Gerechteres als eine demokratische Ordnung? Wo konnte es den Menschen besser gehen? Nie hatte sie daran gezweifelt, nie hatte sie es für möglich gehalten, dass es Menschen geben konnte, die diese abschaffen wollten. Vielleicht vom Kaiser abgesehen, aber der lebte ja im Exil. Da Arnold noch mit Vicki und ihren gemeinsamen Freunden verabredet war, ließ er Karolina an diesem Abend recht bald allein. Seine Ausführungen verunsicherten sie. Außerdem strengten Arnolds politische Exkurse sie sehr an und trübten jedes Mal ihre Stimmung.

Wenn sie nicht las oder sich weiterbildete, dann nahm sie Fahrstunden. Allmählich wurde ihr das Zuhause in der Kirschallee fremd. Nicht nur wegen der Umbauarbeiten, die mehr Unruhe brachten, als sie vermutet hatte. Nein, zu ihr passte der Rhythmus der Domstadt einfach nicht mehr. Doch Filmangebote wollten sich einfach nicht einstellen.

Es war ein Freudentag, als sie endlich die Fahrerlaubnis in Händen hielt, bedeutete dies doch größere Freiheiten für sie. Eine ihrer ersten Überlandfahrten hatte sie vor wenigen Tagen zu Ingrid nach Rheydt geführt. Die Fahrt war für sie ein Genuss, und da sie auf mögliche Pannen gut vorbereitet war, verlief alles ausgesprochen entspannt. Ingrid freute sich überschwänglich über Karolinas Besuch. Um sich zu revanchieren, zeigte sie Karolina die Stadt, lud sie zu Kaffee und Kuchen ein und berichtete von ihren beruflichen Plänen. Mode war nun voll und ganz ihre Welt geworden. Karolina hatte diese Entwicklung nicht vorausgesehen: Die bodenständige Ingrid fand Gefallen an Mode? Gertrud durchaus, aber Ingrid? So änderten sich die Menschen.

Karolina hielt seit Jahren an ihrem Traum vom Film fest, doch weit war sie nicht gekommen. Geduld und Beharrlichkeit hatten sich bislang kaum ausgezahlt. Fleiß ebenso wenig. Sie stand wieder ganz am Anfang, als habe es die Engagements im letzten Herbst nie gegeben. Sie hatte viele Bewerbungen nach Berlin geschickt und etliche Telefonate geführt, doch man ließ sie warten. Und ihren größten Fürsprecher hatte sie mit ihrer Absage vergrault. Ihr schlechtes Gewissen war der Grund dafür, dass sie eine Antwort auf seinen letzten Brief immer wieder aufgeschoben hatte. Sie wollte ihm schreiben, dass sie ihn vermisste, und traute sich dann doch nicht, um nicht falsche Hoffnungen zu erwecken. Ein formeller Dank schien ihr zu wenig, aber für einen aufrichtigen Brief fehlte ihr der Mut. Sie fürchtete, die falschen Worte zu finden und alles nur noch schlimmer zu machen. Schließlich hatte sie ihn angerufen. Sie kannte seine Gewohnheiten und traf ihn tatsächlich zu Hause an. Sie plauderten eine Weile, doch der Riss in ihrer Freundschaft beherrschte alles. Wenn überhaupt noch etwas zu kitten war, dann konnte sie es nur persönlich erreichen. Auch wenn ihr bis dahin immer noch kein einziges Filmangebot vorliegen sollte, so stand ihr Entschluss fest: Nach den Reichstagswahlen würde sie zurück nach Berlin reisen. Ihren Vater hatte sie für die Kosten der Unterbringung um einen Vorschuss auf ihr Erbe gebeten. »Kind, ich zahle es dir«, hatte er versprochen. Er wollte nun auch, dass sie ihren Weg ging. Selbst wenn er es nicht guthieß, dass sie Rudolfs Heiratsantrag abgelehnt hatte. Er hatte also von Rudolfs Vorhaben gewusst.

Es gab noch weitere Gründe, um vorerst in Köln zu bleiben: Am Wochenende war die Pressa, die internationale Presseausstellung, vom Kölner Oberbürgermeister Adenauer und dem Preußischen Ministerpräsidenten Otto Braun in Deutz eröffnet worden. Dreiundvierzig Nationen durften sich dort in Sonderpavillons präsentieren. Carl Anton Offermann gehörte zu den geladenen Gästen, und er hatte Karolina gebeten, ihn zu begleiten. Sie hatte das internationale Flair genossen, sich an den Ständen über die ausländische Presse informiert und merkte, dass sie Spaß daran hatte, mit allerlei fremden Menschen ins Gespräch zu kommen. Ihre Englischkenntnisse waren zwar noch lange nicht perfekt, doch sie konnte sie gut anwenden und leistete sogar an der einen oder anderen Stelle spontan Übersetzungshilfe. Als sie am Abend müde, aber glücklich den Heimweg antrat, warf sie dem fünfundachtzig Meter hohen, illuminierten Presseturm, der fortan das Markenzeichen der Ausstellungshallen auf der rechten Rheinseite werden sollte, einen letzten Blick zum Abschied zu. Ihr Vater hatte sich da schon längst verabschiedet, sodass sie sich eine Kraftdroschke für den Nachhauseweg gönnte.

Heute nun stand ein weiteres, wenn auch nur kurzes Ereignis an. Um die Mittagsstunde herum sollte der Luxuszug Rheingold in Köln Halt machen. Karolina fürchtete einen großen Andrang rund um den Hauptbahnhof, weshalb sie ausnahmsweise noch einmal die Straßenbahn bestieg. Auf dem Weg in die Innenstadt fielen ihr die zahlreichen Wahlplakate auf, deren Aufmachung sie zum Teil regelrecht erschreckte. Abwehrende oder mahnende Hände, der Wettstreit der Flaggen, Aufforderungen, für oder gegen etwas zu stimmen. Sie hatte sich während der letzten Tage eingehend mit den Wahlen beschäftigt, alles zum Thema gelesen, was ihr einigermaßen neutral und sachlich erschienen war, doch beinahe jeder Zeitung merkte sie eine gewisse Tendenz in die eine oder die andere Richtung an. Arnold hatte ihr Zeitungen mitgebracht, von denen sie noch nie etwas gehört hatte. »Aber lass die Vater nicht sehen«, hatte er gemahnt. »Gib sie mir zurück, wenn du sie gelesen hast, und lass sie auf keinen Fall irgendwo herumliegen.« Die Vielfalt des politischen Spektrums der Publikationen reichte von ganz rechts bis ganz links, nein, die moderaten Töne fehlten ganz. Vielmehr hatte ihr Arnold nur Zeitungen der einen oder der anderen Richtung ausgehändigt. Beides stieß sie letztendlich ab, auch wenn sie die linken Argumente ein wenig besser verstehen konnte. Aber wählbar waren beide Extreme für Karolina nicht. Für sie standen eigentlich nur zwei Parteien zur Disposition, das Zentrum gehörte nicht dazu, schon allein, weil sie ihrem Vater damit Paroli zu bieten glaubte.

Als sie gegen elf Uhr die Straßenbahn vor dem Dom verließ, hatten sich dort bereits Menschenmassen versammelt. Mit dem Automobil wäre kaum ein Durchkommen gewesen. Sie folgte dem Strom zum Bahnhofseingang. Karolina war gespannt, ob man überhaupt bis auf den Bahnsteig vorgelassen wurde. Die meisten, die sich für die Jungfernfahrt des Luxuszuges, der von Holland bis in die Schweiz fuhr, interessierten, waren Männer. Einer der Herren neben ihr erklärte einem anderen die technischen Details: »Siebenhundert Kilometer …«, hörte sie. »Geschwindigkeit von hundert Kilometern in der Stunde.« »Hm«, kommentierte der andere. »Mit Tender einundzwanzig Meter lang, fasst siebenundzwanzig Kubikmeter Wasser und acht Komma fünf Tonnen Kohle.«

Während die Menge noch wartete, war ein Schnaufen und Stampfen zu hören. Der Rheingold überquerte gerade die Hohenzollernbrücke. Jeder versuchte, die geeignete Position für einen möglichst freien Blick auf den herannahenden Luxuszug zu erhaschen. Karolina hielt sich lieber im Hintergrund. Endlich sah man den Zug in voller Größe. Die Zugmaschine machte schon etwas her, aber von den Wagen war Karolina enttäuscht. Von außen sahen sie nicht wesentlich anders aus als die jedes üblichen Zuges. Allein der Schriftzug »Rheingold« in Versalien wirkte edel. Aber was hatte sie erwartet? Der Luxus würde sich im Innern finden, und der Zugang blieb den Reisenden, die einen Fahrschein in Händen hielten, vorbehalten. Karolina beobachtete das quirlige Treiben noch eine Weile, und als der Zug sich nach etwa sechs Minuten wieder rückwärts in Bewegung setzte, wollte auch sie wieder den Bahnhof verlassen.

Eine elegant gekleidete Frau sprach sie plötzlich an: »Kennen wir uns nicht?«

Karolina wusste, dass sie die melodische Stimme vor längerer Zeit gehört hatte. Nur wo? »Ich weiß nicht.« Karolina schaute die Dame an.

»Wir haben uns vor … zwei Jahre muss das her sein … in der Buchhandlung Ihres … Onkels gesehen.«

»Das gibt es ja nicht«, rief Karolina erfreut. Die Dame, die das Buch »Nächte von Fondi. Eine Geschichte aus dem Cinquecento« gekauft hatte. Sie waren sich auf den ersten Blick sympathisch gewesen und hatten beide auf ein baldiges Wiedersehen in der Buchhandlung gehofft. Doch dazu war es nicht mehr gekommen.

»Sind Sie gerade mit dem Zug angekommen?«; fragte Karolina schüchtern.

»Nein«, lachte die Dame, »leider nicht. Ich habe eine Bekannte zum Zug gebracht. Schauen Sie einmal hier.« Sie hielt einen Werbeprospekt in den Händen. »So sieht es im Innern aus.«

Karolina blickte wie gebannt auf die Fotografien. Die Einrichtung wirkte wirklich luxuriös, die Salonwagen, der Saalraum, die Einzelabteile, wie in einem Wohnzimmer sah es aus.

»Da möchte man gerne mitfahren, nicht wahr?«

Wenn sie eine berühmte Filmschauspielerin wäre, dann konnte sie sich vielleicht auch eine solche Reise leisten.

»Darf ich Sie auf einen Kaffee einladen?«, bot Karolina an. Sie würde sich so gerne ausführlicher mit der Frau unterhalten.

»Leider, leider. Ich habe noch einen Vortrag zu halten. Aber hier ist meine Karte. Wir können uns gerne ein andermal verabreden.«

Karolina nahm ihre Visitenkarte entgegen und überreicht ihr im Gegenzug ihre.

»Eine Schauspielerin. Das freut mich sehr«, sagte die Frau anerkennend.

Karolina nickte.

»Ich habe es leider eilig. Arrivederci«, rief die Frau gut gelaunt.

»Auf bald!«, sagte Karolina und beobachtete, wie sie in der Menge verschwand. Erst jetzt betrachtete sie die Visitenkarte.

Rosanna de la Torre
Übersetzerin, Publizistin

Anstatt gleich nach Hause zu fahren, lief Karolina zur Buchhandlung ihres Onkels. Der Weg war ihr so bekannt, dass ihr Füße wie von alleine voranschritten. Über den Straßen lag der Duft, der vom Kamelledom in der Südstadt herüberwehte. So wie sie es seit ihrer Kindheit kannte. Karolina passierte in Reihe aufgehängte Wahlplakate, die ganze Häuserwände bedeckten. »Denkt an die Zukunft!«, »Kinderspeisung statt Panzerkreuzer«, »Wohnung, Wohlstand, Wissen«, »Säubert das Reich!«, »Schluss mit diesem System«, »Schützt die Familie« oder »Hilf dieses Haus schützen«. Wenn Karolina es richtig verstand, dann waren mit dem aufgemalten Haus die Republik und die Freiheit gemeint. Ein schöner Gedanke.

In der Buchhandlung traf sie Felix.

»Guten Tag, Karolina. Du hier?«

»Guten Tag, Felix. Ich habe mir eben den Rheingold angeschaut. Die Inneneinrichtung muss wunderschön sein, aber leider habe ich die nur in einem Werbeprospekt gesehen.«

»Oh ja, ich las davon. Ob wir uns jemals eine solche Reise leisten können?«

»Wenn ich eine berühmte Schauspielerin bin, dann lade ich dich ein. Versprochen.«

Felix lachte. Ein Kunde betrat den Laden. Karolina erkannte ihn wieder. Es war jener, der nach deutschnationalen Büchern gefragt hatte. Sie verdrückte sich lieber hinter eines der Regale, denn mit ihm wollte sie nicht noch einmal aneinandergeraten. Als er gegangen war, wollte Karolina von ihrem Cousin wissen, was er gekauft habe. »Ein Kochbuch für seine Frau.«

»Na, das passt«, brummte Karolina.

»Ist doch nett, oder?«

»Frauen gehören an den Herd, oder wie?« Der Unterton in ihrer Frage galt nicht Felix.

»Du siehst das politisch?«

»Alles ist im Moment politisch, oder nicht?«, gab Karolina zu bedenken.

»Ja, allerdings. Wir mussten heute Morgen erst wieder ein Plakat von unserer Schaufensterscheibe entfernen. Eines von der NSDAP.«

Karolina horchte auf. Ihr klangen die Worte ihres Bruders im Ohr. »Die wollen den Staat umwälzen«, sagte sie.

»Wer?«

»Die von der NSDAP.«

»Wollen das nicht die meisten?«

»Einige. Aber ich mag die Republik.« Karolina kam ins Grübeln. »Kommt der Mann von eben häufiger her?«

Felix kratzte sich die Stirn. »Wenn ich überlege, dann kommt er immer an dem Tag, an dem wir ein solches Plakat entfernt haben.«

»Das ist schon öfter passiert, das mit einem solchen Plakat?«

»Hm.«

»Immer von denen?«

»Ja … Du meinst, das hat etwas zu bedeuten?«

»Ich weiß nicht. Seit der Sache mit Paula Poll bin ich verunsichert. Man weiß einfach nicht, was Menschen im Schilde führen. Manche tun so freundlich und ... Ach, lassen wir das.« Karolina wollte sich den Tag nicht von trüben Gedanken verderben lassen. So fragte sie Felix nach seiner Freundin. Er erzählte ihr von ihren gemeinsamen Verabredungen und davon, dass sie genauso filmbegeistert sei wie Karolina.

»Wir haben uns noch einmal gemeinsam ›Lotte etwas verrückt‹ angesehen und den neuesten Film mit Henny Porten. Leider findet Pauline Henny Porten eher langweilig. Und ... wir sind meinem Freund über den Weg gelaufen, also er uns ...«

»War es unangenehm für dich?«, fragte Karolina mitfühlend.

»Schon, ja.«

»Pauline weiß nichts davon?«

»Wo willst du hin? Sie darf es nicht erfahren.«

»Von mir erfährt sie nichts. Und ... was hast du ... empfunden?«

»Ich glaube, ich bin auf dem richtigen Weg zu mir selbst.«

»Egal, wie du lebst, Felix. Hauptsache du fühlst dich in dir zu Hause, das ist alles, was zählt.«

KÖLN, SONNTAG, 20. MAI 1928

Heute war der Tag der Entscheidung. Zehn Jahre nach dem Ende des Großen Krieges ging es zur Wahl. Karolina hatte ihren Bruder Arnold während der vergangenen Woche kaum noch zu Hause angetroffen. Er sei mit Vicki und den anderen unterwegs, hatte er nur gesagt. Doch Karolina ahnte, dass mit den anderen Kommunisten gemeint waren. Sie hielt es aber für besser, wenn sie sich heraushielt. Ihr Vater würde schäumen vor Wut, wenn er davon erfuhr. Sein geliebter Sohn, der die Möbelfabrik übernehmen sollte, befand sich auf Abwegen? Auf politischen Abwegen. Das Programm der Kommunisten war mit dem Leben als Fabrikant unvereinbar. Wieso hatte Arnold dann überhaupt den Vorsitz der Firma in Erwägung gezogen? Er plante doch nicht etwas, das der Familie schaden konnte? Arnold entfremdete sich zunehmend von ihr. Nie war es einfach mit ihm gewesen, aber neuerdings machte er ihr manchmal richtig Angst. So fanatisch, wie er daherredete.

Glücklicherweise gab es endlich Fortschritte, was ihren persönlichen Lebensweg anbelangte. Ein Schreiben der Aafa war eingetroffen. Eine Einladung nach Berlin zu einem Vorstellungsgespräch. Und nur einen Tag, nachdem dieses Schreiben bei der Post gelegen hatte, rief Rudolf sie an und richtete ihr aus, dass man ihr bei der Befi eine neue Rolle anbieten wolle. Am besten, sie komme schnellstmöglich in die Hauptstadt. Karolina hätte am liebsten laut in den Hörer gejubelt, doch da Rudolf so förmlich geblieben war, traute sie sich nicht. Noch am Abend hatte Karolina ihrem Vater gegenüber angedeutet, dass sie bald wieder in die Hauptstadt reisen würde.

»Wie lange?«, hatte er gefragt.

»Ich kann es nicht abschätzen«, hatte Karolina geantwortet. »Ich würde ja gerne in die Pension ziehen, du weißt, die im Grunewald, ganz in der Nähe von Rudolfs Wohnung. Da habe ich mich sehr wohl gefühlt.«

Ihr Vater bot erstaunlicherweise an, die Pensionskosten für sie zu übernehmen. Er hatte die Hoffnung wohl noch nicht ganz aufgegeben, dass Rudolf sein Schwiegersohn werden könnte. Karolina ließ ihn in dem Glauben. Solange sie nur wenig verdiente und sie nur in unregelmäßigen Abständen engagiert wurde, half er ihr mit seiner Großzügigkeit sehr. Irgendwann würde sie sich gern eine Wohnung im Grunewald leisten können. Ach was, eine Villa. Sie wollte einfach einmal davon träumen!

Am Tag darauf hatte sie bei Frau Kamincke angerufen und das Pensionszimmer reserviert. Erst dann telefonierte sie mit der Befi, die ihr eine kleinere Rolle in einer Verwechslungskomödie anbot. Keine Statistenrolle, eine Nebenrolle. Und die Premiere von »Diebesgut« war für den Juni vorgesehen, das erfuhr sie bei dieser Gelegenheit. Vorausgesetzt allerdings, die Zensurbehörde hatte bis dahin ihr Einverständnis erteilt. Einen Flug nach Berlin buchte sie als Nächstes, indem sie beim städtischen Verkehrsamt anrief. Ihr Erspartes reichte problemlos dafür, zumal ein Flug genauso viel kostete wie eine Bahnfahrt. Und Angst verspürte Karolina auch keine mehr. So oft wie an jenem Tag hatte Karolina bislang noch nicht telefoniert. Ein Hoch auf die modernen Kommunikationsmittel.

Nun war die Familie Offermann mit dem Automobil auf dem Weg in die Goltsteinstraße zum Wahllokal des Wahlbezirks hundertdrei für das südliche Marienburg. Man hätte genauso gut zu Fuß zur Städtischen Volksschule gehen können, doch ihr Vater beharrte darauf, mit dem Wagen vorzufahren. Zunächst nahmen sie den falschen Eingang, denn das Wahllokal für den Stimmbezirk hundertzwei befand sich im selben Gebäude. Karolina folgte ihrem Vater und ihrem Bruder, und während die beiden eingelassen wurden, hielt man sie zurück. Karolinas Herz begann laut zu klopfen. Hatte sie etwas falsch gemacht? Wollte man einen Nachweis über ihr Alter haben? Doch nichts dergleichen: »Fräulein, dort geht es zum Wahlraum für die Frauen.« Getrenntes Wählen nach Geschlechtern? Sie fühlte sich unsicher, als sie alleine den Wahlraum betrat, ganz ohne die Hilfestellung durch eine ihr vertraute Person. Am Eingang wurden ihr ein weißer Stimmzettel sowie ein Briefumschlag ausgehändigt. Damit hatte sie in die Wahlzelle zu gehen. Sie schwankte immer noch zwischen zwei Parteien, machte schließlich mit dem dort ausgelegten Bleistift ihr Kreuz bei der Partei, für die eine so berühmte Frau wie Gertrud Bäumer als Abgeordnete im Reichstag saß und der sie bei ihrem ersten Aufenthalt in Berlin begegnet war. Den Stimmzettel schob sie anschließend – so hatte man es ihr am Eingang erklärt – in den mit einem amtlichen Stempel versehenen Briefumschlag und ging damit zum Tisch des Abstimmungsvorstandes, wo man sie nach ihrem Namen fragte. Ein Mann, der vor einer umfangreichen Liste saß, suchte darin, wurde fündig und gab das Signal, dass man ihren Wahlzettel in Empfang nehmen konnte. Daraufhin händigte Karolina dem Mann ihren Umschlag aus, bei dem es sich offensichtlich um den Wahlvorstand handelte.

Zumindest schaute er sehr gewichtig drein, während er das verschlossene Kuvert in die Wahlurne gleiten ließ.

Draußen vor dem Wahllokal warteten ihr Bruder und ihr Vater auf sie. Der Vater sprach angeregt mit einigen Honoratioren der Stadt, während Arnold sich etwas abseits von ihnen aufhielt. Als er Karolina entdeckte, lief er auf sie zu und legte ihr den Arm um die Schulter. »Na, alles richtig gemacht?«, fragte er herausfordernd.

»Alles richtig gemacht«, sagte Karolina. Sie hatte nicht vor, ihm zu erzählen, dass sie die Deutsche Demokratische Partei gewählt hatte. Wo er sein Kreuz gemacht hatte, konnte sie sich denken. Und über das Wahlverhalten ihres Vaters bestanden auch kaum Zweifel. Er schloss sich der Mehrheitsmeinung an, die in Köln herrschte.

Auf der Rückfahrt erkundigte sich Karolina nach dem Stand der Umbaupläne. Ihr Vater zeigte sich zufrieden und hoffte, dass Alexander und seine Mutter im Sommer einziehen würden. Nachdem sie das Automobil in der Einfahrt abgestellt hatten, lief Arnold ins Haus, kam jedoch bereits Sekunden später zurück.

»Ich bin unterwegs«, rief er im Vorbeihuschen und lief auf die Straße.

Während Karolina und ihr Vater einander noch fragend anschauten, hörten sie auf der Kirschallee ein Automobil heranrauschen, das kurz anhielt und gleich darauf davonfuhr.

»Ist er da eingestiegen?«, wollte Karolina wissen.

Ihr Vater zuckte nur mit den Schultern. »Karolina, was hältst du von ihm?«

»Du meinst, Arnold?«

»Ja. Verhält er sich nicht außerordentlich seltsam neuerdings?«

»Vater, eigentlich verhält er sich schon immer seltsam. Ist dir das nie aufgefallen?«

»Seine Arbeit hat er immer zu meiner Zufriedenheit erledigt.«

»Solange es so war, hast du dich gar nicht so richtig für ihn interessiert.«

Ihr Vater schaute sie an. Diesen Blick kannte sie von früher. Mit diesem Blick konnte er sie heute nicht mehr einschüchtern. Diese Zeiten waren endgültig vorbei.

»Lass uns ins Haus gehen«, schlug er vor. Karolina war gespannt, ob er damit das Gespräch für beendet erklärt hatte oder ob er an ihrer ehrlichen Meinung interessiert war. Sie hatte eher Ersteres erwartet, doch schon beim Ablegen seiner Kleidung bat er sie ins Wohnzimmer. Karolina hängte Hut und Mantel an den Haken und folgte ihm.

»Cognac?«, fragte er und hielt Karolina ein gefülltes Glas entgegen.

»Vater, du hast mir noch nie Cognac angeboten.« Zögerlich nahm sie das Glas entgegen. Sie hatte früher schon einmal heimlich die Spirituosen ihrer Eltern probiert und wusste, welcher Geschmack sie erwartete. Wenigstens kein zuckersüßer Likör, den die Frauen der gehobenen Gesellschaft tranken.

Sie prosteten einander zu. Ihr Vater schwenkte die bernsteinfarbene Flüssigkeit hin und her. Karolina ahmte seine Bewegungen nach. Als er trank, nippte sie am Glas. Der Alkohol brannte ein wenig in ihrem Mund.

»Karolina, ich sorge mich um deinen Bruder. Ich habe es früher schon einmal geahnt, dass er politisch anders denkt als ich. Kennst du diese Vicki näher? Und seine Freunde?«

Karolina musste passen.

»Er wird doch keine Dummheiten machen?«

Auf diese Frage konnte sie ihm keine Antwort geben, zumindest keine, die ihm seine Sorgen genommen hätte. »Sprich doch mit ihm«, schlug sie vor.

»Ja, das werde ich wohl müssen.«

Sie schwiegen eine Weile. Er schenkte sich noch einmal nach. Karolina hatte genug. Vor dem Mittagessen vertrug sie noch weniger Alkohol als ohnehin schon.

»Etwas anderes. Wenn der Anbau fertiggestellt ist, werden wir heiraten.« Seine Worte klangen überlegt, nicht kühl oder emotionslos.

»Im Sommer?«, fragte Karolina, ahnend, dass sie dann wohl in Berlin leben würde.

»Oder im Herbst. Der Herbst ist eine passende Jahreszeit für zwei Menschen, die sich im Herbst ihres Lebens befinden.«

»Vater, so philosophisch kenne ich dich gar nicht.«

Philosophisch passte eigentlich nicht, denn seine Worte beinhalteten eine nie gekannte Sentimentalität, ja Desillusionierung. Aber über Gefühle sprach man nicht mit seinem Vater.

»Ich bin einfach froh, wenn Ruhe in mein Leben einkehrt.« Er sah aus dem Fenster. Karolina folgte seinem Blick zu den zartgrünen Blattspitzen des Walnussbaums. »Ich hoffe, Arnold bringt uns nicht in Schwierigkeiten.«

Sollte sie ihm von ihren Vermutungen erzählen? Nein, sie hatte es Arnold versprochen, genau das nicht zu tun. »Vater, ihr müsst miteinander reden. Wenn Arnold sich politisch engagiert, dann hat das ja vielleicht auch Gründe …«

»Ich habe es befürchtet! Was weißt du?« Er wurde zornig.

»Vater, ich kann dir nicht mehr sagen.«

»Du kannst nicht oder du willst nicht?«

»Wenn du mehr über deinen Sohn wissen möchtest, dann musst du ihm Gelegenheit geben, sich dir zu erklären. Wenn er es denn will. Sonst verlierst du ihn vielleicht bald gänzlich.« Karolina merkte, wie viel Kraft es ihren Vater kostete, sich zu beherrschen. Er goss sich noch einen Cognac ein. Trank er neuerdings immer so viel?

»Was ist denn nun mit der Möbelfabrik?«, fragte Karolina, um ihm einen Hinweis zu geben, dass die Schwierigkeiten möglicherweise mit dem Firmenerbe zusammenhingen. Als er gebraucht wurde, ließ sein Vater Arnold gewähren, doch jetzt verdrängte er ihn wieder und degradierte ihn zu einem Handlanger. Wenn darin nicht einer der Gründe für Arnolds Zuwendung zu radikalen politischen Ansichten lag, so beförderte das Verhalten ihres Vaters, das dem seines eigenen Vaters nicht unähnlich war, doch nur die Entfremdung zwischen ihnen. So deutlich konnte sie allerdings nicht werden, schon allein aus Eigennutz, denn sie war auf seine finanzielle Unterstützung angewiesen. Jedenfalls, solange sie sich nicht Filmstar nennen konnte.

»Was soll damit sein?«, fragte er nach einer Weile und nachdem er den vierten Cognac getrunken hatte.

»Ich weiß, es steht mir nicht zu, dir zu raten, aber ihr solltet darüber sprechen, wie es weitergeht. Gedenkst du, die Firma an deine beiden Söhne zu übergeben? Sie benötigen Gewissheiten, wie es mit ihrem Leben weitergehen soll.«

Carl Anton Offermann wollte antworten, doch es war offensichtlich, dass die Wirkung des Alkohols seine Gedanken verlangsamte. Nun betrat Hedwig den Salon und fragte, wann sie das Essen auftragen durfte. Karolinas Vater sah sie mit glasigen Augen an.

»Ihm geht es nicht so gut, ich denke, er ruht sich eine Weile aus.«

»Ja, das ist wohl besser so«, antwortete er und öffnete die Tür zur Terrasse. »Ich setze mich ein wenig an die frische Luft.«

Karolina hatte genug. Dieses Auf und Ab, diese emotionalen Karussellfahrten in ihrem Zuhause überforderten sie. Sollten die Männer alles unter sich regeln, oder auch nicht. Sie musste ihren eigenen Weg gehen.

KÖLN, MITTWOCH, 30. MAI 1928

Zum ersten Juni hatte sie das Pensionszimmer gebucht. Morgen ging ihr Flug von Köln nach Berlin. Sie hatte hin und her überlegt, ob sie nicht doch mit dem Automobil reisen sollte. War nicht erst vor wenigen Tagen ganz in der Nähe vom Kölner Flughafen ein Flugzeug abgestürzt und ausgebrannt? Es hatte mehrere Tote gegeben. Karolina sprach sich Mut zu. Die Wahrscheinlichkeit, dass sie jemals wieder in einen Absturz verwickelt wurde, sah sie als gering an. Genauso wie die, dass ausgerechnet eine Woche später ein weiteres Flugzeug verunglückte. Nein, sie wollte ihren Ängsten nicht nachgeben. Gebucht war schließlich gebucht.

Karolina hatte einen Koffer gepackt mit den Dingen, die sie ganz dringend benötigte, sowie ein Paket mit all dem, was ihr lieb war und ihr Pensionszimmer im fernen Berlin zu einem heimeligen Ort würde werden lassen. Dieses Paket wollte sie zur Post bringen, bevor sie flog.

Arnold hatte sie während der vergangenen Tage kaum zu Gesicht bekommen, ebenso ihren Vater. Vielleicht besprachen sie, wie es mit der Möbelfabrik weitergehen sollte. Tagsüber war nun Nadia ihre Hauptbezugsperson, die immer mehr von sich erzählte, zu erzählen bereit war. Noch sprach sie in sehr einfachen Sätzen. Karolina hatte noch immer nicht herausgefunden, was zu diesem vollständigen Verstummen geführt hatte. Als die beiden Frauen eines sonnigen Tages unter dem Walnussbaum saßen, hatte Karolina ihr von ihrem Aufenthalt in Bad Saarow berichtet, und dem, was Dr. Adomeit ihr in seiner unnachahmlichen einfühlsamen Art über die menschliche Psyche und die möglichen Störungen erklärt hatte. Nadia hatte aufmerksam zugehört. Sie sagte, dass sie sich nun ausgiebiger mit der Kunst im Allgemeinen und mit der Malerei im Besonderen beschäftigte und neuerdings wieder selber malte. Karolina hatte vor einer Weile beobachtet, wie sie mit einer neuen Staffelei einige Meter vom Walnussbaum entfernt da gestanden und gemalt hatte. Karolina merkte, wie sehr sich Nadia ihr gegenüber öffnete, wie sehr sie jedoch auch an ihr hing. Soweit sie wusste, hatte Nadia keine Freundin in der Domstadt. Aber sollte Karolina ihr zuliebe hier am Rhein bleiben? So schwer es Karolina fiel, sie musste an sich denken. Sie konnte nicht auf die Probleme aller Menschen Rücksicht nehmen. Das mussten diese schon bis zu einem gewissen Grad selbst bewerkstelligen. Doch so gleichgültig, wie sie vor sich selbst tat, war sie beileibe nicht. Und das wusste sie auch.

Mittlerweile lagen die Endergebnisse der Reichstagswahlen vor. Karolina war recht zufrieden mit dem Ausgang, auch wenn die Partei ihrer Wahl in ihrem Wahlkreis nicht überragend gut abgeschnitten hatte. Im Wahlkreis Köln-Aachen waren die meisten Stimmen auf die Zentrumspartei entfallen. Kein Wunder. Gefolgt von der Sozialdemokratischen Partei. Erstaunlich fand Karolina, dass in Marienburg die Frauen – deshalb die unterschiedlichen Wahlräume – sich mehrheitlich für das Zentrum und die Deutsche Volkspartei entschieden hatten. Im gesamten Reich sah es anders aus: Da hatten über neun Millionen Wähler für die Sozialdemokraten gestimmt. Die Deutschnationalen waren zweite, das Zentrum dritte, die Kommunisten vierte Kraft geworden. Nun musste eine Regierung gebildet werden. Einfach würde es nicht werden. Weder Arnold noch die anderen Familienmitglieder verloren ein Wort über die Wahl. Wenigstens traten so die unterschiedlichen Ansichten nicht zutage und wurden Auslöser für einen Streit. Während Politik bei ihrem Vater fortan keine weitere Rolle mehr spielte, so traf das für Arnold allerdings nach Karolinas Dafürhalten nicht zu. Ob er und seine Freunde sich mit dem Ausgang der Wahlen arrangieren konnten? Letztendlich blieb ein gewisses Unbehagen bei Karolina zurück. Dennoch wollte sie versuchen, ihre Reise in die Reichshauptstadt mit zuversichtlichen Gedanken anzutreten. Sie durfte sich nicht dauernd damit belasten, was und wen sie in Köln zurückließ.

Am Nachmittag stattete sie Metha Bär einen Besuch ab, doch viel hatten sie sich nicht zu erzählen. Seitdem Paula Polls Verbrechen ans Licht gelangt waren, fanden die beiden Frauen nicht mehr zu ihrer früheren Vertrautheit zurück. Gegen Abend fuhr Karolina in die Buchhandlung ihres Onkels und verabschiedete sich von ihren liebsten Verwandten. Olga flüsterte ihr beim Hinausgehen ins Ohr, dass sie sich sehr für ihre Schwester Nadia freue, die endlich wieder zu leben begann. Mit Tränen der Rührung in den Augen bestieg Karolina ihr Auto. Es würde für eine ganze Weile die letzte Fahrt durch Köln bleiben. Auf zu neuen Abenteuern, dachte sie, als sie in der Dämmerung in die Einfahrt der Villa einbog.

BERLIN/STAAKEN, DONNERSTAG, 5. JULI 1928

»Drehschluss!«, hallte es durch das Filmatelier in Staaken. Die letzte Klappe war gefallen, der Regisseur der Aafa zeigte sich zufrieden. Karolina löste sich augenblicklich aus der Kulisse, in der sie während des heutigen Tages gestanden hatte. Die Rolle, die man ihr zugedacht hatte, war kaum der Rede wert. Das Aufregendste waren die Wetterunbilden der vergangenen Tage gewesen. Gestern hatten die Hallen gestöhnt und geächzt, während ein Orkan über Berlin hinwegfegte. Die Nachricht hatte sich wie ein Lauffeuer verbreitet: In Tempelhof waren sogar mehrere Flugzeuge in die Luft gehoben und zerstört worden. Schließlich hatten sie gestern die Filmarbeiten abbrechen müssen. Man wusste nicht, was der Sturm noch anrichten würde. Sie hatten sich alle in einen fensterlosen Raum in Sicherheit gebracht. In dieser Enge war Karolina etwas besonders aufgefallen: Man schien sie zu meiden, zumindest die anderen Schauspielerinnen. Niemand setzte sich zu ihr, niemand bezog sie in die Gespräche über Filmstars, Schminke oder Ausgehroben mit ein. Karolina meinte den Grund für dieses Verhalten zu kennen. Sie hatte vor einigen Tagen unbeabsichtigt ein Gespräch zweier junger Schauspielerinnen hinter den Kulissen belauscht. »Sie meint, weil sie schon einen Künstlernamen hat, ist sie etwas Besseres«, sagte die eine. Die andere hatte erwidert: »Unser Regisseur bekommt Geld von ihrem Liebhaber, einem Drehbuchautor, damit man sie überhaupt spielen lässt.« Karolina überlegte, ob möglicherweise von ihr die Rede war. Niemals hatte Rudolf so etwas getan. Als sich dann noch eine weitere in das Gespräch einmischte, die sich über ihren Aufenthalt in Bad Saarow lustig machte, bestand kaum noch Zweifel, wer das Objekt dieser Gehässigkeiten war. Karolina wollte gerade dazwischengehen, als sie die Dritte sagen hörte: »Ich würde aufpassen, die ist doch irre …« Da verließ sie jeglicher Mut.

»Die sind es nicht wert«, sagte in diesem Augenblick eine Stimme hinter ihr. Karolina drehte sich um und schaute den jungen Mann an, den sie im Atelier bereits ab und an einmal gesehen hatte. »Entschuldigung, dass ich Sie einfach so anspreche. Darf ich mich vorstellen. Mein Name ist Petersen, Cord Petersen. Ich volontiere hier.«

Als sie den Mann näher betrachtete, wurde Karolina bewusst, dass sie ihn bereits früher einmal gesehen hatte. Ihr wollte nur partout nicht einfallen, wo. Und wieso kümmerte er sich um sie?

Cord Petersen lotste sie von den drei Lästermäulern weg in eine andere Ecke der großen Aufnahmehalle. »Der Regisseur hält große Stücke auf Sie«, sagte er und blickte Karolina direkt in die Augen. Sie hielt seinem Blick stand, versuchte, in seinem Gesicht zu ergründen, was er von ihr wollte und warum er so vertraulich tat. »Aber es ist tatsächlich Geld geflossen«, führte er weiter aus.

Sollte es wahr sein, dass Rudolf bezahlte, damit man sie beschäftigte? Sie fühlte Wut in sich aufsteigen.

»Oh je, was habe ich angerichtet?« Cord Petersen zupfte an seinem Hemdkragen.

Karolina wollte dem Fremden keinen Einblick in ihre Gemütsverfassung geben. Sie drehte sich um und wollte davonlaufen, doch er hielt sie zurück. Sie spürte seine Hand auf ihrer Schulter.

»Warten Sie. Sie haben mich missverstanden. Nein, es ist kein Geld bezahlt worden, damit man Sie engagiert. Vielmehr ist die Wortführerin dahinten die Tochter eines der Aufsichtsräte. Und der bezahlt nicht nur, damit seine Tochter eine der Hauptrollen innehat, sondern auch, damit Sie Statistin bleiben.«

Es lag also gar nicht an ihren mangelnden Fähigkeiten, dass man sie in die Kulisse geschoben hatte. Aber warum boykottierte man sie? »Woher wissen Sie das alles? Sind Sie wirklich ein Volontär?«

Der junge Mann nickte verschmitzt. Doch Karolina ahnte, dass er etwas im Schilde führte. Karolina konnte es egal sein. So hatte sie auch den heutigen Tag überstanden und freute sich auf ihr neues Zuhause, das Pensionszimmer im Grunewald. Sie bedankte sich für seine Offenheit. Und während die anderen Schauspielerinnen und Schauspieler lautstark überlegten, wo sie heute Abend den Abschluss der Dreharbeiten feiern konnten, packte Karolina ihre Sachen zusammen. Ohne sich ihren Groll anmerken zu lassen, verabschiedete sie sich von der Filmcrew und ging zum Ausgang. Dort fing sie der Regisseur ab.

»Es tut mir leid, mir sind die Hände gebunden. Sie sind ein wirkliches Talent und Sie haben eine gute Ausstrahlung. Ich schreibe Ihnen noch eine Referenz, aber ich fürchte, wir werden Sie nicht weiter beschäftigen können.«

Karolina wischte seine Worte mit einer Handbewegung hinweg, die das, was Cord Petersen ihr vertraulich mitgeteilt hatte, nur bestätigten. Sie mochte keine schwachen Männer, die sich demjenigen unterordneten, der das Geld hatte oder über Einfluss verfügte – oder beides. Bisher hatte sie immer gedacht, ein Regisseur wäre die Instanz schlechthin, aber da hatte sie sich augenscheinlich geirrt. Sie bedankte sich, auch für das Angebot, ihr ein Referenzschreiben zukommen zu lassen. Plötzlich fühlte sie sich so leer und nutzlos. Sie verließ das Gebäude und suchte nach einer Rückfahrgelegenheit. Denn sie hatte nicht vor, zusammen mit den anderen in einer von der Produktionsgesellschaft zur Verfügung gestellten Kraftdroschke in die Innenstadt zurückzufahren. Ob es in der Nähe eine Omnibuslinie gab? Unentschlossen schlenderte sie über das Gelände, als plötzlich neben ihr Cord Petersen auftauchte.

»Benötigen Sie einen Fahrer, wertes Fräulein?«, fragte er und warf lachend seinen Hut in die Höhe. Sogleich bekam Karolina bessere Laune.

Petersen fuhr sie bis zu ihrer Pension im Grunewald. Auch wenn Karolina es mehrfach versucht hatte, aus dem jungen Mann war seine wahre Profession nicht herauszukitzeln.

»Wir werden uns wiedersehen, versprochen«, sagte er, als er Karolina unerwartet galant aus dem Wagen half. Nein, ein unerfahrener Volontär war er beileibe nicht.

»Wo haben wir uns vorher schon einmal gesehen?«, wollte Karolina nun doch wissen.

Cord Petersen tat, als müsse er erst noch überlegen. »Im Café in der Friedrichstraße in der Nähe des Produktionsbüros der Aafa«, antwortete er mit einem geheimnisvollen Lächeln im Gesicht.

»Ah, daher«, sagte Karolina, während sie ihm zum Abschied noch einmal zuwinkte.

In der Pension wurde sie freudig von Eiko begrüßt, der die allerletzten Reste ihres Ärgers durch sein drolliges Verhalten verscheuchte. Karolina musste lachen, als er sich auf den Rücken rollte und mit den Beinen strampelte, bald aufsprang, um im Flur auf und ab zu hüpfen.

Karolina wusch sich, aß eine Stulle und machte es sich schließlich in ihrem Zimmer bequem. Da sie ohnehin nicht schlafen konnte, las sie ein wenig, doch ihre Gedanken schweiften immer wieder ab. Sie ließ die letzten Wochen Revue passieren und sprach sich Mut zu. Doch sie merkte, wie groß die Konkurrenz um die Rollen beim Film war. Wieso unterstützen sich die Frauen nicht gegenseitig, statt einander Steine in den Weg zu legen? Ein derart unkollegiales Verhalten war ihr bislang nicht begegnet. Wie auch? Sie war einfach zu behütet aufgewachsen. In der Zeitung stieß sie auf einen Bericht über die Fliegerin Amelia Earhart. Die Tochter eines Deutsch-Amerikaners war im Besitz einer Fluglizenz und gerade erst über den Atlantik geflogen – allein! Frauen wie sie wollte sie sich zum Vorbild nehmen. Sie würde alles erreichen können, wenn sie nur fest genug an ihren Traum glaubte. Ja, ihr würde immer einmal heftiger Wind entgegenwehen, aber wenn sie sich nicht verbiegen ließ, gradlinig ihr Ziel ansteuerte, ohne anderen zu schaden, dann sollte sie doch eines nicht mehr allzu fernen Tages Erfolg haben. Mit diesen Gedanken schlief sie ein, doch ihre Träume ließen sie immer wieder aufschrecken. Mit bösen, intriganten Menschen konnte sie einfach nicht umgehen.

BERLIN, FREITAG, 6. JULI 1928

Draußen vor dem Fenster zwitscherten die Vögel. Die Sonne zauberte ein warmes Licht auf die Zimmerwände in der Pension. Karolina hatte heute nichts zu tun, außer sich später für den Abend hübsch zu machen. Denn die Premiere ihres Films »Diebesgut«, den sie im letzten Jahr für die Befi gedreht hatte, stand endlich an. Die Genehmigung der Zensurbehörde lag vor. Karolina erinnerte sich an das Gespräch, das Metha Bär und Paula Poll über die Zensur geführt hatten. Ihr fiel sogar der Wortlaut ein, als sei es gestern gewesen. Paula Poll, die Theaterschauspielerin, hatte vor den Gefahren des Films als Mittel, die Massen zu erreichen, gewarnt. Metha hatte beschwichtigt und auf die Vorzensur verwiesen. »Und wer garantiert, dass diese Vorzensur nicht eines Tages missbraucht wird?«, hatte Paula Poll entschieden dagegengehalten. Karolina wiederum hatte die herrschende Meinungsfreiheit angesprochen. Die Argumente waren dann eine Weile hin und her gegangen. Paula Poll sprach von der Kontrolle der Wirkung des Films auf das Publikum und der Angst vor dem Verfall der Sitten. Dass es beim Theater nicht besser aussah, hatte Paula Poll dann in epischer Breite und wutschnaubend erläutert:

»Wir stehen unter Beobachtung. Ist unsere Kleidung nicht sittsam genug, sind unsere Bewegungen anstößig, sagen wir etwas, das dazu geeignet sein könnte, das Schamgefühl des Publikums zu verletzen? Wie oft wurden Stücke der Polizeibehörden gemeldet? Stell dir vor, sie lesen die Kritiken und ziehen aus der Reaktion des Publikums ihre Schlüsse?« An dieser Stelle hatte Metha die Diskussion für beendet erklärt. Seltsam, dass sich dieser Disput so in Karolinas Gedächtnis eingebrannt hatte. Sie musste an Rudolfs Warnungen denken. Was waren das nur für Zeiten? Zusammen mit den Erlebnissen in Staaken sorgte es beinahe dafür, dass ihr Traum und ihr Bild vom Film Risse bekamen. Aber nur beinahe. Sie durfte solche Erfahrungen nicht so nah an sich herankommen lassen. Vielmehr hatte sie Grund zur Freude, begannen schließlich in der kommenden Woche die Aufnahmen für einen neuen Film. Ihre Gedanken kreisten immer wieder um das Gerede der Schauspielerinnen. Nadelstiche waren das. Zum ersten Mal hatte sie am eigenen Leib den kalten Wind spüren können, der in der Filmbranche herrschte. Konkurrenz war etwas Widerliches, vor allem dann, wenn man glaubte, eigenes Nichtkönnen durch das Ausnutzen von Beziehungen oder gar durch Geldzahlungen kaschieren zu können. Sie musste diese deprimierenden Gedanken beiseiteschieben, denn die neue Rolle war recht anspruchsvoll und die Anzahl ihrer Auftritte ließ darauf schließen, dass sie mindestens eine Nebenrolle innehaben würde. Näheres würde sie heute Abend erfahren. Karolina zog sich an und setzte sich an den Frühstückstisch. Die anderen Pensionsgäste, zwei Frauen, die in Berlin urlaubten, waren bereits unterwegs, um sich die Stadt anzuschauen. Wie immer hatte die Pensionswirtin für Karolina einige Zeitungen bereitgelegt. Die Vossische Zeitung, die sie am liebsten las, machte mit einer Schlagzeile über die neue Regierung auf: »261 gegen 134 – Große Reichstagsmehrheit für das Kabinett Müller«.

Hermann Müller war der neue Reichskanzler einer großen Koalition mit SPD, BVP, DDP, Zentrum und DVP.

Trotz Wahlgewinnen beteiligte sich die KPD nicht an der Regierung. Innenminister war wieder Carl Severing und Außenminister blieb Gustav Stresemann, der allerdings gesundheitlich sehr angeschlagen war. Die Zeitungen hatten Woche für Woche über seinen Gesundheitszustand berichtet. So wusste Karolina, dass er sich derzeit in Bühlerhöhe im Schwarzwald aufhielt. Sie blätterte weiter und erschrak. In einer kleinen Nachricht stand, dass der beliebte Schauspieler Harry Piel einen Unfall hatte. Während Filmaufnahmen in den Ufa-Ateliers in Tempelhof überschlug er sich mit dem Motorrad und stürzte. Harry Piel war besinnungslos ins Krankenhaus eingeliefert worden. Bei dem Sturz hatte er sich Schulterbrüche und eine schwere Beinverletzung zugezogen. Karolina wusste, dass Harry Piel bekannt war für seinen Wagemut, aber dass so etwas einmal passieren würde, überraschte sie dann doch.

Immer noch beschäftigten Karolina die gestrigen Ereignisse bei den Dreharbeiten. Sie sehnte sich nach einem vertrauten Menschen. Rudolf. Sie musste ihn jetzt einfach sehen, ließ alles stehen und rannte zur Villa, in der er wohnte. Sie klingelte mehrmals und wollte gerade aufgeben, als er öffnete.

»Karolina, du, so früh?« Er wirkte übernächtigt.

»Ich wollte dich nicht stören, ich hatte … Ich dachte, es wäre schön, wenn wir an einem so freundlichen Tag ein wenig spazieren gehen würden. Aber ich …«

Rudolf fuhr sich durchs Haar. »Ich habe die ganze Nacht an einem Drehbuch gearbeitet und darüber die Zeit vergessen.«

»Du warst noch gar nicht schlafen?«

Er bat sie hinein. »Geh vor …« Er schloss hinter ihr die Tür.

Karolina stieg die Treppe empor, leise, wie üblich, denn die Vermieter mochten es nicht so gerne, wenn Rudolf Damenbesuch bekam.

»Wir sind allein«, sagte er hinter ihr. Sie mussten beide lachen. Doch ihr Lachen klang nicht mehr so unbeschwert wie früher. »Ich mache mich rasch frisch. Willst du uns in der Zeit einen Tee kochen?«

Karolina macht sich in der Küche nützlich. Als er aus dem Badezimmer wiederkehrte, hatte sie Teekanne und Tassen auf den Esstisch gestellt. In einem Schrank hatte sie eine Dose mit Keksen gefunden.

»Oh, das ist gemütlich, vielen Dank, Karolina.« Er wollte noch etwas hinzufügen, ließ es dann aber bleiben. Karolina konnte sich denken, was.

»Ich wollte dich nicht verletzten, als … du weißt schon. Es war so ein schöner Augenblick. Aber ich muss mich doch erst selbst finden.«

»Ich nehme es dir persönlich nicht übel, Karolina. Ich verstehe deine Entscheidung sogar. Ich kam mir nur in dem Moment so … Ach, es war peinlich.«

Karolina stand auf und umarmte Rudolf. Er blieb sitzen, genoss aber merklich die Sekunden der Nähe.

»Wir könnten gemeinsam so viel erleben. Du als Schauspielerin, ich als Drehbuchautor.«

»Aber du hast doch gemerkt, wie die Leute über uns reden. Ich erfahre es beinahe täglich.«

»Wie bitte?«

Es benötigte keine weitere Aufforderung. Karolina berichtete Rudolf von ihren Erlebnissen im Studio. Ohne allerdings Petersen zu erwähnen.

»Dann lass uns in die Staaten übersiedeln. Dort ist man freier. So viele sind bereits ausgewandert: Carl Laemmle …«

»Der Gründer der Universal Studios in Hollywood? Ich weiß. Hollywood, das klingt so munter. Dabei ist es eine Stechpalme. Das hat mir meine Englischlehrerin erklärt.« Sie lächelte und merkte, dass ihre Kenntnisse Rudolf beeindruckten.

»Du bist vorbereitet für unser Abenteuer«, scherzte er. Doch es war ihm ernst. Er wollte wirklich nach Übersee reisen, vielleicht sogar für immer. Und er sehnte sich ganz offensichtlich danach, dass sie dieses Abenteuer mit ihm bestritt. Während Karolina eine Hochzeit und ein Zusammenleben in Deutschland zum jetzigen Zeitpunkt eher verschreckte, so wurde ihr bei dem Gedanken, mit Rudolf in Amerika ganz neu anzufangen, warm ums Herz.

»Wer ist denn schon alles drüben? Von Lya de Putti weiß ich es.«

»Ernst Lubitsch und Friedrich Wilhelm Murnau, Pola Negri und Camilla Horn …«

»Die ganz großen Regisseure? Warum gehen sie alle?«

»Vielleicht, weil sie meinen, ihre Träume dort eher verwirklichen zu können?«

»Träumst du auch?«

»Na ja, träumen ist ein wenig sentimental. Aber ja, meine Themen finden immer weniger Anklang hier in Deutschland.«

Karolina ließ ihre Teetasse stehen und schaute aus dem Fenster in den Garten hinter der Villa. Amerika, das klang so verheißungsvoll. Aber konnte sie ihre Familie in Köln im Stich lassen? Wieso kam ihr jetzt dieser Gedanke? Sie war nicht für sie und ihr Wohlergehen verantwortlich, das musste sie doch endlich einmal begreifen.

»Und wenn du erst einmal fährst, wenn es dein großer Herzenswunsch ist?«, schlug sie vor, ohne sich umzudrehen. »Ich komme nach …«

»So bald werde ich hier nicht meine Zelte abbrechen können. Ich habe noch einige Verpflichtungen und außerdem fehlt mir das Geld.«

Es ging ihm doch nicht etwa ums Geld? Dachte er, sie würde ihn finanziell unterstützen? Wovon denn nur?

»Dein Vater kann nichts beisteuern?«, fragte Karolina leise. »Ich dachte, er wollte die Teppichfabrik verkaufen. Dann könnte er dir doch einen Vorschuss auf dein Erbe ausbezahlen.«

»Leider hat er seine Meinung wieder geändert. Wie dein Vater auch. Er hat ihn erst davon abgebracht.«

»Was hat mein Vater damit zu tun?«

»Er meint, die Kinder wären nur auf sein Geld aus.«

Karolina konnte es nicht fassen. »Wie kommt er dazu? Wir haben uns vor meiner Abreise doch noch so vertrauensvoll miteinander unterhalten.« Sie setzte sich neben Rudolf an den Tisch.

»Mir kam es auch so merkwürdig vor. Dein Vater muss erst vor einigen Tagen seine Meinung geändert haben.«

»Ich verstehe es nicht. Alexander ging es niemals ums Geld.«

»Er sprach von Arnold, Karolina. Irgendetwas muss vorgefallen sein.«

Sie war gerade einen Monat weg aus Köln. Was war zu Hause vorgefallen? Karolina sprang auf. Rudolf hielt sie am Arm zurück.

»Du rufst nicht an und du fährst auch nicht nach Köln zurück, hörst du?«

Karolina riss sich los. Doch sie blieb in seiner Nähe. »Ich bin nicht verantwortlich …«, murmelte sie.

»Das sage ich doch. Außerdem solltest du dich auf heute Abend freuen. Immerhin darfst du nach der Aufführung mit auf die Bühne und die Ovationen des Publikums entgegennehmen.«

Warum hatte ihr das keiner mitgeteilt? Das Kleid, das sie für die Uraufführung ausgesucht hatte, fand sie für diesen Anlass nicht chic genug. Mit Rudolf konnte sie über das Thema allerdings nicht reden, und Frau Kamincke trug nicht ihre Größe. Und jetzt noch in die Innenstadt zu fahren, um ein neues Kleid zu kaufen, das wollte sie auch nicht.

»Sollen wir ins KaDeWe fahren?« Rudolf konnte Gedanken lesen? Was für ein schöner Vorschlag.

Irgendwann am Nachmittag hatte Karolina vor Aufregung zu zittern begonnen. Jetzt, da sie fertig angezogen und hübsch zurechtgemacht auf Rudolf wartete, hatte zwar das Zittern nachgelassen, aber ihre Hände fühlten sich eiskalt an. Die Pensionswirtin hatte ihr eine funkelnde Kette und passende Ohrclips geliehen, die hervorragend zu dem hellvioletten Kleid passten, das Rudolf ihr gekauft hatte. Karolina blinzelte schon seit einer Viertelstunde durch die Stores hinunter auf die Straße und hielt Ausschau nach Rudolfs Wagen. Den hatte er einem Kollegen vom Film günstig abgekauft, da ihm dieser zu klein, für Rudolf jedoch genau richtig dimensioniert war. »Den müsste ich dann wieder verkaufen, wenn wir nach Amerika auswandern«, hatte er vorhin zu Karolina halb im Spaß, halb im Ernst gemeint. Sie ahnte, dass er damit ihre Gemütsverfassung ergründen wollte. Sie hatte ein wenig mitgespielt, auch weil sie sich durchaus prinzipiell mit der Idee einer Auswanderung anfreunden konnte. Doch diese Vorstellung ängstigte sie gleichermaßen, denn welche Rolle war ihr dort am anderen Ende des Ozeans zugedacht? Die Rolle als die Frau an seiner Seite? Dass man in den Staaten auf eine unbedeutende deutsche Schauspielerin warten würde, schien ihr mehr als unwahrscheinlich zu sein. Drüben gab es ausreichend Aspirantinnen für Filmrollen, deren Zahl trotz der Größe des Landes eben auch endlich war. Gerade tauchten am Rande ihres Blickfeldes Scheinwerfer auf. Rudolf war keine Minute zu früh, keine Minute zu spät. Karolina wartete nicht erst, bis er ausgestiegen war, sondern rannte an Frau Kamincke vorbei die Treppe hinunter. Sie musste aufpassen, dass sich der Saum ihres Kleides nicht irgendwo verfing.

Vor der Tür lief sie geradezu in Rudolfs Arme. Er betrachtete sie wohlwollend, sagte aber nichts, sondern geleitete sie galant über die Straße.

»Du siehst bezaubernd aus«, sagte er, während er ihr in den Wagen half. Karolina plapperte in einem fort, um ihre Nervosität zu überspielen.

»Zum Marmorhaus, Gnädigste?«, fragte er ausgelassen.

»Zum Marmorhaus«, antwortete Karolina.

Der Verkehr war beachtlich und gestaltete sich wie jeden Freitagabend auf Kurfürstendamm und Tauentzienstraße recht unübersichtlich. Rudolf musste sich konzentrieren und fuhr langsam und bedacht. Vor dem Marmorhaus stauten sich die Fahrzeuge. Ein Angestellter des Lichtspieltheaters trat schließlich an ihr Automobil heran und bat sie auszusteigen. Er würde den Wagen an einer ruhigen Stelle für sie parken. Als er erfuhr, dass die beiden keineswegs einfach nur Premierengäste waren, sondern etwas mit diesem Film zu tun hatten, ließ er sie bis zum Theater vorfahren, wo sie sogar parken durften. Auf dem Trottoir standen einige Schaulustige, die sich jedoch enttäuscht zeigten, als sie merkten, dass weder Karolina noch Rudolf bekannte Persönlichkeiten waren. Unter den Wartenden entdeckte

Karolina Billie Wilder, der ihr freundlich zuwinkte. Ihn begleitete ein Mann mit einer Kamera. Da der Reporter immer noch winkte, zupfte Karolina an Rudolfs Ärmel.

»Ich denke, er meint uns.«

»Ah, er möchte uns fotografieren. Was meinst du?«, fragte Rudolf.

»Warum nicht? Dann stehen wir morgen in der Zeitung. Sollen doch alle denken, dass du mich protegierst.«

»Denen zeigen wir es«, sagte Rudolf entschlossen und zog Karolina mit sich. Die beiden posierten vor der Kamera mit dem festlich beleuchteten Marmorhaus im Hintergrund. »Uraufführung ›Diebesgut‹« war auf einem großen Schild zu lesen.

Hatten sie die Albernheiten mit Rudolf eine Weile abgelenkt, so begannen Karolinas Knie nun erneut zu zittern und ihr wurde ganz flau im Magen. Der Vorplatz füllte sich immer mehr mit Menschen. Alle, die sie aus dem Atelier kannte, hatten sich eingefunden. Man ließ sie vor den Premierengästen als Erste in den Saal. Karolina war über die einfache Sachlichkeit im Inneren erstaunt. Alles wirkte so sauber, klar und gar nicht barock wie in manch anderem Kinosaal. Rudolf hatte sich zu den Leuten vom Stab ganz vorne im Theater gesellt. Karolina stand etwas abseits und beobachtete, wie allmählich die Zuschauer Einlass fanden. Plötzlich erstarrte sie. Die Frau, die gerade in der Tür erschien, wies eine erschreckende Ähnlichkeit mit ihrer Freundin Gertrud auf. Sie war sehr stark geschminkt und offensichtlich alleine hier. Alles passte, ihre Gestik, ihre Mimik.

»Es geht gleich los«, zupfte Karolina eine Kollegin am Ärmel und bedeutete, ihr zu folgen. Karolina folgte ihr mechanisch und kam erst wieder zu sich, als sie von ihrem Platz in der ersten Reihe bereits mehrere Minuten auf die Leinwand gestarrt hatte. War es nicht egal, dass Gertrud hier war? Sie war so mit sich und ihren Gedanken beschäftigt, dass sie gar nicht bemerkte, wie Rudolf ihr von seinem Sitz aus versuchte, Zeichen zu geben. So war sie einigermaßen von ihrem eigenen Erscheinen auf der Leinwand überrumpelt. Sie wusste zwar, in welchen Szenen sie gespielt hatte, doch der Regisseur hatte ja noch Hand angelegt und den Film schneiden lassen. Sie hätte am liebsten die Hände vor das Gesicht gehalten, um gar nicht mit ansehen zu müssen, wie sie agierte. Doch ihre Neugier war zu groß. Zunächst fand sie es befremdlich, sich auf der Leinwand zu sehen. Doch bald gefiel ihr ihr eigenes Konterfei und sie musste anerkennen, dass ihr Spiel recht natürlich und professionell wirkte. Ihre Anspannung wich mit jedem Filmmeter, auf dem sie spielte. Sicher gab es noch das eine oder andere, das sie hätte besser machen können. Hier hätte sie ein wenig mehr Ausdruck zeigen können, dort etwas weniger, und das Gestikulieren mit ihrer rechten Hand könnte sie etwas reduzieren. Doch das Publikum lachte, raunte, stöhnte die ganze Zeit. Auch eine Szene, in der Karolina besonders lustig sein sollte, erntete die beabsichtigte Reaktion. Die Kinoorgel unterstrich das Filmgeschehen gekonnt. Noch bevor das Licht den Saal wieder in seiner ganzen Pracht erstrahlen ließ, begann das Publikum erst leise, dann immer lauter zu klatschen. Offensichtlich fand man den Film durchaus gelungen. Während die anderen Ehrengäste rasch aufsprangen – sie hatten eben Erfahrung mit Uraufführungen –, blieb Karolina sitzen. Sie wollte den Augenblick genießen. Rudolf eilte zu ihr.

»Wo bleibst du? Komm!«

»Wohin?«

»Na, auf die Bühne.«

Karolina kam aus dem Lächeln nicht mehr heraus. Sie war glücklich. Nach der soeben gewonnenen Erkenntnis über ihr durchaus gelungenes Spiel empfand sie eine riesige Freude, ihrer ehemaligen Freundin Gertrud, so sie denn überhaupt im Saal anwesend war, zu beweisen, was sie zu leisten imstande war. Ein wenig unsicher fühlte sie sich jedoch, aber das war sicher normal, schließlich war sie es nicht gewohnt, von so vielen Menschen angesehen zu werden.

»Was ist?«, fragte Rudolf von oben und ermunterte sie mit deutlichen Gesten, endlich auf die Bühne zu steigen. Nachdem der Regisseur seine Rede beendet hatte, begann er mit der Vorstellung der Mitglieder des Aufnahmeteams und der Schauspieler. Als Karolina an der Reihe war, flüsterte die Kollegin, die neben ihr stand: »Du musst dich verbeugen.« Karolina folgte der Anweisung.

Das Publikum klatschte, nicht überschwänglicher als bei den anderen, aber doch ausgiebig. Während die anderen nach und nach die Bühne verließen, blieb Karolina stehen und blickte in den Zuschauerraum. Die Reihen leerten sich schnell, was daran lag, dass der Saal nicht ganz gefüllt gewesen war. Sie suchte nach der Frau, die wie Gertrud ausgesehen hatte, konnte sie jedoch nicht entdecken. Vielleicht hatte sich Karolina ja wirklich getäuscht und ihre Wahrnehmung hatte ihr einen Streich gespielt.

»Wie hast du dir gefallen?«, fragte Rudolf, der sich zu ihr gesellt hatte.

»Ich weiß nicht, es ist alles so verwirrend, so neu für mich …«, stammelte Karolina.

»Ich hatte den Film ja schon vorher gesehen.«

Sie schaute Rudolf nun geradewegs ins Gesicht. »Oh, davon hast du mir gar nichts erzählt.«

»Ich wollte, dass du unvoreingenommen zuschauen kannst.«

»Ich habe es mir noch schlimmer vorgestellt, mich zu sehen. Ich könnte das eine und andere verbessern …«

»Du warst großartig, Karolina. Ich muss es dir einfach sagen. Man will dir demnächst eine Hauptrolle anbieten.«

Karolina hätte laut jauchzen mögen, doch dieser Anflug von emotionalem Überschwang verging ihr im selben Augenblick. Gertrud näherte sich der Bühne. Rudolfs Augen blitzten auf, als er sie entdeckte. Was er jetzt tat, hätte Karolina nicht für möglich gehalten. Nicht, wenn man bedachte, wie vertraut sie miteinander wieder umgingen. Er ließ sie einfach stehen, wortlos, um von der Bühne zu laufen und Gertrud entgegenzueilen. Er hatte sie also herbestellt!

Karolina wollte nicht hinsehen. Sie wollte nicht Augenzeugin ihrer Begrüßung werden. Doch sie konnte nicht anders, als die beiden zu beobachten. Gertrud schwebte nun regelrecht auf Rudolf zu, wedelte mit ihrer Stola und umarmte ihn mit einer übertrieben anmutenden Vertraulichkeit. Offenbar sollte jeder denken, sie seien ein Paar. Ein Blitz flammte auf. Und noch einer. Karolina spürte den Drang, das Lichtspieltheater zu verlassen. Doch sie war kein Kind mehr, das unangenehmen Situationen durch Flucht aus dem Weg ging. Sie musste standhaft bleiben, schon allein, um sich keine Blöße zu geben. Niemand sollte merken, wie es in ihrem Innersten aussah. Wie sah es darin aus? Eigentlich war sie doch nur wütend auf Gertrud, die einen solchen Auftritt hinlegte. Und auf Rudolf, der sie einfach stehen gelassen hatte. Sie würde die Gründe dafür schon noch erfahren. Sie hatte zwar keine Ahnung, warum Gertrud hier war, aber das spielte jetzt keine Rolle. Wenn es eines war, das sie konnte, dann war es schauspielern, und so schauspielerte sie. Was Gertrud konnte, würde auch ihr gelingen. Und es würde natürlicher wirken. Anmutig und auf Wirkung bedacht stieg sie die Treppe zum Zuschauerraum hinunter. Wieder flammte der Blitz eines Fotografen auf. Dieses Mal war die Kamera auf sie gerichtet. Ohne Eile gesellte sie sich zu den beiden.

»Ach Gertrud, schön, dass du hier bist, um mir zu gratulieren.« Sie streckte ihr die Hand entgegen. Um diese zu ergreifen, musste Gertrud Rudolfs Arm loslassen.

Ihre Körperhaltung sollte Großmut ausdrücken, doch alles wirkte zu einstudiert. Natürlich erkannte das Karolina. Doch sie wollte Gertrud in dem Glauben lassen, dass sie sie nicht durchschaute.

»Rudolf, wie war das mit der Hauptrolle?«, fragte Karolina fröhlich.

Karolina merkte Rudolf an, dass er mit der Situation überfordert war, doch darauf konnte sie keine Rücksicht nehmen. Sie verhielt sich so, wie sie es für ihr persönliches Wohlbefinden und für ihr Ansehen in der Öffentlichkeit richtig hielt.

»Ja. Die hast du in Aussicht«, antwortete Rudolf zögerlich. »Allerdings ist die Finanzierung des Films noch nicht gesichert. Es könnte sich etwas hinziehen.«

Das war jetzt nicht sein Ernst? Eben hatte das doch so geklungen, als sei alles fest.

»Ich kann mir das Drehbuch ja schon einmal ansehen«, sagte Karolina unbeeindruckt. »Ob die Rolle überhaupt meine Erwartungen erfüllt.«

»Rudi! Seid ihr bald fertig?«, mischte sich Gertrud ein.

»Gertrud, wir unterhalten uns gerade. Was machst du eigentlich hier?«

Ihre Freundin wusste nicht gleich eine Antwort. Dann meinte sie besonders schlagfertig zu sein, indem sie darauf verwies, dass sie ihr gratulieren wollte. Karolina konnte sich einfach keinen Reim auf ihr Verhalten machen.

»Wie wäre es, Gertrud, wenn wir uns bald einmal auf einen Plausch treffen und unsere Differenzen beilegen?«

Gertrud nickte. Sie schien sogar erleichtert darüber, dass Karolina auf sie zuging. Tat ihr der Gefühlsausbruch, der zu diesen Spannungen zwischen den Freundinnen geführt hatte, vielleicht ehrlich leid?

Rudolf wirkte unsicher. »Komm morgen früh bei mir vorbei, so gegen elf Uhr? Dann besprechen wir alles. Hier ist nicht der geeignete Ort«, bat er.

Karolina nickte.

»Und nun lass uns feiern. Du kommst doch mit?«, fragte Rudolf hastig, denn er bemerkte, dass sie die letzten verbliebenen Künstler im Kinosaal waren. In der Halle rief jemand nach ihm. Er ließ den beiden Frauen den Vortritt und folgte ihnen.

Auf dem Weg zum Ausgang zur Straße wurde Karolina von einigen Mädchen aufgehalten, die sie um ein Autogramm baten. Da Karolina noch nicht im Besitz von entsprechenden Karten war, unterschrieb sie auf den Programmheften mit ihrem Künstlernamen Lia Caroll. Als sie das Marmorhaus verließ, war von Rudolf und den anderen nichts mehr zu sehen. Sie hatten sie doch nicht einfach vergessen? Zu ihrem Ärger kannte Karolina noch nicht einmal den Namen der Örtlichkeit, in der sie sich zum Feiern verabredet hatten. Ihr blieb nichts anderes übrig, als den Heimweg anzutreten. Es würde nicht einfach werden, an einem Freitagabend eine freie Kraftdroschke zu finden. Sie stand ein wenig verloren am Straßenrand, als sie von der Seite angesprochen wurde.

»Wertes Fräulein, darf ich mich vorstellen?«

Karolina blickte zur Seite in das Gesicht eines äußerst schneidigen Mannes. Sie nickte.

»Mein Name ist Adalbert von Bonsen. Ich bin Filmproduzent und habe Sie eben auf der Leinwand gesehen. Nicht nur das, ich fand Ihr Auftreten im Theater äußerst souverän.«

Karolina schnappte nach Luft und wollte erwidern, dass sie sich alles andere als souverän gefühlt habe, aber natürlich ließ sie es bleiben. Chancen vergab man nicht durch törichtes Verhalten. »Vielen Dank. Es freut mich, Ihre Bekanntschaft zu machen. Meinen Namen kennen Sie ja bereits«, sagte Karolina mit einem Lächeln. Es galt jedoch nicht ihm, sondern Billie Wilder, der sich mit einem fröhlichen Gruß von ihr verabschiedete. Sie winkte verstohlen zurück.

»Ah, Sie sind gut mit der Presse gestellt. Ein gewichtiger Vorteil in diesem Geschäft.«

Wieder nickte Karolina nur. Sie blieb vorsichtig. Lieber sagte sie nichts als das Falsche.

»Sie sehen so aus, als suchten Sie eine Fahrgelegenheit.« Er zeigte auf einen auffälligen Wagen, der auf dem Streifen zwischen den Fahrbahnen geparkt war. »Wenn Sie möchten, kann ich Sie nach Hause fahren.«

Es war ihrer Vorsicht geschuldet, dass sie ihn bat, ihr seine Visitenkarte zu zeigen. Es konnte ja jeder behaupten, Filmproduzent zu sein. Wo, wenn nicht hier, konnte man junge, unerfahrene Frauen abschleppen?

»Das verstehe ich. Sie handeln sehr bedacht, das ist gut.« Mit diesen Worten reichte er ihr seine Karte. Sie konnte angesichts der Lichtverhältnisse zwar nicht viel darauf erkennen, doch das Signet der Ufa stach deutlich hervor. Ufa also, dachte Karolina. Vor deren Macht hatte Rudolf sie immer gewarnt. Sie blickte sich um. Als weit und breit weder Rudolf noch Gertrud zu sehen waren, willigte sie ein. Zum Glück dauerte die Fahrt in den Grunewald nicht lange. Und so blieb Adalbert von Bonsen nur wenig Zeit, einige Anekdoten aus der Filmwelt zum Besten zu geben. Beim Abschied vor der Pension reichte Karolina ihm eine ihrer neuen Visitenkarten.

»In einer Pension wohnen Sie also. Immerhin im Grunewald. Wir könnten Ihnen sehr viel mehr bieten. Wir suchen neue Talente und Sie sind ohne Zweifel eins. Und Sie haben eine besondere Persönlichkeit.«

Karolina wurde es allmählich zu viel. Sie war es nicht gewohnt, dass man sie derart hofierte. So bedankte sie sich höflich, aber reserviert – was man ihr, wenn nicht als Arroganz, so doch als Kälte hätte auslegen können –, gab sich aber durchaus an einem Angebot interessiert. Sie wollte den Mann zwar auf Abstand halten, ihn gleichzeitig jedoch nicht verprellen, denn möglicherweise hatten Rudolfs Warnungen vor der Ufa ja auch recht eigennützige Gründe. War sie bei der größten Produktionsgesellschaft erst einmal unter Vertrag, würde sie schwerlich mit ihm nach Amerika auswandern. Mit wirren Gedanken im Kopf betrat sie ihr Zimmer in der Pension und hoffte, am drauffolgenden Morgen klarer zu sehen. Doch wie konnte sie das. Selbst nach etwas Schlaf würde sie nicht wissen, warum Gertrud so plötzlich aufgetaucht war.

BERLIN, SONNABEND, 7. JULI 1928

Am Morgen ging es Karolina tatsächlich viel besser. Das lag einerseits an der Begegnung mit Adalbert von Bonsen, andererseits daran, dass sie Gertruds Auftritt im Marmorhaus zunächst als Teil ihres Traumes angesehen hatte. Doch leider war die Begegnung mit ihrer einstigen Freundin Realität gewesen. Was wollte sie nur wieder von Rudolf? Was hieß eigentlich »wieder«? Sie hatte vermutlich nie aufgehört, auf eine Zukunft mit ihm zu hoffen. Gertrud hielt sich alles warm, was in ihren Augen vielversprechend war. So war sie schon immer. Und Rudolf stand am Anfang einer großen Karriere. Sie hoffte dennoch auf eine Aussprache mit ihr. Der Gedanke, dass sie sich gestern bei der Feier, die sie aufgrund unglücklicher Umstände verpasst hatte, mit Rudolf amüsiert hatte, versetzte ihr einen Stich.

Karolina fiel ihre Begegnung im Kölner Stadtwald wieder ein. Gertrud und Rudolf hatten an diesem Tag offensichtlich gemeinsam Tennis gespielt, als Karolina ihnen nach ihren Schauspielübungen unter freiem Himmel auf der Terrasse der Waldschenke über den Weg gelaufen war. »Rudi«, hatte Gertrud ihn ganz vertraut genannt, so wie gestern.

Doch Karolina durfte ihre persönliche Zufriedenheit nicht ständig von Gertrud ins Wanken bringen lassen und auch nicht von Rudolfs ungeteilter Aufmerksamkeit. Sie würde auch ohne ihn zurechtkommen. Doch ihr Herz sagte etwas anderes.

Nach einem ausgiebigen Frühstück und einer netten Plauderei mit Edith Kamincke verließ Karolina das Haus, dieses Mal ohne Eiko. Sie würde später am Tag zu einem ausgiebigen Spaziergang mit ihm aufbrechen.

Die frische Sommerluft legte sich wie Balsam um ihren Körper. Sorgen und Ängste schälten sich wie eine zweite Haut von ihr ab. Endlich konnte sie ihr Glück genießen, das Glück darüber, selbst auf der Leinwand agiert zu haben. Wie lange hatte sie davon geträumt. Sie konnte stolz auf das sein, was sie trotz der vielen Widrigkeiten erreicht hatte. Die Uhr zeigte nur zwei Minuten nach elf Uhr, als sie sich dem Grundstück der Villa näherte, in der sich Rudolfs Wohnung befand. Fröhlich und ein Liedchen summend lief Karolin durch das Tor am Eingang, als ihr eine derangiert aussehende Gertrud entgegenkam. Ihr Lippenstift war verschmiert, die schwarze Farbe war von den Augenlidern in die kleinen Fältchen ringsum gekrochen.

»Was ist mit dir?«, fragte Karolina mitfühlend.

»Frag nicht«, jammerte ihre Freundin und ließ Karolina einfach stehen.

Rudolf hatte sie so gehen lassen? Was hatte das zu bedeuten? Da sie die Kleider von gestern Abend trug, musste sie bei ihm übernachtet haben. Früher wäre Karolina ihrer Freundin gefolgt, doch ein Impuls veranlasste sie dazu, zunächst Rudolfs Sichtweise der Geschehnisse zu erfahren. Sie klingelte, er öffnete. Im Gegensatz zu Gertrud wirkte er kein bisschen angeschlagen, eher ausgeruht und frisch.

»Wie schön, dass du kommst. Ich hatte schon befürchtet, dass du es dir nach gestern Abend anders überlegt hättest.« Er ließ sie ein. Wie beim letzten Mal ging sie voraus. In seiner Wohnung angekommen, konnte Karolina nicht mehr länger warten.

»Was hat Gertrud hier die ganze Nacht gemacht und wieso sah sie so dermaßen ruinös aus?«

Rudolf schloss die Tür hinter ihr. »Wer?

»Das kannst du doch nicht allen Ernstes fragen!«

»Ich verstehe dich wirklich nicht, Karolina. Wovon sprichst du? Gertrud hat hier nicht übernachtet. Ich habe sie gestern Abend in ihr Hotel Unter den Linden gefahren und habe dann noch ein wenig mit den anderen gefeiert, aber nicht lange, weil ich diese Trinkerei nicht mag.«

»Und danach kam Gertrud zu dir?«

»Karolina, was ist nur los mit dir?« Er packte sie sanft an den Schultern. Er wirkte kein bisschen wütend, eher hilflos.

Sie wollte ihm glauben und erzählte ihm von ihrer Begegnung eben vor der Villa.

»Dann muss sie dort auf dich gewartet haben, Karolina. Sie hat doch gehört, dass ich dir heute um elf Uhr das Drehbuch aushändigen wollte.«

Er setzte sich in den Sessel im Wohnzimmer. Er schien zu überlegen. Karolina ließ ihm die Zeit. Sie musste selbst alles erst einmal verarbeiten und überlegen, was dieser Auftritt von Gertrud zu bedeuten hatte. Plötzlich begegneten sich ihre Blicke. Dem Zucken um seine Augen nach zu urteilen, wusste Rudolf, welche Beweggründe Gertrud zu ihrem Verhalten bemüßigt hatten. Doch er schwieg.

»Will sie sich zwischen uns drängen? Uns auseinanderbringen?«, fragte Karolina leise.

»Dafür müssten wir erst einmal ein Paar sein«, antwortete Rudolf sachlich.

Tausend Gedanken schossen Karolina gerade durch den Kopf. Und Orte: Berlin, Köln, Hollywood. Sie war ratlos.

»Rudolf, ich erwarte eine Erklärung. Warum hast du sie eingeladen?«

»Ich brauche einen Finanzier für meine Vorhaben.«

»Gertrud soll dir Geld geben?«

»Nein, nicht sie. Ihr Vater.«

»Und deshalb machst du dich an sie heran?«

»Du bist eifersüchtig?« Er lächelte.

Natürlich war sie das. Aber hatte sie ein Recht dazu? Immerhin hatte sie Rudolfs Antrag abgewiesen. Und er war ein Mann …

Rudolf streichelte ihr sanft über das Haar. »Ich kann dich beruhigen. Ich hatte nicht sie eingeladen, sondern ihren Vater, damit wir uns besprechen können.«

»Dann ist sie statt seiner zur Filmpremiere erschienen?«, fragte Karolina kleinlaut.

Rudolf antwortete nicht. Offensichtlich bedrückte ihn etwas. »Karolina, du weißt, wie ich zu dir stehe. Aber ich kann auch nicht ewig warten.«

Nun hatte er ausgesprochen, wovor sie sich immer gefürchtet hatte. Sie verstand ihn, aber was sollte sie tun? Sie hatte Angst, ihn zu verlieren. Dennoch konnte sie einer Heirat mit ihm noch nicht zustimmen. Für sie hatte sich nichts geändert. Keinesfalls wollte sie von einer Abhängigkeit in die nächste geraten, nach nur wenigen Monaten, in denen sie großjährig war.

»Lass mir noch ein wenig Zeit«, sagte sie nur. Es schmerzte sie, dass sie ihm kein Versprechen auf eine baldige gemeinsame Zukunft geben konnte.

Er nahm ihre Antwort offensichtlich recht gefasst auf. Um die Situation zu entspannen, fragte sie ihn nach dem Drehbuch. Er ging zum Schreibtisch und händigte ihr eine Kopie aus. Während sie darin blätterte, erklärte er ihr enthusiastisch den Inhalt des Films und beschrieb ausführlich ihre Rolle darin. Sie hatte gehofft, dass die Besetzung bereits feststünde, doch offensichtlich befand sich vieles noch im Entwicklungsstadium. Als Karolina am Nachmittag die Villa im Grunewald verließ, war sie um einige Fragen reicher. Rudolf konnte ihr keineswegs sagen, wann mit den Dreharbeiten begonnen werden würde. Das bedeutete, dass sie augenblicklich arbeitslos war. Wieder einmal.

Nach ihrem Spaziergang mit Eiko nahm sie später am Tag die Visitenkarte von Adalbert von Bonsen in die Hand und wählte eine der dort aufgedruckten Telefonnummern, es war jene mit dem Vermerk »privat«.

BERLIN, FREITAG, 3. AUGUST 1928

Sie hatte sich mehr von ihrem Anruf bei dem Ufa-Produzenten versprochen. Er hatte ihr zwar versichert, sich bald bei ihr zu melden, doch nicht er, sondern Rudolf war es schließlich, der ihr zumindest eine kleine Rolle verschafft hatte. Offensichtlich stand er immer noch in Verbindung zu Henny Porten. Eine Nebenrolle war wegen der Krankheit einer anderen Schauspielerin vakant gewesen und Rudolf hatte Karolina ins Gespräch gebracht. Der Zufall wollte es, dass dieser Film der Henny Porten-Froelich Produktion GmbH in den Efa-Ateliers in Halensee gedreht wurde, wodurch Karolina längere Anfahrtswege erspart blieben. So traf sie nicht nur Henny Porten wieder, die die Marischka spielte, sondern lernte endlich den Mann der berühmten Schauspielerin kennen, Wilhelm von Kaufmann, der die Produktionsleitung innehatte. Carl Froelich führte Regie. »Liebe im Kuhstall« sollte der Film heißen. Henny Porten spielte eine Gräfin und eine Kuhmagd, was zu allerlei kuriosen Verwicklungen führte. Letztlich heiratet der verarmte Baron dann die Gräfin, die er eigentlich gar nicht heiraten wollte, weil er dachte, sie sei hässlich. Das Drehbuch stammt nicht von Rudolf, was man ihm anmerkte. Seine Ideen waren anspruchsvoller.

Karolina war durchaus mit Freude und Eifer bei der Sache gewesen, doch es war nicht das, was sie auf lange Sicht wollte: In Statisten- und Nebenrollen kamen ihre Fähigkeiten nicht vollends zur Geltung. Als sie eine Nachricht von Adalbert von Bonsen erreichte, hatte sie diese als gutes Zeichen gedeutet. Er hatte sie vor einigen Tagen zu einer exklusiven Besichtigung der Filmateliers von Neubabelsberg eingeladen. Mit einem luxuriösen Automobil war er persönlich vorgefahren, um sie abzuholen. Die Fahrt führte sie auf das Gelände der Filmfabrik, wo der Pförtner sie einfach durchwinkte. Der Rundgang versetzte Karolina in schieres Verzücken. So manches Mal meinte sie, kaum ihren Augen trauen zu können. Die Betriebsamkeit, die vielen Arbeiter, die Ehrerbietung, die man Adalbert von Bonsen entgegenbrachte, all das beeindruckte sie. Das Beste hatte er für den Schluss aufgehoben: den Blick in die Große Halle, die vor zwei Jahren für Fritz Langs Film »Metropolis« errichtet worden war und laut von Bonsen als das größte Großatelier Europas galt. Vierzehn Meter hoch sei es und über fünftausend Quadratmeter groß. Beinahe nebenbei erwähnte er, während Karolina die Halle mit den Augen abmaß, dass man schon bald eine geeignete Hauptrolle für sie finden werde.

Darin, ihr Hauptrollen zu versprechen, glichen sie die Männer offenbar. Von Rudolf hörte sie jedenfalls diesbezüglich nichts mehr. Aber bestimmt lag es nicht an ihm, schließlich war er kein finanzstarker Produzent, es sei denn, Gertruds Vater, der Bankier Mesenich aus Köln, unterstützte ihn. Sie wusste, dass sie besonders Rudolf Unrecht tat und er sich immer wieder für sie einsetzte.

Kurz nach der Uraufführung von »Diebesgut« waren einige Reportagen erschienen. Aufgeregt hatte Karolina die Berichte gelesen und sich jedes Mal gefreut, wenn ihr Name Erwähnung fand. Auf einem der Fotos einer Filmbeilage entdeckte sie Gertrud, die mit dem unverkennbaren Ausdruck der Bewunderung zu Rudolf blickte. Karolina stand etwas im Hintergrund, weshalb man ihren Namen weggelassen hatte, hingegen Gertrud als die »Frau an Rudolf Thelens Seite« betitelte. Es fiel ihr schwer zu akzeptieren, dass sie ihren Freund aufgrund ihres Zögerns vielleicht doch an eine andere Frau verlieren könnte. Adalbert von Bonsen hatte das Foto auch entdeckt und ihr auf der Hinfahrt nach Babelsberg erklärt, dass sie unbedingt darauf achten müsse, sich in vorderster Reihe aufzuhalten, damit die Reporter sie auch erwähnten. Sollte sie erst bei der Ufa unter Vertrag stehen, so gehöre die Präsenz in der Öffentlichkeit zu einer ihrer wichtigsten Aufgaben.

Den Kontakt zu ihrer Familie in Köln beschränkte Karolina auf ein Mindestmaß. Sie hatte wenige Male mit ihrem Vater und ihrem Bruder telefoniert. Dabei war es meist um Ereignisse gegangen, die Köln betrafen. Arnold hatte sich einmal über den die Massen bewegenden Festumzug aufgeregt, der das Deutsche Turnfest beendete. »Die Menschen erschienen mir wie ein eigenständiger Organismus.« Alles klang bei ihm neuerdings politisch, selbst das Unpolitische. Ein anderes Mal, es war vorgestern, beschwerte er sich über die geplante Freigabe der Gelder für den Panzerkreuzer A. »Habt ihr euch denn das Rennen auf dem Nürburgring angeschaut?«, hatte Karolina ihren Bruder gefragt, um nicht darauf eingehen zu müssen. Aus dem Hörer hallte nur ein Brummen, was wohl bedeutete, dass dieser Ausflug nicht stattgefunden hatte. Über ihre Unzufriedenheit erzählte Karolina dagegen gar nichts. Sie ertappte sich sogar dabei, wie sie vorgab, sehr beschäftigt und äußerst gefragt zu sein. Wo sollte das noch hinführen?

Endlich erfolgte ein Lichtblick in Form einer Einladung. Karolina genoss es, sich für den heutigen Abend herauszuputzen. Sie durfte heute Adalbert von Bonsen zur Uraufführung eines Ufa-Films mit Hanni Weisse mit dem Titel »Vom Täter fehlt jede Spur« begleiten. Jener Hanni Weisse, die sie vor geraumer Zeit in Köln kennengelernt und neulich in Berlin wiedergetroffen hatte. Die Dreharbeiten für diesen Film hatten, wie ihr Adalbert von Bonsen während der Autofahrt erzählte, im Frühjahr in Neubabelsberg stattgefunden. Wie sehr sehnte sich Karolina danach, in den berühmten Hallen zu stehen und dort einen Film zu drehen. Es würde hoffentlich nicht mehr lange dauern.

Der Ufa-Palast am Zoo war wie immer ganz außergewöhnlich beleuchtet. Nachdem sie den Wagen abgestellt hatten, geleitete Adalbert von Bonsen Karolina an seinem Arm hinein. Vor ihnen lief Hanni Weisse. Doch sie kam nur zögerlich voran, da sie immer wieder von Premierengästen umlagert und um ein Autogramm gebeten wurde. Immer wieder erhellten Blitze das Foyer, Reporter riefen und brachten die Filmstars dazu, in ihre Richtung zu blicken. Als Hanni Weisse sich nach der Schleppe ihres Kleides umschauen musste, die sich unter dem Fuß eines Verehrers verfangen hatte, traf sich ihr Blick mit dem von Karolina. Auch heute erkannte die berühmte Schauspielerin Karolina sofort wieder.

»Unserer Kölnerin«, sagte sie.

Adalbert von Bonsen wunderte sich über den vertrauten Umgang, den die beiden Frauen miteinander pflegten. Hanni Weisse, der bekannte und gefeierte Filmstar, Karolina, der Neuling. Offensichtlich gab ihm dieser Umstand den nötigen Antrieb. Jedenfalls konnte es ihm plötzlich gar nicht schnell genug gehen, Karolina mit den wichtigsten Leuten bekannt zu machen: mit dem Regisseur

Constantin J. David, dem Kameraoperateur Friedl Behn-Grund sowie den Drehbuchautoren Victor Abel und Alfred Zeisler. Karolina beobachtet genau, wie man ihrem Begleiter äußerst respektvoll, beinahe demütig gegenübertrat. Ihr wurde bewusst, dass er Einfluss auf höchster Ebene besaß.

Der Film bereitete Karolina äußerstes Vergnügen, denn er wies durchaus Ähnlichkeiten mit »Der Bettler vom Kölner Dom« auf. Auch an ihren Film »Diebesgut« erinnerte sie die Handlung. Es ging um Raub, und wilde Verfolgungsjagden hielten das Publikum in Atem. Der Applaus wollte gar nicht abebben. Karolina wurde der Unterschied zu ihrer eigenen Filmpremiere im Marmorhaus mehr als deutlich vor Augen geführt. Nicht nur das. Sie musste zugeben, dass dieser Film noch spannender inszeniert war und das Spiel der Schauspieler ausgereifter wirkte. Nacheinander wurden schließlich die auf der Bühne Anwesenden vorgestellt. Zu Karolinas Verwunderung hatten bei den Dreharbeiten zwei waschechte Kriminalkommissare als Berater mitgewirkt: Kriminalrat Dr. Niemann und Kriminalkommissar Müller. Karolina wollte versuchen, gleich mit ihnen ins Gespräch zu kommen. Vielleicht gelang es ihr, nicht nur ungezwungen mit ihnen zu plaudern, sondern von ihnen zu erfahren, welche Gründe es haben konnte, dass eine Mörderin wie Paula noch frei herumlief, ohne für ihre Taten belangt zu werden.

Da die Schauspieler und nicht die Berater im Mittelpunkt des Interesses der Premierengäste standen, gelang es Karolina recht mühelos, zu den beiden Kriminalbeamten vorzudringen. Das Filmvolk zog unterdessen wie in einer Karawane in Richtung Foyer. Auch Adalbert von Bonsen hatte sich ihnen angeschlossen und achtete nicht weiter auf seine

Begleiterin. Da die beiden Kommissare sich überaus erfreut über Karolinas Wissbegierde zeigten, fasste sich diese bald ein Herz und kam auf ihr Anliegen zu sprechen. Sie trug vor, dass Polizeipräsident Bauknecht zugesagt hatte, die Kollegen in Berlin mit der Fahndung nach Paula Poll zu beauftragen. Die beiden Beamten gaben sich zuerst zugeknöpft, doch Karolina ließ sich nicht beirren und führte aus, dass ihre Anmerkungen keinesfalls als Kritik an der Arbeit der Kriminalpolizei verstanden werden dürften. Ihre Sorge rühre aus persönlicher Betroffenheit. Das überzeugte schließlich die beiden Beamten.

»Möglicherweise ist die Weitergabe der Fahndung durch die große Aufmerksamkeit, die die Polizei im gesamten Deutschen Reich der ordnungsgemäßen Abwicklung der Reichstagswahlen hatte zukommen lassen müssen, vernachlässigt worden«, sagte der eine.

»Aber wir haben jetzt August«, sagte der andere.

»Wir werden uns kümmern«, versprach der erste.

Karolina händigte ihnen ihre Visitenkarte aus und hoffte, dass Paula Polls Tage in Freiheit nun gezählt waren.

Als sie nach diesem Gespräch wieder zu den anderen ins Foyer kam, schien Adalbert von Bonsen bereits nach ihr Ausschau gehalten zu haben. Nach ihrem Dafürhalten war er drauf und dran, sie für sich zu vereinnahmen. So ließ er es kaum zu, dass Karolina auf die ihr gestellten Fragen selbst antwortete, indem er sich als ihr Sprachrohr zu betätigen versuchte. Da er sie nicht gut kannte, fielen seine Erwiderungen erwartungsgemäß recht allgemein aus. Als er sie am Ende noch zu einem Abendessen einladen wollte, allein, da hielt Karolina es für besser, vorerst Distanz zu wahren. Sie bat Adalbert von Bonsen, sie nach Hause zu fahren, was er auch anstandslos und keineswegs zerknirscht tat. Zwar erkundigte er sich auf dem Heimweg danach, was sie mit den Kriminalkommissaren zu besprechen hatte, doch sie konnte ihm die Wahrheit unmöglich sagen und hoffte, seine Neugier mit einem vorgeschobenen allgemeinen Interesse an deren Arbeit befriedigt zu haben.

BERLIN, MONTAG, 6. AUGUST 1928

Das Wochenende hatte Karolina damit verbracht, Briefe zu schreiben – an Ingrid und an Felix. Sie war viel spazieren gegangen, sehr zur Freude von Spitz Eiko. Mehrmals war sie an Rudolfs Wohnung vorbeigeschlichen, hoffend, dass sie ihn zufällig antreffen, bangend, dass sie Gertrud dort entdecken würde. Doch nichts dergleichen geschah. Am Morgen des heutigen Tages hatte Karolina sich bei der Amerikanerin gemeldet, die ihr Englischunterricht gegeben hatte. Sie hatte sie gleich zu einer ersten Übungsstunde eingeladen. Nach einigen Anlaufschwierigkeiten fand Karolina sich wieder gut zurecht. Bevor sie ging, ließ Karolina sich von Mrs Boyle über Land und Leute in Übersee berichten. Karolinas Interesse hatte einen ganz bestimmten Grund: Immer öfter spukte nämlich der Gedanke an ein Leben in Hollywood in ihrem Kopf herum. Manchmal fühlte sie sogar eine tiefe Sehnsucht. Sie malte sich ein Leben in einem Land aus, das größer, weiter, freier war. Ihre Kenntnisse über Amerika allerdings waren begrenzt. Alles, was sie darüber wusste, hatte sie den wenigen Berichten vor allem den Illustrierten Zeitungen entnommen und natürlich den amerikanischen Filmen, die hier gezeigt wurden.

Heute wäre Karolina beinahe einem nie gekannten Impuls folgend zu Rudolf gelaufen, um ihm zu eröffnen, dass sie mitkommen würde, wenn er sein Glück in Amerika versuchen wollte. Doch bei der Vorstellung, Gertrud könnte bereits ihre Stelle eingenommen haben, wich sie von ihrem Vorhaben zurück. Außerdem hatte Rudolf mit Bestimmtheit die Fotos in der Illustrierten Zeitung entdeckt, die sie und Adalbert von Bonsen bei der Premiere von »Vom Täter fehlt jede Spur« zeigten. Ufa-Produzent stand unter dem Bild. Rudolf würde das als Affront werten und als Zeichen dafür, dass sie auf seine Meinung nichts mehr gab, ja, sich geradezu über seine Warnungen hinwegsetzte.

Dieses Warten auf Nachrichten jeglicher Art machte Karolina kribbelig. Kein neues Rollenangebot, keine Reaktion der Kriminalpolizei. Zu allem Überfluss hatte heute ihr Vater angerufen und ihr ausrichten lassen, dass sie sich bei ihm melden sollte. Sie hatte keine Ahnung, worum es ihm ging, fürchtete jedoch ein ähnlich schlimmes Ereignis wie damals, als ihr Onkel sie Hals über Kopf in Bad Neuenahr abgeholt hatte. Sie wollte gerade beherzt zum Telefonhörer greifen, um sich mit Köln verbinden zu lassen, als es an der Pensionstür klingelte. Karolina blieb an ihrer Zimmertür stehen und lauschte. Sie hörte, wie Edith Kamincke öffnete.

»Kriminalpolizei«, sagte eine männliche Stimme.

Ob es um sie ging beziehungsweise ihr Anliegen?

»Ich weiß nicht, ob Fräulein Offermann zugegen ist«, sagte Frau Kamincke eingeschüchtert.

Karolina machte sich durch ein Räuspern bemerkbar.

»Ich glaube, sie ist in ihrem Zimmer«, sagte Frau Kamincke.

Karolina fing den Kommissar im Flur ab. Er stellte sich als Kriminalkommissar Hermann Beyerlein vor.

»Fräulein Offermann, wir benötigen Ihre Mithilfe«, sagte der freundliche Herr mit den grauen Schläfen. »Könnten Sie mich bitte zum Wagen begleiten?«

»Ich ziehe mir rasch etwas über«, sagte Karolina und verschwand in ihrem Zimmer. Draußen ging gerade die Sonne unter. Eine leichte Jacke würde ihr später, falls man sie nicht gleich wieder gehen ließ, gute Dienste leisten.

Sie beruhigte ihre Wirtin damit, dass sie lediglich als Zeugin benötigt würde, und eilte nach unten auf die Straße. Dort wartete nicht nur Kommissar Beyerlein auf sie, sondern ein weiterer Beamter und ein Polizist in Uniform. Karolina stieg in den Wagen ein, der jedoch wider Erwarten nicht gleich losfuhr.

»Wo genau wurde Paula Poll in Berlin gesehen?«, fragte der nette Kriminalkommissar ohne weitere Erklärung, worum es eigentlich gerade ging.

»In einem Etablissement, das mit ›M‹ beginnt«, erinnerte sich Karolina nach einigem Überlegen an Gertruds Worte.

»Magnet, Mohren-Diele, Pavillon Mascotte, Majowski …?«

»Ich weiß nur, dass es in Berlin-West gewesen sein muss.«

»Dann das Majowski?«

»Nein, das war es nicht. Da, wo sich Frauen treffen …«

»Das Monbijou in der Jägerstraße.«

»Wo ist die Jägerstraße?«

»In der Friedrichstadt.«

»Ich hatte meine Freundin so verstanden, dass es im Westen war.«

»Es gibt noch eine Dependance in der Nähe vom Wittenbergplatz«, sagte der Uniformierte.

»Ah, Ecke Wormser- mit der Lutherstraße. Da haben wir eher selten zu tun«, stellte Kommissar Beyerlein fest.

»Würden Sie uns dorthin begleiten? Wir kennen die Dame ja nicht so gut wie Sie.«

Karolina war einverstanden, und so fuhr sie zum ersten Mal in ihrem Leben in einem Automobil der Kriminalpolizei mit. Von außen war es allerdings nicht als solches zu erkennen.

»Wieso müssen wir eigentlich hier auf sie warten?«, fragte Karolina.

Es war bereits einige Zeit vergangen, in der nichts geschehen war, außer dass einige weibliche Gäste im Monbijou um Eintritt ersucht hatten. »Warum suchen Sie Paula Poll nicht in ihrer Wohnung auf? Sie muss doch hier gemeldet sein, in Berlin, meine ich.«

»Das ist sie eben nicht«, antwortete Beyerlein knapp. Er fingerte an seiner Jacke und hielt schließlich eine Zigarre in der Hand.

»Sie rauchen nicht, Fräulein Offermann?«

»Nein, aber es würde mir nichts ausmachen …« Sie wollte höflich sein.

»Nein«, antwortete Beyerlein, »das geht nicht, nicht hier im Wagen«, und steckte die Zigarre wieder zurück.

Sie warteten fast zwei Stunden in Sichtweite des Monbijou. Paula Poll tauchte allerdings nicht auf. Allmählich wurde Kommissar Beyerlein ungeduldig. Er bat Karolina auszusteigen und sich am Eingang nach Paula Poll zu erkundigen. Karolina zögerte nicht lange, sie hatte bereits mit einem Einsatz gerechnet. Und schauspielerisches Talent besaß sie ohnehin. Es dauerte nur wenige Minuten, bis sie durch geschicktes Fragen von einem der weiblichen Gäste die Auskunft erhielt, dass Paula seit einigen Wochen vor allem in der Jägerstraße anzutreffen sei.

Kaum hatte sie dies dem Kriminalkommissar mitgeteilt, da raste das Polizeiauto los. So schnell, wie es Karolina nicht erwartet hatte. Sie musste sich festhalten, um nicht auf ihrem Sitz hin und her zu rutschen. Statt sich zu ängstigen, fand sie diesen Einsatz einfach nur aufregend. Schon war man auf der Bülowstraße, bog in die Potsdamer Straße ein, beschleunigte wieder, überholte langsam fahrende Automobile und mehrere Omnibusse und schlängelte sich mit einem enormen Tempo über den Potsdamer Platz, was gar nicht einmal ungefährlich war. Der Wagen wurde erst deutlich langsamer, als er die Leipziger Straße verließ, um sich über Nebenstraßen dem Ziel zu nähern. Die Fahrt hatte ein Ende. Schade, dachte Karolina.

»Hat man Ihnen eben irgendetwas gesagt, das es uns erleichtert, Frau Poll darin zu finden?«, wollte Kommissar Beyerlein wissen. Er deutete auf die Außenfassade des Monbijou, vor dem sich eine kleine Menschentraube versammelt hatte.

»Eine Frau meinte, sie wird ›die Kölnerin‹ genannt.«

»Das hilft uns weiter.«

Die Türen des Automobils flogen auf.

»Sie bleiben hier, egal, was geschieht«, rief ihr Beyerlein zu, dann ließen die drei Männer sie allein. Auch der Fahrer war ausgestiegen. Wohl fühlte sich Karolina in dieser Gegend nicht. Zum ersten Mal in ihrem Leben wünschte sie sich, ein Messer oder besser noch eine Pistole in der Handtasche mitzuführen. Doch Karolina musste nicht lange warten. Kaum hatten die Beamten das Lokal betreten, da kamen sie auch schon wieder heraus. Zwischen ihnen eine Frau, die aussah wie Paula Poll. Auf die Entfernung hätte Karolina jedoch nicht mit zweifelsfreier Bestimmtheit ihre Identität bestätigen mögen, zumal Paula wie eine Garçonne gekleidet war. Und das bedeutete, dass sie Hosen trug. Alles wirkte entspannt und nach einer Verhaftung sah all dies bei Weitem nicht aus. Plötzlich hörte Karolina das

Quietschen von Autoreifen. Um die Ecke bog in rasantem Tempo ein Wagen. Er rauschte heran, hielt vor den Beamten und Paula Poll an, mehrere Schüsse fielen wie aus dem Nichts, der Polizist in Uniform sank zu Boden, Paula wurde in den Wagen gezerrt. Es fielen weitere Schüsse. Woher die kamen, konnte Karolina zunächst nicht ausmachen. Der Wagen brauste davon, während Kommissar Beyerlein und der Polizist, der am Steuer gesessen hatte, auf ihn schossen. Alles hatte nur wenige Sekunden gedauert. Karolina musste überlegen, ob sie gerade bei einem Filmdreh dabei gewesen war. Doch die Ereignisse waren bittere Realität. Auf der Straße lag der angeschossene Polizist in Uniform und versuchte aufzustehen. Karolina sprang aus dem Wagen, doch Kommissar Beyerlein signalisierte ihr, sich in Deckung zu bringen. Widerwillig folgte sie seiner Anweisung, denn eigentlich wollte sie dem verletzten Polizisten helfen. Dieser rappelte sich zu ihrer Erleichterung auf, schaute nur kurz auf seinen blutenden linken Arm und lief dann mit den anderen beiden geradewegs auf Karolina zu.

»Schnell, schnell!«, rief Beyerlein Karolina zu, die gleichzeitig mit ihnen wieder ins Auto sprang.

Mittlerweile wimmelte es auf der Straße von Menschen. Der Fahrer des Polizeiautos hatte Schwierigkeiten zu starten. Wichtige Sekunden gingen so verloren. Als sie endlich losfuhren, war von dem Automobil, das sie verfolgen wollten, nichts mehr zu sehen.

»Hat wer das Kennzeichen?«, fragte Beyerlein, während sie über den Gendarmenmarkt rasten.

»Wohin?«, rief der Fahrer?

»Hat wer das Kennzeichen gesehen?«, wiederholte der Kommissar ungeduldig seine Frage.

Karolina durchzuckte ein Geistesblitz. »Es war kein Berliner Kennzeichen. ›I Z‹ steht doch für die Rheinprovinz.«

»Bekannte von Frau Poll?«, fragte der Kommissar. »Oder Feinde?«

Karolina war das gerade egal, sie hatte nur Augen für den Polizisten, der neben ihr saß und dessen Ärmel blutdurchtränkt war.

»Kann ich etwas tun?«, fragte sie. Sie suchte in ihrer Tasche nach einem sauberen Taschentuch.

»Nur ein Streifschuss«, antwortete der Polizist. »Nicht der erste.«

»Aber das viele Blut. Sie müssen die Blutung stillen«, rief Karolina.

Sie half ihm dabei, den Arm aus dem Ärmel zu ziehen, dann presste sie das saubere Tuch auf die Wunde. Sofort tränkte sich der Stoff mit Blut. Sie nahm ein zweites Taschentuch, band es fest um die Wunde und verknotete es. Die Blutung schien zu stoppen.

»Danke, woher können Sie das?«, fragte der Polizist.

Sollte sie ihm sagen, dass sie von dieser Art von Hilfeleistungen überhaupt keine Ahnung hatte, sondern eine solche Szene irgendwann einmal in einem Film gesehen hatte?

»Geht es?«, fragte Beyerlein von vorn.

»Ja«, antwortete der Polizist. Er war offensichtlich hart im Nehmen.

Sie hatten mittlerweile die Spree erreicht und hielten gerade neben einem Schutzpolizisten.

»Ist hier ein Wagen mit dem Kennzeichen ›I Z‹ vorbeigekommen?« Beyerlein wies sich als Kriminalbeamter aus.

Der Polizist zeigte in Richtung Fluss.

»Wir brauchen Verstärkung«, rief Beyerlein und gab das Kommando zur Weiterfahrt.

Sie fuhren auf die Jannowitzbrücke zu. Am Ufer erkannten sie eine kleinere Menschenansammlung. Der Fahrer steuerte das Automobil dorthin.

Beyerlein stieg als Erster aus. Die anderen folgten ihm. Auch Karolina. Der angeschossene Polizist versuchte, so gut es ging seine Uniform wieder ordnungsgemäß anzuziehen.

»Was gibt es hier zu sehen?«, fragte der Kommissar barsch.

Einzelne Personen zeigten auf die im Dunkeln liegende Wasserfläche.

»Da ist gerade ein Automobil hineingefahren.«

Der Polizist, der den Wagen gefahren hatte, holte eine Lampe und beleuchtete damit die angegebene Stelle. Nur einige Luftblasen deuteten an, dass dort tatsächlich ein Auto versunken sein könnte.

»Wir brauchen einen Taucher«, sagte Beyerlein emotionslos.

Karolina wusste nicht, was sie fühlen sollte. War Paula Poll jetzt ertrunken? Wer hatte sie eben ins Auto gezerrt? Ihr wurde plötzlich ganz blümerant zumute. Der angeschossene Polizist hielt sie mit seinem unversehrten Arm fest.

»Jetzt brauchen Sie einen Arzt, nicht wahr?«, fragte er fürsorglich.

»Nein, nein, es geht schon … es ist nur …«

»Sie kannten die Frau, nicht wahr?«

»Ja, es ist alles ganz schrecklich kompliziert. Wenn alles stimmt, wie es den Anschein hat, dann hat diese Frau meine Mutter umgebracht und die Freundin meines Vaters.«

»Ach, herrje …« Der Polizist hielt Karolina immer noch am Arm fest.

»Es geht schon wieder«, sagte Karolina.

Der Polizist ließ sie los. »Ich bin Hugo Raue. Danke für Ihre Hilfe.«

Karolina setzte sich auf einen Randstein in der Nähe des Spreeufers und wartete. Es dauerte nicht lange, bis weitere Beamte eintrafen. Ein Taucher war allerdings nicht darunter. Bis hier einer erscheinen würde, dämmerte es vermutlich schon.

Hugo Raue tippte ihr auf die Schulter. »Wenn Sie mögen, können wir Sie nach Hause fahren. Ich lasse meinen Arm nun doch lieber von einem Arzt anschauen.«

Obwohl es Karolina nicht gut ging, sie fröstelte und ihr Magen schmerzte, wollte sie hierbleiben.

»Dann setzen Sie sich wenigstens in den Wagen«, schlug Beyerlein vor, der sich zu ihnen gesellte.

Karolina nahm das Angebot gerne an und ließ es zu, dass man ihr eine Decke brachte. Sie döste vor sich hin. Draußen wurde es Tag. Dann schlief sie ein. Sie wusste nicht, wie lange sie geschlafen hatte, als jemand an die Autoscheibe klopfte und sie damit aufweckte. Kommissar Beyerlein winkte ihr zu. Karolina rieb sich die Augen, legte die Decke zur Seite und stieg aus. Am Spreeufer standen allerlei Gerätschaften. Der Taucher hatte offensichtlich bereits seine Arbeit erledigt.

»Wir haben das Automobil tatsächlich gefunden.«

Karolina machte sich auf unangenehme Nachrichten gefasst.

»Es ist so. Es befindet sich niemand mehr im Automobil, und auch in der unmittelbaren Nähe haben wir keine Leiche entdecken können …«

Karolina konnte nicht glauben, dass alle den Unfall überlebt hatten. »Sind sie abgetrieben worden?«

»Möglich. Aber wir vermuten etwas anderes.« Kommissar Beyerlein holte tief Luft. »Die Insassen befanden sich wahrscheinlich gar nicht mehr im Wagen oder sie sind an Land geschwommen.«

Das bedeutete, dass Paula Poll noch lebte.

»Wir werden in den Krankenhäusern nachfragen. Kommen Sie einmal mit.«

Karolina folgte ihm bis zu der Stelle, an der der Wagen in die Spree gefahren war.

»Sehen Sie hier?« Kommissar Beyerlein zeigte auf einen Pfosten. »Hier ist frisches Blut, und das hier«, er winkte einen Polizisten herbei, der ihm einen Papierumschlag reichte. »Das hier«, Beyerlein öffnete den Umschlag und hielt ihn Karolina vor das Gesicht. »Diese Kette haben wir auf dem Trottoir gefunden.«

Karolina starrte auf das Schmuckstück.

»Es muss nichts mit der Angelegenheit hier zu tun haben …«

»Doch«, entgegnete Karolina. »Dieses Kettchen gehört Paula Poll.«

»Hm.« Beyerlein rieb sich das Kinn. Dann holte er seine Zigarre aus der Tasche und zündete sie an. Er paffte einmal. »Fräulein Offermann. Mir ist das alles gerade recht suspekt. Wir müssen uns näher mit dem Fall befassen. Bisher hieß es ja lediglich, dass wir diese Frau Poll festnehmen sollen. Aber nun ergeben sich Dimensionen … Ich fürchte, man hat uns heute vor dem Monbijou in Berlin-West entdeckt, vielleicht hat man Sie, Fräulein Offermann, aber auch schon längere Zeit beobachtet. In jedem Fall sollten Sie vorsichtig sein. Denn Frau Poll oder diejenigen, mit denen sie heute geflüchtet ist, kennen die Verbindung zu Ihnen. Warum auch immer man sie der Polizei entzogen hat … Das gilt es zu ergründen.«

»Ich verstehe nicht ganz.«

»Nun, Verbrecher haben es nicht so gerne, wenn andere zu viel über sie wissen.« Er zog an seiner Zigarre und pustete den Rauch in die Luft. »Hatte diese Frau Poll Kontakt zu Kriminellen?«

Karolina schilderte ihm, dass es einen Verbrecher gab, der in ihrem Auftrag Margot Künstle von der Brücke in den Rhein gestoßen hatte.

»Sie muss da in etwas Größeres verwickelt sein«, sagte er nur. »Wir bringen Sie jetzt in die Pension. Und wenn wir genügend Personal haben, dann stellen wir für die kommenden Tage jemanden ab, der auf Sie aufpasst.«

BERLIN, SONNTAG, 12. AUGUST 1928

Wütend warf Karolina die Illustrierte Zeitung von sich. Laut raschelnd flog sie durch die Luft und landete in der Zimmerecke. Sie sollte sich besser im Griff haben, dachte sie und fand ihr Verhalten reichlich kindisch. Wenigstens hatte sie niemand beobachtet, denn gerade hielt sich Karolina allein in der Pension auf. Sie stand von ihrem Platz am Esstisch auf und nahm die Zeitung wieder an sich. Den Grund für ihren emotionalen Ausbruch stellte eine Fotografie dar. Genauer gesagt die von Rudolf und einer Frau. »Drehbuchautoren unter sich: Rudolf Thelen und Irma von Cube: Gemeinsam für Hollywood.« Karolina konnte sich nicht erinnern, die Frau mit dem markanten Gesicht zuvor bereits einmal gesehen zu haben, obwohl sie ebenfalls Schauspielerin sein sollte. In diesem Augenblick kehrten ihre Pensionswirtin und Eiko von einem Spaziergang zurück.

»Na, Kindchen? Sie sehen traurig aus«, stellte diese fest.

»Ach, es ist nichts. Oder … Kennen Sie eine Irma von Cube?« Karolina deutete auf das Foto in der Zeitung.

»Ist das nicht der junge Mann, der sie früher einige Male nach Hause begleitet hat?«, fragte Edith Kamincke und lächelte vor sich hin.

Ja, früher, dachte Karolina. Ihr Herz krampfte sich zusammen. Früher, das lag gerade einige Wochen zurück. Hatte Rudolf beschlossen, dass er lange genug auf Karolina gewartet hatte? Irma von Cube wirkte auf Karolina so selbstbewusst, so weltläufig. Und wenn sie ehrlich war, dann passten die beiden optisch sehr gut zueinander. Sollte sie Rudolf ziehen lassen? Nein, erstens war nicht ausgemacht, dass er und Irma von Cube sich privat näherstanden, und außerdem wollte sie ihn nicht ziehen lassen. Aber dann musste sie sich wohl endlich zu ihm bekennen. Edith Kamincke wartete nicht auf eine Antwort und widmete sich Eiko.

»Sie hocken viel zu oft in der Pension, wenn ich das einmal feststellen darf. Warum gehen Sie nicht unter die Leute? Sie sind so jung und das Leben ist doch so kurz«, stellte sie fest.

Seitdem sie einen Aufpasser gestellt bekommen hatte, der in die Pension eingezogen war, hatte Karolina kaum noch Interesse daran, das Haus zu verlassen. Solange man die Hintergründe nicht kannte, wollte man Karolina schützen, so hatte Kommissar Beyerlein es ihr erklärt. Man musste davon ausgehen, dass Paula Poll beim Unfall mit dem Automobil – wenn es denn ein solcher war und kein Ablenkungsmanöver – nicht ums Leben gekommen war. Ob sie unverletzt geblieben war oder die Ganoven sie nicht längst schon beseitigt hatten, stand auf einem anderen Blatt. Beyerlein hielt es sogar für möglich, dass die Kölner Schauspielerin in Drogengeschäfte verwickelt war.

»Er verliert jetzt schon so viele Haare. Ob es einen strengen Winter gibt?«, fragte Frau Kamincke. Sie blickte Karolina an. »Irma von Cube ist eine aufstrebende Drehbuchautorin. Das hat mir eine Freundin erzählt. Wie heißt noch gleich der Film …« Sie kratzte sich am Kopf. »Meine Freundin hat sich den doch am Donnerstag im Lichtspieltheater angesehen. Jetzt hab ich es: ›Mädchenschicksale‹. Genau, in der Schauburg war Premiere. Meinen Sie, es ist gut, wenn Sie gar nicht mehr aus dem Haus gehen?«

Karolina konnte sich ein lautes Lachen gerade noch versagen. Es war eine Marotte von Edith Kamincke, übergangslos von einem zum anderen Thema zu wechseln oder von einem Punkt zu einem längst abgehandelten zurückzuspringen, um einen neuen Aspekt hinzuzufügen, der dann jedoch nicht näher erläutert wurde, weil sie wieder zum Ausgangspunkt zurückkehrte. Manchmal konnte Karolina ihr gar nicht folgen, da es derart wild durcheinanderging, dass sie nur noch zuhörte, ohne sich am Gespräch zu beteiligen. Karolina mochte ihre Wirtin, dennoch vermutete sie, dass Edith Kamincke in ihrer Eigenschaft als Plappermaul keine geeignete Geheimnisträgerin war, weshalb sie ihr nichts von der Verfolgungsjagd mit der Polizei erzählt hatte. Und schon gar nicht davon, dass es sich bei dem netten jungen Mann mit dem verbundenen Arm um einen Polizisten handelte. Hugo Raue war nämlich gerade in das letzte freie Zimmer eingezogen und wohnte nun gleich neben Karolina. Er war ihr sympathisch und sie konnte sich sogar vorstellen, mit ihm auszugehen. Auszugehen in dem Sinne, dass er sie begleitete, weil er eben auf sie aufpassen sollte. Auch wäre es ihr falsch vorgekommen, jetzt mit ihm gesehen zu werden. Selbst wenn Berlin eine Großstadt war und die meisten Menschen nur auf sich achteten, so konnte sie nicht ausschließen, dass Rudolf ihr über den Weg lief, schließlich ähnelten sich ihre Interessen und ihre Wege sehr. Und Rudolf sollte nicht denken, dass sie mit einem neuen Freund ausging. Sicherlich war er wegen des Ufa-Produzenten ohnehin verärgert. Karolina sehnte sich nach Rudolf und seiner ruhigen Art. Sie hätte zu gerne mit ihm über Montagnacht geredet. Nur ihm konnte sie sich anvertrauen. Er hätte ihr Trost gespendet. Aber die Situation war zu verfahren und jetzt hatte er offensichtlich eine Frau gefunden, mit der er den amerikanischen Markt erobern wollte. Hoffentlich standen sie sich nicht auch privat nahe. Karolina musste unbedingt mehr über diese Frau erfahren. Vielleicht war sie gebunden und sie machte sich ganz umsonst Sorgen. Aber da war ja immer noch Gertrud. Eifersucht war ein wirklich schreckliches Gefühl. Es lähmte, es erzeugte wirre Gedanken.

Das Klingeln des Telefons ließ sie hochschrecken.

»Für Sie, Fräulein Offermann«, sagte die Pensionswirtin. »Ihr Vater will Sie sprechen.«

Jetzt erst fiel es ihr wieder ein. Er hatte vor Tagen um einen Rückruf gebeten. Leider konnte sie ihm am Telefon nichts von den Vorgängen rund um Paula Poll erzählen. Die Pension war ausgebucht und die Wände hatten Ohren. Es dauerte eine Weile, bis die Verbindung in die Kölner Villa hergestellt war.

»Vater, entschuldige bitte. Es sind ungeheuerliche Dinge passiert, ich …«

»Weißt du, wo Arnold ist?«, fragte ihr Vater, ohne sie ausreden zu lassen.

»Bitte?«

»Arnold ist verschwunden, mit Sack und Pack.«

Was sollte Karolina darauf erwidern? Wenn er ausgezogen war, dann musste er dafür seine Gründe haben. Am Telefon konnte sie diese schwerlich mit ihrem Vater erörtern.

»Hast du einen Anhaltspunkt …?«, fragte Karolina. Sie konnte sich nicht nur denken, dass er bei Vicki war, sondern auch, dass sein Auszug etwas mit seinen politischen Ambitionen zu tun hatte. Und mit den Differenzen zwischen ihm und ihrem Vater. Den Gedanken, dass sein Verschwinden etwas mit den Geschehnissen vor dem Monbijou zu tun haben könnte, wischte sie hingegen als äußerst abwegig beiseite. Was sollte er mit Paula Poll zu schaffen haben?

»Mir wäre es recht, wenn du nach Hause kommen könntest.«

Das, was er sagte, klang nicht nach einer Bitte. Doch er konnte ihr nichts mehr befehlen.

»Ich habe ein Engagement, Vater, ich kann nicht so einfach …«, schwindelte sie.

»Meine Tochter weiß aber schon, dass ich ihr diese Sperenzien bezahle, und das, obwohl sie großjährig ist.«

Erpresste er sie? Hatte sie für einen Augenblick tatsächlich in Erwägung gezogen zurückzukehren, so hielt sie nun die Art und Weise, wie er sie nach Köln beorderte, genau davon ab. Es würde auch ohne sein Geld gehen, irgendwie. Zur Not gab sie jungen Mädchen Schauspielunterricht. Oder sie arbeitete als Aushilfe in der Buchhandlung. Als sie Franz Kafkas Roman »Amerika« gekauft hatte, hatte sie im Schaufenster eine Stellenanzeige entdeckt. Vielleicht suchten sie immer noch. Außerdem war nicht gewiss, dass ihr Vater seine Drohung wirklich wahr werden ließ. Sie hatte über die Jahre begriffen, dass er sie in seinem tiefsten Innern verstand und dass er so harsch vor allem dann reagierte, wenn er mit einer Situation überfordert war. Kein Mann seiner Position sollte allerdings diese Schwäche zeigen. Vermutlich wusste er selbst nicht einmal, wie er sich wirklich fühlte. Männer waren so. Die meisten. Nur Rudolf nicht. Aber wie konnte sie ihrem Vater helfen, was erwartete er von ihr? Jetzt, da sein Sohn ihn im Stich gelassen hatte, brauchte er sie da, oder ging es nicht vielmehr darum zu bestimmen, was sie tat, wenigstens ihre Schritte zu kontrollieren? So wie früher.

»Dafür bin ich dir auch sehr dankbar. Und ich werde dir bald nicht mehr auf der Tasche liegen, das verspreche ich dir«, sagte Karolina zerknirscht, doch da hatte ihr Vater das Gespräch bereits beendet. Sie war sich sicher, dass es nicht an einer abgebrochenen Verbindung lag. Sie betrachtete noch eine Weile den Hörer in ihrer Hand. Sorgen um Arnold machte sie sich eigentlich kaum, allerdings war ihr bewusst geworden, dass sie ihre Bemühungen verstärken musste, endlich einen festen Vertrag zu bekommen. Der Einzige, der ihr dabei schnell helfen konnte, war Adalbert von Bonsen. Doch ihre Bedenken waren groß, erst im letzten Jahr war sie beinahe auf einen Mann reingefallen, der behauptet hatte, beim Film zu arbeiten, stattdessen nur Frauen für ein zwielichtiges Etablissement suchte.

Rudolf hatte ihr wahre Schauermärchen darüber erzählt, was Frauen unternahmen, um einen Vertrag zu erhalten. Plötzlich flammte doch wieder Heimweh auf. Sie fühlte sich alleingelassen, einsam. Die einzige Person, die ihr abgesehen von Rudolf dieses Heimatgefühl in Berlin vermitteln konnte, war Käte Frings. Karolina rief in ihrem Hotel an und fragte, ob sie später ein wenig Zeit für sie habe. Als diese zusagte, gab Karolina Hugo Raue Bescheid. Er würde ihr in gebührendem Abstand folgen und in der Nähe des Hotels Rheinland auf sie warten. Was für eine langweilige Tätigkeit, dachte Karolina und bemitleidete ihn ein wenig.

Sie fuhr am späten Nachmittag mit der Omnibuslinie zwei, stieg am Kurfürstendamm aus und lief bis zum Hotel Rheinland in der Fasanenstraße. Raue folgte ihr in Zivil. Entgegen seiner Ankündigung blieb er jedoch nicht auf der Straße stehen, sondern tauchte einige Minuten später in der Hotelhalle auf, nachdem Käte und Karolina sich ausgiebig begrüßt hatten. Käte Frings nickte ihm zu und wies auf einen Sessel in einer Ecke. Die beiden Frauen machten es sich in Kätes Privaträumen gemütlich. Karolina schüttete Käte selbstverständlich nicht ihr Herz aus, denn Familienangelegenheiten auszuplaudern, das gehörte sich nicht. Aber es reichte ihr bereits, nur das wohlvertraute Kölsch zu hören, über Gesellschaft und Kultur zu plaudern, um sich wieder besser zu fühlen. Plötzlich klopfte es zaghaft an der Tür. Karolina erwartete dahinter Hugo Raue, doch nachdem Käte »Herein« gerufen hatte, stand Eduard vor ihr. Der Eduard, mit dem Karolina im vergangenen Jahr einige sorglose Tage verlebt hatte. Auch er hatte sich – wie ihr Cousin Felix – seit ihrer letzten Begegnung verändert. Er wirkte männlicher.

»Ich han en aanjerofe …«

»Ja, Käte sagte, du hättest dich so traurig angehört. Wenn du möchtest, wollen wir heute wieder ein Tänzchen wagen?« Er reichte ihr spielerisch seine Hand. Sie hätte zu gerne Ja gesagt, wusste aber nicht, ob die Polizei mit einem solchen Vorhaben einverstanden sein würde.

BERLIN, SONNABEND, 15. SEPTEMBER 1928

So viel und so ausgiebig wie in den vergangenen Wochen hatte Karolina noch nie in ihrem Leben gefeiert. Eduard hatte sie ausgeführt. Er war so charmant und witzig. Und er besaß einen wirklich angenehmen Freundeskreis. Anfangs hatte Hugo Raue sie noch begleitet. Irgendwann, an einem Freitagabend, hatte er dann sein Pensionszimmer geräumt. Es bestünde keine unmittelbare Gefahr für Karolina mehr, hatte er bei seinem Auszug gemeint und ihr alles Gute gewünscht. Sie hatte ihm gedankt – von Herzen. Auch wenn er noch so ein angenehmer Zeitgenosse war, jetzt fühlte sie sich endlich wieder frei. Karolina hatte nie für möglich gehalten, dass sie derartige Freude am Feiern finden würde. Sie gingen in wechselnden Konstellationen miteinander aus. Auf dem Programm standen die »Dreigroschenoper« von Bertolt Brecht im Theater am Schiffbauerdamm, der Film »Papitou« mit der Baker im Tauentzien-Palast, verschiedene Revuen und Komische Theater. Einmal, sie waren noch tanzen gegangen, passierte es, dass ein Bekannter von Eduard immer näher rückte. Till wich nicht von ihrer Seite. Ob beim Tanzen oder beim Trinken. Karolina hatte gute Laune – sehr gute Laune sogar – und begann irgendwann seine Aufdringlichkeit nicht mehr als solche zu empfinden. Ihr war vieles egal, was sie noch vor Stunden zum Nachdenken gebracht hätte. Sekt machte sie immer ein wenig gleichgültig, aber auch müde. Als Till das bemerkte, zog er ein Tütchen mit weißem Pulver aus der Tasche. Karolina wusste sofort, um welche Substanz es sich handelte.

»Hast du schon mal Kokain probiert?«, hatte Till gefragt, und Karolina hatte wahrheitsgemäß geantwortet. »Dann nur ein bisschen«, hatte er gesagt und ihre Hand genommen. Auf ihren Handrücken streute er ein wenig von dem Pulver. Anschließend zeigte er ihr, wie sie es einzunehmen hatte. Ohne zu zögern, zog Karolina es in die Nase. Sie verspürte keinerlei Skrupel, schließlich nahmen es alle ein, alle bis auf Eduard vielleicht. Sie hatte ihn zumindest noch nie dabei beobachtet oder danach gefragt. Zunächst merkte sie keine Wirkung, doch dann schwand auf einmal die Müdigkeit aus ihrem Körper, sie spürte eine nie gekannte Fröhlichkeit und Unbeschwertheit in sich aufsteigen. Den Rest des Abends tanzte sie noch ausgelassener. Als die Wirkung nachließ, hätte Karolina Till beinahe um Nachschub gebeten, doch als sie ihn suchte, war er plötzlich verschwunden. Sie erkundigte sich bei ihren Freunden nach ihm, doch offensichtlich hatte ihn in der letzten Viertelstunde niemand mehr gesehen. Man mahnte zum Aufbruch und Karolina hielt es für das Beste, sich ihren Freunden anzuschließen.

Fortan vermied sie es, beim Tanzen zu viel Sekt zu trinken, um ja nicht wieder auf Tills Angebot einzugehen. Sie hätte nicht sagen können, zu was sie unter dem Einfluss des Kokains fähig war. Schließlich wollte sie nach wie vor eine berühmte Filmschauspielerin werden und ein schlechter Ruf konnte ihr nur schaden. Und sicher würde Till ihr das Kokain auf Dauer nicht kostenlos zur Verfügung stellen.

Nach wenigen Wochen hatte sie allmählich genug von den nächtlichen Vergnügungen. Jede Nacht begann der vorausgegangenen zu ähneln. Dieselben Leute, dieselbe Musik, dieselbe Erschöpfung am Morgen. Dafür schloss sie sich nun jenen von Eduards Freunden an, die sich tagsüber sportlich betätigten. Immerhin war es Sommer. Am meisten genoss Karolina es, am Strandbad Wannsee im Wasser zu baden oder mit ihren Freunden Ball zu spielen. Und wenn sie in der Sonne lag und die Berichte in den Illustrierten Zeitungen las, die über die Stars berichteten, die etwa in Antibes urlaubten – Noel Coward nur mit einer Badehose am Strand, hingegossen auf ein Laken –, dann gab sie sich den Träumen von ihrer eigenen Berühmtheit hin. Es gab so viele unbeschwerte Tage, die Karolina zu der glücklichsten Frau der Welt machten. Sie lachte so viel wie noch nie in ihrem ganzen Leben. Einmal hatten sie sich zu einer Rundfahrt mit den Fahrrädern durch Berlin verabredet. Karolina bekam dafür ein gut funktionierendes Zweirad ihrer Vermieterin geliehen, das diese aber nicht mehr nutzte. Obwohl Karolina seit ihrer Kindheit nicht mehr auf einem Drahtesel gesessen hatte, trat sie bereits nach wenigen wackeligen Metern beherzt in die Pedale. Noch im Grunewald stießen eine Freundin und ein Freund zu ihr. Die anderen trafen sie dann am Zoologischen Garten, von wo aus es über den Tiergarten zum Platz der Republik mit der Siegessäule vor dem Reichstag ging. Sie fuhren noch ein Stückchen weiter bis zur Spree, aßen mitgebrachtes Obst und Gebäck und machten sich erst gegen Abend auf den Heimweg. Karolina fühlte sich frei und ungebunden und zuversichtlich, dass die ganze Welt ihr offenstehen würde. So verlief der Sommer – ihr erster Sommer allein in der großen Stadt.

Allerdings gab es dennoch einige Wehmutstropfen: Sie hatte keine neuen Engagements in Aussicht und ihr Gespartes ging allmählich zur Neige. Immerhin zahlte ihr Vater weiterhin für das Pensionszimmer und tat bei seinem nächsten Anruf so, als wäre alles in bester Ordnung zwischen ihnen beiden. Karolina führte dies auf Nadias ausgleichenden Einfluss zurück. Er sprach auch wieder von Heirat, die sie allerdings wegen der sich hinziehenden Umbauarbeiten auf das kommende Frühjahr verschoben hatten. Etwas in seiner Stimme verriet Karolina, dass es sich nicht mehr nur um eine reine Zweckheirat handeln könnte.

Langsam musste sich etwas tun. Der Sommer würde nicht ewig dauern und sie wurde nicht jünger. So hatte Karolina eines Tages bereits die Karte von Adalbert von Bonsen herausgesucht, um ihn anzurufen, als unerwartet Rudolf vor ihr stand. Frau Kamincke hatte ihn eingelassen.

»Ich wollte fragen, ob du heute mit mir ins neu eröffnete Terra-Theater im Mozartsaal kommen möchtest.« Seine Frage hatte genau so geklungen, wie er vor ihr gestanden hatte: verzagt und schüchtern. Karolina hatte angenommen, dass ihn das schlechte Gewissen plagte. Über den Grund dafür rätselte sie allerdings, sogar noch heute.

»Was gibt es denn?«, hatte Karolina gefragt.

»Einen Tonfilm der Tri-Ergon. Allerdings nur als Vorprogramm zu einem anderen Film, ›Die Frau von Format‹«. Er sah sie an. »Nicht von der Ufa produziert«, schob er beinahe trotzig hinterher.

Einen hier in Deutschland produzierten Tonfilm? Das konnte sich Karolina nicht entgehen lassen und so willigte sie fröhlich ein. Den Seitenhieb gegen die Ufa hatte sie sehr wohl zur Kenntnis genommen, aber unkommentiert gelassen.

Das Kleid, das Rudolf ihr neulich geschenkt hatte, betonte ihre sommerbraune Haut, sodass Rudolf seinen Blick den ganzen Abend kaum von ihr abwenden konnte. »Ein Tag Film« von Max Mack war ein spannender Film, eigentlich ein Sketch. Aber Karolina hatte sich ein wenig mehr versprochen. Die Namen der Schauspieler wie Hans Albers, Kurt Vespermann oder Georgia Lind sagten ihr nur wenig. Sie und Rudolf blieben bis zum Schluss, auch wenn Operettenfilme wie der Hauptfilm »Eine Frau von Format« ihr so gar nicht lagen. Auch er konnte dieser Art von Film wenig abgewinnen, wie er ihr verriet, als sie nach der Vorstellung noch bei einem Glas Wein zusammensaßen. Karolina sprach ihn auf seine Pläne an, doch er blieb vage und antwortete ausweichend. Sie klagte ihm ein wenig ihr Leid, ohne zu sehr den Eindruck zu erwecken, dass sie allzu traurig über fehlende Filmangebote war. Was eben auch zutraf, denn so hatte sie den Sommer in vollen Zügen ohne Verpflichtungen genießen können. Sie wusste, dass sie einem Luxusleben gefrönt hatte, das anderen versagt blieb. Rudolf und sie hatten es vermieden, über alles zu reden, was ihre beiden Familien im Rheinland betraf. Abends war Karolina müde ins Bett gefallen. Einerseits glücklich darüber, dass Rudolf und sie sich wieder einander annäherten. Dennoch schwang ein Maß an Enttäuschung mit. Die spürbare Distanz zwischen ihnen tat Karolina weh. Deutlich gemerkt hatte Karolina diese Befangenheit bei der Auswahl ihrer Gesprächsthemen. Es schien einiges zu geben, das beide lieber aussparten. Adalbert von Bonsen gehörte dazu und Gertrud. Und diese Befangenheit konnte keine gute Basis für die Zukunft darstellen.

Am Morgen darauf hatte Karolina die Zeit der Sorglosigkeit und des In-den-Tag-Hineinlebens für beendet erklärt.

Auch wenn es Rudolf nicht goutierte, so setzte sie sich mit Adalbert von Bonsen in Verbindung. Er, der ihr wie das Licht am Horizont erschien, da er ihr die Tür zu einer neuen Welt würde öffnen können, war begeistert von ihrem Anruf gewesen. So als habe er nur auf diesen gewartet. Das Telefongespräch verschaffte ihr eine Einladung zur Eröffnung des neuen Universum Ufa-Großkinos am Lehniner Platz ein. An seiner Seite. Kein Filmangebot, aber immerhin die Möglichkeit, wieder in die Welt, nach der sie sich so sehr sehnte, einzutauchen.

Die Eröffnung fand heute Abend statt. Da sie sich in dem Fall gegenüber Rudolf wie eine Verräterin gefühlt hätte, streifte sie nicht wieder das hellviolette Kleid über, sondern wählte eines, das sie häufiger in Köln getragen hatte. Als sie sich im Spiegel betrachtete, bemerkte sie, dass sie darin viel weiblicher und frischer aussah. Die Aktivitäten des Sommers hatten nicht nur ihrer Seele gutgetan.

Als sie Adalbert von Bonsen zur verabredeten Zeit abholte, war er voll des Lobes über ihr Aussehen. Während der Fahrt zum Lehniner Platz konnte er gar nicht aufhören, Karolinas Zukunft bei der Ufa in den schillerndsten Farben auszumalen. Karolina blieb misstrauisch. Wenn er es ernst meinte, dann sollte er nicht nur darüber reden, sondern ihr endlich ein konkretes Angebot unterbreiten. War es ein Fehler gewesen, ihn anzurufen? Rudolfs Warnungen spukten in ihrem Kopf umher. Doch im Laufe des Abends schwanden ihre Sorgen und Zweifel an seiner Redlichkeit. Noch vor dem Beginn der Premiere im neuen Ufa-Großkino, das Karolina von außen so gar nicht gefiel, weil es so sachlich und gleichzeitig so bedrückend wirkte – ja, wie ein auf Grund gelaufener Ozeandampfer anmutete –, stellte Adalbert von Bonsen sie zahlreichen Ufa-Größen vor. Als sie endlich auf ihrem Kinosessel Platz genommen hatte, wusste sie schon gar nicht mehr, wem sie alles die Hand geschüttelt hatte. Ihr war dabei allerdings nicht entgangen, dass Adalbert von Bonsen offensichtlich mit dem einen oder anderen früher bereits über sie gesprochen haben musste. Man kannte ihren Namen, das heißt, ihren Künstlernamen Lia Caroll.

Der Eröffnungsfilm »Looping the Loop – Die Todesschleife« spielte im Zirkusmilieu. Unter den Schauspielern waren einige internationale Namen und auch wieder Jenny Jugo. Den Film anzusehen, bereitete Karolina durchaus Vergnügen, auch wenn ihm jene Tiefgründigkeit fehlte, die sie an den meisten Henny-Porten-Filmen so sehr schätzte. Nach dem Operettenfilm am Mittwoch und dem heutigen Zirkusfilm fragte sich Karolina, wohin ihre Reise wohl gehen würde. Wohin entwickelte sich der Film? Für welche Rollen würde man sie buchen?

Tatsächlich beschäftigte Adalbert von Bonsen genau diese Frage, als sie später am Abend im Hotel Eden in der Budapester Straße mit einigen Größen des Filmgeschäfts zusammensaßen.

»Wie seht ihr diese strahlend schöne junge Frau?« Er machte eine Handbewegung in Karolinas Richtung, die ihm gegenüber Platz genommen hatte. Während sich alle Blicke auf sie richteten, fühlte sie sich wie auf einer Rassehundeausstellung. Die Männer begannen zu murmeln, keiner sprach sie direkt an.

»Uns fehlt noch eine Gescheite«, ergriff schließlich einer, der mit der geringsten Körperfülle, das Wort.

»Aber gescheite Frauen interessieren das Publikum doch nicht.« Derjenige, der das sagte, war mindestens so alt wie Karolinas Vater. Im Gegensatz zu ihm allerdings mit auffälligen Narben im Gesicht ausgestattet.

»Für eine Kindfrau ist sie jedenfalls zu alt«, sagte ein anderer, der den Großteil seines Lebens schon hinter sich hatte.

Karolina kämpfte gegen Übelkeit an. Was ging denn hier vor sich? Sie blickte beinahe Hilfe suchend zu Adalbert von Bonsen, der aber nur lächelte. Dieses Lächeln konnte vieles bedeuten.

»Die Damenhafte ist mit Lil Dagover besetzt«, sagte wiederum ein anderer. »Aber damenhaft ist dieses Fräulein nicht.«

Karolina wusste nicht, ob sie lachen oder weinen sollte.

»Habt ihr diese Marlene Dietrich in ›Prinzessin Olala‹ gesehen?«, fragte der mit den Narben. »Aus diesem Fräulein könnte man etwas machen.« Er blickte abschätzig auf Karolina, der es nun zu bunt wurde. Sie entschuldigte sich und suchte die Waschräume auf. Karrierebeginn oder Karriereende, das war die Frage. Wie sie sich innerhalb der nächsten Minuten verhielt, würde genau darüber entscheiden. Sollte sie den älteren Herren auf den Kopf zusagen, was sie von ihrer Art hielt, wie sie mit ihr umgingen? Vermutlich war das, was sie gerade erlebt hatte, nur die milde Form des Chauvinismus. Immerhin versuchte noch niemand sie auf die Besetzungscouch zu bitten. Was ja noch passieren konnte. Später, oder an einem anderen Tag. Blieb sie und lächelte alles brav weg, dann verlor man möglicherweise ihr gegenüber jeglichen Respekt. Und sie selbst würde sich nicht im Spiegel anschauen mögen angesichts derartiger Feigheit. Hatten Frauen aller Länder für ihre Rechte gekämpft, nur um nun weiterhin so behandelt zu werden?

Als sie mit einem Grummeln im Magen zurückkehrte, war das Essen aufgetragen worden. Die Männer hatten es nicht einmal für nötig befunden, auf sie zu warten. Adalbert von Bonsen allerdings stand auf, als er sie kommen sah, und geleitete sie zu ihrem Platz. Vor ihr stand ein Teller mit einem großen Berg Fleisch. Karolina blieb angeekelt davor stehen.

»Soll ich die Kellnerin kommen lassen?«, fragte von Bonsen leise.

Karolina nickte. Dankbar. In diesem Augenblick begann Karolina Adalbert von Bonsen zu mögen.

Die Kellnerin erlöste sie von dem Fleischberg und brachte nur Minuten später einen Teller mit Gemüse und etwas Hühnchen. Sie dachte an die Hühnerbrühe, die ihr über so manche seelische und körperliche Pein hinweggeholfen hatte. Während Karolina langsam aß und versuchte, sich die Verachtung nicht anmerken zu lassen, die sie für die meisten der um den Tisch versammelten Männer empfand, schmatzten sie beim lauten Reden. Über Ufa-Angelegenheiten. Über den Amerikavertrag, über einzelne Schauspieler, aber zumeist eben über Wirtschaftsangelegenheiten. Es ging um Geld, horrende Summen. Ab und an wanderte die Hand ihres rechten Tischnachbarn in die Nähe ihres Oberschenkels. Sie kannte den Mann nicht namentlich. Irgendwann warf sie ihm einen derart abschätzigen Blick zu, dass er fortan seine Versuche unterließ. Zu ihrer Linken saß kein Geringerer als Major Alexander Grau, seit dem Weggang von Erich Pommer der Produktionschef der Ufa.

»Was Hugenberg zu der neuerlichen Berichterstattung sagen wird?«, fragte einer der Männer in die Runde. »Zu dem Gerücht, die Ufa habe vom Auswärtigen Amt Gelder in Millionenhöhe erhalten.«

»Ach, die Presse. Denen wird das Berichten schon noch vergehen. Hugenberg wird alle einkassieren«, rief ein anderer und schlug mit der Faust auf den Tisch. Karolina hörte aufmerksam zu. Sie wusste ja bereits einiges über den DNVP-Politiker und Zeitungsmogul. Alfred Hugenberg gehörten Zeitungen, Presse- und Korrespondenzdienste sowie – und das war vor allem von Interesse – seit März 1927 eben auch die Ufa.

Die Männer wurden immer ausgelassener. Das Essen war mittlerweile beendet. Karolina nippte höflich an ihrem Glas Champagner. Ihr rechter Nebenmann lallte: »Unsere Lia Caroll ist sehr sportlich.«

Alle Blicke richteten sich auf ihn. Und dann auf Karolina. Sie hoffte, nicht rot zu werden. Keiner sollte denken, dass irgendetwas zwischen ihr und diesem Mann vorgefallen war. Wieder kam ihr Adalbert von Bonsen zu Hilfe.

»Fräulein Caroll ist ein wenig indisponiert, wie sie mir heute verriet. Soll ich Sie nach Hause fahren?«

Das war nicht die Reaktion, die sie sich von einem gestandenen Mann erhofft hatte. Wieso sollte ihre Schwäche dafür herhalten, die Situation zu entschärfen? Andererseits bestand zum Glück kein Grund dafür, den lallenden Ufa-Kumpan vor allen anderen zurechtzuweisen. Noch nicht.

Karolina verabschiedete sich höflich und stand auf. Ihr Nebenmann, Major Grau, tat es ihr gleich. »Wir sehen uns dann zur Vertragsunterzeichnung«, sagte er zu ihr. Er hatte während des Abends nur wenig gesagt. Mehr als ein paar Worte hatte Karolina nicht mit ihm gewechselt, doch dass er sie beobachtete, war ihr keinesfalls entgangen.

Obwohl sie von einem anstehenden Engagement noch nichts wusste, dankte sie artig. Sie hatte offenbar die Prüfung bestanden. Rudolfs Warnungen fielen ihr wieder ein. Offensichtlich hatte sie diese so verinnerlicht, dass sie heute in diesem Haifischbecken eine gute Figur abgegeben hatte.

Sie war jedoch nicht so naiv anzunehmen, dass ihr nun gleich ein bedeutender Vertrag vorgelegt werden würde. Sie wollte keinesfalls etwas blind unterschreiben, nur weil es von der Ufa kam. Naiv war sie auch in anderer Hinsicht nicht. Jetzt, da Adalbert von Bonsen offenbar sein Versprechen wahr gemacht hatte, erwartete er möglicherweise eine Geste der Dankbarkeit von ihr. Sollte sie sich auch heute von ihm nach Hause bringen lassen? Oder nicht doch lieber eine Kraftdroschke rufen lassen? Ihre Gedanken kreisten, während sie dann doch in von Bonsens Automobil einstieg. Sie wusste rein gar nichts über ihn, auch nicht, ob er verheiratet war. Obwohl eine Ehefrau kein Hinderungsgrund war, eine junge Schauspielerin ins Bett zu lotsen. Trotzdem sagte ihr eine innere Stimme, dass sie dieses Mal keinen Fehler gemacht hatte und ihm vertrauen konnte. Schließlich hätte er bereits früher reichlich Gelegenheit gehabt, sich ihr unsittlich zu nähern. Was ihr außerdem diese gewisse Sicherheit gab, war, dass er im Gegensatz zu den anderen kaum etwas getrunken hatte.

Auf dem Nachhauseweg verhielt sich Adalbert von Bonsen tatsächlich untadelig.

»Ich hoffe, Sie haben keinen allzu schlechten Eindruck erhalten, Fräulein Offermann«, sagte er, als er vor der Pension anhielt. Er machte keine Anstalten auszusteigen.

»Sie werden in mir keine Frau finden, die sich alles bieten lässt«, hörte sie sich plötzlich sagen. Wenn sie schon bei der Ufa unterschrieb, dann wollte sie vorher einiges klarstellen. Wenn man das nicht akzeptierte, war es besser, auf den Vertrag zu verzichten. Alles war ihr lieber, als von Bett zu Bett weitergereicht zu werden.

»Ich mag es, dass Sie wissen, wo Sie stehen. Man erlebt das recht selten bei jungen Frauen aus der Provinz.«

»Sie meinen, Köln sei Provinz?« Sie musste lachen.

»Kommen Sie in der nächsten Woche zur Vertragsunterzeichnung ins Haus Vaterland am Potsdamer Platz«, sagte er von Karolinas Grinsen unberührt. Es klang weniger wie eine Bitte, sondern vielmehr wie eine dienstliche Anweisung.

»Unterzeichnung? Ich würde aber doch gerne vorher den Inhalt des Vertrages kennen«, sagte sie bestimmt. Zwar würde sie ausloten müssen, wie weit sie gehen durfte, aber die Ufa-Bosse sollten wissen, dass sie es eben nicht mit einem Mäuschen zu tun hatten.

»Ja, natürlich. Ihnen werden die einzelnen Punkte erklärt. Nur, ich sage Ihnen das ganz ehrlich, für eine junge Frau, die ihren ersten Vertrag bei der Ufa erhält, wird es keinen Verhandlungsspielraum geben.«

»Keinen?«, fragte Karolina erstaunt. Ja, sie war tatsächlich im Begriff, ein Haifischbecken zu betreten.

»Ich schaue mir den Vertrag noch einmal an, vielleicht kann ich in Ihrem Sinn noch etwas verändern.« Er klang ehrlich, trotzdem blieb Karolina vorsichtig.

»Wenn Sie das tun würden, das wäre sehr freundlich.«

»Ich kann leider nicht dabei sein, da ich in der kommenden Woche auf Geschäftsreise bin.«

Karolina hätte zu gerne noch mehr über Adalbert von Bonsen erfahren, nicht nur über sein Privatleben, sondern auch darüber, womit er eigentlich sein Geld verdiente. Aber nun hielt er ihren Austausch offenbar für beendet, denn er stieg aus und öffnete Karolina die Tür.

»Sie werden Autogrammkarten benötigen und, wenn Sie in Neu-Babelsberg wohnen, auch neue Visitenkarten.«

Hatte Karolina richtig gehört? »Sie meinen, dass ich umziehen soll?«

»Ja, die Wege sind dann kürzer. Aber das hat noch ein wenig Zeit. In der Villenkolonie am Griebnitzsee ist es mindestens genauso schön wie hier im Grunewald.«

»Ich werde mir kaum eine Villa leisten können«, antwortete Karolina, die seine Aussage für einen Scherz hielt.

Er lachte. Zum ersten Mal hörte sie ihn unbeschwert lachen. »Nein, Fräulein Caroll, keine ganze Villa, aber ein schönes möbliertes Zimmer werden wir für Sie finden.«

Galant führte er sie zur Haustür. In keinem der Pensionszimmer brannte mehr Licht. Als Karolina die Tür aufschloss, kam ihr Eiko entgegen. Sie nahm ihn auf den Arm und drückte ihn an sich. Sein warmes, flauschiges Fell fühlte sich so wohltuend an und beruhigte sie. Einerseits war sie glücklich darüber, wie sich alles entwickelte, andererseits fürchtete sie sich davor, bald an nur eine Produktionsgesellschaft gebunden zu sein. Und an die mächtigste noch dazu. Als sie auf ihrem Bett lag, klangen erneut Rudolfs Warnungen in ihren Ohren.

BERLIN, SONNTAG, 28. OKTOBER 1928

Der Sommer war schon längst Geschichte. Die Zeit der unbeschwerten Tage in Tanzdielen und am sonnigen Wannseestrand waren endgültig vorbei. Viel hatte sich seitdem ereignet. Die einzige Konstante stellte die Pension dar. Sie wohnte immer noch im Grunewald. Mindestens bis zum Jahresende, hatte man ihr gesagt. Offensichtlich eilte ein Umzug nach Neu-Babelsberg nun doch nicht. Noch hielt man sich nicht nur bezüglich ihres neuen Wohnortes zurück, sondern auch, was ihren Status bei der Ufa anging. Star oder solide Nebenrollen, das war längst nicht ausgemacht. Im Vertrag, der ab Oktober Gültigkeit besaß und den sie Ende September bei bestem Herbstwetter unterschrieben hatte, nannte man sie lediglich und völlig unromantisch »Schauspielerin«. Kein Hinweis auf eine Hauptrolle, so wie es ihr Adalbert von Bonsen vor Augen geführt hatte. Im kommenden Frühjahr bestünde allerdings die Aussicht auf eine. Gegenüber diesen vagen Angaben wurde dafür penibel festgelegt, dass sie bis dahin noch einige Statisten- und Nebenrollen zu spielen hatte. Außerdem durfte sie ab sofort nicht mehr für andere Produktionsgesellschaften tätig werden, zumindest solche, bei denen die Ufa kein Mehrheitseigner war.

Der Traum von einer neuerlichen Zusammenarbeit mit Henny Porten war damit zerplatzt wie eine Seifenblase. Noch einmal hatte Karolina jedoch die Gelegenheit erhalten, ihrem Idol ganz nahe zu sein. Es war ein ganz besonderer Abend, ein Abend, an dem man Henny Porten für ihre Verdienste für den Film dankte. Eine Ehrung der berühmten Filmschauspielerin der ersten Stunde. Und Karolina durfte teilnehmen, die Karte hatte ihr Rudolf vermittelt. Sie lag in einem Kuvert, das er der Pensionswirtin überreicht hatte, während Karolina in Berlin durch die Modehäuser geschlendert war, um sich mit neuen Kleidern einzudecken, die sie auch für die Drehs benötigte. Die Kleiderauswahl hatte sich äußerst schwierig gestaltet, eben weil Karolina auf ihr Budget achten musste. Hätte sie gekauft, was ihr ganz und gar gefiel, dann würde sie nur noch wenige Markstücke ihrer Gage zurückbehalten.

Im Berliner Union-Theater am Kurfürstendamm also zeigte man den Film mit dem Titel »Henny Porten. Leben und Laufbahn einer Filmkünstlerin«. Sie hatte gehofft, Rudolf dort anzutreffen, doch suchte sie ihn vergeblich unter den Zuschauern und Ehrengästen. Ernst Kalbus, der die Idee für die Zusammenstellung der Ausschnitte aus Henny Portens Karriere gehabt hatte, hielt zunächst einen Vortrag über Karolinas Idol, bevor der Film mit der Szene begann, die ihn und die Schauspielerin an einem Tisch im Garten sitzend zeigte.

Nach der Aufführung hatte Karolina die Gelegenheit, kurz mit Henny Porten zu plaudern. Sie hatte Karolina sogar eine kleine Rolle in ihrem nächsten Film »Liebfrauenmilch« angeboten, der nicht nur in den Efa-Studios in Halensee, sondern auch am Rhein bei Wiesbaden und Bacharach gedreht werden sollte. Karolina hätte so gerne zugesagt, aber was blieb ihr anderes übrig als abzulehnen, denn vertragsbrüchig wollte sie nicht werden. Als Henny Porten den Grund erfuhr, wünschte sie Karolina von Herzen viel Erfolg. Dass sie gekränkt war, konnte Karolina ihr zwar nicht ansehen, aber sie spürte es.

Seit den ersten Oktobertagen war es wirklich Schlag auf Schlag gegangen. Karolina spielte gleich mehrere Statistenrollen in dem Film »Asphalt« von Joe May und Erich Pommer, der unter großem Aufwand in der großen Halle in Neubabelsberg gedreht wurde. Eine ganze Straßenkreuzung hatte man dort aufgebaut. Die Fahrzeuge fuhren aus dem großen Tor hinaus, wendeten vor dem Gebäude und fuhren wieder hinein. Die Handlung drehte sich um einen Verkehrspolizisten namens Holk, den Gustav Fröhlich verkörperte. Betty Amann spielte die junge Frau, die ihn verführte. Der Untertitel des Films, »Der Polizeiwachtmeister und die Diamantenelse«, den Karolina auf einem liegen gelassenen Drehbuch gelesen hatte, fasste den Inhalt recht gut zusammen. Ihre Rollen waren wenig anspruchsvoll, sie spielte Fußgängerinnen und Kundinnen. Nichts Aufregendes also. Aber dafür lernte sie unentwegt Neues über die Abläufe einer solchen Großproduktion. Richtig aufregend war für sie der Einsatz von Kameras, die auf fahrenden Wagen befestigt waren und dem Geschehen folgten. Die Kameras standen nur noch selten an einem festen Punkt, so wie Karolina es bislang kannte. Wie mochten die Szenen wohl im fertigen Film aussehen?

Für heute Abend war Karolina auf eine Rundfahrt durch Berlin eingeladen. Adalbert von Bonsen wollte sie zusammen mit anderen Schauspielern in einer großen Limousine durch das nächtliche Berlin chauffieren. Die Internationale Luftfahrtausstellung wurde begleitet von einer nie da gewesenen Lichterschau. »Berlin im Licht« hieß diese, für die man schon seit Monaten warb. Einhundert Gebäude sollten angestrahlt werden.

Karolina saß fertig angezogen in der Küche und las in den Illustrierten von einem Zugunglück im Kölner Hauptbahnhof. Offensichtlich hatte der Zugführer beim Einfahren die Geschwindigkeit nicht ausreichend gedrosselt. Die Nachricht ließ sie sentimental werden. Ihr kölnisches Herz schlug wohl doch in einem anderen Takt als das der Einwohner der Reichshauptstadt. In den »Zeitbildern« entdeckte sie eine Fotografie mit Henny Porten, die in einen Pelzmantel gehüllt auf einem Schiff stand. »Henny Porten mit dem Wiesbadener Kurdirektor auf einem Rheindampfer« stand darunter. Sie drehte also gerade den Film, in dem Karolina hätte mitspielen können. Ihr stieg der Geruch des Rheins in die Nase und ein kindliches Heimwehgefühl überflutete sie.

Doch sich diesem gänzlich hinzugeben, das verhinderte das Klingeln an der Eingangstür. Adalbert von Bonsen erschien im Flur, eingelassen von Edith Kamincke. Eiko sprang an seinen Hosenbeinen hoch, während Karolina eilig die Zeitungen zusammenfaltete. Im Spiegel kontrollierte sie den Sitz ihrer Kappe und nahm Mantel und Tasche an sich. Noch in der Tür half ihr Adalbert von Bonsen in den kürzlich erst erworbenen, sandfarbenen Trenchcoat, der farblich zu ihren anderen Accessoires passte. Unten an der Straße parkte der Wagen. Ein Chauffeur öffnete ihr die Seitentür. Sie war offensichtlich die Erste.

»Setzen Sie sich doch, Karolina.« Er nannte sie meist bei ihrem richtigen Namen, aber allein mit ihrem Vornamen sprach er sie zum ersten Mal an. Hinter ihnen schloss sich die Tür.

»Herr von Bonsen, sind wir allein?«

»Wollen wir nicht die alberne formelle Anrede ablegen?« Er zog, ohne auf ihre Frage zu antworten, eine bereits geöffnete Flasche Champagner hervor sowie zwei Gläser. Eines davon reichte er ihr und goss ein. Sie sollte jetzt mit ihm auf das »Du« anstoßen? Was sollte das werden? In Karolina stieg ein Fluchtimpuls auf, den sie nur mit Mühe unterdrücken konnte. Ihr blieb nichts anderes übrig, als gute Miene zu diesem Spiel zu machen, denn das Automobil hatte sich bereits in Bewegung gesetzt.

»Also gut, Adalbert. Wen holen wir als Nächstes ab?«

Adalbert von Bonsen reichte ihr die Sektschale. Sie musste aufpassen, dass der Inhalt nicht über den Rand schwappte. Er lächelte, nicht überheblich und schon gar nicht abschätzig. Er lächelte sie einfach an.

»Wir holen niemanden mehr ab, Karolina«, sagte er und prostete ihr zu. »Auf eine gute Zusammenarbeit.«

Karolina nippte am Sekt, musterte Adalbert jedoch kritisch. Er war ihr wirklich nicht unsympathisch, dennoch hatte sie sich den heutigen Abend anders vorgestellt. Nicht nur, dass sie wohl gar nicht erst zugesagt hätte, wenn sie gewusst hätte, dass sie allein mit ihm durch die Nacht fahren würde. Ihr wäre um einiges wohler, wenn sie ihn endlich besser einschätzen könnte. Welche Funktion genau hatte er bei der Ufa inne? Was erwartete er von ihr – von ihr als Frau?

Offensichtlich waren ihre Zweifel in ihrem Gesicht leicht abzulesen. Adalbert rückte ein wenig von Karolina weg. Dabei landeten einige Spritzer Sekt auf seiner Hose. Er ließ sich jedoch sein Missgeschick nicht anmerken.

»Du wunderst dich sicherlich, wo die anderen sind. Aber denen ist eine Fahrt durch das nächtliche Berlin einfach zu fad. Ich mag es ganz gerne, einmal nicht so viel reden zu müssen.«

Wollte er ihr gerade seine romantische Seite präsentieren? Er duzte sie so selbstverständlich. Karolina brachte diese Anrede jedoch nicht über ihre Lippen. Sie versuchte es erst gar nicht.

»Ich ziehe Aufenthalte in der Natur oder ein gutes Buch nächtlichen Vergnügungen vor.«

Das entsprach zwar nicht ganz der Wahrheit, aber sie hielt es für besser, ihn in dem Glauben zu lassen, dass sie ein wenig spießig und langweilig war. »Wie Sie bestimmt bemerkt haben.«

»Hm«, sagte Adalbert. Sie wusste nicht, worauf sich diese Bemerkung bezog, denn er fügte hinzu: »Wir bleiben also beim *Sie*?«

Klang er ein wenig enttäuscht? Mittlerweile hatte der Wagen die Innenstadt erreicht. Als sie am Zoo vorbeikamen, fiel Karolina ein, was sie heute im Weltspiegel gelesen und gesehen hatte.

»Es gibt Nachwuchs im Zoo«, sagte sie leise. Sie hatte nicht vor, dem Klischee der Frau zu entsprechen, die bei dem Gedanken an Tierkinder in Verzückung geriet. Doch der Anblick des Elefantenkalbs war zu niedlich gewesen.

»Oh ja, davon habe ich ebenfalls gehört. Ein kleiner Elefant. Du magst Tiere, ich meine, Sie mögen Tiere? Deshalb Ihre Abneigung neulich …?«

Karolina hatte sofort den Fleischberg auf ihrem Teller vor Augen. Sie antwortete ausweichend. »Ja, schon …«

»Und dann bringt man dir Huhn«, sagte Adalbert mitfühlend.

»Huhn ist das Einzige, das ich noch esse. Ich liebe Hühnersuppe, als Kind hat mir Hühnersuppe über so manchen Kummer hinweggeholfen.«

»So? Wo wir gerade beim Thema sind, wir mussten uns nach Ihrer Familie erkundigen.«

Das klang nicht gut.

»Ihre Mutter ist unter mysteriösen Umständen ums Leben gekommen.«

Karolina blieb für einen Augenblick die Luft weg. »Wieso mussten Sie sich über meine Familie erkundigen?«, fragte sie trotzig.

»Hugenberg will das so. Er möchte keine Überraschungen erleben. Nicht, dass seine Schauspieler irgendwo eine Leiche im Keller haben.« Er lachte verlegen.

Karolina wurde bei dem Wort »Leiche« ganz anders. Sie fand die Bemerkung äußerst taktlos.

Während die Nebenstraßen weitgehend im Dunkeln lagen oder nur spärlich beleuchtet waren, erstrahlten bekannte Gebäude an den Hauptrouten, wie die Hedwigskirche, der Berliner Dom oder das Brandenburger Tor, in hellem Licht. Doch Karolina konnte den Anblick kaum mehr genießen. Sie fühlte sich wie bei einem Verhör. Und sie war wütend. Offensichtlich verfolgte Adalbert mit dieser Fahrt einen genauen Plan.

»Gibt es etwas, das wir noch wissen sollten?«, fragte er und bestätigte dabei Karolinas Befürchtungen.

Wie weit sollte sie mit ihren Ausführungen gehen? Was wussten sie bereits? Wollte Adalbert sie gar auf die Probe stellen?

»Nichts, was nicht bereits in der Presse gestanden hat«, sagte sie diplomatisch. Wenn sie so allwissend waren, wie sie taten, die Herren von der Ufa, dann hatten sie längst auch die Zeitungen aus Köln studiert.

Offensichtlich gab sich Adalbert mit ihrer Antwort zufrieden. Sie war sich sicher, dass ihn bereits jemand über die Sache mit Paula Poll und Margot instruiert hatte.

»Du bist recht schlagfertig. Und selbstbewusst. Pass damit ein wenig auf.«

»Soll das eine Warnung sein?«, fragte Karolina schnippisch. Sie hatte sehr wohl registriert, dass er sie wieder duzte.

»Es ist nur zu deinem Besten …«

Er gab dem Chauffeur ein Zeichen, der brachte daraufhin den Wagen zum Stehen. »Wenden Sie bitte, zum Zoo.«

Karolina war gespannt, was Adalbert sich nun ausgedacht hatte.

»Wir gehen im Zoo-Restaurant essen, und vielleicht können wir sogar einen Blick auf den Elefanten werfen.«

»Aber der Zoo ist doch bestimmt schon geschlossen …«

»Ich kenne den Direktor sehr gut.«

Sie hielten tatsächlich am Zoo an. Adalbert ließ sie kurz im Wagen warten. Als er nach einer Weile zurückkam, führte er sie nicht zum Restaurant, sondern zu den Gehegen. Nur spärlich brannte das Licht im Elefantenhaus. Es roch streng und das laute Atmen der Tiere erfüllte den Raum. In einer Ecke konnte Karolina einen kleinen schlafenden Körper entdecken, das Elefantenkalb.

Es dauerte eine Weile, bis sie den Tiergeruch aus der Nase bekam. Während sie Adalbert betrachtete, ohne dass er es merkte, wurde ihr mit einem Mal ganz seltsam zumute. Sie hatte bislang angenommen, dass sie für ihn niemals Gefühle würde entwickeln können. Doch würde das so bleiben? Sie wusste nichts über diesen Mann, der sein Privatleben absolut geheim hielt. Sie musste ihm auf den Zahn fühlen, aber nicht jetzt.

»Warst du eigentlich schon einmal in Amerika?«, wollte sie wissen. Nun war ihr das erste Mal das Du über die Lippen gekommen.

»Warum fragst du?«

»Ich habe heute in den Zeitbildern Fotografien von amerikanischen Städten gesehen. Darauf sieht man, wie der Flieger Dr. Eckener feierlich in den Straßen New Yorks empfangen wird, mit Konfetti, und wie Graf Zeppelin über Chicago schwebt.«

»Lass das bloß nicht Hugenberg hören.«

»Wie bitte, was soll ich …?«

Er grinste. »Dass du nicht seine Illustrierten Zeitungen liest, sondern die der Konkurrenz.«

»Ach so …« Das wäre ja noch schöner, dass man ihr vorschrieb, was sie lesen durfte. Es war zwar nicht in diesem Sinne gemeint, hoffte Karolina zumindest.

»Ja, wir hatten einmal Verhandlungen in Amerika. Wegen der Lizenzen, weißt du.« Er legte sein Besteck beiseite. »Amerika. Es ist alles so groß, die Gebäude so hoch. Aber der amerikanische Lebensstil, ich weiß nicht, ob das etwas für uns Deutsche ist.«

Karolina wollte gerade nachhaken, was er damit wohl meinte, da redete er weiter. »Du hast aber nicht vor, uns bald nach Hollywood zu verlassen?« Er wurde ernst. »Viele junge Mädchen träumen davon und wissen doch nicht, was auf sie zukommt. Mehr Disziplin auf jeden Fall. Du weißt, dass dein Vertrag nicht einfach so aufgelöst werden kann.«

Offensichtlich hatte Karolina mit ihrer einfachen Frage einen wunden Punkt berührt. Hatten die Männer von der Ufa Probleme mit Amerika oder hatte Adalbert Sorge, Karolina würde die Ufa nur als Sprungbrett betrachten, um jenseits des Atlantiks Karriere zu machen?

Während Karolina überlegte, trafen sich ihre Blicke. Adalberts Augen verrieten ihr, dass sein Interesse an ihr nicht nur auf berufliche Belange zurückzuführen war.

KÖLN, DONNERSTAG, 20. DEZEMBER 1928

Karolina fühlte sich großartig, erhaben, wie einst auf der Aussichtsplattform des Kölner Doms. Die Freiheit zu spüren, hoch über der Erde in den Wolken – Freiheit! Das Motorengeräusch des Flugzeuges der Luft-Hansa wirkte heute beinahe beruhigend auf sie. Kein Vergleich zu früher. Ihre Ängste, beinahe vom Winde verweht. Sie erinnerte sich an Dr. Adomeits Worte. Wie recht er doch hatte: Den Gefahren des Lebens durfte sie keine allzu große Macht über sich einräumen.

Nach vielen ereignisreichen Wochen kehrte sie heute in ihre Geburtsstadt am Rhein zurück. Sofort nachdem man ihr mitgeteilt hatte, dass sie und einige andere Schauspielerinnen über die Weihnachtsfeiertage Urlaub bekommen würden, hatte Karolina den Flug nach Köln gebucht. Sie hatte gerade noch einen der letzten verfügbaren Plätze ergattert. Gerade sprach einer der Passagiere einen auf dieser Strecke sich ereigneten Flugzeugabsturz in der letzten Woche an, und schon musste eine Flugbegleiterin herbeieilen, um eine aufgebrachte Dame zu beruhigen. Nach diesem kleinen Zwischenfall blieb es ruhig in der Kabine. Doch Karolina spürte keinerlei Angst mehr.

Karolina entspannte sich immer mehr und ließ die vergangenen Monate Revue passieren. Täglich war sie zwischen den verschiedenen Aufnahmeorten auf dem weitläufigen Gelände der Filmfabrik in Neubabelsberg hin und her gependelt, sodass sie oftmals gar nicht mehr wusste, mit welchem Regisseur sie gerade drehte. Die Betriebsamkeit bereitete ihr sogar Freude, denn sie lernte im Zeitraffer hinzu. Und sie merkte erneut, dass das Filmen harte Arbeit war. Ihre romantischen Vorstellungen hatten ihre traumhaften Flügel schon lange abgelegt. Doch es machte ihr nichts aus.

Die anstrengende Arbeit war das eine. Neid und Missgunst und Intrigen das andere. Wieder einmal hatte man versucht, sie zu diskreditieren. Adalbert von Bonsen war eines Tages aufgetaucht, als Karolina sich in der Kantine eine Kleinigkeit zu essen holte. Er hatte sich zu ihr an den Tisch gesetzt. Die anderen Komparsen, die ebenfalls gerade eine Pause einlegten, beobachteten sie. Karolina konnte in ihren Gesichtern wie in einem offenen Buch lesen. Ein Tuscheln erfüllte den Raum. Doch Karolina versuchte, sich nicht verunsichern zu lassen, und hörte Adalbert aufmerksam zu, denn er hatte ihr eine wichtige Botschaft zu übermitteln: Der Regisseur Fritz Lang bat sie für Probeaufnahmen zu sich. Nicht irgendwann, nicht später, sondern augenblicklich. Eine Schauspielerin seines neuesten Films, der parallel zu »Asphalt« hier in den Studios gedreht wurde, war krankheitsbedingt ausgefallen. Karolina verstand nur etwas vom Mond und dessen Rückseite. Sie solle sich rasch schminken lassen und dann bei Fritz Lang und seiner Ehefrau Thea Harbou, die das Drehbuch geschrieben hatte, vorstellig werden. Karolina tat wie ihr geheißen. Eilig suchte sie einen der Waschräume auf, denn sie konnte nicht wissen, wann sie das nächste Mal ihre Notdurft verrichten durfte. Nun war sie bereit, doch als sie die Tür öffnen wollte, war diese verschlossen. Sie ruckelte, klopfte, nichts tat sich. Sie rief, doch niemand hörte sie. Die Minuten verrannen, und es war offensichtlich, dass sie zu spät kommen würde. Als sie sich schon damit abgefunden hatte, dass ihre einmalige Chance, mit dem großartigen Fritz Lang zusammenarbeiten zu dürfen, ein für alle Mal vertan war, entdeckte sie eine Reinigungskraft in ihrer misslichen Lage. Karolina rannte über das Gelände und kam völlig außer Atem an dem Ort an, den Adalbert ihr genannt hatte. Sie war keine Minute zu spät, musste sich jedoch voller Wut im Bauch arg zusammennehmen, um das, was Fritz Lang von ihr nun per Regieanweisung erwartete, haargenau umzusetzen.

Offensichtlich war man mit ihr zufrieden, denn nur einige Tage später flatterten die Rollenbeschreibung und der Drehplan ins Haus. Karolina hatte eine Rolle in Fritz Langs Film »Frau im Mond« ergattert. Sie hatte die Aufgabe erhalten, ein Scheckbuch zu spielen. Nicht ganz das, was Karolina sich unter Schauspielkunst vorstellte, doch es war genau das: eine künstlerische Herausforderung. Tagelang allerdings war auch nach dem Ende der Dreharbeiten noch Sand aus ihren Kleidungsstücken gerieselt. Sand, den Fritz Lang hatte anfahren lassen, um damit die Oberfläche des Mondes zu imitieren.

Mittlerweile hatte Karolina, dem Vertragsinhalt gerecht werdend, etliche Statistenrollen gespielt und wartete folgerichtig sehnsüchtig auf ein besseres Rollenangebot. Aber ihre Hoffnungen wurden immer noch nicht erfüllt. Einmal erkundigte sie sich deshalb bei Adalbert. Er gab ihr zu bedenken, dass er den Regisseuren nicht vorschreiben könne, wen sie besetzten. Sie glaubte ihm nicht, glaubte, dass sein Einfluss dafür reichen würde.

Als Karolina sich vor ihrer Abreise nach Köln bei ihm verabschiedete, versprach er ihr, gleich im neuen Jahr eine

Überraschung für sie bereitzuhalten. Er hatte ihr schon so oft etwas versprochen, dass sie misstrauisch blieb.

Noch wohnte sie in ihrer Pension im Grunewald, wo sie sich mittlerweile wie zu Hause fühlte. Derzeit wohnten kaum noch Touristen dort. So war sie oft der einzige Gast. Auch wenn die Fahrten nach Neu-Babelsberg recht lästig waren, so tat ihr der räumliche Abstand doch gut. Nicht immer konnte sie in ein Automobil der Filmfabrik zusteigen, das die Schauspieler chauffierte, denn ihr als Komparsin stand ein solcher Service eigentlich nicht zu. Offensichtlich war ihr ein anderer Status zuteil als den meisten anderen. Trotzdem fuhr sie hauptsächlich mit der Bahn. Der Vorfall im Waschraum hatte ihr vor Augen geführt, dass sie auf der Hut sein musste, und so hielt sich Karolina von den anderen fern. Sie hätte eine andere Strategie verfolgen und sich bei den anderen anbiedern können, doch dieses Gebaren lag ihr nicht. Es bildeten sich immer wieder Grüppchen, die über die jeweils anderen tuschelten. Zu welcher Gruppe hätte sie sich bekennen sollen? Sie konnte nur als Verliererin daraus hervorgehen. Dieses Verhalten brachte ihr allerdings den Ruf ein, arrogant zu sein, was sie jedoch in Kauf nahm. Sie wollte sich von niemandem vereinnahmen oder beeinflussen lassen. Dafür hegte Karolina gute Kontakte zu den vielen Angestellten, wie Beleuchtern, Requisiteuren, den Frauen, die sie schminkten und die Kleider anlegten. Bei ihnen galt sie als bodenständig und freundlich.

Ihr dritter Flug nach Köln näherte sich dem Ende. Sie landeten pünktlich und einigermaßen sanft auf dem Rollfeld des Butzweilerhofes. Karolina hatte niemandem von ihrem Kommen berichtet, sodass sie den Zubringerdienst zum Dom nutzte und dort in die Straßenbahn umstieg. Als sie zu Fuß in die Kirschallee einbog, begann ihr Herz wie wild zu schlagen. Die Villa lag völlig im Dunkeln. In der Einfahrt stand ihr Automobil. Sonst kein weiteres Fahrzeug. Karolina schloss die Tür zur Villa auf und lauschte. Nirgendwo war ein Geräusch zu vernehmen, das auf die Anwesenheit wenigstens eines ihrer Familienmitglieder hinwies. Sie nahm eine Taschenlampe und ging um das Haus herum, um sich den Anbau anzusehen. Er schien fertig zu sein. Aber auch dort brannte kein Licht. Enttäuscht betrat sie wieder das Haus. Sie zog sich um und bereitete sich anschließend eine Kleinigkeit zu essen. Dann versuchte sie, telefonisch irgendjemanden zu erreichen. Erst bei den Leyendeckers nahm jemand das Gespräch entgegen. Tante Olga erklärte ihr, dass ihr Vater mit Nadia und Alexander in die Schweiz gefahren sei. Über Arnolds Aufenthaltsort wisse sie nichts. Hedwig habe frei. Sie bot Karolina an, die Weihnachtsfeiertage bei ihnen zu verbringen. Karolina sagte zu, war sich aber nicht sicher, ob sie dann nicht doch lieber wieder zurück nach Berlin fahren solle. Ja, sie hätte ihr Kommen ankündigen müssen. Aber sie hatte nicht erwartet, dass die anderen bereits in den Winterurlaub aufgebrochen waren. Was war mit der Möbelfabrik? Wurde erst im neuen Jahr wieder gearbeitet? Sie war versucht, bei Rudolfs Eltern anzurufen, denn immerhin bestand die Möglichkeit, dass er ebenfalls über die Feiertage nach Köln kommen würde. Doch in diesem Augenblick klingelte es an der Haustür. Angesichts der späten Stunde überlegte sie, ob sie noch öffnen sollte. Es klopfte.

»Ist jemand zu Hause? Hier ist Kriminalkommissar Feiler.«

Ach herrje, was wollte der denn? Ob etwas passiert war? Ein Unfall? Sie öffnete mit bangen Vorahnungen.

»Ach, da ist ja wirklich jemand. Darf ich eintreten?«

Karolina bat ihn herein.

»Frau Bär sagte mir, dass eigentlich niemand hier sei. Aber als ich vorbeifuhr, sah ich das Licht.«

»Sie waren bei Frau Bär?«

»Ja. Ich falle einfach mit der Tür ins Haus, Fräulein Offermann.«

Karolina zuckte zusammen. Sie hatte in der letzten Zeit so selten ihren vollen Namen gehört, ihren richtigen dazu. Adalbert nannte sie, wenn sie alleine waren, nur Karolina. Ja, richtig, für die Pensionswirtin war sie immer noch das Fräulein Offermann. Für alle anderen Lia Caroll.

»Wir haben eine weibliche Leiche gefunden. Im Rhein, nicht weit von der Stelle, an der wir auch Fräulein Künstle geborgen haben. Wir wussten erst nicht, wer sie ist. Doch dann ...« Er blickte Karolina an.

Sie verzog keine Miene. »Paula Poll?«, fragte sie in die Stille hinein.

»Wie kommen Sie auf sie?«

Karolina bat ihn in den Salon und erzählte ihm von den Ereignissen in Berlin, der Verfolgungsjagd, dem versunkenen Auto, Paulas Schmuckstück. Kommissar Feiler unterbrach sie nicht, was sie sehr zu schätzen wusste.

»Wir sind über die Vorgänge tatsächlich von den Berliner Kollegen in Kenntnis gesetzt worden, aber dass Sie so nah dabei waren, das war mir nicht bewusst.«

»Man hat mir sogar einen Polizisten zur Seite gestellt, für eine Weile. Ist es denn nun Paula Poll?«

»Wir nehmen es an, aber wir sind uns nicht vollständig sicher. Deshalb ...« Er zog eine Fotografie hervor. »Würden Sie einmal darauf schauen?« Vorsichtig drehte er das Foto in Karolinas Richtung. Es war nur ein Gesicht zu sehen. Aufgedunsen und entstellt. Karolina musste schlucken und wandte sich ab.

»Ich weiß es nicht. Sie sieht ja fürchterlich aus.«

»Entschuldigen Sie. Aber Frau Bär war uns eben keine große Hilfe. Sie hat sich geweigert, die Fotografie anzusehen. Hatte Frau Poll irgendwelche unverwechselbaren Merkmale?«

Karolina musste passen.

»Was ist denn mit ihren Verwandten? Können die sie nicht identifizieren?«

»Es ist alles sehr nebulös. Offensichtlich hat sie sich in den Kriegs- oder Nachkriegswirren neue Papiere verschafft.«

»Das heißt, Paula Poll hieß möglicherweise ganz anders?« Karolina konnte es nicht fassen. Sie hatte den Namen ihrer Schauspiellehrerin immer schon recht amüsant gefunden und passend für eine Kölner Schauspielerin. Jedoch hatte sie nie in Erwägung gezogen, dass das nicht ihr wahrer Name war. Offensichtlich war genau das der Fall. Kein Künstlername, so wie bei Karolina, sondern eine andere Identität. Margot war nicht Margot gewesen und dann wieder doch. Und nun auch Paula Poll.

»Würden Sie uns ins Präsidium in der Krebsgasse begleiten?«, fragte der Kommissar leise.

»Ich soll jetzt aber nicht die Leiche ansehen. Das schaffe ich nicht!«

»Nein, das können wir Ihnen nicht zumuten. Aber vielleicht erkennen Sie ein Kleidungsstück wieder …«

»Gut, das kann ich machen.« Karolina blickte sich um und dachte daran, wie schlimm es werden würde, wenn sie später wieder in die leere Villa zurückkehrte. Mit all den Eindrücken im Kopf.

»Ich kann nicht alleine hierbleiben«, sagte sie mehr zu sich als zu Josef Feiler. Sie rief ihre Tante an und fragte nach einer Übernachtungsmöglichkeit.

»Selbstverständlich, Karolina. So lange du möchtest. Gleichgültig, wie spät es heute wird, komm vorbei.«

Karolina bat den Kommissar um einige Minuten. Sie huschte in ihr altes Zimmer, tauschte einiges aus ihrem mitgebrachten Koffer aus, nahm eine weitere Reisetasche, in die sie zusätzliche Kleider legte. Sie wusste nicht, ob sie überhaupt noch einmal in die Villa in der Kirschallee zurückkehren würde, bevor sie wieder nach Berlin fuhr.

BERLIN, DONNERSTAG, 3. JANUAR 1929

Karolina hatte vor ihrer Abreise nach Berlin noch einmal die heimische Villa aufgesucht. Doch ihre Familie war noch nicht wieder aus dem Winterurlaub zurückgekehrt. In der Post, die auf der Anrichte lag – Hedwig hatte offensichtlich ab und an nach dem Rechten gesehen –, fand sie auch einige an sie adressierte Weihnachtskarten und Briefe. Karolina nahm diese an sich, schrieb ihrem Vater einen kurzen Gruß, den sie auf seinen Schreibtisch legte. Sie erwähnte darin nicht ihren Besuch im Polizeipräsidium. Erstens würde das sein Freund Carl Bauknecht zu gegebener Zeit sicher nachholen, zum anderen gab es eigentlich nichts zu berichten. Denn ob die Tote vom Rheinufer wirklich Paula Poll war, konnte nicht zweifelsfrei geklärt werden.

Für die Rückreise nach Berlin hatte Karolina die Eisenbahn gewählt. Sie hatte den heimatlichen Boden durchaus versöhnlich verlassen. Auch wenn sie zu gerne mit ihrem Vater oder ihren Brüdern gesprochen hätte, so war sie über den Verlauf der Weihnachtsfeiertage recht zufrieden. Die Weihnachtsmesse im Dom war dabei das Tüpfelchen auf dem i gewesen, auch wenn sich Karolina wenig aus kirchlichen Feierlichkeiten machte. Weihnachten war eben etwas Besonderes. Und sie war froh, dass die Familie Leyendecker sie mit einer die Seele beglückenden Herzlichkeit umschloss, eigentlich wie immer. Bei ihnen fühlte sich Karolina geborgen – dennoch fehlte ihr ihre Mutter. An einem der Feiertage lernte sie Felix' Freundin kennen, die hervorragend zu ihm und zur Familie passte. Ein bezauberndes und kluges Geschöpf.

Sie hatten viel über Politik geredet und Karolina hatte von ihren Befürchtungen bezüglich der Ufa berichtet. Onkel Johann hatte daraufhin seine Bedenken geäußert, denn Alfred Hugenberg war seit Oktober Vorsitzender der DNVP, einer jener Parteien, die er abgrundtief ablehnte. Eine andere war die NSDAP. Mit Schaudern erinnerte er sich an deren Massenkundgebung im Berliner Sportpalast, vor deren Beginn es Zusammenstöße mit den Kommunisten gegeben hatte. Karolina musste an ihren Bruder Arnold denken, der offenbar mit den Kommunisten sympathisierte, wenn nicht sogar mehr. »Die Kommunistische Internationale hatte beschlossen, die Sozialdemokratie als Hauptfeind in der politischen Auseinandersetzung anzusehen«, sagte ihr Onkel und fügte hinzu: »Das wird noch böse enden für uns alle.«

Wie immer hatte ihre Tante Olga versucht, das Gespräch auf seichtere Themen zu lenken. So plauderten sie eine Weile über den neuen Tonfilm, bis sich Onkel Johann wieder politisierend eingemischt hatte: »Nun versucht man vieles, um die Monopolstellung der Ufa zu verhindern.«

»Ich weiß«, hatte Karolina gesagt. »Ob die Maßnahmen ausreichen werden?«

»Welche Maßnahmen?«, hatte Felix gefragt.

Karolina erklärte ihm, dass deshalb die Klangfilm-Gesellschaft gegründet worden war und die Reichsregierung beschlossen hatte, ihren Aktienanteil an der Emelka-Filmgesellschaft aufzustocken. Schließlich waren sich alle einig gewesen, dass der Film zum Spielball der Interessen werden würde.

An dieses Gespräch erinnerte sich Karolina, während sie im Zugabteil die Ruhe genoss. Dann zog sie die Briefe und Karten aus ihrer Reisetasche. Ingrid hatte ihr einen langen Brief geschrieben. »Du musst mir unbedingt noch einmal deine Berliner Adresse übermitteln«, bat sie an einer Stelle. Karolin konnte sich gar nicht mehr erinnern, wann sie Ingrid zum letzten Mal ausführlicher Bericht erstattet hatte. Zwar hatte sie ihre Freundin über die vielen Engagements nicht vergessen, doch sie hatte sie schmählich vernachlässigt. Noch im Zug begann sie deshalb, einen Brief an sie zu verfassen.

Nachdem sie Ingrid auf den neuesten Stand gebracht hatte, steckte sie den Papierbogen ein und öffnete das Kuvert, das währenddessen auf ihrem Schoß gelegen hatte. Es enthielt einen Brief von Rosanna de la Torre. Karolina erinnerte sich gerne an ihre erneute Begegnung mit dieser kultivierten Frau auf dem Kölner Hauptbahnhof. Was war seitdem alles geschehen! Rosanna de la Torre schrieb, dass sie bereits mehrfach in der Villa in der Kirschallee angerufen und um einen Rückruf gebeten hatte. Sie halte sich zurzeit für längere Zeit in Berlin auf, und da sie gehört habe, dass Karolina nun vornehmlich dort anzutreffen sei, schlug sie vor, einmal miteinander auszugehen. Sie verwies auf den Salon von Betty Stern in der Barbarossastraße in Schöneberg, wo sie jeden Donnerstagabend anzutreffen sei.

Heute war Donnerstag, weshalb Karolina nun mit einer Kraftdroschke genau dorthin unterwegs war. Sie war gespannt, wer und was sie dort erwarten würde. Die Droschke hielt vor einem dreistöckigen Mietshaus. Zum Salon ging es in die zweite Etage. Von drinnen ertönten verschiedene Stimmen, die bis ins Treppenhaus zu hören waren. Die Tür zum Salon war nur angelehnt. Karolina riskierte zunächst einen vorsichtigen Blick hinein. Eine dunkelhaarige, wenig mondän wirkende Frau entdeckte sie.

»Sie kenne ich nicht«, sagte sie trocken.

»Ich bin auf der Suche nach Rosanna de la Torre. Mein Name ist … Karolina Offermann.«

»Rosanna hat mir erzählt, dass uns möglicherweise eine junge Dame aus Köln besucht. Sind das Sie?« Sie schaute Karolina fragend und ein wenig misstrauisch an.

Karolina bestätigte ihre Annahme und sogleich änderte sich die Stimmung. Sie wurde aufs Herzlichste begrüßt und in den Salon der Zweizimmerwohnung geführt. Das Ambiente war genauso wenig mondän wie die Salondame selbst.

»Wenn Sie heute auf Einladung hier sind, dann will ich es einmal durchgehen lassen, dass Sie mir nichts mitgebracht haben.« Betty Stern zwinkerte in die Runde und wies Karolina einen Platz neben Rosanna de la Torre zu, die sich höchst erfreut darüber zeigte, dass Karolina ihren Brief erhalten und der Einladung gefolgt war. Auf dem Tisch standen allerlei Liköre, andere Spirituosen und Kuchen. Es ging wenig formell zu, und man wechselte munter die Gesprächsthemen, die sich im weitesten Sinne um Kultur und Frauenfragen drehten.

»Sie müssen wissen, unsere Rosanna bereitet den großen Frauenkongress in Berlin vor«, sagte eine der Damen.

»Wann …?«, wollte Karolina wissen.

Gut gelaunt berichtete Rosanna de la Torre von den Vorbereitungen, mit denen gar nicht früh genug begonnen werden könne. Bis zum Juni dieses Jahres war noch reichlich zu tun, Veranstaltungsorte mussten gebucht, Politiker und Größen der Gesellschaft um Unterstützung gebeten werden. Besonders arbeitsintensiv gestalteten sich laut ihren

Ausführungen die Planungen für das große Sommerfest, das sie im Zoorestaurant zu veranstalten gedachten. »Du bist herzlich eingeladen, Karolina«, sagte Rosanna.

Karolina überlegte, ob sie einander bereits das Du angeboten hatten. Aber in diesem Rahmen war es wohl einfach üblich, dachte sie.

»Unsere Karolina wird bestimmt einmal eine große Schauspielerin«, stellte Rosanna fest.

»Sie ist eine Schauspielerin«, wiederholte Betty Stern, damit es alle in der Runde mitbekamen. Die Miene des einzigen anwesenden Mannes hellte sich auf.

»Ich weiß«, murmelte er.

Erst jetzt erkannte Karolina ihn wieder. Es war der Däne Cord Petersen.

»Ihr kennt euch?«, wollte Betty Stern wissen. »Unser Künstleragent – oder hätte ich das nicht sagen dürfen?«

»Jetzt ist es heraus«, sagte er schmunzelnd. »Ich gebe es zu, ich spioniere für die Amerikaner.«

Karolina musste ebenfalls lächeln. Sie hatte ihn zwar im Verdacht gehabt, ein Spion zu sein, doch dass er für die amerikanischen Filmindustrie auf der Suche nach neuen Talenten war, so wie er nun ausführte, hätte sie nicht vermutet.

»Wie geht es dir?«, wollte er wissen, als sie später nebeneinandersaßen und die anderen über Max Reinhardts neuerliche Amerika-Tournee und die Verleihung des Kleist-Preises an Anna Seghers diskutierten. Karolina schilderte ihm, wie es ihr während der vergangenen Monate ergangen war und dass sie immer noch auf den großen Durchbruch wartete.

»Lass dich nicht entmutigen. Ich sehe in dir viel Potenzial. Und mir gefällt, wie du dich im Leben einrichtest. Du gehst deinen Weg. Aber passe bitte auf mit der Ufa. Sie sind auf dem Weg, Monopolisten zu werden.« Er gab ihr seine Karte. »Für den Fall, dass du Rat benötigst. Aber bitte, sag dem von Bonsen nichts von mir.«

Woher wusste er das nun schon wieder? Ach ja, ein Spion war darüber natürlich im Bilde. Karolina nahm dies zum Anlass und versuchte, über Cord an Informationen über Adalbert von Bonsen zu kommen, doch er wollte nicht so recht mit der Sprache herausrücken.

»Weißt du, ob er verheiratet ist?«, fragte sie und schämte sich im selben Augenblick dafür.

»Nein, ist er nicht. Warum auch immer. Denn die Frauen sind ganz verzückt von seiner galanten Art. Soweit ich weiß, nutzt er diesen Umstand noch nicht einmal zum Vorteil für sich. Da gibt es ganz andere. Ich hörte, dass er dich protegiert …«

»So will ich das nicht nennen, zumindest habe ich bislang nur Statisten- und Nebenrollen bekommen.«

»Das wird schon, Lia.«

»Was gibt es denn Neues beim Film?«, fragte eine der Damen und beendete damit vorerst das vertrauliche Gespräch der beiden.

»Im Terra Glashaus in Marienfelde wird ein Film gedreht mit Marlene Dietrich und der Bühnenschauspielerin Edyth Edwards. Regie führt Kurt Bernhardt«, antwortete Cord.

»Das ist der Film nach dem Roman von Max Brod, nicht wahr?«, fragte Rosanna. Es entspann sich eine Diskussion über Literaturverfilmungen. Karolina genoss den Abend in vollen Zügen. Die Gespräche vereinten auf geradezu wundersame Weise all das, was ihr am Herzen lag: Literatur und Film. Wie in Wellen bewegten sich die Gespräche, mal schlugen sie mehr in die eine, mal in die andere Richtung aus. Sie würde regelmäßig herkommen, das nahm sie sich fest vor.

Als sie spät in der Nacht ihr Pensionszimmer betrat, stieß sie mit ihrem Fuß an einen Zettel, der auf dem Boden lag. Ihre Wirtin musste ihn unter der Tür durchgeschoben haben.

»Bitte unbedingt Ihren Vater anrufen. Uhrzeit egal«, las Karolina.

Es war etwas geschehen, was keinen Aufschub duldete. Wieder eine Todesnachricht? Karolina begann zu frösteln. Als sie sich verbinden ließ, zitterte ihr ganzer Arm.

»Vater, was ist passiert?«, fragte sie, als sie seine Stimme hörte.

»Arnold ist verhaftet worden.«

Stille.

»Wie bitte?«

»Du musst herkommen.«

Karolina versuchte, sich zu sammeln. Egal, was es war, das musste ihre Familie nun ohne sie durchstehen. Ihr war bewusst, dass ihr Vater ihr die genauen Umstände am Telefon nicht nennen würde. Sie konnte und wollte nicht aus Berlin abreisen. Nicht nur, weil sie gerade erst aus Köln zurückgekehrt war und seit dem Anfang der Woche wieder drehte.

»Vater, geh zum Rechtsanwalt. Ich kann doch auch nichts machen, selbst wenn ich nach Köln komme. Ich habe einen Vertrag, den ich erfüllen muss.«

»Deine Filmerei ist dir also wieder wichtiger als die Familie.«

»Vater?« Er hatte offensichtlich den Hörer auf die Gabel geworfen. Eine Weile blieb Karolina wie angewurzelt vor dem Telefon stehen. Dann atmetet sie tief ein und seufzte. Es konnte gar nicht anders sein, als dass Arnold sich politisch betätigt hatte und mit dem Gesetz in Konflikt geraten war. So hoffte sie. Sie konnte sich nicht vorstellen, dass er ein Verbrechen begangen hatte. Obwohl für ihren Vater eine Parteinahme für die Kommunisten, und nur darum konnte es sich handeln, bereits unter Verbrechen fiel. Sie würde ihrem Vater morgen einen Brief schreiben, aber jetzt wollte sie ins Bett. Morgen standen noch Dreharbeiten in Neu-Babelsberg auf dem Plan. Dieses Mal war sie froh, dass sie keine Hauptrolle innehatte.

BERLIN, SONNABEND, 26. JANUAR 1929

Der Marmorsaal auf dem Gelände des Berliner Zoos zeigte sich im Festglanz. Alles glitzerte wie in einem Märchen. Karolina wollte sich kneifen, nur um sicherzugehen, dass sie nicht träumte und sich wirklich unter all den prominenten Gästen des Presseballs bewegte. Doch natürlich tat sie das nicht, denn einen Schmerzensschrei auszustoßen geziemte sich in dieser illustren Runde nicht.

Adalbert hatte sie vor einigen Tagen eingeladen. Obwohl »eingeladen« nicht das richtige Wort dafür war. Er hatte sie mehr oder weniger verpflichtet. Zunächst hatte Karolina nämlich gezögert. Sie scheute sich davor, mit Politikern, Schauspielern, Wirtschaftsbossen umzugehen, die sie vor allem aus den Zeitungen kannte. Doch Adalbert hatte ihr unmissverständlich dargelegt, dass er dies von ihr erwartete. Als sie sich immer noch zierte, hatte er ihr dann den Köder hingeworfen. Sie merkte, wie überlegen er sich ihr gegenüber in diesem Moment gefühlt hatte. Er war also mit der Sprache herausgerückt: »Deine Hauptrolle ist so gut wie sicher.«

Karolina hatte die Einschränkung – »so gut wie« – sehr wohl vernommen. Das hieß, dass man etwas von ihr erwartete. Eine Gegenleistung, hoffentlich nur in Form der Teilnahme an dem Berliner Presseball, dem gesellschaftlichen Ereignis eines jeden Jahres. So hatte sie – leise zwar – ihre Zustimmung signalisiert. Was Adalbert erleichtert zur Kenntnis nahm. Daraufhin führte er genauer aus: »Ich hatte gehofft, dir bereits die Hauptrolle in ›Die Schmugglerbraut von Mallorca‹ anbieten zu können. Aber diese hat Jenny Jugo erhalten. Im Februar beginnen die Dreharbeiten. Wir haben nun für dich ein wunderbares Drehbuch geschaffen, hörst du, Karolina, für dich!«

Adalbert hatte ihr das auf der Heimfahrt von Neu-Babelsberg in den Grunewald berichtet, als er sie einmal wieder persönlich nach Hause fuhr – was neuerdings häufiger vorkam. Mittlerweile wusste sie auch, dass er selbst in einer Villa am Griebnitzsee lebte. Er hatte ihr zum Abschied an diesem Tag das Drehbuch in die Hände gelegt und sie gebeten, es sich anzuschauen. Nach dessen Studium– von Rudolf wusste sie, worauf sie zu achten hatte – sagte sie noch am folgenden Tag zu: Sie wollte diesen Film drehen und sie wollte seiner Einladung zum Presseball folgen. Mittlerweile hatte sie sich mit dem Gedanken angefreundet. Vielleicht hatte sie auch milde gestimmt, dass der Presseball – bei dem weitaus mehr Menschen aus Gesellschaft, Film und Theater anwesend waren als Vertreter der Presse – in diesem Jahr ganz im Zeichen der Frau stand. Nun hielt Karolina den Ball-Almanach, die Schrift zum Presseball, fest, die ihr Adalbert eben gegeben hatte. Auf dem Titelblatt, auf dem in geschwungenen Buchstaben »Die Berlinerin« stand, prangte die Zeichnung einer am Lenkrad eines Automobils sitzenden Frau. Karolina sah darin auf einer gewissen Weise sich selbst. Wie sie in ihre neue Zukunft steuerte.

Gerade reichte ihr ein Kellner ein Glas Champagner. Sie nahm es ein wenig umständlich entgegen. Geübt war sie in solchen Gesellschaftsdingen trotz ihrer Herkunft nicht. Vermutlich verunsicherten sie die zahlreichen Berühmtheiten, denen sie zum ersten Mal persönlich gegenüberstand.

Reichskanzler Hermann Müller war zugegen, genauso wie der Polizeipräsident Karl Zörgiebel. Botschafter aus fernen Ländern ebenso wie Vertreter aus der Wirtschaft. Sie entdeckte Berühmtheiten ihres Fachs wie Maria Paudler, Liane Haid, Max Hansen, Fritz Kortner und Werner Krauß. Sie konnte sich einfach nicht sattsehen und musste von Adalbert regelrecht zu ihrem Platz geschoben werden. Es gab Hühnersuppe, Poularde, Rheinlachs und herrliche Desserts. Karolina genoss die Gespräche mit ihren Tischnachbarn. Später am Abend wurden die Gewinne der Tombola verlost. Als sie hereingekommen waren, hatte Adalbert Karolina auf die Veranda geführt, wo die Gewinne ausgestellt waren. Schier unvorstellbar, was dort alles aufgebaut worden war: Dutzende von Ölgemälden, ein Pelzmantel, Rubinringe, Saphirarmbänder, goldene und silberne Damenarmbanduhren, Antiquitäten, Bronzen, Zeichnungen – eine von Max Liebermann –, Grafiken von Corinth, Liebermann, Simmel und anderen, Aquarelle sowie Radierungen, Seidenwaren, Ballkleider, Handtaschen, Glaskunst aus Murano, von Lalique, Gallet und Daum, Schallplatten, Koffer, Parfümerien, echte Teppiche, ein automatisch elektrischer Frigidaire-Kühlschrank, Seereisen nach Genua, Flüge nach Zürich und Wien, sowie – in Karolinas Augen die Krönung – ein zwei Liter Mercedes Cabriolet.

Nach und nach kamen all diese Kostbarkeiten zur Verlosung. Im Saal ertönte bei jedem Stück ein lautes »Ah« und »Oh«. Adalbert hatte auch etwas gewonnen, das Saphirarmband mit einem eins Komma drei Karat schweren Brillanten.

Anschließend begann der gemütliche Teil des Abends, wie eine Frau am Nebentisch jauchzend meinte. Karolina hoffte, dass Adalbert sie nicht gleich zum Tanzen auffordern würde. Ihr wäre eine derartige Zurschaustellung einer innigen Gemeinschaft, die es aus ihrer Sicht nicht gab, sehr unangenehm gewesen.

»Karolina, ich möchte dich nicht vor den Kopf stoßen«, sagte er leise. »Aber ich tanze nur äußerst ungern.«

Karolina sah ihn erleichtert an.

»Es ist, es ist ... Es hat nichts mit dir zu tun.« Es fiel ihm offenbar schwer, darüber zu reden, sodass Karolina auch gar nicht weiter insistierte. Sie legte ihre Hand auf seine. Sie wusste, dass man diese Geste missdeuten konnte. Doch in diesem Moment konnte sie nicht anders.

»Ich hatte eben den Gedanken, dass es mir unangenehm wäre, hier vor all diesen berühmten Menschen zu tanzen«, erwiderte sie wahrheitsgemäß.

Er zog vorsichtig seine Hand vom Tisch. Für einen Moment hielt er inne, dann fragte er: »Kann ich dich für einige Minuten alleine lassen?«

Karolina war das gar nicht einmal unrecht. Sie liebte es, Menschen zu beobachten. Als sie merkte, dass viele männliche Augen auf sie gerichtet waren und es nur noch eine Frage von Minuten war, wann sie zum Tanz aufgefordert werden würde, vergrub sie ihre Nase im Ball-Almanach. Auf einem beigefügten Blatt waren noch einmal alle Gewinne der Tombola detailliert aufgeführt. Die Beiträge über die Berlinerin hatten Männer verfasst, darunter namhafte Schriftsteller wie Gerhart Hauptmann, Carl Zuckmayer oder Heinrich Mann. Doch auch einige Frauen kamen zu Wort wie Fritzi Massary, Polly Tieck und Karin Michaëlis. Unter jedem Beitrag war die Unterschrift des jeweiligen Verfassers abgedruckt. Da Adalbert doch eine ganze Weile wegblieb, trauten sich schließlich nach und nach immer wieder einzelne Männer, Karolina um ein Tänzchen zu bitten. Jedes Mal sagte Karolina ab. Sie wusste, dass es unhöflich war, aber sie konnte nicht über ihren Schatten springen. Endlich kam Adalbert zurück. Er wirkte niedergeschlagen. Er entschuldigte sich bei ihr. »Es war leider unvermeidlich. Es gab etwas zu besprechen, das keinen Aufschub duldete.«

Ob es an dem offensichtlich nicht zu Adalberts Zufriedenheit verlaufenen Gespräch lag oder er nicht der Grandseigneur war, für den sie ihn durchaus gehalten hatte? Jedenfalls schien er sich auf diesem Parkett ganz und gar nicht wohlzufühlen.

»Ich würde vielleicht ganz gerne nach Hause fahren«, sagte sie leise. So wie sich seine Gesichtszüge entspannten, wurde ihr klar, dass sie ihm mit ihrer Aussage einen Gefallen tat.

»Aber bevor wir fahren, stelle ich dich noch einigen wichtigen Leuten vor.«

»Als Lia Caroll?«

»Ja, und als neuer Star der Ufa«, sagte er.

»Damit macht man keinen Ulk«, antwortete sie.

Die Verabschiedungsrunde durch den Marmorsaal hatte sich über eine Stunde hingezogen. Adalbert hatte ihr dabei einige wichtige und interessante Persönlichkeiten vom Film, aber auch aus der Gesellschaft vorgestellt. Sie wusste schon gar nicht mehr, wem sie alles die Hand geschüttelt hatte. Es war weit nach Mitternacht, als sie vor der Pension ankamen. Draußen war es bitterkalt. Es war der kälteste Winter, den Karolina bislang erlebt hatte.

»Gut, dass dein erster großer Film auf der Insel Mallorca spielen wird.«

Karolina glaubte, ihn nicht richtig verstanden zu haben, denn davon hatte im Drehbuch nichts gestanden. Sie hatte angenommen, dass die Szenen »Vor einem Haus im Süden« oder »An einer Hafenmole« im Studio oder am Ostseestrand gedreht werden würden.

»Im Mittelmeer, Karolina.«

»Ich weiß, wo Mallorca liegt«, sagte sie lachend. Ihre Zähne begannen zu klappern.

»Wir besprechen alles in den nächsten Tagen. Aber was mir noch wichtig wäre … Ich muss es dich fragen.«

»Ja?« Karolina zitterte.

»Könntest du dir vorstellen, in meine Gästewohnung in Neu-Babelsberg einzuziehen?«

Karolinas Herz begann laut zu schlagen. Eine so grundsätzliche Entscheidung wollte sie jetzt nicht treffen.

»Überlege es dir. Es würde dir viele Vorteile bringen. Die Nähe zu den Studios ist nur einer davon.«

»Da ist etwas, das mich zögern lässt«, sagte Karolina. Sie musste es einfach ansprechen. Den Mut, das auszusprechen, hatte ihr vermutlich der Alkohol verliehen.

»Ich habe keine Hintergedanken persönlicher Art, wenn es das sein sollte, was dich zögern lässt«, kam er ihr zuvor.

Karolina versprach ihm, sich innerhalb der nächsten Tage zu entscheiden. Ihr war einfach zu kalt und ihr Kopf war übervoll mit Eindrücken vom heutigen Abend.

BERLIN, MONTAG, 11. FEBRUAR 1929

Heute war einer der wichtigsten Tage für alle Kölner. Heute feierte man im Rheinland den Rosenmontag. Karolina dachte nur ganz kurz an ihre Lieben, während sie ihren Koffer zuklappte und sich in ihrem Pensionszimmer umsah, ob sie auch nichts vergessen hatte. Heute begann für sie wieder ein neuer Lebensabschnitt. Der Umzug nach Neu-Babelsberg in Adalbert von Bonsens Villa in der Nähe des Griebnitzsees stand bevor. Er hatte versprochen, sie heute Abend abzuholen. Es war bitterkalt, seit Wochen bereits. Tagsüber herrschten in Berlin Temperaturen um minus zwanzig Grad. Es war kaum zum Aushalten. Schulen hatten geschlossen, weil es nicht mehr genügend Kohle gab, alle Räume zu beheizen. Die städtischen Bäder hatten ebenfalls zu. Auch Karolinas Pensionswirtin hatte immer wieder die Heizung ausgehen lassen müssen.

Mit ihrer Entscheidung hatte es sich Karolina nicht leicht gemacht und Adalbert immer wieder vertröstet. Sie wusste, dass sie nur in sein Gästezimmer zog, aber die Vorstellung kam ihr anfangs nicht richtig vor. Und sie fühlte sich wie eine Verräterin gegenüber Rudolf. Schließlich hatte sie seinen Heiratsantrag abgelehnt, weil sie selbstständig bleiben wollte. Sie hätte so gerne mit ihm gesprochen, ihm ihr Dilemma vielleicht sogar mitgeteilt. Jedoch bekam sie ihn gar nicht mehr zu Gesicht. Sie hatte auf eine zufällige Begegnung gehofft, aber wegen der Kälte durfte sie abends nicht mehr mit Eiko spazieren gehen. Und am Wochenende drehte sie. Der Drehbeginn ihres Mallorca-Films hatte sich verzögert. Was auch dem Wetter geschuldet war, denn selbst im Süden Europas türmten sich die Schneemassen. Im April sollte es nun endlich losgehen, sodass sie sich erneut von einer Statistenrolle zur nächsten hangeln musste. Neue Gemeinheiten der anderen Schauspielerinnen waren bislang ausgeblieben, doch sie traute dem Frieden nicht ganz.

Sie hatte es tatsächlich geschafft, immer donnerstags zu Betty Stern zu fahren, und traf an einem der Abende auf den Schriftsteller Erich Maria Remarque. Seinen Roman »Im Westen nichts Neues« hatte sie als Vorabdruck in der Vossischen Zeitung gelesen. In diesen Tagen war die Buchausgabe erschienen, die erste Auflage, so erzählte er stolz, war bereits vor der Auslieferung an die Buchhandlungen ausverkauft. Mit Rosanna und Cord sprach sie auch über den spektakulären Bankraub in Berlin, bei dem die Räuber durch einen selbst gegrabenen Tunnel in den Tresorraum gelangten. Die Safes waren geöffnet worden und der Inhalt im Wert von zwei Komma fünf Millionen Reichsmark entwendet worden. Wichtiger als solche Themen waren Karolina jedoch die Gespräche über die zahlreichen filmischen Ereignisse. Auch nach seiner Premiere war der Film »Ich küsse ihre Hand, Madame« in aller Munde, in dem Harry Liedtke sang und Marlene Dietrich mitspielte.

»Lia, ich muss dich enttäuschen«, hatte Cord belustigt entgegnet. »Harry Liedtke kann nicht singen. Die Stimme gehört keinem Geringeren als Richard Tauber.«

Angesichts dieser Erinnerung huschte ein Lächeln über Karolinas Gesicht. Sie hatte die Tür ihres Pensionszimmers nur angelehnt. Auf dem Flur hörte sie Frau Kaminckes vertraute Schritte. Sie klopfte zaghaft und trat auf Karolinas Bitte herein.

»Sie waren eine so angenehme Mieterin«, sagte Edith Kamincke leise. Sie hatte Tränen in den Augen.

Karolina sprang von ihrem Bett auf. »Ich habe auch so gerne bei Ihnen gewohnt.« Karolina wurde ganz wehmütig ums Herz. »Bevor ich es vergesse«, sie nahm sich einen Zettel und schrieb darauf ihre neue Adresse. »Sie dürfen jedem, der nach mir fragt, mitteilen, wo ich nun anzutreffen bin.«

»Bei einem Mann?«, fragte sie neugierig.

»Nein, es ist Adalbert von Bonsens Villa, aber ich wohne in einer separaten Wohnung. Es gibt dort sogar eine kleine Küche. Nur für mich allein.« Karolina hatte sich zuvor alles angesehen und erst nach der Besichtigung Adalbert zugesagt.

»Ah, ich verstehe.« So ganz überzeugt schien sie davon nicht zu sein, dass Karolina nicht doch bei einem Mann einzog. Als unverheiratete Frau gehörte sich das nicht. Karolina war es eigentlich nur aus einem Grund wichtig, dass Edith Kamincke ihr glaubte und wirklich von ihrer Redlichkeit überzeugt war. Sollte Rudolf nach ihr fragen, durfte kein Zweifel daran bestehen, dass Karolina immer noch an ihren Prinzipien festhielt und es für ihn weiterhin eine offene Tür zu ihrem Herzen gab.

Es klingelte und bald darauf stand Adalbert im Flur. Er brachte Karolinas Gepäck ins Auto. Sie sah sich noch einmal um, umarmte die Pensionswirtin zum Abschied und gab ihr erneut zu verstehen, dass sie keine Liebesbeziehung zu von Bonsen unterhielt. Dann stieg sie zum letzten Mal die Treppen der Pension im Grunewald hinab. Die eisige Kälte, die ihr auf der Straße entgegenschlug, war gnadenlos.

Die Fahrt nach Neu-Babelsberg dauerte wegen der glatten Straßen länger als üblich und Karolina war schweigsamer als sonst. Tat sie das Richtige? Sie war froh, dass Adalbert, der wie so häufig keinen Chauffeur engagiert hatte, sondern selbst fuhr, so konzentriert durch die Windschutzscheibe blickte. So ergab sich für ihn kaum die Gelegenheit, Karolina näher zu betrachten. Sonst hätte er an ihrem Gesichtsausdruck erkennen können, dass sie mit sich und ihrer Entscheidung haderte. Da war die Sorge, ihr Schicksal nun noch mehr in seine Hände zu legen und ihre Unabhängigkeit wieder aufzugeben. Und da war noch etwas: die Befürchtung, dass er bald mehr von ihr verlangen könnte. Adalbert von Bonsen war unverheiratet, so machte es zumindest den Anschein. Sie blieb unschlüssig darüber, ob dieser Umstand ein Vor- oder ein Nachteil für sie war. Auch ein verheirateter Mann konnte sich zudringlich verhalten, genauso wie ein lediger Mann ein tadelloser Ehrenmann sein konnte.

Als sie endlich ankamen, begleitete sie Adalbert zum Eingang ihrer neuen Wohnung. Drinnen brannte bereits Licht. Eine angenehme Wärme schlug ihr entgegen.

Adalbert blieb in der Tür stehen. »Richte dich erst einmal ein. Meine Haushälterin hat etwas zu essen für dich vorbereitet. Es steht auf der Anrichte in deiner Küche. Oder du kommst rüber in meine Villa und wir essen gemeinsam.«

Karolina wusste nicht, wie sie reagieren sollte. Plötzlich übermannte sie ein Gefühl der Angst vor der zu großen räumlichen Nähe zu ihrem Förderer. Sie hatte die falsche Entscheidung getroffen. Verunsichert blickte sie zu Boden.

Adalbert stellte ihr Gepäck ab. »Ich lasse dich jetzt allein«, sagte er verständnisvoll.

Alles, was Karolina herausbrachte, war ein einfaches »Danke«.

Als sie die Tür hinter sich geschlossen hatte, ließ sie sich auf einen Sessel fallen. Ihren Mantel behielt sie noch an, so als könne er sie beschützen. Tausend Gedanken beschäftigten sie. Sie hatte Angst, die Kontrolle über ihr Leben zu verlieren. Hatte bis vor Kurzem ihr Vater die Entscheidungsgewalt über sie besessen, so war es nun ein Mann von der Ufa. Er konnte sie auf Schritt und Tritt kontrollieren. Er würde sogar wissen, wann sie abends nach Hause kam. Die Hauptstadt lag zwar nicht allzu weit entfernt, dennoch erschien ihr der Aufwand plötzlich nicht ganz unerheblich zu sein. Gerade jetzt im Winter mit den kurzen Tagen würde sie kaum mit der Bahn fahren und sich auf dunklen Bahnhöfen herumtreiben. Und eine Kraftdroschke konnte sie sich nicht jedes Mal leisten, so üppig war das Gehalt, das man ihr zahlte, wahrlich nicht. Wenn der erste Film mit ihr in der Hauptrolle in die Lichtspieltheater kam, würde nachverhandelt werden. So hatte man ihr es versprochen. Überhaupt, die Kosten. Adalbert hatte nie davon geredet, ob die Kosten der Unterbringung in seiner Gästewohnung von ihrem Honorar abgezogen wurden. Und wenn nicht, war sie ihm dann zu Dank und möglicherweise zu mehr verpflichtet? Andere Schauspielerinnen hätten diese Überlegungen gar nicht erst angestellt. Sie wären vielmehr enttäuscht darüber, dass Adalbert sie hier und nicht gleich in der Villa wohnen ließ. Karolina war eben anders.

BERLIN, DONNERSTAG, 14. MÄRZ 1929

In der Gästewohnung am Griebnitzsee gab es noch keinen Telefonanschluss. Adalbert hatte Karolina jedoch versichert, dass eine eigene Leitung für sie bereits beauftragt worden war. Allerdings konnten die Arbeiten wegen des langen und strengen Winters noch nicht ausgeführt werden. Adalbert hatte Karolina erlaubt, das Telefon in der Villa zu nutzen und sich dort auch anrufen zu lassen. Wenn er nicht zu Hause war, würde Maria, seine burschikose, aber freundliche Haushälterin, die Gespräche entgegennehmen und ihr eine Nachricht hinterlassen, wenn jemand um Rückruf bat.

Karolinas Kontakte nach Köln beschränkten sich auf ein Mindestmaß. Felix hatte ihr mitgeteilt, dass es ihrer Familie recht gut ging. Nadia war mit Alexander im Anbau eingezogen, Arnold längst wieder frei. Es habe sich bei seiner Verhaftung um ein Missverständnis gehandelt, so lautete zumindest die offizielle Darstellung. Karolina konnte sich nach seinen Aussagen während der Tage vor und nach der Reichstagswahl gut vorstellen, dass Arnold sich zu irgendeiner politischen Aktion hatte hinreißen lassen. Aber vorerst schien zu Hause Ruhe eingekehrt zu sein. Von Felix hatte sie auch gehört, wie dramatisch die Situation im Moment auf dem Rhein aussah: Mächtige Eisschollen trieben darauf, verkanteten sich und gefährdeten die Fundamente zahlreicher Brücken. Wann kam denn endlich der Frühling?

Der Frühling, ihn würde Karolina bald erleben, aber nicht in Deutschland. Da die »Schmugglerbraut von Mallorca« mit Jenny Jugo bald abgedreht war, hatten sich die Produzenten darauf geeinigt, die Dreharbeiten von »Sieben Diamanten« gleich im Anschluss daran beginnen zu lassen. So mussten die Gerätschaften nicht ins Deutsche Reich zurückgeschickt werden und die Operateure konnten auf Mallorca bleiben. Wie die Reise nach Mallorca für sie und die anderen Schauspieler genau organisiert war, blieb vorerst ein Geheimnis.

Eigentlich hatte Karolina vorgehabt, noch einmal den Salon von Betty Stern aufzusuchen. Immerhin standen heute keinerlei Verpflichtungen in der Filmfabrik an. Doch es sah so aus, als würde sie ihr Vorhaben nicht in die Tat umsetzen können. Seit dem frühen Morgen bereits plagten sie heftige Halsschmerzen. Und sie wollte sich lieber schonen, als zu riskieren, die Reise nach Mallorca krank anzutreten.

Deshalb klingelte sie am Haupteingang der Villa und bat Maria, sie für einige Telefonate nach Berlin einzulassen. Während Karolina sich zuerst mit Betty Stern verbinden ließ, der sie absagte, und schließlich darauf wartete, dass sie mit Rosanna de la Torre sprechen konnte, hörte sie Maria in der Küche werkeln. Adalbert würde erst am Abend nach Hause kommen. Karolina plauderte eine Weile mit Rosanna.

»Du wirst dich doch nicht von dem Mann abhängig machen, Karolina?«, fragte Rosanna besorgt, nachdem Karolina in beinahe jedem Satz den Namen ihres Gönners hatte fallen lassen.

Mit ihrer Frage hatte Rosanna genau Karolinas Bedenken aufgegriffen. Doch zum jetzigen Zeitpunkt war sie in der Tat von Adalberts Wohlwollen anhängig. Sie konnte nicht einfach wieder ausziehen und war vertraglich gebunden. Außerdem war er es, der ihr den Weg zu ihrem größten Ziel geebnet hatte. Zum Greifen nah war ihre erste Hauptrolle. Nichts anderes hatte sie ihr halbes Leben lang ersehnt, hatte dafür Rudolfs Antrag abgelehnt, war mit ihrem Vater ein ums andere Mal in Streit geraten. Sie hatte, wenn sie es recht bedachte, keine andere Wahl. Sollte sie einer Frauenrechtlerin dies genau so sagen? So beendete sie das Gespräch, ohne auf Rosannas Frage einzugehen.

Nachdem sie aufgelegt hatte, schaute Karolina sich im Flur um. Würde sie in der Villa etwas finden, das ihr ein wenig mehr über Adalbert verriet? Maria begann, einen Schlager zu trällern. Karolina nahm all ihren Mut zusammen und öffnete eine Tür nach der anderen, die vom Flur abging. Die Räume waren gemütlich eingerichtet, beinahe so, als habe eine Frau Hand angelegt. Schließlich fand sie Adalberts Arbeitszimmer. Marias Gesang hallte weiter durch das Gebäude, sodass Karolina es riskierte einzutreten. Sie schloss möglichst geräuschlos die Tür hinter sich. Nichts ähnelte dem dunklen Raucherzimmer ihres Vaters. Alles war modern, jedoch gediegen eingerichtet. Sie las die Titel auf den Buchrücken in den Regalen. Die Auswahl der Bücher war vielfältig. Ein Hinweis auf seine Vorlieben war daraus nicht abzuleiten. Auf dem Schreibtisch stand die Fotografie einer blonden Frau. Auf der Arbeitsfläche stapelten sich die Zeitungen. Die meisten waren vom Scherl Verlag gedruckt worden, aber sie fand auch einige Ausgaben der Vossischen Zeitung sowie eine Zeitung, die sie noch nie zuvor gesehen hatte, was bei der Fülle an Publikationen, die es im Deutschen Reich gab, nichts Ungewöhnliches war. In großen Lettern war »Völkischer Beobachter« darauf zu lesen. Karolina musste schlucken, denn das Wort »völkisch« sprang ihr förmlich ins Gesicht. Sogleich erinnerte sie sich an den unfreundlichen Herrn in der Buchhandlung ihres Onkels. Karolina hielt sich schon viel zu lange in diesem Zimmer auf. Sie schlich zur Tür und lauschte. Maria war immer noch in der Küche beschäftigt. Karolina hatte ein Schreiben auf der Arbeitsfläche gesehen, das sie sich genauer anschauen wollte, und trippelte auf Zehenspitzen zurück. Offensichtlich handelte es sich um ein von Hugenberg unterschriebenes Rundschreiben. Der Brief war lang und recht umständlich geschrieben. Sie konnte ihn nur überfliegen. Er handelte von den deutschen Tributzahlungen. Hugenberg malte zukünftige Entwicklungen in düsteren Farben. Es war von Bolschewismus, Chaos, Deutschland als Wächter der Kultur und immer wieder den Vorstellungen der Deutschnationalen Volkspartei die Rede. Ob Adalbert Hugenbergs Meinung teilte? Maria hatte aufgehört zu singen. Hoffentlich war Adalbert nicht zurückgekehrt. Karolina eilte, so leise sie konnte, zur Tür und öffnete sie. Auf dem Flur war niemand zu sehen. Karolina zögerte nicht lange und rannte zum Ausgang. Doch auf dem Schränkchen mit dem Telefon hatte sie ihr Notizbuch vergessen. Sie drehte sich um und wäre dabei beinahe mit Maria zusammengestoßen.

»Ich habe Sie gar nicht mehr sprechen gehört.«

»Ich, ich … Ich habe mein Notizbuch vergessen.«

»Ist es das?« Maria hielt es ihr entgegen.

»Ja, danke.« Karolina nahm es an sich und wandte sich zum Gehen.

»Sie wissen schon, dass es ein großer Vertrauensbeweis von Herrn von Bonsen ist, Sie hier ein und aus gehen zu lassen?«

Jetzt wäre es hilfreich zu wissen, ob Maria sie bereits länger beobachtet hatte. Glaubte sie ihr die Sache mit dem

Notizbuch, die ja sogar zutraf? Nur war es eben lediglich die halbe Wahrheit.

»Doch, das kann ich mir vorstellen. Wir kennen uns zwar bereits eine Weile, aber man kann Menschen schließlich nicht in den Kopf hineinschauen.« Karolina versuchte, allgemein zu bleiben.

»Da haben Sie recht«, antwortete Maria. Jeglicher Argwohn war aus ihrer Stimme verschwunden.

Karolina witterte die Gelegenheit für ein klärendes Gespräch. »Bin ich die erste Schauspielerin, die hier wohnt?«

»Ja«, sagte sie nur.

Karolina wollte sich mit dieser Antwort nicht zufriedengeben. Beinahe hätte sie gefragt, wer die blonde Frau auf dem Foto in Adalberts Arbeitszimmer war. Sie konnte sich gerade noch eines Besseren besinnen. »Es ist eine schöne Villa und das Gästezimmer gefällt mir sehr. Es ist ja recht ungewöhnlich, dass es eine solche abgeschlossene Wohneinheit gibt.« Maria zuckte zusammen. Hatte Karolina etwas angesprochen, das diese Reaktion rechtfertigte?

»Ich dachte, Herr von Bonsen hätte es Ihnen bereits erklärt.« Ihr war der Konflikt, in dem sie sich befand, deutlich anzumerken. »Ich bin froh, dass endlich wieder eine Frau hier lebt. Es ist für mich auch angenehmer so.«

Das war jetzt nicht das, was Karolina erwartet hatte. »Aber er verhält sich Ihnen gegenüber doch anständig, nicht wahr?«, fragte Karolina, bereute ihre Direktheit jedoch gleich wieder.

Marias Widerspruch fiel deutlich aus. »Nein, nein. Um Himmels willen, nein! Sie haben mich vollkommen missverstanden. Ich meinte damit nur, dass ich kaum jemanden habe, mit dem ich ein paar Worte wechseln kann. Ach herrje, nun rede ich mich um Kopf und Kragen.«

»Oh, ich wollte Sie nicht in Verlegenheit bringen. Das tut mir von Herzen leid. Lebte Herr von Bonsen denn schon immer allein hier? Ich meine … Es gibt hier so viele schöne Dinge, die doch von einer weiblichen Hand ausgewählt sein könnten.«

Maria blickte über den Flur hinweg. »Ja. Seine Ehefrau, als sie noch lebte. Damals wurde auch der Gästetrakt angebaut …«

Karolina hätte zu gerne erfahren, wie es sich damit verhielt, aber in diesem Moment wurde von außen ein Schlüssel ins Schloss gesteckt. Adalbert stand in der Tür.

»Die Damen«, er lupfte seinen Hut und setzte ihn gar nicht erst wieder auf. Maria ging ihm entgegen und legte den Hut auf die Ablage an der Garderobe.

»Karolina, du hier. Ich hatte dich in Berlin vermutet.« Er wusste von ihrem Gesprächskreis in Betty Sterns Salon.

»Ich habe Halsschmerzen. Und ich will ja nicht noch krank werden. Ich freue mich so sehr auf Spanien.«

Adalbert zog seinen Mantel aus. »Es ist wirklich immer noch so kalt. Du wirst sehen, bald kannst du den Frühling spüren. Möchtest du mit uns essen?«

Karolina willigte ein und bekam zunächst einen Kräutertee mit Honig serviert. Nach dem Essen und dem Genuss eines weiteren Tees waren ihre Halsschmerzen kaum noch zu spüren. Mittlerweile saß sie mit Adalbert im Salon. Er schilderte ihr ausführlich die Reiseroute und die einzelnen Drehorte. Sie würden zu mehreren reisen. Der Regisseur, ein Aufnahmeleiter sowie einige Schauspieler. Karolina hatte nicht erwartet, dass Adalbert sie begleiten würde. Über seine Funktion bei der Ufa war sie immer noch unschlüssig. Ja, er nannte sich Filmproduzent, aber seine Position schien weitaus gewichtiger zu sein. Manchmal vermutete sie, dass er möglicherweise Hugenbergs rechte Hand war. Belege hatte sie keine, und da er nicht darüber sprach, gab es möglicherweise auch einen Grund dafür.

»Was mir auf der Seele liegt. Wir, ich … Bin ich deine Untermieterin oder dein Pensionsgast? Wie hoch sind die Kosten?« Karolina kam ins Stottern.

»Selbstverständlich bist du mein Gast. Ich hätte die Berechtigung, die Kosten mit der Ufa abzurechnen, aber ich habe es gerne, wenn du mir Gesellschaft leistest.«

Gesellschaft? Allmählich beschlich Karolina der Verdacht, dass er darauf spekulierte, dass sie ihm bald willfährig sein würde. »Warum?«, fragte sie verunsichert.

»Was meinst du?«

»Warum tust du das alles für mich? Die Einladungen, jetzt der Umzug …« Sie begann zu zittern. Jetzt würde er ihr bestimmt seine Erwartungen mitteilen. Hegte er wirklich keinerlei Hintergedanken?

»Wir glauben einfach an deine Fähigkeiten.«

Es kam Karolina so vor, als wollte er noch etwas hinzufügen. Sie wartete. »Mehr nicht?«

»Nein, Karolina.«

Dieser Mann blieb Karolina ein Rätsel. Sie hatte schon so oft in sich hineingehört und ihre innere Stimme nach einem Urteil befragt, doch sie wurde einfach nicht schlau aus ihm.

MALLORCA, DONNERSTAG, 28. MÄRZ 1929

Salzig schmeckten Karolinas Lippen, wenn sie diese aufeinanderpresste. Die Luft roch würzig, nach Meer. Karolina hatte es aufgegeben, die vom Fahrtwind zerzausten Haare immer wieder zu ordnen. Das Blau des Meeres war die schönste Farbe, die sie in ihrem Leben jemals gesehen hatte. Ein Edelstein würde dagegen nur wie ein Abglanz wirken. Bald würde der Dampfer den Hafen von Palma erreichen. Die Umrisse des mallorquinischen Gebirges tauchten am Horizont auf. Eine lange Reise lag nun hinter Karolina und den anderen. Sie waren mit der Eisenbahn in Berlin losgefahren, erster Klasse. Sie hatten Frankfurt, Basel, Genf, Lyon und Port Bou an der Costa Brava passiert und hatten nach einundvierzig Stunden und nach über zweitausend Kilometern Barcelona erreicht. Dort hatten sie im Hotel Oriental auf den Ramblas übernachtet, um wieder zu Kräften zu kommen, denn die Eisenbahnfahrt war recht anstrengend gewesen. Karolina hatte als Erstes im Hotel nach einer Kraftdroschke zur Sagrada Familia gefragt, denn nach dem Plan im Baedeker war ein Fußweg dorthin doch ziemlich weit. Karolina fühlte sich trotz ihres Reisefiebers ziemlich erschöpft. Der unfertige Bau beeindruckte Karolina, noch mehr die Vorstellung, dass Gaudí, der Architekt, unweit der Baustelle ums Leben gekommen war. Bei der Vorstellung hatte ihren Rücken ein Frösteln überzogen.

Nach einem Tag in Barcelona hatten sie gestern Abend den Dampfer im Hafen bestiegen und waren durch die Nacht immer weiter nach Süden über das Meer geschippert. Karolina war beim Morgengrauen aufs Deck hinausgegangen. Zuerst ganz alleine. Dann gesellten sich immer mehr ihrer Reisegefährten zu ihr. Mit einigen Schauspielern hatte sie sich bereits angefreundet. Manche von ihnen waren genauso an gehobener Literatur interessiert, sodass sich auf der langen Bahnfahrt sogar einige literarische Gespräche ergeben hatten. Einer der Schauspieler namens Karl, der im Film »Sieben Diamanten« ihren Geliebten spielen sollte, hatte den Reiseführer »Baedekers Spanien und Portugal« dabei, aus dem er immer wieder vorlas. Karolina gefielen die zahlreichen beigefügten Karten, die sie neugierig studierte. Immer wieder nahm sie das rote Buch in die Hand und malte sich aus, wie es in den einzelnen Orten wohl aussah. Sie schrieb Sehenswürdigkeiten heraus, die sie unbedingt besichtigen wollte.

»Es gibt ein wunderschönes, von einem Deutschen geführtes Hotel etwas abseits der Altstadt von Palma«, sagte Adalbert, dessen Kommen sie gar nicht bemerkt hatte. Mallorca rückte immer näher.

Karolina hörte nicht richtig zu, denn gerade tauchten backbord steile Felsen auf. Sie erkannte Olivenbäume, Ziegen, die im unwegsamen Gelände grasten, und alte Wachtürme, die sich gegen den blauen Himmel abzeichneten, und sie entdeckte winzige Buchten, in denen Fischerboote festgetaut waren. Die Luft war frisch, aber so würzig, so meeresfrisch. Karolina hatte das flaue Gefühl in ihrem Magen sehr wohl registriert, aber sie wollte ihm keinerlei Beachtung schenken. Das, was sie sah und wahrnahm, entschädigte sie für jegliche Strapazen, die sie bisher erlebt hatte. Sie hätte vor Freude schreien mögen.

»Wir beide und einige der anderen werden dort wohnen«, sagte die Stimme.

Karolina konnte sich an dem Anblick nicht sattsehen.

»Wie bitte?«, fragte sie, nachdem sie endlich realisiert hatte, dass Adalbert mit ihr gesprochen hatte.

»Ich habe gerade über unser Hotel gesprochen. Du wirst es mögen.«

»Werden wir noch Jenny Jugo treffen?«, fragte Karolina, während sie ihr Gesicht in den Fahrtwind hielt.

»Nein, sie haben bereits die Abreise angetreten. Nur die Gerätschaften haben sie da gelassen und einen oder zwei Operateure.«

»Ach so.«

Der Dampfer änderte seine Richtung.

»Palma, die Hauptstadt Mallorcas und der Provinz der Balearen, lebhafte Handels- und Industriestadt, Sitz eines Generalkapitäns und eines Bischofs, mit achtzigtausendvierhundertfünfzig Einwohnern, liegt malerisch an der zwanzig Kilometer tief in die Südwestküste der Insel einspringenden Bucht von Palma …«, hörte sie hinter sich ihren Schauspielkollegen aus dem Baedeker vorlesen.

Die Felsen der Südküste rückten immer näher. Endlich tauchte die große Kathedrale hinter dem Hafen von Palma auf. Karolina hielt den Atem an. Sie bemerkte im Hafen zwei altertümliche Mühlen und auf den Bergen eine massive Burg mit einem mächtigen Turm.

Adalbert war offensichtlich ihrem Blick gefolgt. »Gleich darunter befindet sich unser Hotel, und die Pension ein wenig weiter Richtung Palma.«

»Wo?«, riefen die anderen und rannten an die Reling.

»Da«, sagte Adalbert und zeigte auf ein Gebäude, das sich an den Felsen schmiegte. »Das ist das Hotel Regina, und da, da ist die Pension El Sol.«

»Königin und Sonne«, übersetzte eine der Kolleginnen.

Das Anlegen im Hafen mit Blick auf die Kathedrale ging reibungslos vonstatten und so hatten sie bald wieder festen Boden unter den Füßen. Es dauerte eine Weile, bis das schwankende Gefühl wieder ihren Körper verließ. Je länger sie auf mallorquinischem Boden ging, desto sicherer fühlte sie sich. Am Ende der langen Mole warteten verschiedene Hotelbusse sowie eine Kraftdroschke auf die Reisenden. Adalbert und die anderen wichtigen Männer nahmen darin Platz, während sich die Schauspieler und Schauspielerinnen je nach ihrer Unterkunft aufzuteilen hatten. Die Fahrt bis zum Hotel Regina, wohin Karolina gebracht wurde, dauerte nur wenige Minuten.

Endlich Frühling! Karolina stand auf ihrem Balkon in luftiger Höhe und ließ ihren Blick über den Hafen wandern. In der Ferne erblickte sie den Horizont. Nein, es fühlte sich gar nicht wie Frühling an, sondern wie ein herrlicher, nicht zu heißer Sommertag, dachte sie. Die würzige Meeresluft mischte sich mit Essensgerüchen, die aus der Hotelküche hierher wehten. Jemand trällerte ein Lied. Von irgendwoher schallte Hufgetrappel. Gegenüber lag die Altstadt von Palma mit der mächtigen Kirche La Seu. Karolina hatte bereits ausgepackt, sich gewaschen und umgezogen. Es klopfte an ihrer Zimmertür. Karl, mit dem Baedeker in der Hand, und Sophie, eine weitere Schauspielkollegin, holten sie zum Essen ab. Es gab verschiedene Speisen, viel Gemüse, kein Fleisch, denn man feierte die Semana Santa, die Karwoche. Heute würde in Palma die Processó del Sant Crist de la Sang stattfinden, verriet ihnen der deutsche Wirt, der seit einigen Jahren auf Mallorca lebte.

»Was heißt de la Sang?«, fragte Sophia.

»Vom heiligen Blut«, antwortete der Wirt.

Da man ohnehin erst in ein paar Tagen mit den Dreharbeiten beginnen würde und alle bereits die Drehbücher intensiv studiert hatten, sprach nichts dagegen, sich später unter das Volk zu mischen. Karolina hatte Adalbert während des Essens nur einmal kurz zugelächelt. Als sie ihn anschließend fragen wollte, ob er sie begleiten würde, war er bereits verschwunden. Ihr war es ohnehin lieber, wenn sie mehr Zeit mit den anderen als mit ihm verbrachte. Es gelang ihnen – neben Karl und Sophie hatten sich noch einige andere Schauspieler angeschlossen –, eine Droschke anzuhalten. Allerdings eine mit einer tierischen Zugmaschine. Von einem hübschen und starken Pferd gezogen, ging es an den Rand der Altstadt. Karl sprach sogar ein paar Brocken Spanisch, was durchaus hilfreich war. Karl Gutschmit kam aus der Nähe von Frankfurt am Main, Sophie aus Dresden. Mit den beiden verstand sie sich am besten.

Die Altstadt von Palma mit ihren verwinkelten Gassen beeindruckte Karolina. So weit im Süden, so voller Leben, so exotisch. Andere Gerüche, andere Farben, andere Geräusche. Plötzlich erschrak sie heftig, als ihr mehrere Gestalten entgegenkamen. Sie trugen spitz zulaufende Kapuzen, die das ganze Gesicht bedeckten und nur Schlitze für die Augen aufwiesen. Aus einer anderen Straße liefen weitere Kapuzenträger auf sie zu. Ihre Gewänder wiesen eine andere Farbzusammenstellung auf als die der anderen zuvor.

»Sie gehören zu verschiedenen Stadtvierteln, das hat mir unser Wirt erklärt«, sagte Karl. Sophia verzog das Gesicht. »Gruselig.«

Karolina war das Ganze auch nicht sonderlich geheuer. An einer Straßenecke standen viele Menschen, die auf etwas zu warten schienen, und so gesellten sie sich zu ihnen. Bald wussten sie auch worauf: Die Prozession dauerte mehrere

Stunden und Karolina war hin und her gerissen angesichts der so vielen fremd anmutenden Eindrücke. Sie hatte bislang nichts Vergleichbares erlebt. Unter Trommelwirbel wurde ein schweres Christusbild durch die Straßen getragen, gefolgt von den Büßern, die jene Menschen mit den Kapuzen darstellten. Als sich die deutschen Schauspieler vor Müdigkeit kaum noch auf den Beinen halten konnten, beschlossen sie, den Rückweg zum Hotel anzutreten. Es war nicht leicht, den Weg durch die Menschenmassen hindurch zu finden. Da während der Prozession keine Droschken fuhren, blieb ihnen nichts anderes übrig, als zu Fuß zum Hotel zu laufen.

Dort angekommen, suchten die anderen ihre Zimmer auf, doch Karolina schloss sich ihnen nicht an, sondern blieb in der Hotelhalle zurück. In einem Nebenraum hatte sie nämlich eine vertraute Stimme gehört: Adalbert. Sie ließ sich von der Stimme leiten und entdeckte ihn in der Bibliothek. Er saß mit dem Rücken zur halb offen stehenden Tür. Ihm gegenüber ein Mann, den Karolina bislang weder in Berlin noch hier auf Mallorca bemerkt zu haben glaubte. Doch je länger sie ihn betrachtete, desto eher meinte sie, sein Gesicht schon einmal gesehen zu haben. Jemand von der Ufa, vermutete sie. Karolina holte sich einige Prospekte über Sehenswürdigkeiten auf der Insel vom Hoteltresen am Empfang, um das Gespräch belauschen zu können. Sie lehnte sich so an einen Hallenpfeiler, dass man sie dort nicht sofort entdecken würde, wenn man die Bibliothek verließ. Während sie nun so tat, als studiere sie die Schriften, bekam sie tatsächlich einiges mit. Es ging um Geld und Politik. Irgendwann fiel ihr Name, ihr richtiger Name. Der Mann sprach von Nachforschungen, die man angestellt hatte.

»Sie wohnt jetzt bei mir«, hörte sie Adalbert sagen.

Es klang so, als wolle er damit ausdrücken, dass man sie unter Kontrolle hatte.

»Das ist gut, sehr gut«, sagte der andere.

Karolina lag offenbar mit ihrer Vermutung richtig.

»Ich werde auf sie aufpassen«, erwiderte Adalbert.

Karolina rang um Fassung.

In der Halle erschienen neue Gäste, die lautstark mit dem Mann an der Rezeption redeten. Schritte näherten sich ihr von der Bibliothek her. Karolina drückte sich an den Pfeiler. Die Tür zur Bibliothek fiel ins Schloss. Hoffentlich entdeckte man sie jetzt nicht. Ihr Drang, andere zu belauschen, würde ihr irgendwann noch einmal zum Verhängnis werden. Sie legte sich vorsichtshalber eine Ausrede zurecht, doch als sie aus ihrem Versteck hervorlugte, stellte sie fest, dass man die Tür zugezogen hatte. Sie hatte genug gehört und beeilte sich, in ihr Zimmer zu kommen. Was bedeutete dieses Gespräch? Was hatten sie mit ihr vor? Warum hatte Adalbert neulich diese Nachforschungen angestrengt? Und warum hatten sie ihn als ihren Aufpasser auserkoren?

MALLORCA, SONNTAG, 12. MAI 1929

Die Dunkelheit hatte sich über Palma gelegt. Unten in Mallorcas Hauptstadt warfen die Straßenlaternen ihre Lichtpunkte in die Nacht. Die Fenster, vor allem die der Hotels und Pensionen, waren erleuchtet. Auf deren Terrassen tummelten sich die Gäste, die sich den Urlaub in diesem fernen Land leisten konnten. Aus einer Gasse ertönte Gitarrenmusik. Ab und an wehten gesungene Strophen an Karolinas Ohr. Sie klangen so melancholisch. Karolina wurde ganz weh ums Herz. Abschiedsschmerz nannte man das wohl. Im Hafen hatten große und kleine Dampfer festgemacht. Ihre Motoren brummten und tuckerten. Der Leuchtturm warf seine Zeichen übers Meer.

Karolina, die auf dem Balkon saß, seufzte. Sie liebte die zahlreichen Sinneseindrücke, die sie auf dieser einzigartigen Insel in Verzückung versetzt hatten. Meistens. Berlin dagegen präsentierte sich vorwiegend laut und hektisch, es stank in so mancher Gasse, die Menschen lebten oft ein unwürdiges Leben in Mietshäusern und Hinterhöfen. Das war die andere Seite der glitzernden Metropole. Auch wenn sie sich durchaus heimisch in Berlin fühlte, so wäre sie doch allzu gerne auf dieser romantischen, ein wenig rückständigen Insel mit ihren Eselskarren und dem gemäßigten Lebenstempo geblieben. Doch sie würden morgen schon aufbrechen. Zurück nach Deutschland. Statt bis Anfang Juni zu bleiben, hatten die Verantwortlichen entschieden, dass man viele der Szenen in den Ateliers von Babelsberg drehen konnte. Aus Kostengründen, wie man sagte. Karolina kuschelte sich in ihren leichten Jumper, der sie vor der kühleren Abendluft schützte. Wehmütig rief sie sich die Erinnerungen an die vergangenen Wochen ins Gedächtnis.

Zum ersten Mal in ihrem Leben hatte sie mehrere Wochen im Ausland verbracht, ganz allein, ohne Verwandte an ihrer Seite. Und sich dabei erstaunlich schnell zurechtgefunden. Obwohl sie kaum mit den Einheimischen in Kontakt kam, da sie beinahe pausenlos gedreht hatten, sprach Karolina mittlerweile sogar einige Sätze Mallorquí. Zum Einkaufen von Obst und Brot oder zum Bestellen eines Getränkes reichten ihre Kenntnisse durchaus. Sie waren viel auf der Insel herumgekommen, da die Szenen an allen möglichen Orten spielten. Da das Licht nicht immer optimal war, mussten sie viel schneller und präziser arbeiten als in den Ateliers. Karolina hatte bei den Operateuren und dem Regisseur einen gewissen Mangel an Erfahrung festgestellt, der auch Karl und Sophie nicht verborgen geblieben war. Außerdem hielten sie manche Szene für noch längst nicht gelungen, wohingegen sich der Regisseur vorschnell zufrieden zeigte. Karl, Sophie und Karolina waren sich darin einig, dass man manchen Konflikt präziser, manche Gefühlsregung noch ausgefeilter hätte spielen können. An den ersten Tagen hatte die Arbeiten noch eine große Liebe zum Detail ausgezeichnet, doch offensichtlich hatte die Verantwortlichen schon bald nach der Ankunft auf der Insel eine Anordnung aus Berlin erreicht, den Zeitplan zu straffen. Und schließlich hatte man Szenen gestrichen, um diese später im Atelier vor einer gemalten Kulisse aufzunehmen. Die Schauspieler hatten keine Möglichkeit der Einflussnahme und ihnen kurz darauf den verfrühten Abreisetermin mitgeteilt.

Trotz der Eile und des straffen Drehplanes hatten sich Karolina, Karl und Sophie mehrfach Zeit genommen, ein wenig die Insel zu erkunden. Die drei waren mittlerweile richtig gute Freunde geworden und vertrauten einander, weshalb sie diese Ausflüge stets gemeinsam unternahmen, bei schlechterem Wetter etwa, oder wenn alle drei gerade einmal nicht vor der Kamera standen. Sie besichtigten Palma mit seinen Jugendstilhäusern, streiften über verschiedene Plätze und bestaunten die Kirche La Seu, die aus dem Häusermeer hervorlugte. Kleiner als der Kölner Dom von ihren äußeren Maßen her, aber heller im Innern und mit einem der größten Rundfenster der gotischen Kunst. Was natürlich fehlte, waren die den Kölner Dom so unverwechselbar machenden hohen Zwillingstürme. Karolina war stets offen für Neues, doch den Dom würde sie immer vermissen, egal, wo sie sich gerade aufhielt. An einem Tag fuhren sie zum Landgut Miramar, nach Sóller mit der hübschen Eisenbahn, nach Deià, Artà und Pollença. Sie bewunderten die altertümliche Lebensweise der Bauern in der Ebene. Sie bestaunten die alten Olivenbäume und die bis zum Horizont reichenden Orangenplantagen. Aßen getrocknete Tomaten, Orangen, Kaktusfeigen, probierten den Kräuterlikör Herbes. Die vielen süßen Leckereien waren dabei ganz nach Karolinas Geschmack. Auch Sophia liebte diese Versuchungen, während Karl es herzhaft bevorzugte.

Adalbert war schon lange abgereist, an einem regnerischen Tag im April bereits. Er wahrte seit dem Gespräch, das sie belauscht hatte, eine gewisse Distanz zu Karolina und gab sich auch in den Momenten, in denen sie miteinander allein waren, unnahbar. Sie wusste nicht, was sie angestellt haben sollte, dass sie derart in Ungnade gefallen war. Adalbert erinnerte sie auf eine gewisse Weise an ihren Vater. Launisch, unberechenbar und mürrisch. Sie beschlich das Gefühl, dass er sie fallen gelassen hatte. Als Schauspielerin und als Frau. Sie war gespannt, was sie zu Hause in Neu-Babelsberg erwarten würde. Da sie keinen offiziellen Vertrag mit ihm geschlossen hatte, hielt sie es für durchaus denkbar, dass sie sich nach ihrer Rückkehr eine andere Bleibe würde suchen müssen. Statt ihr Sorgen zu bereiten, kam ihr diese Vorstellung wie eine Befreiung vor. Sie würde ihm zuvorkommen und ausziehen. Ein Pensionszimmer würde sich bestimmt finden.

Das Blinken des Leuchtturms wirkte auf Karolina so, als zwinkere er ihr zu. Sie fühlte sich in ihrem Vorhaben bestätigt, sich von Adalbert unabhängig zu machen. Sie begann sich in diesem Augenblick sogar ein wenig auf Deutschland zu freuen. Dennoch war sie maßlos enttäuscht über das vorzeitige Ende ihres Aufenthaltes in Spanien. Sie hatte sich nämlich so sehr gewünscht, die Weltausstellung in Barcelona zu besichtigen, nicht nur, weil der deutsche Pavillon auf dem Gelände von Mies van der Rohe entworfen worden war. Doch nun war alles anders gekommen. Die Weltausstellung sollte erst am neunzehnten Mai offiziell eröffnet werden. Eine Woche zu spät für sie. Karl und Sophie pflichteten ihr mit Bedauern bei. Den meisten anderen Schauspieler war es gleich.

Morgen also würde es mit dem Dampfer nach Barcelona gehen. Wenn alles so ablief wie geplant, dann würde es noch nicht einmal eine Zwischenübernachtung geben, bevor sie in den Zug nach Deutschland stiegen. Nach Deutschland. Jetzt erst fielen ihr die beunruhigenden Nachrichten aus Berlin ein, die sie in den Zeitungen, die auch hier erhältlich waren, gelesen hatte. Anfang Mai hatte es schlimme Auseinandersetzungen gegeben. Achttausend Menschen waren dem Aufruf der KPD gefolgt und hatten demonstriert, obwohl ein Verbot rund um den ersten Mai erlassen worden war. Es hatte mehrere Tote und Verletzte unter den Demonstranten gegeben, auch viele schwer verletzte Zivilisten. Die Folge waren polizeiliche Sicherungs- und Abwehrmaßnahmen gewesen. Berlin brannte! Über mehrere Tage hatten sich die Auseinandersetzungen hingezogen. Nun herrschte aber offenbar wieder Ruhe. Hier im Süden Europas war es so friedlich wie im Paradies.

BERLIN, MITTWOCH, 19. JUNI 1929

Karolina wohnte noch immer in Neu-Babelsberg in dem Anbau von Adalbert von Bonsens Villa. Dabei hatte sie sich fest vorgenommen, ihre zu enge Verbindung zu Adalbert zu lösen, um wieder freier zu sein. Doch ein Auszug stellte sich während der laufenden Filmarbeiten als nicht durchführbar heraus. Außerdem trug Karolina die nicht ganz unberechtigte Sorge mit sich herum, Adalbert könne ihr danach das Leben bei der Ufa schwer machen. Beruflicher Erfolg und der Wunsch nach Unabhängigkeit und persönlicher Freiheit vertrugen sich offenbar nicht. Als sie von ihrer Rückreise aus Mallorca im Anhalter Bahnhof eingefahren waren, hatte sie bei einem müden Blick durch die Abteilfenster gleich Adalbert am Gleis stehen sehen. Nachdem sich Karolina besonders von Karl und Sophie herzlich verabschiedet hatte, war sie Adalbert gefolgt, der sie zu seinem Automobil geleitete. Noch auf den ersten Metern der Heimfahrt war sie eingeschlafen. Als sie in Neu-Babelsberg ankamen, hatte sie sich vor Erschöpfung kaum noch bewegen können. Gestützt von Adalbert hatte sie Fuß vor Fuß gesetzt und war auf ihrer Liege zusammengesunken. Sie wusste zunächst gar nicht, wo sie sich befand, als sie am nächsten Morgen vom Klopfen an ihrer Tür geweckt wurde. Die Ufa kannte offenbar keine Schonfrist. Es sollte ohne Pause mit den Atelier-Aufnahmen weitergehen.

Seit einem Monat drehten sie nun wieder in den Studios von Neu-Babelsberg. Für Szenen, die auf Mallorca spielten und bei denen vor Sehenswürdigkeiten oder inmitten der typischen Landschaft gespielt wurde, nutzten sie statt gemalter Kulissen das moderne Schüfftan-Verfahren. Dass sie sich derart interessiert an den Details der technischen Umsetzung zeigte, überraschte den Aufnahmeleiter und den Regisseur. Selbst der strenge und unnahbare Adalbert lächelte, als er dies einmal mitbekam. Ansonsten lächelte er wenig. Er schien ein völlig anderer Mensch geworden zu sein.

Einerseits spürte Karolina sogar eine gewisse Erleichterung darüber, dass Adalbert sie mehr oder weniger in Ruhe ließ. Doch aufgrund des enormen Arbeitspensums hatte er sie unter Kontrolle. Denn abends stand Karolina nicht mehr der Sinn zu irgendwelchen Aktivitäten, auch jetzt, wo die Tage länger wurden. Andererseits hatte Karolina durchaus einige Anläufe unternommen, um hinter Adalberts Fassade zu blicken. Sie hatte versucht, ihn auf seine plötzliche Abreise von Mallorca anzusprechen, doch bevor sie die Frage zu Ende stellen konnte, hatte sich jedes Mal etwas anderes ergeben. Ein Regisseur, der etwas wissen wollte, ein Verwaltungsangestellter, der eine Unterschrift benötigte, oder ein wichtiges Telefonat, das beantwortet werden musste. In der Villa in Neu-Babelsberg begegneten sie einander äußerst selten. Karolinas Telefonanschluss war fertiggestellt worden und so gab es für sie keinen Grund mehr, die Villa zu betreten. Den Schlüssel hatte er ihr wieder abgenommen. Er verhielt sich nicht unhöflich ihr gegenüber, jedoch weiterhin distanziert und kühl. Hatte sich Karolina vor ihrer Reise nach Mallorca noch mit dem Automobil in die Filmfabrik fahren lassen, so lief sie den gut eine halbe Stunde währenden Weg gerne zu Fuß. Offensichtlich hatte Adalbert nichts dagegen, solange sie pünktlich an ihrer Arbeitsstelle eintraf. Ja, es fühlte sich alles tatsächlich mehr wie Arbeit an.

Karolina war, als wäre sie eine Wanderin zwischen den Welten. Sie war aufgebrochen, um ihren Traum zu leben, doch dieser Traum hatte deutliche Kratzer erhalten. Konnten Träume die Menschen, die sie träumten, enttäuschen? Warum hatte sie niemand gewarnt? Sie wusste, dass es jemanden gab, der genau das getan hatte.

Karolinas Blick fiel an diesem Nachmittag, an dem sie frei hatte, auf eine Karte von Ingrid, die sie am Spiegel ihres Frisiertischs festgesteckt hatte. Sie nahm sie an sich und las noch einmal Ingrids Zeilen: »Ich bin glücklich, wenn du es bist.« Karolina hatte Ingrid in der letzten Zeit recht häufig geschrieben. Diese Karte stellte die Antwort auf einen von Karolinas Briefen aus Mallorca dar. Damals war sie noch voller Hoffnung, dass sie trotz Adalberts undurchsichtigen Verhaltens auf eine solide Karriere hinstrebte.

»Ach, Ingrid«, seufzte Karolina. »Du kennst keinen Neid, keine Missgunst. Obwohl du selbst so gerne mehr von der Welt sehen würdest, gönnst du mir, auf der Sonnenseite des Lebens zu stehen«, murmelte sie. Sonnenseite des Lebens? Es waren Wolken aufgezogen. Oder war sie etwa zu undankbar?

Sie hatte eine Weile ihre Familie in Köln vernachlässigt, doch in der letzten Zeit hatte sie wieder verstärkt den Kontakt zu ihr gesucht. Besonders gut verstand sie sich nach wie vor mit ihrem Halbbruder Alexander. Am Telefon klang er immer so herrlich unbefangen. Seine Zuversicht war unerschöpflich. Einmal nahm Arnold das Gespräch entgegen. Er hingegen wirkte unzufrieden, seine Antworten fielen kurz und mitunter rätselhaft aus. Nur als er vom Start des Straßenrennens der Radfahrer in Köln berichtet hatte, das im Mai stattgefunden hatte, da wirkte er mit einem Male wie ein kleiner Junge, der sich ganz unbekümmert über etwas freute. Karolina hatte von dem zweitägigen Radrennen von Köln nach Berlin in der Zeitung gelesen. Die Presse berichtete recht ausführlich über das längste deutsche Straßenrennen. Eigentlich hatte Karolina über Arnolds Verhaftung sprechen wollen, wenn sie ihn schon einmal am Telefon hatte, denn sie sorgte sich durchaus um ihn. Doch sie sah ein, dass man solche Angelegenheiten nicht am Telefon besprach. So nahm sie sich vor, nach Beendigung der Dreharbeiten Köln einen Besuch abzustatten. Sie musste sich ohnehin Gedanken machen, wie es mit ihr weiterging, denn einen neuen Vertrag im Anschluss an den jetzigen hatte sie nicht in Aussicht, und ob ihr ein solcher vorgelegt werden würde, stand in den Sternen. Plötzlich durchzuckte sie die Sehnsucht nach einem Spaziergang entlang des Rheins und natürlich nach dem Anblick des Doms.

Offensichtlich bestand eine intensivere Bindung zwischen den beiden Geschwistern, als es den Anschein hatte. Just in diesem Moment, als Karolina an Arnold dachte, klingelte das Telefon, und es war tatsächlich er, der sie verlangte. Wenn er aus eigenem Antrieb anrief, dann verhieß das zumeist nichts Gutes. Doch er schien sich nur nach ihrem Befinden erkundigen zu wollen. Beinahe hastig rückte er allerdings mit einer Frage heraus, die offensichtlich den eigentlichen Grund für seinen Anruf darstellte.

»Weißt du, dass dein Rudolf häufiger bei den Mesenichs zu Besuch ist?«

Warum fing er davon an?

»Den Bankiers? Gertruds Eltern?«

»Ja, Karolina«, klang es aus dem Hörer.

»Es geht bestimmt um etwas Finanzielles, ein Filmprojekt oder Ähnliches«, versuchte Karolina es mit einer Erklärung, denn genau so hatte Rudolf seine Kontaktaufnahme zu den Mesenichs ja begründet. Überhastet beendete sie das Gespräch, weil alles, was sie jetzt dachte, unaussprechlich war. Insgeheim war der alte Verdacht wieder da, Rudolf könne um Gertruds Hand anhalten, möglicherweise gedrängt von ihrem Vater, damit er an die benötigten Gelder für seine Filmvorhaben kam. Außerdem hatte sie Angst, dass Arnold gar von Rudolf darum gebeten worden sein könnte, sie mit der neuen Situation vertraut zu machen. Das sollte er lieber persönlich tun! Aber da fiel ihr ein, dass Rudolf vermutlich gar nicht wusste, wo sie derzeit wohnte. Sie hatte zwar ausdrücklich ihre ehemalige Pensionswirtin im Grunewald gebeten, die neue Adresse weiterzugeben, und mehrfach versichert, dass es sich lediglich um ein Untermietverhältnis handelte. Was musste Rudolf aber denken, wenn er ihre Adresse vernahm: Neu-Babelsberg bei Adalbert von Bonsen?

Sie musste sich schleunigst mit ihm in Verbindung setzen, aber jetzt galt es, sich für das heutige Sommerfest des Weltbundes für Frauenstimmrecht zurechtzumachen. Adalbert hatte sich ganz und gar nicht begeistert gezeigt, als er von der Einladung des Frauenkongresses erfahren hatte, die sie von Rosanna de la Torre erhalten hatte. So eine Ehre, fand Karolina. Keinesfalls wollte sie sich davon abbringen lassen hinzugehen. Warum sollte Adalbert auch etwas dagegen einzuwenden haben? Das Kleid hing bereits gebügelt bereit. Sie hatte noch genügend Zeit, sich fertig zu machen.

Karolina bürstete sich länger als üblich das Haar, dachte nach, über Frauenrechte, die Ehe, ihre Zukunft, und blickte schließlich ausgiebig ihr Spiegelbild an. Was erwartete sie wirklich vom Leben? Als sie keine Antwort fand, zog sie ihr Kleid an. Das, welches Rudolf ihr geschenkt hatte. Es wirkte immer wieder besonders schön auf gebräunter Haut, und Karolinas Teint strahlte nach ihrem Aufenthalt auf der Sonneninsel immer noch besonders apart.

Es klopfte an ihrer Tür. Wer konnte das sein? Sie warf einen kontrollierenden Blick in den Spiegel. Dann öffnete sie. Adalbert stand vor ihr. Er war besonders chic angezogen. Was hatte das zu bedeuten?

»Du siehst großartig aus, Karolina. Für diesen besonderen Anlass sehr vorteilhaft. Ich möchte dich abholen.«

»Ich verstehe nicht …« Gedachte er jetzt, mit ihr eine andere Festivität zu besuchen, um sie von dem Frauenkongress fernzuhalten?

»Du möchtest doch den Empfang von Innenministerium und Außenministerium im Zoo anlässlich des Frauenkongresses besuchen, nicht wahr?«

Karolina nickte verunsichert.

»Den lassen wir uns doch nicht entgehen. Es ist alles Publizität, Karolina.«

Er wollte sie begleiten, aber warum ließ er sie nicht allein dort hingehen? Schließlich besaß sie eine persönliche Einladung, persönlich ausgestellt von einer der Organisatorinnen des Kongresses. Sie benötigte keinen Aufpasser, und nun sah es so aus, als komme sie als sein Anhängsel mit. Doch was blieb ihr anderes übrig? Sie wollte ihn nicht vor den Kopf stoßen, immerhin hatte sie ihm einiges zu verdanken. Also machte sie gute Miene. Einmal wieder.

Auf den Terrassen des Zoos traf sich beim Sommerfest alles, was Rang und Namen hatte. Politiker, Leute aus Kultur und Gesellschaft. Hochkarätige Gäste und mitten unter ihnen Karolina. Es wurden Arien aus Opern von Mozart, Wagner und Puccini gesungen, Studentinnen der Deutschen Hochschule führten Leibesübungen vor und man zeigte einen Film von Hans Cürlis, der »Schaffende Hände« hieß. Karolina war verwundert über die Ernsthaftigkeit und Gedankenschwere dieses Werkes zu Ehren von Käthe Kollwitz. Glücklicherweise ließen die humoristischen Szenen von Paul Morgan, dem österreichischen Schauspieler und Komödianten, den offiziellen Teil des Festes fröhlicher ausklingen. Adalbert wich Karolina die ganze Zeit über nicht von der Seite. Sie erinnerte sich an den Abend des Presseballs, der so harmonisch verlaufen war und in dessen Verlauf sie sogar begonnen hatte, den Ufa-Produzenten sympathisch zu finden. Vergangene Sorglosigkeit. Oder doch eher erwachtes und berechtigtes Misstrauen? Irgendwann schaffte es Karolina, Adalbert für eine Weile abzuschütteln. Dass er sie derart kontrollierte, missfiel ihr. Außerdem hemmte er sie in ihren Handlungen. Je länger er förmlich an ihrer Seite blieb, desto weniger traute sie sich, etwas zu sagen oder zu antworten, wenn man sie ansprach. Vor allem, wenn es um Frauenfragen ging, fand sie seine Anwesenheit besonders störend. Für einen winzigen Augenblick ergab sich endlich die Gelegenheit, mit Rosanna zu sprechen. Sie hatte wenig Zeit, was Karolina angesichts ihrer Aufgabe als Mitorganisatorin nur allzu verständlich fand.

»Du fehlst bei unseren Treffen in Bettys Salon«, sagte sie, während sie Karolina freundschaftlich umarmte.

»Ich weiß«, flüsterte Karolina. Er konnte sie jeden Moment entdecken. »Mein Leben nimmt eine Wendung, die mir Sorgen bereitet.« Tatsächlich tauchte Adalberts Kopf in der Menge auf.

»Dann lass uns einmal in Ruhe darüber reden …«

Doch Karolina kam nicht mehr dazu, ein Treffen zu vereinbaren, denn Rosanna wurde von einem anderen Gast in Beschlag genommen. Für einen Augenblick stand Karolina ganz allein in der Menge. Sie hielt nach Adalbert Ausschau, entdeckte ihn allerdings nirgends. Jetzt wäre die Gelegenheit günstig, sich abzusetzen und sich seiner Kontrolle für eine Weile zu entziehen. Doch da tippte er ihr bereits auf die Schulter. Er tat charmant, seine Freundlichkeit war aufgesetzt. Karolina begann, ihn zu durchschauen. Sein Interesse galt nicht ihr persönlich, sondern der Schauspielerin der Ufa, die Geld in deren Kassen spülen konnte, wenn man sie erst einmal nach den firmeneigenen Wünschen geformt hatte. Irgendjemand musste Adalbert von Bonsen beauftragt haben, sie nicht aus den Augen zu lassen. Sie hoffte, dass es nicht seine Idee gewesen war. Über die Gründe konnte sie nur mutmaßen.

»Wusstest du schon, dass Jannings wieder in Deutschland ist?«, fragte er gut gelaunt. Zu gut für ihre Begriffe. Aber sei es drum. Er wollte mit ihr reden.

»Ja«, antwortete Karolina. »Ihr habt ihn wieder.«

Sie wusste, wie ärgerlich man bei der Ufa über Jannings' Weggang nach Hollywood war.

Adalbert sah sie von der Seite an. Sein Blick verriet ihr, dass er sehr wohl die Spitze in ihrer Bemerkung registriert hatte.

»Ich finde es großartig, dass er in Hollywood erfolgreich ist«, stichelte Karolina weiter. Sie hatte beschlossen, sich nicht mehr zurückzuhalten. Sie war sich mittlerweile sicher, dass ihre Tage bei der Ufa ohnehin gezählt waren.

»Er ist immerhin der erste Schauspieler, der einen Academy Award of Merit erhalten hat.« Sie sprach den Namen des Preises betont amerikanisch aus.

»Eine gute Reklame für uns Deutsche. Das ist wahr. Wir werden sehen, wie die Verhandlungen mit ihm laufen.« Adalbert folgte offensichtlich einer bestimmten Sprachregelung.

»Die Zeitungen schreiben, dass er im Herbst wieder nach New York zurückkehrt.« Karolina konnte es nicht lassen.

»Das werden wir zu verhindern wissen«, antwortete Adalbert. Er klang sehr überzeugt.

»Werter Herr von Bonsen«, sprach ihn ein älterer, dicklicher Herr an. Ohne von Karolina Notiz zu nehmen, fuhr er fort: »Was halten Sie von diesem tönenden Machwerk, der ›Tanzende Narr‹ oder wie der Film heißen mag?«

»Sie meinen ›The Singing Fool‹«, hörte Karolina Adalbert noch sagen.

Sie nutzte derweil die Gelegenheit, ihm zu entwischen und sich unter die Menschen zu mischen, Gesprächsinhalte zu erhaschen und Blicke mit jungen Männern auszutauschen. Es dauerte jedoch nicht lange, da vereitelte Adalbert erneut Karolinas Bemühungen, den Abend nach ihren Vorstellungen zu gestalten.

»Lass uns fahren«, sagte er. Er wirkte müde. Aber in seinen Worten lag auch eine väterliche Strenge. Karolina fügte sich und verließ mit ihm die Veranstaltung.

Auf der Rückreise nach Neu-Babelsberg redeten sie nicht viel. Karolina war die Lust vergangen, ihm zu gefallen. In jeglicher Hinsicht. Mittlerweile überlegte sie, wie es weitergehen sollte. Sie hatte nicht vor, weiter in Adalberts Nähe zu wohnen. Sie wollte sich nicht länger von ihm und der Ufa vereinnahmen lassen. Wenn es sein musste, würde sie wieder bei anderen Produktionsgesellschaften vorstellig werden.

Adalbert parkte das Automobil auf dem Grundstück und brachte Karolina bis zur Tür der Gästewohnung.

»Könntest du dir vorstellen, deine Haare zu färben?«, fragte er aus heiterem Himmel.

Karolina hatte sich vorher noch nie mit ihrer Haarfarbe befasst. Sie gefiel sich eigentlich recht gut.

»Blond würde dir hervorragend stehen. Überleg es dir. Gute Nacht.« Ohne ihr eine Gelegenheit zu einer Antwort zu geben, verabschiedete er sich. Er schien kein Nein zu dulden. Nahm er an, dass Karolina seinem Wunsch entsprechen würde?

BERLIN, SONNABEND, 27. JULI 1929

Immer öfter spürte Karolina eine seltsame Traurigkeit in sich aufsteigen, ein Gefühl, das nichts mit jenem gemein hatte, das sie in den dunkelsten Stunden ihres Lebens nach dem Tod ihrer Mutter heimgesucht hatte. Eine Traurigkeit, die sich wie ein schwarzer Vorhang um ihren Körper legte. Besonders schlimm war es in jenen Momenten zwischen Wachen und Träumen, wenn die Augenlider schwer wurden und sich die Ereignisse des Tages anschickten, in die Traumwelt hinüberzugleiten. In jenen Minuten übermannte Karolina dieses Gefühl, ihr Leben in eine völlig falsche Bahn geleitet zu haben. Sie sehnte sich nach menschlicher Wärme und Geborgenheit. Die Filmwelt erschien ihr so kalt, so fordernd, so mitleidslos. Mittlerweile hatte sie einige negative Formen des Filmgeschäftes kennengelernt. Wie eine Schlinge legten sich die vielen Verpflichtungen um ihren Hals. Manchmal meinte sie, kaum noch Luft zu bekommen, denn der Wunsch nach einer äußerlichen Veränderung war nicht der einzige, den man seitens der Ufa an sie herantrug. Man war bestrebt, auch ihre privaten Kontakte zu bestimmen, und verbot ihr den Umgang mit Rosanna de la Torre. Das Filmen bereitete ihr hingegen nach wie vor Freude, allerdings vermisste sie etwas ganz Wesentliches. Ihre fehlte es, sich künstlerisch weiterzuentwickeln und eigene Ideen einzubringen. Das war ausdrücklich nicht erwünscht. Die Vorstellungen des Regisseurs mussten minutiös umgesetzt werden. Oder ein

Produzent gab die Richtung vor, oder einer der Ufa-Bosse, die immer öfter in den Ateliers auftauchten. Von ihrem Vater hatte Karolina Disziplin gelernt, weshalb sie nur selten ihren Unmut über eine Verfügung oder eine Regieanweisung kundtat. Selten bedeutete jedoch nicht nie, sodass man sie hinter vorgehaltener Hand schon bald als schwierig betitelte. Sophie hatte dies Karolina eines Abends im Vertrauen zugeflüstert. Also hielt sich Karolina etwas zurück und führte eine Weile das aus, was man von ihr verlangte, ohne ein Widerwort zu geben oder ein Stirnrunzeln zu zeigen. Denn als schwierig wollte sie in der Branche nicht gelten. Außerdem wollte sie später nicht für einen möglichen Misserfolg des Films »Sieben Diamanten« verantwortlich gemacht werden. Solange sie für diesen Film vor der Kamera agierte, war die Frage nach der Änderung ihrer Haarfarbe hintangestellt. Als sie sich vor einigen Tagen von dem Fotografen der Ufa für ihre Autogrammkarten hatte ablichten lassen, hatte Adalbert, der unbedingt dabei sein wollte, allerdings wieder davon angefangen.

»Du würdest besser aussehen, wenn deine Haare heller wären. Netter, freundlicher.«

»Ich wirke jetzt nicht nett? Nicht freundlich?«, hatte sie empört zurückgefragt. Woraufhin er sich, ohne etwas zu erwidern, abgewandt hatte.

Die Zeichen standen wahrlich nicht gut. Das war Karolina bewusst. Offensichtlich wollte man sie für einen anderen Typ Schauspielerin besetzen. Sie würde zusagen, wenn man ihr eine wirklich ansprechende Rolle anbot. Aber über einen Folgevertrag hatte bislang noch niemand auch nur ein Wort verloren. Noch nicht einmal Adalbert. Sie hatte ohnehin den Eindruck, dass man mit ihr nicht in dem Maße zufrieden war, wie man dies erhofft hatte.

Mit einem Stapel Autogrammkarten im Gepäck betrat sie heute den Eingang des Lunaparkes in Halensee, der in diesem Jahr sein zwanzigjähriges Jubiläum feierte. Es war immer noch heiß. Der heißeste Juli, den sie erlebt hatte. Nach dem kältesten und längsten Winter seit Ewigkeiten nun also der heißeste Juli. Es hatte eine Weile gedauert, bis Karolina die für den heutigen Anlass passende Garderobe zusammengestellt hatte. Sie trug ein leichtes Chiffonkleid in einem hellen Grünton. Ein Chauffeur hatte sie und andere Schauspieler eingesammelt und zum Vergnügungspark gebracht. Die Veranstaltung stand unter dem Motto »Mallorquinische Filme«. Obwohl der Film, in dem Karolina mitspielte, noch gar nicht fertiggestellt war, wollte man heute bereits Reklame für ihn machen. »Die Schmugglerbraut von Mallorca« dagegen würde in einer Woche uraufgeführt werden. Erwartungsgemäß bildete sich um den Tisch, an dem Jenny Jugo saß, sogleich eine große Menschentraube. Bei Enrico Benfer, der an Jenny Jugos Seite einen Fischer gab, standen kichernde Mädchen und junge Frauen. Beliebt waren auch Karolinas Freunde Karl und Sophie, zu ihr an den Tisch verirrten sich nur vereinzelt Personen, die ein Autogramm wünschten. Ein junger Mann hatte sie ursprünglich für eine amerikanische Schauspielerin gehalten. Als er dann anhand ihrer Autogrammkarte festgestellt hatte, dass er es nicht mit Louise Brooks zu tun hatte, war er unverrichteter Dinge wieder gegangen. So kam es, dass Karolina noch einen Stapel Autogrammkarten übrighatte, während die anderen mit leeren Händen den Rückweg antraten.

Karolina fühlte dennoch keine Enttäuschung darüber, dass sie wenig Aufmerksamkeit erhalten hatte. Sie fand es sogar nachvollziehbar. Immerhin hatte sie bis auf wenige

Nebenrollen bislang wenig Präsenz auf der Leinwand gezeigt. Die anderen verließen, angeführt von einem Pressvertreter der Ufa, den Park, um anschließend noch gemeinsam auszugehen. Karolina ließ sie ziehen und setzte sich ab. Sie schlenderte zunächst umher, beobachtete ihre Mitmenschen, die flanierten oder die verschiedenen Attraktionen nutzten, und setzte sich schließlich in ein Café am Fuße der Terrassen. Sie wedelte mit der Speisekarte, um sich Kühlung zu verschaffen, und wartete auf die Bedienung.

Sie hatte gerade ihre Zitronenlimonade erhalten, als sie ein Mädchen ansprach. Es war ungefähr so alt wie Karolina damals, als sie zum ersten Mal davon zu träumen begonnen hatte, Filmschauspielerin zu werden.

»Ich habe Sie in einem Film von Henny Porten gesehen«, sagte sie schüchtern. »Ich hätte gerne …« Sie verschluckte sich.

»Möchtest du vielleicht ein Autogramm haben?«, fragte Karolina fürsorglich.

Die Kleine nickte scheu.

Karolina berührte der Anblick des Mädchens. Sie suchte die Umgebung nach deren Eltern ab und wurde fündig. Ein Ehepaar winkte ihr von einem etwas weiter entfernten Tisch fröhlich zu. Karolina schrieb ihren Künstlernamen Lia Caroll auf das Foto und überreichte dem Mädchen die Autogrammkarte. Mit zitternden Händen nahm es diese entgegen, dankte artig und hüpfte beschwingt zurück zu seinen Eltern. Wenn sie wüsste, wie schwer es ist, dachte Karolina, während sie ihm hinterherschaute.

Am Nachbartisch unterhielten sich zwei Männer über die Fahrt des Vier-Schrauben-Schnelldampfers der Reederei Norddeutscher Lloyd namens »Bremen«, der auf seiner Jungfernfahrt in dieser Woche das Blaue Band für die schnellste Überfahrt von Europa nach New York errungen hatte. Karolina gingen sogleich Bilder durch den Kopf. Bilder von New York, die sie vor einer Weile in einer der illustrierten Zeitungen gesehen hatte. Ihr stieg der Duft des Meeres vor Mallorca in die Nase. Wie wohl der raue Atlantik roch? Ob Rudolf gerade dabei war, seinen Traum von einem Leben als Drehbuchautor in Amerika in die Tat umzusetzen? Rudolf! Wie lange hatte sie schon nicht mehr so intensiv an ihn gedacht wie in diesem Augenblick? Er fehlte ihr plötzlich sehr. Sie bezahlte und verließ den Park. Bald schon hatte sie eine Straßenbahn gefunden, die zum Grunewald fuhr. Bis zur Villa, in der sich Rudolfs Wohnung befand, war es ein Stück zu laufen. Mit klopfendem Herzen und ein wenig verschwitzt stand sie schließlich vor dem Haus und betätigte den Klingelknopf. Doch Rudolf öffnete nicht. Sie wollte nicht unverrichteter Dinge gehen und klingelte bei den Besitzern der Villa. Allerdings ebenfalls ohne Erfolg. Es war Sommer, und wer konnte, verbrachte diese heißen Tage außerhalb von Berlin. Sie zog eine ihrer Autogrammkarten aus der Tasche und schrieb darauf eine Grußbotschaft für Rudolf: »Ich würde mich sehr freuen, dich wiederzusehen.«

Warum beschlich sie das Gefühl, sie habe zu lange gewartet, als sie die Karte in den Briefkastenschlitz warf? Niedergeschlagen machte sie sich auf den Nachhauseweg.

BERLIN / NEU-BABELSBERG, DIENSTAG, 13. AUGUST 1929

Der Film war fertig gedreht. Von der Ufa hatte sie seitdem nichts mehr gehört. Da keine weiteren Verpflichtungen auf Karolina warteten, hatte sie vor drei Wochen die Gelegenheit genutzt und war nun ebenfalls der Hitze Berlins entflohen. Zunächst hatte sie vorgehabt, nach Köln zu fahren, aber ihrer inneren Verfassung wäre das nicht zuträglich gewesen. Seit jenem Tag im Lunapark fühlte sie sich niedergeschlagen, was vor allem an einer Erkenntnis lag. Der Erkenntnis, dass die Anziehungskraft ihres einstigen Traumes durch die Realitäten des Filmgeschäftes deutlich nachgelassen hatte. So erklärte es sich Karolina. Doch tief in ihrem Innern war ihr bewusst, dass ihre Sehnsucht nach Rudolf alles überlagerte. Ganz bestimmt hatte sie jedoch keine Kräfte mehr, familiäre Konflikte auszuhalten. Deshalb entschied sie sich gegen ihre Heimatstadt am Rhein und reiste stattdessen nach Bad Saarow. Sie hatte eine kleine Pension in der Nähe des Scharmützelsees ausfindig gemacht und sich dort eingemietet. Sie ging ausgiebig spazieren und ließ es zu, dass ihre traurigen Gedanken den Weg an die Oberfläche fanden. Als es ihr einfach nicht besser gehen wollte, wurde sie im Sanatorium vorstellig. Sie hatte Glück, dass Dr. Adomeit nicht in der Sommerfrische weilte und Zeit für sie hatte. So trafen sie sich an einem Nachmittag außerhalb der Anstalt in einem Gartenlokal am See. Es war einfach herrlich hier. Sie fanden einen schattigen Platz unter einer Kastanie. Karolina konnte mit Dr. Adomeit offen reden und so schilderte sie ihm ohne Umschweife ihre Sorgen. Dass sie beim Film nicht glücklich war, dass sie ihre Rolle im Leben offenbar immer noch nicht gefunden hatte. Dr. Adomeit hatte aufmerksam zugehört und riet ihr, unvoreingenommen in sich hineinzuhören und vor allem ehrlich zu sich selbst zu sein.

»Was ist Ihnen wirklich wichtig im Leben, Karolina? Privates Glück, beruflicher Erfolg? Möchten Sie, dass die Menschen Ihnen zujubeln? Möchten Sie selbst etwas gestalten?«

Ja, Karolina hatte in der Tat den Wunsch, ihr Leben selbst zu bestimmen. Kreativer sein zu dürfen, sich auszuprobieren. Aber wo konnte sie das? Bei der Ufa? Die Ufa bot ihr die Aussicht auf großen Erfolg, aber offensichtlich nur zu den Bedingungen, die der Großkonzern diktierte. Hing ihr Erfolg von ihrer Haarfarbe ab? Was erwartete Adalbert von ihr? Ihn hatte sie von ihrer Urlaubsreise nur schriftlich in Kenntnis gesetzt. Die Mitteilung hatte sie in seinen Briefkasten geworfen. Sie war feige gewesen, aber sie fühlte sich auch im Recht. Denn in ihrem Vertrag stand nichts davon, dass sie sich nach Beendigung der Dreharbeiten offiziell beurlauben lassen musste. Adalbert war sicher enttäuscht darüber, dass sie somit auch der Premiere der »Schmugglerbraut von Mallorca« im Ufa-Palast am Zoo fernblieb, aber schließlich hatte sie darin nicht mitgewirkt.

Als sie gestern erholt und zuversichtlich in ihre Gästewohnung am Griebnitzsee zurückgekehrt war, hatte sie ein mulmiges Gefühl beschlichen. Hatte sie die Ufa-Bosse mit ihrem Verhalten erzürnt? Kaum hatte sie ihre Wohnungstür aufgeschlossen und ihre Reisetasche abgestellt, da klopfte es auch schon an der Tür und Adalbert stand vor ihr. Sie merkte ihm an, dass er wütend auf sie war und sich kaum beherrschen konnte. Sie murmelte einige Worte der Entschuldigung, ärgerte sich im gleichen Augenblick jedoch über diesen vorauseilenden Gehorsam.

»Wir sind enttäuscht von dir«, sagte er tonlos. »Morgen findet eine erste Pressevorstellung statt. Du kommst auch. Ich erwarte, dass du morgen früh um zehn Uhr fertig bist. Dann kannst du mit mir fahren. Guten Abend.« Er ließ sie stehen, ohne ihr die Gelegenheit zu geben, sich zu äußern – und ohne ein versöhnliches Wort.

Karolina hätte erwartet, dass sie sich nach seinem Auftritt niedergeschlagen fühlen würde, aber dem war nicht so. Auch heute Morgen nicht. Was sie wirklich beschäftigte, war, dass Rudolf immer noch nicht auf ihre Karte reagiert hatte. Nach ihrem Gespräch mit Dr. Adomeit war ihr bewusst geworden, dass sie mit ihm alles würde erreichen können. Alles, was sie sich wünschte. Niemals würde er sie so behandeln, wie der Ufa-Funktionär Adalbert es tat. Doch sie wollte erhobenen Hauptes gehen und hatte sich entschieden, sich bis zur Premiere von »Sieben Diamanten« still zu verhalten. So wirkte Adalbert durchaus überrascht, als sie am nächsten Morgen gut gelaunt und makellos aussehend zu ihm ins Automobil stieg.

Bevor man die Presse empfing, durfte sich Karolina im Schneidraum einige Szenen anschauen. Außer dem Vorführer waren neben Karolina auch Adalbert sowie ein weiterer Mann der Ufa zugegen. Auch wenn sie mit ihrem eigenen Spiel nicht in Gänze zufrieden war und das fertige Material jene Bedenken bestätigte, die sie bereits auf Mallorca gehabt hatte, so fand sie die Ausschnitte durchaus präsentabel. Plötzlich wurde der Vorführer aus dem Raum geschickt. Nun war Karolina mit den beiden wichtigen Männern allein. Sie stellte sich auf Vorwürfe ein, doch man redete ganz ruhig mit ihr.

»Wir haben den Eindruck, dass Sie sich nicht wohl bei uns fühlen«, sagte Adalbert. Karolina stutzte, nicht wegen des Inhalts der Frage, sondern weil Adalbert sie plötzlich siezte.

Sie überlegte eine Weile, doch da sie keinen Grund sah, zu taktieren, sprach sie die Wahrheit aus. »Ja«, sagte sie gelassen. »Ich fühle mich künstlerisch unterfordert.«

Die Worte hallten nach. Offenbar hatte man mit dieser Antwort nicht gerechnet. Vermutlich hatte noch nie eine Schauspielerin so klar und deutlich ihren Unmut kundgetan, obwohl sie doch erst am Anfang ihrer Karriere stand und diese mit ihrer forschen, aber ehrlichen Antwort im Begriff war zu gefährden.

»Und das meinen Sie nach einigen Statistenrollen beurteilen zu können?«, antwortete der dickliche Mann kühl. Er hatte sich ihr noch nicht einmal vorgestellt.

»Und einer Hauptrolle«, ergänzte Karolina.

»Das mit der Hauptrolle sehe ich aber nicht«, antwortete der Mann.

Karolina blickte fragend zu Adalbert hinüber.

»Ja, wir mussten das Drehbuch etwas anpassen und die Szenen neu arrangieren. Karl Gutschmit und Sophie Seifert besetzen nun die Hauptrollen.«

»Und das geht so einfach?« Karolina war empört, doch sie behielt ihre Fassung. Niemand antwortete ihr.

»Wir könnten uns eine weitere Zusammenarbeit mit Ihnen durchaus vorstellen«, sagte der andere Mann mit einem unterschwelligen Ton in der Stimme. Es war klar, dass es nicht ohne Zugeständnisse seitens Karolina funktionieren würde.

»Wir hatten ja schon einmal über Ihren Typ gesprochen. Wir haben einfach zu viele dunkelhaarige Schauspielerinnen unter Vertrag«, versuchte Adalbert eine Erklärung.

»Der Zuschauer bevorzugt frische, fröhliche Frauen«, fiel ihm der andere ins Wort.

»Wenn ich mir die Haare färben und etwas freundlicher schauen würde, dann bekäme ich einen neuen Vertrag?«, fragte Karolina. Sie hatte ihr freundlichstes Gesicht aufgesetzt und versuchte, dennoch authentisch zu wirken. Wenn sie etwas konnte, dann war es schauspielern. So klang ihre Frage keineswegs provokant.

»Ah, wir verstehen uns«, sagte der Dicke freudestrahlend. Ohne ein weiteres Wort verließ er den Vorführraum.

Adalbert hingegen musterte Karolina von der Seite. Als sie allein waren, packte er sie an den Schultern. »Weißt du eigentlich, wie groß der Ärger ist, den ich deinetwegen habe?«

Karolina verstand nicht, woher sein Gefühlsausbruch auf einmal herrührte. »Was habe ich denn bitte falsch gemacht?«

»Was du falsch gemacht hast? Du hast mich dumm aussehen lassen. Ich habe dir alle gesellschaftlichen Türen geöffnet. Aber du treibst dich lieber mit Frauenrechtlerinnen und Intellektuellen herum. Das schadet deiner Karriere.«

»Ihr bringt ernsthaft keine fachlichen Gründe vor? Dass ich nicht gut spiele, dass ich nicht zu euren Veranstaltungen erscheine … Weil es nicht stimmt. Worum geht es wirklich, *Adalbert*?« Sie sprach seinen Namen bewusst deutlich aus.

»Ich habe dir Brücken gebaut, dich bei mir wohnen lassen, kostenlos, wohlgemerkt.«

»Du willst mir vorwerfen, dass du mich an dich binden wolltest und ich dich enttäuscht habe?« Karolina blieb ganz sachlich. »Du hast nicht mit offenen Karten gespielt. Du wusstest, dass ich keines dieser naiven Fräuleins bin.«

»Karolina, so läuft das nun einmal bei einer so großen Filmgesellschaft.«

»Was? Dass wir uns anpassen müssen? Geschenkt. Oder ist da noch etwas anderes?«

Die Tür flog auf. Ein Assistent rief sie zur Pressekonferenz. Adalbert sagte nichts mehr. Aber Karolina hatte auch so durchschaut, was mit ihm los war. Er war gekränkt, weil sie ihm nicht in die Arme gefallen war und ihn nicht angefleht hatte, sie beim Film voranzubringen. Vermutlich hatte er in höchsten Tönen von ihr geschwärmt und nun, da sie sich als schwierig, weil eigenständig entpuppte, schadete sie seinem Renommee bei der Ufa.

Der dickliche Mann kam zurück. »Also, Fräulein. Wenn wir wissen, dass ›Sieben Diamanten‹ beim Publikum gut ankommt, dann erhalten Sie einen neuen Vertrag. Aber das wird frühestens Anfang kommenden Jahres der Fall sein. Wenn wir schneller fertig werden und die Zensur den Film begutachtet hat, möglicherweise als kleines Weihnachtsgeschenk für Sie …« Mit einem Grinsen im Gesicht verließ er den Raum und widmete sich den im Flur wartenden Reportern. Karolina entdeckte Karl und Sophie, als sie an Adalberts Seite den Raum betrat, in dem das Pressegespräch stattfand. Beide winkten ihr zu, sie grüßte freundlich zurück, nahm dann jedoch auf einem Stuhl in der Nähe des Ausganges Platz. Sie wollte gerade mit niemandem reden. Zu viele Gedanken wimmelten in ihrem Kopf hin und her.

»Wie steht die Ufa zum Tonfilm?«, fragte einer der Reporter aufgeregt.

»Wir werden zu einem späteren Zeitpunkt gesondert dazu Stellung nehmen«, antwortete der dickliche Mann.

»Aber dafür sind die Lichtspielhäuser noch gar nicht präpariert«, rief ein anderer Reporter.

Als Karolina ihren Blick schweifen lief, bemerkte sie Billie Wilder, der sich ebenfalls eingefunden hatte, jedoch so Platz nahm, dass er mit dem Rücken zu ihr saß.

Nachdem man einige Worte über den Inhalt des Films verloren hatte, bat man Karl, Sophie und ausdrücklich auch Karolina, sich den Vertretern der Presse vorzustellen. Karolina präsentierte sich wie immer professionell und war davon überzeugt, dass keiner der Beteiligten nur ansatzweise ahnte, was gerade in ihr vorging. Sie war weder enttäuscht noch wütend. Vielmehr reifte gerade ein Plan in ihr, der ihr die nötige Ruhe verlieh.

Auf dem Rückweg zum Automobil bot Adalbert an, sie wieder mit nach Hause zu nehmen.

»Nach Hause?«, murmelte Karolina.

Sie blieben vor dem Wagen stehen. »Willst du nicht einsteigen?«, fragte Adalbert.

»Ich …«

»Ich habe dich gekränkt, Karolina. Es tut mir leid. Aber die Dinge sind nun einmal so, wie sie sind. Das Geschäft geht immer vor. Hast du dir überlegt, ob du dir ein anderes Image zulegen möchtest?«

»Nein, ich habe es mir noch nicht überlegt.«

Doch das entsprach nicht der Wahrheit. Sie hatte schon längst eine Entscheidung getroffen.

»Also, es ist keine Frage, ob du es machen möchtest.« Adalbert zeigte wieder seine unnachgiebige Seite. »Wenn du mit der Ufa erfolgreich sein möchtest, dann geht das nur so.«

»Ich weiß«, antwortete Karolina lächelnd.

Für einen Moment regte sich etwas in Adalberts Gesicht.

Sein Blick war plötzlich ganz nach innen gerichtet. Seine Augen überzogen sich mit einem dünnen Schleier. Jetzt begriff Karolina endlich, was in diesem Mann vorging, zumindest, was ihre Person anbelangte: Ihr fiel die Fotografie der blonden Frau auf seinem Schreibtisch wieder ein. Wenn sie sich mit blonden Haaren vorstellte, dann würde man bei Karolina sogar eine gewisse Ähnlichkeit mit Adalberts erster Frau feststellen können. Hatte er sie aus diesem Grund bei sich wohnen lassen?

»Adalbert, ich würde jetzt gerne nach Berlin fahren. Ihr benötigt ja heute meine Anwesenheit nicht mehr, nicht wahr?«

Schneller, als er schauen konnte, hatte Karolina den Weg zum Bahnhof ganz in der Nähe des Geländes der Filmfabrik eingeschlagen. Mit der Stadtbahn fuhr sie bis zur Haltestelle Grunewald. Sie hatte nur ein Ziel vor Augen: Rudolfs Wohnung. Sie klingelte. Erneut öffnete niemand. Sie versuchte es bei den Villenbesitzern. Karolinas Herz begann zu rasen.

Eine elegant gekleidete Dame öffnete ihr nach einer Weile.

»Guten Tag, mein Name ist Karolina Offermann. Rudolf Thelen ist ein alter Bekannter aus Köln. Ist er zu Hause?«

Die Dame blickte Karolina mitleidig an. »Kann es sein, dass wir uns bereits gesehen haben?«

Karolina überlegte, ob sie bei einem ihrer früheren Besuche einander begegnet waren oder ob sie vielleicht ihre Autogrammkarte aus Rudolfs Briefkasten gezogen hatte.

»Ich habe Sie in einem Film gesehen. Aber da hießen Sie anders.«

Obwohl Karolina nicht nach plaudern zumute war, antwortete sie freundlich und erklärte, dass ihr Künstlername Lia Caroll sei.

»Ach, der Herr Thelen hat doch seine Wohnung schon vor einer Weile gekündigt«, sagte sie unvermittelt. Karolina blieb beinahe das Herz stehen.

»Und wo ... Wohin ist er umgezogen?«, fragte Karolina mit dünner Stimme.

»Ach, Fräulein. Das wissen Sie gar nicht?«

Karolina machte sich auf eine niederschmetternde Nachricht gefasst.

»Er reist doch nach Amerika.«

Karolina verschlug es beinahe die Sprache. Er machte seinen Traum wahr, ganz ohne sie? Mit einer anderen Frau?

»Wissen Sie, ober er alleine reisen wird?«

»Fräulein Offermann, das kann ich nicht sagen. Er sprach zwar von einer Verlobten, die er aus Köln kennt ...«

Mehr wollte Karolina gar nicht hören. Gertrud hatte es geschafft, Rudolf an sich zu binden, und ihr Vater, der Bankier Mesenich, hatte Rudolf das notwendige Startkapital zur Verfügung gestellt. Es konnte gar nicht anders sein.

»Ist er bereits auf dem Weg nach Amerika?«

Vielleicht hatte sie noch eine Chance, ihm zu sagen, dass sie ihn begleiten wollte. Aber wie sollte das gehen? Sie konnte ihm finanziell nicht unter die Arme greifen. Außerdem war da ja höchstwahrscheinlich auch noch Gertrud, sie würde nicht widerstandslos ihren Platz an Rudolfs Seite räumen. Den Gedanken, dass es Rudolf sein konnte, der mittlerweile genug von Karolinas Zögern hatte, verbot sie sich.

»Soweit ich weiß, fährt er morgen mit der ›Bremen‹ aus Bremerhaven ab.«

Karolina bedankte sich höflich, rannte los, doch dann merkte sie, dass sie, alter Gewohnheit folgend, den Weg in die Pension von Edith Kamincke einschlug. Sie machte kehrt. Jetzt zurück nach Neu-Babelsberg, ihre Sachen zusammenpacken, dann wieder nach Berlin, eine Zugverbindung finden, die sie nach Bremen brachte. Sie würde es niemals rechtzeitig schaffen, aber sie wollte es zumindest versuchen.

BREMERHAVEN, MITTWOCH, 14. AUGUST 1929

Aufregende Stunden lagen hinter Karolina. Beinahe wäre es ihr unmöglich gewesen, Berlin noch rechtzeitig vor dem Auslaufen der »Bremen« zu verlassen. Jenes Schiffes, das erst kürzlich bei seiner Jungfernfahrt über den Atlantik das Blaue Band gewonnen hatte. Den letzten Abendzug hatte Karolin verpasst, weil Adalbert sie aufgehalten hatte. Er hatte sie abgefangen, als sie vom Grunewald an die Villa am Griebnitzsee zurückgekommen war. Karolina musste taktieren und gaukelte ihm vor, dass es für ihn keinen Grund zur Beunruhigung gab. Sie durfte keinesfalls jetzt schon andeuten, dass sie ganz andere Pläne für ihr Leben ausersehen hatte. Sie wollte zu gegebener Zeit in Ruhe von hier wegziehen. Nun stand erst einmal Wichtigeres vor ihr. Die Zeit drängte und Karolina hatte keine Ahnung, wie sie nach Bremerhaven kommen sollte. Adalbert redete und redete, was Karolina zu der Schlussfolgerung veranlasste, dass er sie nicht so einfach würde gehen lassen. Er kämpfte regelrecht um ihre Zuneigung und um seinen Ruf bei der Ufa. Was von beidem ihm wichtiger war? Karolina war es gerade einerlei. Plötzlich stellte er in Aussicht, ihr das Saphirarmband zu schenken, das er damals in der Tombola des Presseballes gewonnen hatte. Allerdings müsse sie sich nachgiebig zeigen und sich mit den Bedingungen der Ufa vollumfänglich einverstanden erklären.

»Jaja«, hatte sie beiläufig gesagt. Und erklärt, dass ihr gerade nicht der Sinn danach stehe, denn sie habe gerade etwas Schlimmes erfahren. Eine Familienangelegenheit dulde keinen Aufschub, weshalb sie heute noch abreisen müsse.

Adalbert schien ihr zu glauben, ihre Verzweiflung wirkte schließlich echt. Er wollte sie zum Bahnhof bringen, doch wie hätte sie ihm erklären können, dass sie einen Zug nach Bremen und nicht nach Köln besteigen musste? Und zu welchem Bahnhof überhaupt? Sie wusste ja noch nicht einmal, von wo die Züge nach Bremen abfuhren. Adalbert brachte sie dazu, für sie eine Kraftdroschke zu bestellen.

Den Fahrer allerdings musste sie davon abbringen, sie am falschen Bahnhof abzusetzen. Sie nannte ihm erst das Ziel, als sie schon einige Straßenkreuzungen passiert hatten.

»Wie jetze? Se wolln janich nach Köln? Bremen?«

»Ja, Bremen.«

»Juut, Bremen.«

Sie sausten durch die Nacht. Am Lehrter Bahnhof hielt der Droschkenfahrer an, stieg mit Karolina aus und begleitete sie zum Bahnsteig. Doch der letzte Abendzug nach Norden war bereits abgefahren. Sie verbrachte einige unruhige Stunden im Wartesaal, bis sie endlich den ersten Morgenzug besteigen konnte. Fünf Stunden würde die Fahrt nach Bremen dauern. Dann musste sie dort umsteigen und nach Bremerhaven weiterfahren.

Karolina hatte Durst und sie war hungrig, als sie nach so vielen Stunden in den Columbusbahnhof einfuhren. Doch ihre körperliche Verfassung war jetzt nicht maßgeblich. Die Menge spülte sie auf den Bahnsteig direkt neben der Kaje.

»Sie haben aber wenig Gepäck«, sagte eine Frau, die neben Karolina ging.

»Wollen Sie auch auf die ›Bremen‹?«, fragte Karolina.

»Ei ja«, sagte sie. »Wir wandern aus.« Sie zeigte auf ihren Mann und ein etwa siebenjähriges Kind.

Es war also noch nicht zu spät. Aber wie sollte sie Rudolf unter all den Menschen finden? Sie suchte nach einem Schalter oder einem Angestellten. In der Lloydhalle fand sie schließlich jemanden, der ihr Auskunft geben konnte.

»Ich möchte einem bestimmten Herrn, der heute mit der ›Bremen‹ abfahren wird, noch Lebewohl sagen. Wie finde ich ihn?«, wollte sie wissen.

»Da sind Sie nicht die Einzige, wertes Fräulein. Am besten, Sie fragen einen der Stuarts am Schiff. Der kann in der Passagierliste nachschauen und Ihnen mehr sagen.«

Sie kämpfte sich durch die Menschenmengen. Koffer versperrten die Wege. An den Aufgängen staute es sich. Sie spürte mehrfach Ellbogen in ihrem Rücken und ihrer Seite.

»Einer nach dem andern«, schimpfte ein Mann.

»Ich möchte doch nur eine Auskunft«, sagte Karolina kleinlaut. Sie blickte an dem riesigen Rumpf der »Bremen« empor. Nicht so hoch wie der Kölner Dom, dachte sie. Dafür transportabel. Sie musste über diesen absurden Gedanken schmunzeln, den sie auf ihre Übermüdung schob. Ein Stuart kam ihr zu Hilfe. Sie erklärte ihr Anliegen. Daraufhin ließ er sie stehen, kam aber gleich wieder zurück.

»Herr Thelen ist noch nicht an Bord.«

»Aber er steht auf der Passagierliste?«

»Ja, Fräulein.«

»Reist er allein?«

»Das darf ich Ihnen nicht sagen. Aber«, er schaute sich um. »Er bezieht eine Einzelkabine.«

Er hätte sie nicht glücklicher machen können als mit dieser Aussage. Es hieß also warten. Karolina hatte erfahren, dass die Passagiere der ersten Klasse erst spät am Schiff eintrafen, und Rudolf fuhr erster Klasse. Hunger und Durst wurden beinahe unerträglich, doch sie konnte sich jetzt nicht zu weit von der Kaje entfernen. Ihr fiel ein, dass sie sich ein paar Kekse eingepackt hatte. Sie verschlang diese gierig. Der Durst blieb. Vor Nervosität begann sie, vor dem Schiff auf und ab zu laufen. Plötzlich entdeckte sie ihn. Er kam aus der Lloydhalle und lief schnurstracks auf sie zu. Er war allein. Keine Gertrud. Das dachte sie zunächst. Doch hinter ihm tauchte wie aus dem Nichts das Gesicht ihrer ehemaligen Freundin auf.

»Karolina?« Rudolf stellte seine Reisetasche ab und eilte ihr entgegen.

»Wo ist dein restliches Gepäck?«

»Was fragst du nach meinem Gepäck?«, er lachte. »Das wird ins Schiff gebracht. Was machst du hier?« Er blieb vor ihr stehen und musterte sie. »Wie gut du aussiehst.«

»Findest du? Ich bin die ganze Nacht unterwegs. Habe nicht geschlafen, nichts getrunken, nichts gegessen.«

Rudolf berührte ihren Mundwinkel. »Bis auf ein wenig Gebäck.«

Sie mussten beide lachen.

»Rudolf, du hattest mit allem recht. Die Ufa …« Gertrud näherte sich ihnen. »Also doch«, murmelte Karolina enttäuscht.

»Sie fährt nicht mit«, flüsterte Rudolf.

»Ach, schau an, unser Filmstern.« Gertrud lachte kehlig. Nichts hatte sich geändert. Sie war immer noch das boshafte Biest.

»Ich habe Karolina etwas von ihrem Vater auszurichten,

Gertrud. Würdest du uns für einen Augenblick alleine lassen?«

Gertrud zog eine Schnute und wandte sich ab. Sie versuchte, in Hörweite zu bleiben, doch Rudolf bemerkte das und schlug Karolina vor, einige Schritte zu laufen.

»Was macht sie hier?«

»Ich bekomme Startkapital von ihrem Vater für meinen Aufenthalt in Amerika.«

»Und dafür heiratest du dann seine Tochter?« Karolina war enttäuscht. Nein, sie war wütend.

»Ich kann verstehen, dass du das denkst. Aber für wen hältst du mich? Gertrud mag sich immer noch ausrechnen, dass aus uns eines Tages ein Paar wird. Deshalb ist sie auch hier. Aber es gibt eine klare Vereinbarung zwischen ihrem Vater und mir, und die ist rein geschäftlich.«

Sie wollte ihn fragen, warum er Gertrud dann nicht wegschickte, aber sie wollte diesen Augenblick nicht mit Vorwürfen zerstören. Sie hatten einfach zu wenig Zeit, um alles zu besprechen.

»Aber was machst du hier, woher …?«

Karolina beeilte sich, ihm zu erklären, woher sie von seinem Vorhaben wusste. »Wann wird abgelegt?«, fragte sie und betrachtete sorgenvoll den Ozeanriesen.

»Wenn das Schiffshorn ertönt.«

Hastig berichtete Karolina von dem, was sie umtrieb und was sie von ihrem Leben erwartete. Und dass dieses Leben ihn miteinbezog.

»Karolina. Dann komm doch nach. Wenn ich einigermaßen Fuß gefasst habe …« Er blickte ihr tief in die Augen.

Karolina nickte. Sie konnte nicht mehr sprechen. So standen sie eine Weile da. Das rege Treiben um sie herum stand für eine Zeit lang still. Bis Gertrud zu winken begann und auf die Uhr zeigte.

»Das ist dann wohl der Moment des Abschieds«, sagte Rudolf.

»Ja.«

»Wohin soll ich dir schreiben, Karolina?«

»Ich werde aus der Wohnung am Griebnitzsee ausziehen. Aber ich weiß nicht, wohin dann. Ich werde wohl erst einmal in die Pension im Grunewald ziehen. Oder zurück nach Köln?«

»Ich habe eine bessere Idee. Meine Wohnung ist noch bis zum Jahresende bezahlt. Ziehe doch dort ein.«

»Aber die Vermieterin …«

»Ich werde ihr ein Telegramm zukommen lassen.«

Das Signalhorn der »Bremen« ertönte.

»Wir werden uns in Amerika wiedersehen«, sagte Rudolf und fasste Karolina an den Schultern. Seine grau-blauen Augen erinnerten sie an die Farbe des Meeres. Sie drückte ihm einen Kuss auf die Wange, den er mit einem sanften Kuss auf ihre Lippen erwiderte.

Jetzt die Zeit anhalten.

Bis ans Ende ihrer Tage.

Aber das würde Stillstand bedeuten. Das Leben ging weiter und Karolina war glücklich darüber.

Das Signalhorn ertönte erneut. Keiner sagte etwas. Sie sahen einander noch eine Weile tief in die Augen. Rudolf war es, der sich schließlich löste und ging. Gertrud wartete mit mürrischem Gesichtsausdruck auf ihn.

Karolina stiegen Tränen in die Augen. Tränen der Trauer, der Freude, der Erleichterung.

Noch einmal schaute sich Rudolf nach ihr um. »Amerika«, rief er laut.

»Viel Glück«, rief Karolina. Sie blickte ihm hinterher, wie er zur Gangway lief, wie Gertrud ihn an sich zog und umarmte.

Der Abschiedsschmerz wurde unerträglich.

An der Kaje begann eine Kapelle zu spielen.

EPILOG

Berlin, September 1929

Ich komme heute nicht mehr aus dem Lachen heraus. Ingrid besucht mich in Berlin, da ihr Arbeitgeber im Ullsteinhaus wegen der Herstellung von Schnittmusterbögen Verhandlungen führt. Er hat Ingrid kurzerhand angeboten, ihn zu begleiten. Und so wohnt sie für eine Nacht in einem Einzelzimmer am Kurfürstendamm. Er ist ein guter Chef, sagt Ingrid, worüber ich mich in höchstem Maße für sie freue. Wir haben einen Herbsttag wie aus dem Bilderbuch. Deshalb haben wir uns in Ingrids Hotel zwei Fahrräder ausgeliehen und fahren damit durch Berlin. Wir meiden natürlich die Hauptstraßen, sofern es geht. Vorhin haben wir Fotografien von uns anfertigen lassen. Im KaDeWe. Dort und in anderen Warenhäusern stehen seit diesem Jahr Photographie-Selbstverkäufer. In die Kabine dieses Photomaton kann man sich hineinsetzen, wirft Geld ein, die Beleuchtung schaltet sich ein, es beginnt in der Apparatur zu rumpeln, man macht ein ernstes oder lustiges Gesicht, dann werden die Aufnahmen gemacht, es rumpelt wieder. Der Spuk ist nach zwanzig Sekunden vorbei. Und wenn man acht Minuten gewartet hat, hält man acht Aufnahmen in der Hand. Es ist so ulkig, die Menschen zu beobachten, die kaum Erfahrungen damit haben, sich fotografieren zu lassen. Manche nehmen die Sache ganz ernst, andere albern herum. Und dann erst die Gesichter, wenn sie ihre Porträts betrachten. Ingrid und ich konnten manchmal kaum an uns halten. Als der Betrieb rund um den Apparat abebbte, haben wir uns ebenfalls in den Kasten gesetzt. Erst Ingrid allein, dann ich allein und dann wir beide zusammen. Wir hatten einen Mordsspaß. Jetzt sitzen wir in einem Café am Kurfürstendamm und erzählen und lachen. Ich genieße diese Unbeschwertheit. Auch wenn ich nicht weiß, wie es beruflich für mich weitergeht. Ich habe mein Vorhaben wirklich umgesetzt und bin aus der Gästewohnung am Griebnitzsee ausgezogen. Adalbert und ich haben uns im Guten getrennt. Beruflich wird es für mich bei der Ufa nicht weitergehen. Ich habe meinen früheren Arbeitgebern meine neue Adresse im Grunewald mitgeteilt. Henny Porten hat vor einigen Tagen angerufen, auch die Aafa ist wieder interessiert, mit mir zu drehen. Wir werden sehen, was geschieht, ob ich weiter in Berlin bleibe oder bald Rudolf nach Amerika folge. Ich bin positiver gestimmt, als ich es je war. Und nun kann ich es nicht mehr abwarten und zeige Ingrid Rudolfs ersten Brief, den er mir aus Amerika geschrieben hat. Ja, sie darf ihn lesen.

Sie liest laut vor:

»Liebste Karolina,
meinem Herzen könnte es nicht besser gehen, seit ich Dir auf der Columbuskaje Lebewohl gesagt habe. Nicht, weil wir nun so weit voneinander entfernt sind, sondern weil Du mir die Zuversicht vermittelt hast, dass es für uns eine gemeinsame Zukunft geben wird.«

Ingrid seufzt. Und auch mir steigen Tränen in die Augen, obwohl ich seinen Brief annähernd einhundertmal gelesen habe.

»Die Überfahrt habe ich sehr genossen, hier in New York konnte ich bereits erste gute Gespräche führen. Bald geht es weiter nach Hollywood. Ich schreibe Dir, so oft ich kann, und dann auch die Adresse, unter der Du mich erreichen kannst.
In der Hoffnung, dass wir uns bald wiedersehen,
Dein treuer Rudolf.«

»Du meine Güte! Ist das poetisch«, jauchzt Ingrid. »Wirst du ihm nachreisen?«

»Ja«, antworte ich. »Wenn es für mich dort, in Amerika, eine berufliche Zukunft gibt«, füge ich hinzu.

ENDE

NACHWORT UND DANK

Liebe Leserinnen und Leser,

ich hoffe, Karolinas weitere Lebensgeschichte, die eine Fortsetzung des Romans »Domschattenträume« darstellt, hat Ihnen gefallen, Sie vielleicht auch zum Nachdenken angeregt. Zum Nachdenken über eine Zeit, die wir gemeinhin als »golden« betiteln. Karolina ist trotz der Schwierigkeiten, die ihr begegnen, aufgrund ihrer Herkunft immer noch privilegiert. Doch auch sie muss für ihre Rechte als Frau eintreten. Immer wieder.

Wie auch beim ersten Band der Reihe gingen dem eigentlichen Schreibprozess intensive Recherchen voraus, Recherchen in Museen und Archiven, z. B. im Filmmuseum Potsdam, in den Filmstudios Babelsberg, in der Polizeihistorischen Sammlung Berlin, dem Deutschen Auswandererhaus in Bremerhaven u. v. m.

Wichtige Helfer waren mir zudem zeitgenössische Reiseführer wie die Griebens Reiseführer »Köln«, »Berlin«, »Potsdam« und »Bremen« sowie die Baedekers »Spanien und Portugal« und »Riviera«. Zusätzlich zu der im Anhang von »Domschattenträume« aufgeführten Literatur zog ich u. a. folgende Bücher zu Rate:

Kunst- und Ausstellungshalle der Bundesrepublik Deutschland, Bonn und Deutsche Kinemathek Berlin

(Hrsgg.): Kino der Moderne. Film in der Weimarer Republik. Sandstein Verlag, Dresden 2018.

Klaus Kreimer: Die Ufa-Story, Geschichte eines Filmkonzerns. Carl Hanser Verlag, München Wien 1992.

Renate Seidel (Hrsg.): Aller Anfang ist schwer. Schauspieler erzählen über ihre ersten Filme. Henschelverlag, Berlin 1988.

Klaus Siebenhaar (Hrsg.): Billy Wilder. Der Prinz von Wales geht auf Urlaub. Berliner Reportagen, Feuilletons und Kritiken der Zwanziger Jahre. Fannei & Walz, Berlin 1992.

Hans Jürgen Witthöft: Norddeutscher Lloyd. Koehlers Verlagsgesellschaft mbH, 3., überarb. Auflage, Hamburg 1997.

Die Übersetzung der dialektalen Passagen übernahmen Michael Waßerfuhr (Kölsch) und Sonja Knyssok (Berlinerisch). Vielen lieben Dank – auch für den spannenden Austausch mit euch.

Danke möchte ich ferner sagen: Thomas Deres vom Historischen Archiv der Stadt Köln für die äußerst aufschlussreichen Informationen zum Wahlvorgang in der Weimarer Republik im Allgemeinen und in Köln-Marienburg im Besonderen. Isabel Wagner vom Deutschen Technikmuseum Berlin für hilfreiches Informationsmaterial über die Photomaton-Automaten. Angelika Müller für die Beantwortung einiger Detailfragen rund um die Filmstudios Babelsberg und meinem Schul- und Studienfreund Christian Hillen, der heute als Historiker bei der Stiftung Rheinisch-Westfälisches Wirtschaftsarchiv zu Köln tätig ist.

Die Angaben zu den verschiedenen Stummfilmen wurden dem Lexikon zum deutschsprachigen Film »CineGraph«, edition text + kritik sowie dem dreibändigen Werk »Deutsche Stummfilme« von Gerhard Lamprecht der Deutschen Kinemathek Berlin entnommen. Zwei Filme werden Sie darin nicht finden: »Diebesgut« und »Sieben Diamanten«, die Filme, in denen Karolina mitspielt, sind frei erfunden.

Sollten sich sachliche Fehler in den Roman eingeschlichen haben, so gehen diese nicht zu Lasten meiner Experten. Wenn Ihnen ein solcher Fehler auffällt, können Sie mir gerne eine persönliche Nachricht zukommen lassen.

Ganz besonders danken möchte ich Heinz und meinen Freundinnen Michaela und Brigitte für den herzlichen und ermutigenden Austausch und eure großartige Unterstützung.

Ferner meiner Buchhändlerin Jessica Bälz von der Buchhandlung am Ahrtor in Ahrweiler für ihr außerordentliches Engagement.

Mein Dank gilt allen Leser*innen, Buchhändler*innen, Freund*innen, Verwandten, die es mir auf vielfältige Weise ermöglichen, meinen Traum als Schriftstellerin leben zu dürfen.

Und last but not least: Wie immer danke ich dem gesamten Team des Gmeiner-Verlags und ganz ausdrücklich meinem wunderbaren Lektor Sven Lang.

Herzliche Grüße

Ihre
Karin Joachim

Karin Joachim im Gmeiner-Verlag

Tatortfotografin Jana Vogt ermittelt:

1. Fall: Krähenzeit
ISBN 978-3-8392-1938-6

2. Fall: Bittertrauben
ISBN 978-3-8392-2194-5

3. Fall: Johannisglut
ISBN 978-3-8392-2389-5

Karolina Offermann träumt vom Film:

1. Roman: Domschatten-träume
ISBN 978-3-8392-2305-5

2. Roman: Großstadt-flüstern
ISBN 978-3-8392-2718-3